Novità della Queen Edizioni
www.queenedizioni.com

Titolo originale: On The Rebound

Traduzione dall'inglese: Maria Verdiana Rigoglioso
Copyeditor: Silvia Messina
Immagine in copertina: shutterstock.com
Copertina realizzata da: Catnip Design di Pamela Fattorelli
Impaginazione a cura di: Silvia Messina

ISBN: 9788832233698

Prima Edizione Narrativa Queen Edizioni Giugno 2021

L.A. Cotton

Non spezzarmi il cuore

QUEEN EDIZIONI

Amami o odiami, entrambi sono in mio favore.
Se mi ami, sarò sempre nel tuo cuore.
Se mi odi, sarò sempre nella tua mente.
Anonimo

Capitolo 1
Calliope

«Puoi farcela.»

Guardai l'edificio in cui si trovava il dormitorio e inspirai a fondo, ma, nonostante stessi provando a farmi coraggio, i miei piedi rimasero fermi.

O almeno, fino a quando mi scontrai con un corpo di marmo che mi fece letteralmente volare all'indietro.

«Merda. Scusa», esclamò il ragazzo che mi aveva stretta delicatamente per le spalle.

Mi sottrassi alla sua presa. «Hai due occhi, usali.»

«Gesù», borbottò lui, passandosi una mano sul viso. «È stato un incidente.»

«Scusa.» Emisi un lieve sospiro, cingendomi la vita con le braccia. «Nervosismo da primo giorno.»

«Matricola?» Inarcò le sopracciglia, alquanto incuriosito.

«Conosci altre persone al loro primo giorno, oltre alle matricole?»

Ci scambiammo un timido sorriso.

Era carino. Alto ma non troppo muscoloso, a differenza della maggior parte dei giocatori di football che poco prima avevo visto riunirsi davanti all'Associazione Studentesca.

«Sono Joel.»

«Cally.»

«Lieto di conoscerti, Cally.» Il mio nome aveva un suono piacevole quando usciva dalle sue labbra. «Quale *veleno* hai scelto?»

Aggrottai le sopracciglia e lo fissai. Alzai un braccio, per provare a ripararmi dall'accecante sole californiano.

«Corso di laurea...» ridacchiò lui. «Cosa studi?»

«Oh, scusami. Non ho ancora scelto.»

«Capisco. Io sono al secondo anno di discipline umanistiche. Ti hanno assegnata all'Abrams?» Fece cenno con la testa verso l'edificio a due piani dietro di me.

«Sì.»

«Misto», aggiunse con un sorrisetto, «niente male.»

«Ehm, dici?»

Rise di nuovo, ma la morsa al mio stomaco si fece più stretta.

«Devi rilassarti, *Cally la matricola*. Festa da me stasera? Niente di folle, solo qualche amico. Ci sarà anche mia sorella, dovresti venire.»

«Io... Non lo so...»

Joel mi rivolse uno sguardo pungente. «Cosa intendi fare? Nasconderti nel dormitorio e guardare le repliche di *Sons of Anarchy*?»

«Eh?»

«Scusa, è che mia sorella è una grande fan di Charlie Hunnam.»

«Anche lei viene qui?»

«Certo che sì, è una matr...»

«Oh mio dio», esclamò una voce femminile. Mi voltai, e vidi avvicinarsi una ragazza minuta con i capelli scuri come quelli di Joel.

«Parli del diavolo», sussurrò lui chinandosi verso di me, come se fossimo due vecchi amici che si confidavano un segreto. «Ehi, sorellina. Stavo per venire a cercarti e assicurarmi che ti fossi sistemata.»

«Certo, certo. Forse intendevi dire che stavi per venire a controllarmi», disse lei, liquidandolo con un cenno, prima di squadrarmi dalla testa ai piedi. «Chi è la tua amica?»

«Josie, ti presento Cally, una matricola. Cally, questa è mia sorella Josie.»

La ragazza sorrise e mi porse la mano, che strinsi con circospezione. «Non credere a niente di ciò che ti ha detto.»

Joel sbuffò. «Che tu ci creda o no, riesco a gestire un'intera conversazione senza neanche menzionarti.»

«Stronzo», disse lei dandogli un pugno scherzoso sul braccio.

«Stronza», rispose lui, mostrandole il dito medio.

Poi, entrambi scoppiarono a ridere.

Non mi ero accorta di essere rimasta a bocca aperta, fino a quando Josie si avvicinò alla mia faccia. «Ehi, Cally?»

«Io... scusate. Mi sono distratta un attimo», mentii, visto che guardarli insieme mi lacerava dentro. Provai una sensazione che non mi aspettavo.

Una sensazione che odiavo.

Avevo superato la storia con Callum.

Lui non era nessuno per me.

Non era niente.

Bugiarda.

«Joel ti ha invitata alla festa?»

«Affermativo», ghignò di nuovo lui. Quei due sembravano raggi di sole di una giornata estiva, mentre io... ero solo tuoni e nuvole cariche di pioggia.

«Verrai, vero? Non ho molti amici fra le matricole. Anzi, a essere onesta, non ne ho neanche uno.»

«Ecco la prima», la canzonò il fratello. «Adesso ne hai una», continuò, facendo cenno con la testa verso di me.

«Sei sempre così...» Cercai la parola giusta. «Intraprendente?»

«Oh, non puoi immaginare quanto», esclamò Josie ridacchiando. «Dico davvero. Vieni alla festa, per favore.» Mise il broncio e iniziò a sbattere le folte ciglia.

«Io...»

«Stai all'Abrams?»

Annuii.

Quella conversazione mi stava facendo girare la testa.

«Forte, quindi non solo saremo amiche, ma vivremo anche nello stesso dormitorio! Evviva!»

Trasalii. Non sapevo cosa fosse peggio: restare senza amici e passare l'intero semestre come una reclusa, o avere a che fare con Josie, Joel e la loro entusiasta, ma eccessiva, voglia di fare amicizia.

«Okay, Jos. La stiamo spaventando.»

Sono soltanto amichevoli, mi rimproverai.

«In realtà, una festa mi sembra un'ottima idea.» Le parole mi si fermarono in gola.

«Ah sì?» Gli occhi di Joel si illuminarono e fui certa di aver intravisto un lampo di interesse nel suo sguardo.

«Fantastico!» Josie mi prese a braccetto. «Possiamo prepararci insieme e farci qualche drink prima della festa... Voglio dire, se ti va.»

«Oh, io non bevo.»

«Non fa niente. Puoi prendere una soda mentre io bevo roba buona», disse, facendo l'occhiolino. «A dopo, J.»

Joel annuii. «È stato un piacere conoscerti, Cally.»

«Anche per me.»

«Beh, allora immagino che ci vedremo stasera.» Andò via con un sorriso impacciato sul volto.

«Oh Signore.» Non appena suo fratello si fu allontanato abbastanza, Josie mi strinse di più il braccio.

«Che c'è?»

«Mio fratello ha un debole per te.»

«Non essere ridicola, abbiamo parlato per tipo cinque minuti. Non ha...»

«Lo conosco, e sono un'esperta di ogni suo atteggiamento. Tu gli piaci.»

Mi sentii pervadere da una strana sensazione. Una parte di me era lusingata all'idea che un estraneo, un ragazzo carino come Joel, potesse avere una cotta per me. Ma l'altra... quella parte di me era ancora troppo ferita perché quel gesto potesse importare.

«Quest'anno ci divertiremo un sacco», continuò Josie. «Ne sono sicura.»

Mormorai una risposta vaga. Quell'anno avrebbe dovuto essere fantastico, ma il mio mondo era stato stravolto e mi ero ritrovata a trascorrere gli ultimi otto mesi in uno stato di totale oscurità. Considerato ciò che era accaduto, anche solo il fatto che fossi lì era da considerarsi un miracolo.

Ma dovevo farcela.

Per quanto difficile potesse essere, e nonostante non volessi, io *dovevo* farcela.

Se non per me stessa…

Almeno per *lei.*

***

Qualche ora dopo, un colpo alla porta mi fece sussultare.

«Ehi.» Non appena aprii, Josie mi guardò e il suo sorriso si trasformò in un cipiglio. «Va tutto bene?»

«Come?» Sbattei le palpebre. «Ehm, sì. Non mi ero accorta dell'ora.»

Dopo essermi fatta convincere a partecipare alla festa, ero riuscita a sbarazzarmi di lei e avevo trascorso il resto della giornata a disfare le valigie e a leggere materiale didattico.

Mi piaceva tenermi impegnata perché, quando non lo facevo, era troppo facile ripiombare nel dolore che provavo a tenere lontano, e che ogni volta mi paralizzava.

«Ho portato i viveri.» Josie sollevò una borsa e io le sorrisi forzatamente.

«Fantastico.»

Senza chiedere permesso, mi oltrepassò ed entrò nella mia stanza.

Okay. Sembrava proprio che stesse per succedere.

Ma dopotutto, era solo una festa. Qual era la cosa peggiore che poteva accadere? Avrei fatto la mia comparsa, sorriso al momento giusto, e poi sarei sgattaiolata via e sarei tornata nella mia stanza. Se si fosse rivelato necessario, avrei anche potuto inscenare un mal di stomaco.

Se la mia migliore amica, Madison, mi avesse vista in quel momento, avrebbe alzato gli occhi al cielo. Mi aveva fatto promettere che ci avrei provato.

"Prova a godertela più che puoi, lei vorrebbe che tu lo facessi", erano state le sue ultime parole, mentre ci abbracciavamo prima che lei partisse per l'UCLA.

Non ero mai stata come lei: estroversa, calorosa, una persona socievole. Ma, da quando mia madre era morta, lo ero ancora meno.

Perderla era stato come perdere una parte di me, anzi, tutte quelle migliori. Sentivo di non essere più completa. Ero una barca senza àncora in mezzo ad acque sconosciute.

Scacciai via quei pensieri. Non ero ancora pronta ad affrontarli.

«Okay, ho portato succo frizzante alla mela e alla pesca. Niente alcol, ma sa comunque di champagne di lusso.» Alzò e abbassò le sopracciglia, poi tirò fuori una bottiglia. «Hai deciso cosa indossare?»

«Pensavo jeans e t-shirt», risposi, facendo spallucce.

«Non va bene.» Josie mi porse la borsa e si diresse verso il mio armadio. «È la prima festa del semestre. Devi lasciare il segno.»

Come se mi importasse.

«I jeans vanno bene, ma devi abbinarli con qualcosa di sexy come...» disse, passando in rassegna la mia limitata scorta di camicette e top aderenti, «questo.» Tirò fuori un crop top di pizzo nero. «Perfetto.»

Aggrottai le sopracciglia. Era uno di quelli che mia madre aveva insistito per farmi comprare l'estate precedente, quando aveva attraversato la fase del "convinciamo Cally a provare qualcosa di nuovo".

«Non sono sicura che vada...»

«Ci sono ventisei gradi. Credimi, meno roba indossi, meglio è. Le feste al college tendono a essere sovraffollate. Posso usare il bagno? Ho portato un paio di outfit da provare.»

«Certo.» Le indicai la porta e presi il top che mi stava porgendo.

«Appena ti vedrà con questo addosso, Joel impazzirà.» Ammiccò in maniera allusiva, prima di afferrare la sua borsa ed entrare in bagno.

Passai i trenta minuti successivi ad aiutarla a scegliere il suo outfit. Aveva optato per un paio di pantaloncini di jeans e un crop top aderentissimo, che sfumava dal nero al grigio. Era una vera bomba, ed era chiaramente a suo agio con il suo corpo.

«Lucidalabbra?» mi chiese.

«No, grazie. Sono a posto.»

«Come vuoi. Dovremmo cominciare ad andare se vogliamo arrivare in anticipo.»

«E noi vogliamo arrivare in anticipo?»

«Certo che sì», ridacchiò, sfregando con le dita gli angoli degli occhi truccati con effetto smokey. Incontrò il mio sguardo nello specchio e aggrottò la fronte. «Non ci avrai mica ripensato, vero?»

«È solo che... non so se sono pronta per andare a una festa.»

Lessi la delusione nei suoi occhi e odiai esserne la causa, visto che, invece, lei era stata così carina e gentile con me. «Se davvero non vuoi venire, posso sempre andare da sola.»

«No, non devi. Vengo con te.»

«Ci sarà da divertirsi, promesso.»

Non ne ero certa, ma avrei potuto almeno *provarci.*

«Pronta?» le chiesi, cercando di distogliere l'attenzione dai miei problemi.

Josie si tamponò di nuovo le labbra e annuì. «Fammi finire un attimo il mio drink.» Prese il bicchiere e buttò giù l'intero contenuto. «Ecco fatto. Non te ne pentirai, Cally, te lo prometto.»

Le ultime parole famose, pensai, mentre uscivamo dal dormitorio e scendevamo giù.

***

La festa a casa di Joel era proprio come avevo sempre immaginato un party universitario. Chiassoso e turbolento, con orde di ragazzi mezzi ubriachi fermi davanti al portico, intenti a bere da bicchieri rossi di carta.

C'era qualcosa di stranamente rassicurante in tutto ciò.

«Evvai», urlò Josie, prendendomi per mano e trascinandomi verso la casa. «Sono troppo emozionata.»

«E così, non sei mai stata a una festa universitaria prima di oggi?»

«Certo che ci sono stata», rispose lei con un sorrisetto. «Ma quest'anno non sono la sorellina noiosa. Sono una *matricola.* Ho lo stesso diritto di Joel di essere qui.»

«Se lo dici tu», dissi sorridendo, quella volta con sincerità.

«Josie Molineux, sei proprio tu?»

«Ehi, Brad.» Ci fermammo davanti a un ragazzo gigantesco.

«La piccola Josie Molineux. Come sei cresciuta.» I suoi occhi la squadrarono da testa a piedi, e si soffermarono sul generoso décolleté lasciato scoperto dal top.

Le mie guance arrossirono davanti alla tensione sessuale tra quei due.

«Ti trovo bene, Brad», quasi miagolò lei, mentre cercava di dare volume alle ciocche ricce con le mani.

«Joel sa che sei qui?»

«Certo», rispose impettita. «Reese sa che sei qui?»

«Abbiamo rotto.» Mentre lo diceva, non sembrava minimamente triste.

«Lo so.»

«Certo che lo sai», ribatté lui con un ghigno sulle labbra.

«Brad, spero che tu non ci stia provando con la mia sorellina», gridò Joel dal porticato. Era davvero bello con quei jeans strappati e la maglia della squadra, rossa e bianca, che metteva in mostra le braccia abbronzate e muscolose.

«Stiamo solo scambiando quattro chiacchiere da amici, J.»

Anche se le sue parole erano dirette a Joel, i suoi occhi non si staccarono dal volto di Josie neanche per un istante. Lei ridacchiò, poi alzò un sopracciglio e mi guardò. Era ovvio che ci fosse qualcosa sotto.

«Meglio che entri, prima che tuo fratello perda le staffe.» Brad si strofinò il labbro inferiore con il pollice. «Ci vediamo dopo?»

«Puoi starne certo.» Josie gli fece un sorrisetto allusivo prima di trascinarmi via. «Scusa», sussurrò non appena fummo abbastanza lontane. «Non mi aspettavo... cavolo, è così bello. Non mi sono resa ridicola, vero?»

«Non penso abbia fatto molto caso a ciò che hai detto.»

«Cosa intendi dire?»

«Che ti stava palesemente squadrando tutta, Josie.»

Il suo volto si illuminò. «Lo ha fatto, vero?»

«È un amico di tuo fratello?»

«Amico, coinquilino, compagno di squadra. Sono praticamente fratelli.»

«C-compagno di squadra?» Fui pervasa da una strana sensazione.

«Sì, Joel è uno Steinbeck Scorpion. Non te lo ha detto?»

«Non abbiamo toccato l'argomento. Quindi gioca a football?» chiesi, pur conoscendo già la risposta.

Joel non giocava a football.

Giocava a basket.

Praticava lo sport che mi aveva rovinato la vita.

Merda. Come poteva essermi sfuggito?

«A football? Cavolo, no. Di sicuro, saprai che la Steinbeck ha una squadra di basket.»

Oh, certo che sì, ma avrei preferito non saperlo.

«Non seguo molto lo sport», dissi, provando a restare impassibile.

«Ma è il *basket*. Qui tutti amano...»

«Signore», Joel ci raggiunse davanti ai gradini che conducevano al porticato. «È bello rivederti, Cally.» Fece scorrere lentamente lo sguardo lungo il mio corpo, come se mi stesse esaminando. Non ero sicura che mi piacesse, ma non mi dispiaceva neanche.

Essere a conoscenza del fatto che Joel giocava a basket rappresentava per me un enorme ostacolo. Già non uscivo mai con nessuno, ma era ancora più certo che non avevo alcuna intenzione di frequentare dei giocatori di basket! Era una delle mie regole di vita. Un po' come quella di non mangiare la neve gialla, o non mettere le mani dentro un buco di cui non riesci a vedere il fondo.

Inoltre, c'era un altro evidente problema con lui, sapendo che giocava negli Scorpions. Ma non avrei certo tirato fuori l'argomento.

«Ehi», dissi, cercando di mantenere la calma.

«Okay, J. Puoi asciugarti la bava adesso.» Josie gli diede un colpetto sulla guancia. «Io e la mia amica abbiamo bisogno di un drink. Beh, io ne ho bisogno e devo anche presentare Cally in giro.»

«Stai lontana da Brad, Jos.»

«Il tipo sa che sono off-limits.»

«Puoi scommetterci», ringhiò.

Sembrava così diverso dal ragazzo allegro e buffo che avevo incontrato prima, e mi chiesi cosa ci fosse sotto.

«Andiamo.» Josie mi trascinò con sé ed entrammo nella casa.

La prima cosa che mi colpì fu la musica; la sentii risuonare dentro di me come una grancassa, fino a quando non riuscì a scuotermi le ossa. «È troppo forte», gridai e Josie ridacchiò.

«Non esci molto, vero?»

«Non ero esattamente *popolare* al liceo.»

Eufemismo del secolo.

«Allora è una fortuna che non siamo più al liceo. Senti», Josie mi trascinò dentro la prima stanza che ci trovammo davanti. Lì era più tranquillo; c'era gente seduta che chiacchierava e beveva. «Neanche io avevo molti amici al liceo. Per molti io sono… un po' difficile da gestire, ma la mia è una specie di armatura, sai? Soffro…» inspirò profondamente, «di crisi di ansia.»

«Davvero?» Non riuscivo a credere a ciò che mi stava dicendo.

«Sì», rispose, facendo un mezzo sorriso. «A scuola, sono sempre andata in giro con Joel e i suoi amici, quindi lo scorso anno è stato alquanto difficile per me. Non faccio amicizia facilmente, e spero davvero di non avere esagerato con te e di non averti già spaventata.»

Era così strano. Josie era tutto ciò che io non ero. Sicura di sé, frizzante e bella. Ma forse è vero che non sappiamo mai cosa si cela dentro le persone.

Fu in quel momento che decisi che Josie Molineux mi piaceva. Forse, avrei potuto essere l'amica di cui lei aveva bisogno, e lei avrebbe potuto essere la spinta che mi serviva per trarre il massimo dal college.

Ma avrei dovuto immaginare che la vita non va mai secondo i piani.

«Oh, eccolo», disse, emettendo un gridolino a bassa voce, prima di afferrarmi il braccio per restare in equilibrio.

Inspirai profondamente, preparandomi ad affrontare mio fratello. Non sapevo come, ma qualcosa dentro di me era certa che si trattasse di lui. Forse, era per via di quel legame che tiene insieme le persone appartenenti alla stessa famiglia per tutta la vita.

«È così sexy.»

Mi voltai lentamente verso di lui.

Callum James. Il fratello che avevo perso. Il primo ragazzo ad avermi spezzato il cuore.

Solo che la persona che incrociò il mio sguardo non era affatto Callum.

Era un altro fantasma del mio passato.

«Z-Zach?» dissi con voce strozzata, mentre il panico cominciava a scorrermi nelle vene.

«Lo conosci?» Josie mi guardò. «Pensavo avessi detto che non...»

«Cosa ci fa *lui* qui?»

Non andava bene.

Non andava per niente bene.

«Aspetta un attimo, sono confusa.» Josie spostò lo sguardo da me a Zach, e poi lo riportò di nuovo su di me.

Zachary Messiah.

Il mio primo migliore amico.

Il mio primo amore.

Il mio primo *tutto.*

La persona che aveva spezzato il mio cuore più di chiunque altro. Ed era molto, detto da una che era stata abbandonata dal padre e dal fratello, e che qualche anno dopo aveva anche perso la madre.

Avvertii il suo sguardo duro. Sentii i suoi occhi crudeli scavarmi il viso. Ma non potevo guardarlo di nuovo.

Non volevo.

Non sta succedendo davvero.

«Devo andare», dissi velocemente.

«Andare?» Josie impallidì. «Ma siamo appena arrivate. Non preoccuparti di Zach. Guarda, sta andando via.»

Lanciai uno sguardo verso la porta e lo vidi uscire in corridoio con i suoi amici. Era come se si fosse portato via tutta l'aria.

«Vuoi parlare di ciò che è appena successo?» mi chiese Josie.

«No», risposi, mentre gli artigli gelidi del passato mi stringevano la gola.

Dovevo andare via.

Dovevo tornare all'Abrams, nascondermi nella mia stanza e scoprire perché diavolo stesse succedendo tutto quello.

Ma non feci nulla di tutto ciò.

Invece, guardai la mia nuova amica e dissi: «Mi serve un drink, qualcosa di forte».

Perché il ragazzo che avevo provato in tutti i modi a dimenticare era lì.

Frequentava *quel college.*

E quella, era la cosa peggiore che potesse succedermi.

Capitolo 2
Zach

«Zach, amico mio. Pronto per una stagione da paura?» Saul, la guardia tiratrice degli Scorpions, mi porse il pugno e io ricambiai.

Batti-pugno.

Abbraccio veloce.

Pacca sulla schiena.

Negli ultimi due anni ero diventato bravo a recitare il mio ruolo. Quell'anno, però, era diverso. Il ruolo era rimasto lo stesso, ma io no.

«Merda, amico», esclamò l'amico di Saul. «Sarai cresciuto di almeno cinque centimetri.»

Idiota del cazzo.

Non ero cresciuto.

Fisicamente ero lo stesso Zach che si era trasferito lì in primavera. Ma emotivamente… mi ero estraniato molto tempo prima.

«Ehi.» Joel si unì a noi, tracannando una birra. Ecco, lui mi piaceva. O meglio, riuscivo a *tollerarlo*. Non era insistente e mi lasciava volentieri a cuocere nel mio brodo.

Volevo credere che capisse, ma sapevo che non era così.

Come avrebbe potuto?

Qualcuno sarebbe mai riuscito a farlo?

Nessuno poteva comprendere cosa significasse vivere all'ombra del proprio fratello maggiore, prima di essere spinto a prendere il suo posto, come in un'assurda versione de *Gli Ultracorpi.*

«Ehi, J, quando arriva Josie?»

«Tieni le tue schifose mani lontane da mia sorella», disse lui, rivolgendo a Saul un'occhiata pungente. «E questo vale per tutti voi. Conoscete le regole, lei è off-limits, quindi non pensateci neanche…»

«Ehi, amico, rilassati. Capisci che, adesso che è una matricola, è un bersaglio facile, no? Se non sarò io a farlo, o uno dei nostri compagni di squadra, sarà qualche spocchioso atleta a pensare di poter…»

«Devo pisciare.» Mi allontanai da loro e mi diressi verso il corridoio che portava al bagno.

Eravamo a casa di Joel. Abitava lì con altri compagni di squadra. Mi avevano chiesto di unirmi a loro, ma mi ero imposto dei limiti al riguardo. Avevo optato per un monolocale appena fuori dal campus. Certo, non era molto, ma era tutto per me; era l'unico posto in cui non dovevo preoccuparmi di mantenere le apparenze.

Anche la Delta Pi mi aveva assegnato una stanza, ma non avevo alcuna voglia di vivere con un gruppo di confratelli e giocare alla famigliola felice in quello che, un tempo, era stato il posto preferito di mio fratello.

Attraversai il corridoio. Qualche ragazzo gridò il mio nome, mentre diverse ragazze si soffermarono a guardarmi un po' troppo a lungo. Non mi era mai piaciuto essere venerato e idolatrato, ma mi piaceva ancora meno da quando, un paio di settimane prima, ero tornato alla SU.

«Ehi, Zach», disse una bionda carina, piazzandosi davanti a me.

«Ehi», ribattei controvoglia. «Ehm, Steph...»

«Sapphire. Ci siamo conosciuti prima dell'estate, alla festa, ti ricordi?»

Non riuscivo a ricordare molto delle settimane prima delle vacanze estive.

Era tutto confuso. I miei ricordi erano avvolti da una nebbia oscura.

Ma era meglio così.

«Ehm, in realtà no, mi dispiace.»

«Ehi, è tutto ok.» Avvolse le mani curate attorno al mio braccio. «Stavi attraversando un periodo difficile.»

Eufemismo del secolo.

«Magari potremmo riallacciare i rapporti?» chiese, leccandosi le labbra in modo provocante e facendo gli occhi dolci. Era sexy, e il mio uccello sembrava gradire, visto il modo in cui lo sentivo teso all'interno dei miei jeans.

Ma, quella sera, non era ciò di cui avevo bisogno. Se volevo sopravvivere a quella festa, dovevo tenere la testa sulle spalle.

«Non stasera.» Spinsi via la sua mano e i suoi occhi vennero pervasi dallo sconforto.

«Potrei fare in modo che ne valga la pena.»

«Ne sono certo, ma la risposta è comunque no. Adesso, devo andare a pisciare, ma sono sicuro che uno dei miei compagni di squadra sarebbe più che felice di accettare la tua offerta.» Inarcai le sopracciglia, la oltrepassai e mi diressi verso il bagno.

Una parte di me vagliò l'idea di tagliare la corda e tornare a casa, ma considerate le prese per il culo che i ragazzi mi avrebbero riservato, non ne sarebbe valsa la pena. Ero il loro nuovo atleta di punta, colui che era destinato a portare gli Scorpions fino in fondo. Il nuovo *Re* della SU. Il che implicava delle aspettative alle quali non potevo fuggire. A prescindere da quanta voglia di scappare mi ardesse dentro.

Dopo essere stato in bagno, trovai un gruppo di ragazzi in una delle stanze più tranquille. «Che succede?» chiesi avvicinandomi a loro.

«Zach, vieni qui. Stavamo parlando di come potrebbe andare la stagione adesso che abbiamo perso uno dei nostri giocatori più esperti...»

Il silenzio cadde su tutti e cinque.

«Merda, amico, non intendevo...»

«È tutto a posto», risposi brusco. A ogni parola, sentii il petto stringersi.

Ovviamente era una bugia.

Niente era a posto. Era tutto un cazzo di casino. Ma a nessuno piaceva sentire certe cose, volevano solo sapere che ero forte e avrei portato la squadra alla grandezza.

Che ero pronto a portare alto il nome dei Messiah.

«Porca troia», disse uno dei ragazzi fischiando. «Quella è la sorella di Joel?»

Seguii il suo sguardo e i miei occhi andarono dritti sulla ragazza che le era accanto.

No.

Cazzo, no.

«Chi è la sua amica?» chiesi.

Non poteva essere lei.

Assolutamente no.

«Non ne ho idea.» Scrollò le spalle. «Ma non direi di no a un sandwich con quelle due.»

Le sue parole furono sovrastate dal sangue che iniziò a martellare nelle mie orecchie. La guardai, fino a quando i miei occhi incontrarono i suoi, che avevano il colore del whisky. Gli stessi occhi che mi perseguitavano nel sonno.

Il suo volto fu pervaso da un'espressione scioccata.

Strinsi le mani a pugno, conficcandomi le unghie nei palmi.

Era lei.

Calliope James.

La ragazza che, un tempo, era tutto per me.

O almeno, lo era stata fino a quando mi aveva tradito, spazzando via tutto ciò che c'era tra noi, distruggendo tutto quello che avevamo condiviso.

Era accaduto tre anni prima, quando eravamo solo due ragazzini, ma ciò non impedì all'odio di invadere le mie vene e trasformare il mio sangue in ghiaccio.

Non avrebbe dovuto essere lì.

Quindi, che cazzo ci faceva proprio a casa del mio compagno di squadra?

«Zach, amico, vieni?»

«Io, ehm… sì, andiamo.» Dovevo allontanarmi subito.

Dovevo scoprire perché Cally era alla SU.

Era l'ultimo posto dove mi aspettavo di vederla. Suo fratello Callum, che era peraltro mio compagno di squadra, anche se il nostro rapporto non era dei migliori, frequentava quel college. E, al mondo, esisteva solo una persona che Calliope odiava più di me.

Lui.

Seguii i miei compagni in cucina, dove un'orda di ragazzi beveva shottini dal corpo di una ragazza. Mi sembrava di conoscerla; infatti, era una delle cheerleader.

«Messiah, avanti», gridò Brad.

«No, amico, sono a posto così.» Alzai la mia birra.

«Non puoi rifiutare, Zach. È la prima festa dell'anno e beviamo sempre gli shottini sul corpo del capitano delle cheerleader.»

«Sì, Zach, non mordo», disse la ragazza con un sorrisetto. Mi sembrava si chiamasse Jenny. «A meno che tu non lo voglia.» Si alzò sui gomiti e le sue tette, contenute a malapena dal crop top che indossava, iniziarono a muoversi.

«*Messiah, Messiah, Messiah*», iniziò a scandire Brad, e ben presto tutti si unirono al coro. Le loro voci arrivarono alla mia testa come una scossa di terremoto.

Era così che gridavano il *suo* nome.

Quello di Declan.

Mio fratello.

Il loro amico.

La loro guardia tiratrice.

Ma lui non era più lì, e io avevo preso il suo posto.

Non ero Declan... eppure mi trattavano come se lo fossi.

Era una follia, ma sembrava che solo a me fregasse qualcosa.

Attraversai la folla, porsi la mia birra a qualcuno e dissi: «Va bene. Facciamolo».

Brad mi diede una pacca sulla schiena. «Questo è lo spirito giusto, Messiah. Adesso, passiamo alla parte divertente. Tette o figa?»

La ragazza ridacchiò mentre Brad faceva scivolare un bicchierino dalla scollatura del seno alle sporgenze sopra le cosce. Indossava una gonna, ma era così corta da non lasciare nulla all'immaginazione.

«Tette», borbottai.

«Così si fa, amico.» Con destrezza, Brad piazzò il bicchierino e indietreggiò. «Al tre, amico. Uno, due…»

Abbassai la testa, poggiai le labbra sul bordo del bicchiere e lo portai indietro. La tequila era molto forte, ma accolsi con piacere quel bruciore. Era una di quelle piccole cose capaci di ricordarmi che ero vivo.

Scossi la testa, mi asciugai la bocca con il dorso della mano e accettai l'applauso di tutti.

«Ben fatto, amico mio.» Brad mi strinse le spalle. «Questo sarà il nostro anno, cazzo. Me lo sento.»

Annuii e mi liberai dalla sua presa, prima di afferrare un'altra birra. Avrei dovuto andarci piano, ma il peso della responsabilità era come un macigno sul mio petto. Con un paio di birre nel sangue almeno il mio corpo si sarebbe rilassato, anche se la mia mente avrebbe continuato a pensare.

«Saul, andiamo.» Brad ricominciò tutto il procedimento da capo e io strisciai via nell'ombra.

Almeno lì, sarei riuscito a respirare.

***

Decisi di andare via intorno a mezzanotte. Ero rimasto lì, alla larga dai giochini alcolici, forzando sorrisi occasionali e ostentando abbastanza arroganza da tenere gli altri lontani.

Comunque, molte ragazze sembravano essere attratte dagli stronzi, ma la mia risposta era sempre la stessa: "Non sono interessato".

Da quando avevo posato, per la prima volta dopo tempo, gli occhi su Cally, ero rimasto a guardarmi attorno per poterla rivedere anche solo di sfuggita. Se avesse tenuto alla sua pelle, sarebbe già stata sotto le coperte, ben lontana da quel posto. Ciò che provavo nei suoi confronti non era sano. La sua presenza accendeva in me una furia tanto prepotente da scuotere il mio corpo.

Rilassati. Lei non è nessuno.

Ma non era vero.

Lei non era *nessuno.*

Era sempre lì, dentro la mia testa, a prendersi gioco di me. I suoi occhi color whisky mi inseguivano nei sogni.

E adesso era lì.

Fottuto karma.

Mi passai una mano sul volto, sgusciai tra i corpi che si strusciavano a tempo di musica, scansai un paio di compagni di squadra intenti a scambiarsi promesse di amicizia eterna e andai via da quella casa. L'aria era densa e afosa a causa dell'opprimente caldo estivo.

Ci volevano dieci minuti per raggiungere il mio appartamento a piedi, ma decisi di godermi quel silenzio calmo. Essere sempre circondato dal rumore, dalle domande, dalle conversazioni... era estenuante.

Mi sentivo esausto.

Non arrivai molto lontano, perché lì, nell'ombra, vidi Cally incespicare.

Cazzo, quanto era bella. Lineamenti delicati e curve morbide, un collo lungo e sottile, attorno al quale immaginai la mia mano. Ma era tutta una bugia. Non era altro che un lupo travestito da agnello.

«Forza, ubriacona», disse la sua amica, la sorella di Joel, mentre provava a sollevarla e a condurla verso il dormitorio.

Guardai Cally mettere con difficoltà un piede davanti all'altro e non riuscii a trattenere un ghigno. Era dannatamente patetica. Un pesce fuor d'acqua. Un agnellino nella tana del lupo. Sarebbe stato sin troppo semplice andare da lei e tormentarla, o tirare fuori il cellulare e documentare la virtuosa Calliope James mentre cadeva... in tutti i sensi.

Si accasciò come un sacco di patate, spiaccicata di schiena sul marciapiede. Josie alzò gli occhi al cielo e imprecò. Sorrisi tra me e me.

Non ti arriverà alcun aiuto da lassù.

Per qualche secondo, la guardai provare a rimettere Cally in piedi, poi imboccai la strada che conduceva al campus. Non era niente che non avessi già visto: ragazze incapaci di tollerare l'alcol, che si rendevano ridicole davanti a tutti. Quindi perché, mentre continuavo a camminare, l'immagine di lei riversa sulla strada non voleva uscire dalla mia testa?

«Cazzo», sibilai, fermandomi di botto. Mi passai una mano sul volto e sospirai.

Lascia perdere.

Lasciala lì. Se ne occuperà qualcun'altro. Cazzo!

Senza pensarci più di tanto, feci marcia indietro e andai verso le ragazze. Non appena mi vide emergere dall'ombra, Josie strabuzzò gli occhi. «Z-Zach?»

«Dove sta?»

«All'Abrams.»

«Prendi la sua borsa», dissi, continuando a guardare Cally.

La sua presenza evocava così tante emozioni in me, ma nessuna era più forte dell'odio.

La odiavo.

Odiavo tutto ciò che rappresentava, tutto ciò che era.

Quindi non seppi spiegarmi quello che feci dopo.

Mi accovacciai, spostai i capelli dal suo viso e dissi: «Scricciolo, sei viva?»

«Voglio dormire. Voglio dormire proprio qui.» Chiuse gli occhi.

«Okay.» Misi un braccio sotto le sue spalle e l'altro sotto le ginocchia. «Vieni su.»

Pesava poco più di cinquanta chili e una strana sensazione mi colpì come un pugno allo stomaco. Non ricordavo che fosse così leggera.

Non pensarci, cazzo.

Calliope James era impressa nella mia anima. Qualunque cosa succedesse o chiunque mi portassi a letto, non riuscivo a liberarmi da quella macchia oscura.

Per un attimo, contemplai l'idea di metterla giù e lasciarla lì. Non era affar mio, non era compito mio... eppure, in quel momento, sembrava così fragile. Così innocente e pura.

Volevo distruggerla.

«Zach, cazzo!» Quando mi vide allontanarmi lungo il marciapiede, Josie mi chiamò. Il campus della Steinbeck era molto vasto e i dormitori si trovavano oltre gli edifici principali.

«Zach, ho detto...»

«Vuoi riportarla nella sua stanza oppure no?» scattai, senza preoccuparmi di rallentare.

Josie incespicò dietro di me con affanno. «Ma certo... non pensavo si ubriacasse così. Ma ti ha visto e... cosa c'è tra di voi?»

Qualcosa si fece strada dentro di me. Qualcosa che non volevo ammettere.

«Veniamo entrambi da Bay View. Frequentavamo la stessa scuola», risposi a denti stretti.

«L'hai bullizzata, o qualcosa del genere? Perché, giuro, quando ti ha visto è quasi svenuta.»

«Bullizzata? Davvero? Abbiamo dodici anni?» Le lanciai uno sguardo di fuoco.

«Ehi, che problema hai?» Josie mi sorpassò e si piantò davanti a me con le mani sui fianchi, facendomi segno di fermarmi. Cally mormorò qualcosa; tra le mie braccia sembrava una bambola di pezza. Provai a ignorare le sue curve, avvolte da quell'outfit, e il modo in cui le sue tette sembravano schizzare fuori dal top di pizzo che indossava, ma, in fin dei conti, ero pur sempre un essere umano.

«Senti, non lo sto facendo per lei, lo faccio per te. Joel mi prenderebbe a calci nel culo se sapesse che ti ho vista e non ti ho aiutata.»

«Lo stai facendo *per me*?» chiese lei dubbiosa.

«Sì. Quindi, se non ti dispiace...» dissi, inarcando un sopracciglio.

«Ehm, okay. Non importa.» Josie si fece da parte e riprendemmo a camminare lungo il marciapiede.

«Comunque, quanto ha bevuto?»

«Pochissimo. Ho l'impressione che non lo faccia spesso.»

«Ma non mi dire», mormorai. Eravamo quasi all'Abrams.

Meno male, cazzo.

«E l'hai lasciata fare?»

«Non le ho *lasciato fare* proprio niente. Ha diciotto anni e può decidere da sola.» Josie emise un sospiro rassegnato. «Ho provato a darle dell'acqua, ma non ha voluto ascoltarmi.»

«Hai la chiave?» chiesi, non appena arrivammo alla porta. L'Abrams era un dormitorio misto, quindi non ci sarebbe stato alcun problema se mi avessero visto aggirarmi per i corridoi.

«Sì, eccola.» Josie passò la chiave magnetica e la porta si aprì. Mentre cercavo di entrare, appoggiai Cally al mio petto.

«Che piano?»

«Secondo. È alla duecentoundici.»

«Fai strada», le dissi, facendole cenno di andare avanti.

Avrei dovuto essere a casa, sdraiato a letto con una bottiglia di Jack. Invece, stavo per mettere a letto Calliope James, la ragazza che pensavo non avrei mai più rivisto.

Che *speravo* non avrei più rivisto.

Evidentemente, l'universo non aveva ancora smesso di prendersi gioco di me.

Raggiungemmo la camera. Josie cercò nella borsa di Cally, e poi tirò fuori un'altra chiave. «Eccoci.» Spinse la porta e mi fece cenno di entrare per primo.

Per fortuna era buio, perché non avevo la minima intenzione di vedere dove viveva. Non volevo vedere le sue cose, le sue foto, i suoi gioielli, i suoi vestiti. Non volevo vedere nulla.

«Okay, mettila sul letto. Al resto penso io.»

La misi giù e feci un passo indietro.

«Z-Zach?» chiese Cally sbattendo le palpebre.

Cazzo.

Un conto era riportarla lì, un altro che lei lo sapesse.

«Ehi.» Afferrai Josie per il polso e la spinsi verso la porta. «Tutto questo resta tra noi, okay?»

«C-cosa?» chiese lei, aggrottando la fronte.

«Non puoi dirglielo.» I miei occhi si spostarono sul letto. Cally si era di nuovo addormentata, il top arrotolato mostrava un lembo del suo ventre piatto.

«Perché no? È stato solo...»

«Diglielo e io dirò a Joel che fai sesso telefonico con Brad.»

La sua bocca si spalancò. «Non lo faresti.» La vidi ribollire di rabbia.

Interessante. Avevo avuto la sensazione che ci fosse qualcosa tra loro, ma avevo tirato a indovinare riguardo a… *quello*.

«Vuoi correre questo rischio?» Inarcai un sopracciglio. Josie era off-limits. Non era solo una regola della squadra, era la regola numero uno di Joel. Era iperprotettivo nei confronti di sua sorella.

«Sei uno stronzo.»

Non ribattei. «Quindi, abbiamo un accordo?»

«Sì. Non glielo dirò, ma, un giorno, scoprirò cosa le hai fatto e forse allora potrò ricattarti anche io», rispose acida.

Josie aveva le palle, dovevo ammetterlo. Ma la gente non aveva idea di quanto fosse profonda l'oscurità che mi portavo dentro. Pensavano che stessi soltanto elaborando, che dolore e rimpianto mi stessero opprimendo. Ma non sapevano che ero così da molto tempo prima di arrivare alla SU.

Cally emise un gemito e Josie guardò alle sue spalle.

«Dovresti andare a controllarla», le dissi.

«Ti ringrazierei, ma…»

«Sì, sì, pensi che io sia uno stronzo.» Con una scrollata di spalle sprezzante uscii in corridoio e Josie mi sbatté la porta in faccia.

Andai via più che pronto a dimenticare tutto ciò che era accaduto quella notte.

Capitolo 3
Calliope

Mi faceva male tutto.

La testa.

Lo stomaco.

I muscoli.

Non fu necessario aprire gli occhi per capire di avere i postumi di una sbronza, lo sentivo in ogni centimetro del mio corpo. Per non parlare della bocca impastata.

Oh Dio, la mia bocca.

Provai a sedermi, sperando nel miracolo di trovare dell'acqua. Con gran sollievo, ne trovai un bicchiere e, accanto ad essa, c'era anche dell'aspirina.

Che diavolo era successo la notte prima?

Di solito non mi ubriacavo, preferivo avere sempre il controllo sul mio corpo.

Tutto ciò che riuscivo a ricordare era che Josie era venuta nella mia stanza, poi eravamo andate insieme a casa di Joel…

Basket.

Joel giocava nella squadra di basket, così come tutti i suoi amici. E anche… *Zach.*

Mi irrigidii. No. Zach non frequentava quel college.

Corrucciai il volto e mi sfregai gli occhi. Dovevo averlo sognato.

E allora perché ti sei procurata questa cazzo di sbronza?

Mentre provavo a mettere insieme i ricordi confusi della notte precedente, sentii il panico pervadermi.

Abbiamo incontrato un ragazzo... Brad, credo. Tra lui e Josie c'era una notevole tensione sessuale. Poi è arrivato Joel che è subito entrato in modalità fratello maggiore. La casa era gremita. Eravamo in una delle stanze meno affollate...

Fu come risvegliarsi da un sogno. Nella mia mente, i ricordi apparivano e si muovevano ai margini della mia coscienza, schiantandosi uno dopo l'altro su di me, mentre la realtà mi riportava al presente, sotto la luce accecante del giorno.

Zach era lì.

Frequentava la SU.

Ecco perché avevo detto a Josie di prendermi un drink, un vero drink, pieno di coraggio liquido e poteri magici anestetizzanti.

Fanculo la mia vita.

Non era un sogno, era un incubo.
Il mio incubo peggiore.
Lui non poteva essere davvero lì.
Declan, suo fratello, frequentava quel college. Non Zach.
Non mi sarei mai e poi mai iscritta alla SU se lo avessi saputo.
Ma Callum lo sapeva. E non me lo aveva detto.
Accidenti a te, fratello.
Non che mi sorprendesse. In realtà, non avevamo proprio parlato. Persino al funerale di nostra madre ci eravamo a malapena rivolti la parola. Potevamo anche essere fratelli, legati da sangue e DNA, ma quello non bastava a renderci una famiglia. Non giustificava decisioni sbagliate e scelte tanto egoiste.
In quel momento, Callum e io non eravamo altro che due estranei. Due sconosciuti con lo stesso cognome, le stesse labbra carnose e gli stessi occhi color whisky. La somiglianza c'era, ma era tutto. Non avevo nient'altro in comune con lui.
Niente.
Mi ributtai indietro sui cuscini, emettendo un sospiro sofferente. Ero arrivata da meno di ventiquattro ore e il mio mondo era già stato stravolto.
Ma sarebbe andato tutto bene.
Visto che ormai sapevo che Zach era lì e che Joel era un giocatore di basket, avrei potuto evitarli.
Niente più feste.
Niente più sbronze.
Ma soprattutto, niente più brutte sorprese.

***

«Cally, sei viva?» Qualcuno stava bussando insistentemente alla porta della mia stanza, e il rumore rimbombò nella mia testa. «Avanti, Cally, prima che chiami il responsabile del dormitorio.»
«Ahi.» Spostai le lenzuola e mi trascinai fino alla porta per aprirla. «La mia testa è già sul punto di esplodere, ti spiacerebbe smetterla?»
Josie fece un sorrisetto. «Ecco cosa succede se bevi l'equivalente del tuo peso in tequila.»
«*Tequila*?» Il mio stomaco si ribellò. «Io odio la tequila.»
«Non ieri sera.»
Mi sorpassò con forza e io mugugnai: «Prego, accomodati pure».
«Ti ho portato uno smoothie verde e un donut di *Muds*.»
«Un cosa e un cos'altro?» Mi passai una mano sul viso. Era già mezzogiorno, ma stavo ancora male.
«Cavolo verde, mele, mirtilli e altra roba che raccomandano di

bere. Dovrebbe restituirti tutti i nutrienti necessari e farti sentire energica.» Spinse verso di me quello smoothie dall'aspetto strano.
«Dopo.» Lo misi via e mi strinsi tra le braccia. «Non sono certa che rimarrebbe a lungo nel mio stomaco.»
Josie scrollò le spalle. «Fa' come vuoi. Hai proprio dato spettacolo ieri sera, non ti facevo così.» Si lasciò cadere sulla sedia e la fece girare.
«Ti prego, smettila.» Anche la stanza iniziò a muoversi nello stesso modo.
«Scusa. Stai proprio male, eh?»
«Io non… non mi ero mai ubriacata così, prima d'ora», ammisi, scossa dall'imbarazzo. Per più di una ragione.
«Vuoi parlarne?» Josie mi offrì un sorriso caloroso che mi tranquillizzò.
Erano passate meno di ventiquattro ore e si era già dimostrata una buona amica. Quella notte avrebbe potuto abbandonarmi e considerarmi una fuori di testa incapace di reggere l'alcol. Invece, era rimasta con me e mi aveva riportata a casa. Mi aveva persino lasciato acqua e medicine.
«Ehi», dissi, non appena mi resi conto di una cosa. «Come hai fatto a portarmi a casa?»
«Non te lo ricordi?» Strinse gli occhi.
«No. Ricordo a malapena la festa. So solo che mi sono svegliata con un gran mal di testa.»
«Uno dei ragazzi mi ha aiutata a riportarti qui.»
«Oh Dio.» Nascosi il viso nella spalle e arrossii.
«Poteva andare peggio, potevi vomitargli addosso.»
Raddrizzai la testa. «Non l'ho fatto… ti prego, dimmi che non l'ho…»
«Tranquilla, sei riuscita a resistere fino a quando non ti ho riportata in camera.»
Un'altra ondata di imbarazzo mi fece arrossire.
«È stato Brad?»
«Ehm, sì, ma non puoi dirlo a nessuno. Joel darebbe di matto se sapesse…»
«Il tuo segreto è al sicuro con me.» Mimai il gesto di cucirmi la bocca. «Cosa c'è tra di voi?»
«Niente.» Fece spallucce.
«Bugiarda.»
«Cosa c'è tra te e Zach?» Inarcò le sopracciglia.
«Niente», risposi, con un'espressione seria.
«Bugiarda.» Josie sorrise. «Tieniti i tuoi segreti, Calliope James, e io farò lo stesso con i miei.»

«*Touché.*»

Ci scambiammo un altro sorriso, ma poi le chiesi: «Qual è il suo piano? Quello di Zach, intendo. Perché frequenta questo college?»

Il suo volto si incupì. «Si è trasferito alla fine della stagione scorsa, dopo che suo fratello...»

«Dopo che suo fratello, cosa?» La mia schiena fu percorsa da un brivido e sentii i peli drizzarsi. Non per quello che aveva detto, ma per ciò che *non* mi stava dicendo.

«C'è stato un incidente e... davvero non ne sai nulla?»

No. Non ne sapevo nulla.

Mi ero isolata per quasi tutta la primavera, occupandomi delle mie cose, e Callum, il mio cosiddetto fratello, non mi aveva mai detto nulla.

Oh mio Dio.

Declan.

Lui e Callum erano amici.

«Non posso credere che non ci sia più.» Le parole formarono un nodo nella mia gola.

«Non è morto, Cally.» Le sue labbra si curvarono in un'espressione triste. «Ma è come se lo fosse. Ha subito un danno cerebrale. È in coma indotto da cinque mesi.»

Le sue parole rimbombarono nella mia testa. Ricordavo Declan. La sua energia e il suo entusiasmo. Il suo amore per il basket.

Lo avevo odiato proprio per quel motivo.

Era come Callum, concentrato solo sulla strada che lo avrebbe condotto all'NBA. Entrambi avevano sempre sognato di andare insieme al college per realizzare il loro sogno di diventare professionisti. Sapevo che, anche dopo che Callum era andato via da Bay View, erano rimasti in contatto, avevano cominciato a frequentare la SU insieme e avevano conquistato la NCAA.

«Non riesco a crederci.» Mi sentii scuotere da un sussulto.

«Già, è stato difficile per tutti.»

Fui colta da un'improvvisa scarica di commozione e sentii le lacrime bruciarmi gli occhi. «Devo darmi una ripulita.» Andai verso il bagno. «Puoi restare e fare ciò che vuoi, ma ho bisogno di una doccia.»

«Non devo andare da nessuna parte», rispose Josie, mettendosi comoda sul mio letto. «Fa' quello che devi, io troverò qualcosa da guardare.»

Entrai nel piccolo bagno, chiusi la porta e inspirai a fondo.

Era tutto un casino.

Zach era lì. Declan era in coma. E Callum aveva omesso *tutto quanto*. Fino a quel momento, pensavo che il nostro rapporto fosse appeso a un filo, ma, in quell'istante, mi rendevo conto che era totalmente a pezzi.

Una lacrima traditrice prese a correre sulla mia guancia; la raccolsi con il pollice, strinsi il ripiano del lavandino e mi guardai allo specchio. I miei capelli erano opachi e spenti, i miei occhi cerchiati e annebbiati. La mia pelle pallida metteva in evidenza le clavicole sporgenti e sapevo che, se avessi sollevato la t-shirt che Josie mi aveva costretto a indossare la sera prima, le mie costole e le ossa del bacino sarebbero state ben in vista.

Avevo perso peso negli ultimi mesi. Troppo.

Chiusi gli occhi e inspirai con affanno. Una parte di me voleva scappare, mettere tutte le mie cose in una valigia e andare lontano, lontanissimo da lì. Ma dove?

Non avevo nessuno.

I miei amici di Bay View erano tutti al college. Mia madre era morta. La casa era stata venduta. Quello che restava della mia piccola famiglia era lì, a Steinbeck.

Anche se non lo eravamo ormai da tanto tempo, mio padre e mio fratello erano ancora sangue del mio sangue. Meglio di niente, no?

«Cally», disse Josie. «Va tutto bene lì dentro?»

«Sì.» Mi passai un asciugamano sul viso. «Non ci metterò molto.»

«Prenditi il tempo che ti serve», rispose.

Dopo aver tolto quei pochi vestiti che avevo addosso, azionai il getto della doccia ed entrai, lasciando che l'acqua lavasse via i ricordi confusi della notte precedente.

Mi sentii al sicuro. Josie non poteva sentirmi singhiozzare e, di conseguenza, non mi avrebbe fatto altre domande. Così non avrei dovuto dirle che non piangevo per me.

Piangevo per un ragazzo che una volta conoscevo.

Lo stesso che era stato il mio migliore amico.

Un ragazzo che avevo desiderato… *amato*.

Ma soprattutto, piangevo perché proprio lui, che aveva spezzato il mio cuore e aveva spazzato via ogni mia certezza sull'amicizia e sull'amore, non meritava le mie lacrime.

Non meritava la mia compassione né il mio dolore.

Eppure, il mio cuore traditore teneva comunque a lui.

E lì, sotto il rassicurante getto dell'acqua, continuò a piangere per Zach.

***

Dopo aver passato un paio di ore a guardare programmi senza senso, Josie insistette perché andassimo in giro a esplorare un po'. Conosceva il campus abbastanza bene, visto che l'anno prima aveva più volte fatto visita a Joel. Andammo a dare un'occhiata alle varie associazioni, collezionammo coupon e inviti per degustazioni gratuite. Josie si iscrisse a lezione di autodifesa, io rifiutai. Evitai anche l'associazione di fotografia, ma mi fermai allo stand dell'Associazione Studentesca. Offrivano un mucchio di attività per coinvolgere la gente e incitarla a donare.

«Sei interessata ad aiutare la comunità locale?» mi chiese la ragazza dello stand.

«Forse.» Sfogliai il volantino e un progetto attirò la mia attenzione. «Lavorate con i ragazzi che hanno subìto un lutto?» Sentii una morsa al petto e fui invasa da un'ondata di dolore.

«Sì. Suona abbastanza deprimente, ma in realtà è uno dei nostri progetti più gratificanti. Pensi che potrebbe interessarti?»

«Forse.»

«Fantastico. Posso segnare la tua e-mail così da inviarti qualche informazione in più? Sono Lydia, comunque.»

«Cally.» Sorrisi, accettando la penna e il foglio. Dopo aver trascritto la mia e-mail, le restituii tutto.

«Grandioso. Io o uno degli altri volontari ti contatteremo presto.»

«Grazie.» Stavo per andarmene, quando la sua voce mi fece fermare.

«Ehi, Cally, posso chiederti una cosa?»

«Certo.»

«Perché proprio quel progetto?»

«Ho perso mia madre all'inizio dell'anno», ammisi, e le parole trafissero il mio cuore come spine.

«Santo cielo, mi dispiace tantissimo.»

«Grazie.»

«Avevo intuito… qualcosa», mi rivolse un timido sorriso, «ma non ne ero sicura. Il lutto diventa come un'ombra, ti segue dappertutto.» Annuii e lei continuò: «Ho perso mio padre cinque anni fa. Era nell'esercito. Non passa mai davvero, sai?» Il suo volto si riempì di tristezza.

«Mi dispiace.»

Annuì anche lei e poi calò il silenzio. Non restava altro da aggiungere. «Dovrei…» dissi, indicando Josie che mi faceva cenno da lontano.

«Certo. Ci vediamo in giro.» Guardò la mia firma. «Cally James.»

«Ciao.»

Mentre raggiungevo Josie, sentivo ancora lo sguardo di Lydia addosso. Le sue parole mi rimasero dentro, soprattutto quella strana osservazione su come il dolore sembrasse seguirmi. Immaginai non fosse difficile notare le occhiaie scure o il mio sorriso mai ampio. Ma Josie e Joel non lo avevano notato. Forse, era una di quelle cose che si comprende solo una volta sperimentata, un po' come quando si è membri di un club esclusivo.

Soffocai una risata amara. Non era certo un club nel quale sarei entrata di mia scelta. Nessuno avrebbe mai voluto farlo.

«Di che stavate parlando?» mi chiese Josie.

«Sto pensando di fare volontariato.»

«Forte. Penso che Joel e alcuni membri della squadra abbiano aderito l'anno scorso. Hanno allenato un sacco di ragazzi della comunità locale. Il coach Baxter tiene molto a queste cose.»

«Tu e Joel siete molto uniti, eh?» dissi, mentre camminavamo sotto la tettoia frondosa, allontanandoci dall'Associazione Studentesca.

«Sì. È solo un anno e mezzo più grande di me, quindi lo siamo sempre stati.» Si fermò e afferrò delicatamente il mio braccio. «Parleremo mai del fatto che Callum James sia tuo fratello?»

«Come hai fatto a...?» Mi fermai. Ovvio che lo avesse capito. Era stato stupido pensare di potermela cavare restando nell'anonimato.

«Avevo un sospetto e tu me lo hai appena confermato. La tua faccia quando ti ho detto che Joel è uno Scorpion è stato il primo campanello d'allarme, poi hai dato di matto quando hai visto Zach... Perché non me lo hai detto?» Mi rivolse un sorriso comprensivo e indicò la panchina.

Ci sedemmo ed emisi un sospiro stanco.

«È una storia lunga, ma la farò breve. Il basket è sempre stato tutta la vita di Callum. Quando eravamo piccoli, nostro padre stravedeva per lui. E quando dico che *stravedeva* intendo che, secondo lui, Callum non sbagliava mai ed era perfetto. Lo idolatrava. Quindi, quando crescendo ho dimostrato di non avere alcuna propensione atletica, non sono riuscita a soddisfare gli standard dei James.»

«Deve aver fatto male.»

«Oh, fa ancora male.» Serrai le labbra e ingoiai il resto dei dettagli. Non volevo rivivere nulla di tutto ciò, non in quel momento.

«Le famiglie possono essere davvero strane », disse Josie. «So di essere stata super fortunata. Certo, io e Joel litighiamo, ma lui è il migliore.»

«Siete soltanto voi due?»

«E Jay.»

«Jay?»

«Nostro fratello maggiore. È nell'esercito, quindi non lo vediamo spesso.»

«Wow, deve essere difficile.»

«Lo è. Ma ha sei anni più di noi ed è sempre stato uno spirito libero, hai presente? Anche quando era con noi, non era mai *davvero* con noi.»

«Allora, suppongo che entrambe sappiamo qualcosa sui fratelli assenti», dissi piano.

«Okay.» Josie batté le mani e mi fece sobbalzare. «Basta con i discorsi seri. Dovremmo assolutamente andare da *Muds*, sto morendo di fame.»

Non avevo idea di cosa fosse il *Muds*, ma sembrava molto meglio di restare ancora lì a rivangare il passato.

Quindi, stampai sulla mia faccia il miglior sorriso possibile e dissi: «Andiamo».

***

Venne fuori che il *Muds* era una caffetteria. Ma non una qualunque. Era uno di quei locali originali con annessa libreria.

Il mio nuovo posto preferito.

Un buon libro, accompagnato da una tazza di caffè, riusciva sempre a risollevarmi il morale. Prima che mia madre si ammalasse, avevo sempre trovato conforto dietro alla mia macchina fotografica. Era l'unico posto in cui mi sentivo libera. Buffo che la mia libertà arrivasse attraverso l'osservazione, ma non c'era nulla che amassi di più che perdermi dietro l'obiettivo. Quando mia madre era morta, era cambiato tutto. Il mio amore per la fotografia era morto con lei. Durante la sua malattia, invece di andare in giro a fare scatti, avevo trascorso ore accanto al suo letto, a leggere e fuggire verso lande lontane mentre lei era cosciente a tratti.

«È meraviglioso», dissi, facendo scorrere lo sguardo sull'arredamento. Il locale era formato da due piani, e la caffetteria si trovava al piano terra. Tutta la parete era ricoperta, dal pavimento al soffitto, da librerie, e c'era un soppalco che ne ospitava altre. Le pareti di quest'ultimo erano un'accozzaglia di citazioni letterarie e opere d'arte. Un vero paradiso per gli amanti dei libri.

«Vero?» Josie sorrise, molto più interessata alla vetrina piena di muffin e pasticcini invitanti.

«Penso di aver appena trovato il mio nuovo rifugio», dissi.

«Sybil, la proprietaria, tiene aperto fino a tardi dal giovedì al lunedì.»

Presi nota. La biblioteca della SU era ben fornita e al suo interno era possibile trovare molti testi validi per lo studio, ma quel posto era tutta un'altra cosa. Per la prima volta da quando ero arrivata, sentii il seme dell'entusiasmo sbocciare in me.

«Dov'è il bagno?» chiesi a Josie.

Lei indicò le scale a chiocciola. «Prendi le scale e vai fino alla fine del corridoio. È la seconda porta a sinistra. Io, intanto, vado a ordinare. Tu cosa vuoi?»

«Un caffelatte e un muffin, per favore.»

«Gusto?»

«Sorprendimi.»

Salii velocemente le scale e raggiunsi il bagno delle donne. Era stravagante quanto quel locale, pieno di decorazioni e ninnoli che omaggiavano letterati del passato e del presente. Un dispenser di sapone a forma di bianconiglio. Maniglie a forma di boccino d'oro. Era come la caverna delle meraviglie di Aladdin, un posto in cui avrei potuto passare ore lontana dal mondo. Ma Josie mi aspettava e stavo provando a non nascondermi.

Mi lavai le mani e tornai in corridoio. Ero così attratta dalle cartoline appese alla parete, che ritraevano la storia di Moby Dick, da non accorgermi della persona che stava venendo verso di me, prima che fosse troppo tardi.

«Sta' attenta», esclamò una voce burbera.

«Z-Zach?»

«Allora sei tu», ringhiò. Emanava disprezzo da ogni poro. «Pensavo di aver avuto le allucinazioni, ieri notte.»

Sentii le guance avvampare mentre sollevavo il collo per guardarlo. Era più alto, molto più del mio metro e sessantacinque. Aveva il viso spigoloso e gli occhi cupi. Occhi che mi facevano desiderare di scomparire.

Fui sommersa dai ricordi. Lui. Io... *Noi.* Carezze rubate e baci impacciati scambiati al buio.

«Ascolta», deglutii con forza, «volevo solo dirti che mi dispiace tantissimo. Non sapevo di De...»

«Non farlo.» Afferrò il mio braccio e mi bloccò in un angolo. La nota di veleno nella sua voce mi privò dell'ossigeno che mi serviva per respirare.

«Ma che...»

Le parole mi si erano fermate in gola nell'istante in cui avevo visto tutta quell'ostilità nella sua espressione glaciale.

Lui era lì.

Zach era lì, e mi guardava con così tanta rabbia che avrei preferito vedere la terra aprirsi e inghiottirmi.

«Mi dispiace davvero, Zach», esclamai, sentendo il bisogno di colmare quel silenzio angosciante.

Sghignazzò. «Non saresti dovuta venire, scricciolo.»

Dio, quel nomignolo.

Un tempo lo aveva pronunciato con così tanto amore e adorazione, ma adesso sembrava che me lo stesse sputando addosso come se non meritassi neanche un suo respiro.

«Non sapevo che fossi…»

«Pensi che il fatto che tu sia qui possa interessarmi?» I suoi occhi diventarono ancora più scuri, consumati dalla rabbia. L'intensità del suo sguardo glaciale infiammò le mie ossa e bruciò la mia anima.

Zachary Messiah mi odiava.

Io, semplicemente, non sapevo perché.

«Devo andare.» Dovevo scappare, sentivo il disperato bisogno di stare lontana da lui. Non riuscivo a respirare, non mentre lui mi guardava in quel modo, come se fossi un insetto da schiacciare.

Si spostò, lasciandomi passare, ma all'ultimo secondo afferrò brutalmente il mio polso e mi costrinse a fermarmi. «Se ci tieni alla pelle, Cally», digrignò i denti, «sta' lontana da me.»

***

Non restammo a lungo. Ringraziai Josie per il caffelatte e per il muffin, mi scusai e le dissi di voler andare via. Non potevo continuare a stare seduta lì sapendo che c'era anche Zach. Era così… arrabbiato.

«Sicura di stare bene?» mi chiese Josie per la terza volta, dopo essere andate via dal *Muds*.

«Sì.» Annuii educatamente. Ma non era vero.

Riuscivo ancora a sentire le sue dita affondare nel mio braccio e il suo corpo spingermi nell'angolo. Il mio Zach, il ragazzo che un tempo avevo amato con tutto il cuore, non si sarebbe mai comportato in modo così spietato.

Ma lui non è più il ragazzo che conoscevi.

Ignorai la voce nella mia testa e mi sistemai la borsa sulla spalla. «Che programmi hai per il resto della giornata?»

«Ho promesso a Joel che ci saremmo visti più tardi. Dovresti venire.»

«In realtà, penso che tornerò al dormitorio per recuperare qualche lettura.»

Josie si accigliò. «Ne sei sicura?»

«Sì, magari possiamo vederci più tardi?»

«Mi farebbe piacere. Allora, ci vediamo dopo?»

Le sorrisi annuendo. Lei andò verso casa di Joel, mentre io mi incamminai verso il dormitorio, passando davanti agli edifici delle confraternite.

Non mi aspettavo di incontrare Callum ma, nello stesso istante in cui lo vidi, la rabbia divampò dentro di me.

Come aveva osato tenermi all'oscuro di tutto?

Senza rifletterci, mi avvicinai a lui.

«C-Cally?» Strabuzzò gli occhi. «Che ci fai...»

«Qui?» risposi furiosa. «Frequento questo college, ricordi? O ti è passato di mente?»

«Io non... cazzo...» Si passò una mano sul viso ed emise un sospiro esasperato. «Sei incazzata.»

«Incazzata? Non sono incazzata, Callum, sono... Sei esasperante!» La mia voce si spezzò. «Non sono venuta qui con la speranza di esserti amica o altro, ma non hai detto a nessuno di me. Perché?»

Scrollò le spalle, ma vidi un lampo di emozione nei suoi occhi. «A chi avrei dovuto dirlo? Non penso che io e te usciremo mai insieme.»

Anche dopo tutto quel tempo, non riuscivo a credere che Callum fosse tanto sprovveduto quanto ignaro dell'immenso dolore che le sue parole mi stavano causando.

«Certo che no. Non sia mai avessimo qualunque tipo di rapporto.»

«Senti, Cally», emise un lungo e profondo respiro, mentre si guardava attorno. «Non posso, non adesso.»

«Non puoi?» Lo colpii con un dito. «Prova a metterti nei miei panni. Arrivo qui, dopo che la mamma...» Le parole si fermarono in gola. «E scopro che mio fratello non ha mai parlato di me ai suoi compagni di squadra.»

«Compagni? Come fai...»

«E Declan? Intendevi dirmi di lui, eh?» La mia voce si fece stridula, avvelenata dal dolore.

«Declan? Cosa c'entra lui con tutto il resto?»

«Ho incontrato Zach.»

«Capisco.» Serrò la mascella. «Beh, non pensavo fosse necessario dirtelo.»

«Che problemi hai? So che non siamo molto uniti, ma sono comunque tua sorella, Callum.» Le parole echeggiarono dentro la mia testa. «Pensavo significasse qualcosa.»

«Io...» Lui esitò e fu sufficiente perché la ragazzina dentro di me si aggrappasse alla speranza che mio fratello volesse ricucire il nostro rapporto distrutto. Si sfregò il collo e abbassò gli occhi, quelle iridi color whisky uguali alle mie. Quando rialzò lo sguardo, aspettai, sperando che dicesse qualcosa. *Qualunque cosa* fosse in grado di risolvere quel casino. Ma il suo silenzio fu assordante.

«Dio, sei così irritante», ribattei. Stavo perdendo il controllo.

Lui rimase lì, fermo, con un'aria maledettamente indifferente, mentre io riuscivo a malapena a contenermi.

Inspirai a fatica, provando a calmarmi. Urlargli contro non stava facendo altro che farmi arrabbiare ancora di più. Sentivo già le lacrime bruciare dietro le palpebre.

«Sono qui, Callum. Frequento questo college adesso. Non possiamo fingere che non sia così.»

Mi fissò, sembrò guardarmi dentro e poi disse qualcosa che mi distrusse.

«Non sto fingendo. Ma, in questo momento, ho cose più importanti a cui pensare.»

Capitolo 4
Zach

Era quasi scoppiata in lacrime.

Cally aveva davvero quasi pianto prima di sgattaiolare giù per le scale e sparire tra gli scaffali.

Anche mentre ascoltavo Victoria parlare dell'organizzazione di una festa per la sorellanza, non riuscivo a cancellare quella scena dalla mia mente. Non avrei voluto essere lì, ma Vic mi aveva chiesto di andare ed ero diventato sempre più incapace di dirle di no. Era la ragazza di mio fratello ed era dannatamente persa. Proprio come me.

Avevamo instaurato una strana amicizia prima dell'estate. Un giorno, i miei genitori l'avevano invitata a casa nostra; li avevo trovati seduti in cerchio a bere lacrime mischiate all'alcol. Le avevo lanciato un'occhiata e le avevo chiesto se volesse uscire a prendere una boccata d'aria. Ma quell'uscita aveva portato ad altri drink, che poi si erano trasformati in rabbia, la stessa rabbia che avevamo sfogato distruggendo qualcosa. Dopo diverso tempo, mio padre credeva ancora che un'orda di ragazzini avesse sconfinato nel nostro terreno e distrutto il suo adorato barbecue.

Cazzo.

La rabbia nelle mie vene aveva raggiunto l'ebollizione e mi era difficile concentrarmi su qualunque cosa Vic stesse dicendo.

Come si era permessa Cally a recitare la parte della ragazza arrogante e prepotente, provando a offrirmi la sua compassione?

Calliope James.

Il *mio scricciolo*.

Cazzo, non avrei dovuto chiamarla così, ma quella parola era uscita dalla mia bocca come se il mio cervello avesse dimenticato che quella non era più la *mia* Cally.

Non aveva lo stesso significato di una volta.

Non più.

Non eravamo più quel qualcosa l'uno per l'altra.

Non eravamo *niente* l'uno per l'altra.

«Mi stai ascoltando?» mi chiese Victoria. «Comincio a sospettare che tu ti stia annoiando.» Sorrise, mentre si sistemava una ciocca di capelli rossi e lucidi dietro l'orecchio.

«Mi sento sotto pressione», la liquidai, prima di indicare il suo bicchiere vuoto. «Ne vuoi un altro?»

«Okay. Un altro latte macchiato scremato, per favore.»

«So cosa prendi, Vic.» Non cambiava mai ordinazione.

«Che sciocca sono.» Ridacchiò, battendo le sue lunghe ciglia.

Scossi la testa e mi misi in fila, facendo del mio meglio per non guardare il tavolo al quale Cally era seduta con Josie Molineux. Ovviamente, aveva scelto di diventare amica proprio dell'unica ragazza della SU direttamente collegata alla squadra.

Come se l'universo non mi avesse preso per il culo a sufficienza.

Un paio di ragazze, in fila dietro di me, cominciarono a mormorare.

«È lui, Zachary Messiah.»

«Che tragedia. Anche se dicono sia addirittura meglio di suo fratello.»

«Lo so, ma sembra ci sia una sorta di maledizione o qualcosa del genere. Ho sentito dire che, per farlo trasferire, i suoi genitori hanno stretto un accordo agghiacciante con la scuola.»

«Che assurd...»

Le guardai e inarcai un sopracciglio. Loro rimandarono giù immediatamente qualsiasi stronzata stesse per uscire da quelle bocche.

Non era niente che non avessi già sentito almeno dieci volte. Diamine, persino ai ragazzi piaceva spettegolare come donnette negli spogliatoi, ma ciò non rendeva la cosa più semplice.

Arrivai finalmente al bancone e ordinai. Lanciai il resto nel barattolo delle mance e presi il vassoio. Nell'istante stesso in cui mi voltai a cercare Vic, i miei occhi si fermarono su Cally. Era immersa in una fitta conversazione con Josie, ed entrambe ridevano. Ma potevo vedere le sue crepe. Il sorriso che non risplendeva nei suoi occhi, l'espressione adombrata. Quando si conosce bene qualcuno, come io conoscevo Cally, si riesce a vedere oltre la maschera che quella persona indossa davanti al resto del mondo.

«Zach», disse Vic, attirando la mia attenzione nello stesso istante in cui Cally alzava lo sguardo.

I nostri occhi si incrociarono e tutto sembrò rallentare; iniziai a sentire il sangue martellare dentro le orecchie. Socchiusi le palpebre e la guardai torvo, costringendola a distogliere lo sguardo per prima.

«Chi è quella ragazza?» chiese Vic appena mi sedetti. Fortunatamente, aveva scelto un tavolo vicino agli scaffali dei libri, lontano da Cally.

«Chi?»

«La ragazza che stavi fissando.»

«Oh, intendi la sorella di Joel?»

«Josie? In effetti, mi sembrava un volto familiare.»

Trattenni un lamento. Victoria sapeva benissimo chi era Josie, ma le piaceva considerarsi l'*Ape Regina* delle ragazze dei giocatori: fidanzate, sorelle e scopamiche. O almeno, era stato così fino al giorno dell'incidente.

Adesso, tutt'al più, la sua posizione era inconsistente. Parte di me si chiedeva se fosse quello il motivo per cui si aggrappava tanto alla nostra fragile amicizia… perché facevo parte della squadra. Perché il mio cognome mi conferiva un certo *status quo* al campus.

«Chi è la sua amica?»

Scrollai le spalle. «Che cazzo ne so?»

«Gesù, qualcuno ha un grosso palo su per il culo.» Vic si appoggiò allo schienale della sedia e sorseggiò il suo latte.

Notai un paio di ragazzi che la guardavano, ma non era una cosa insolita. Ovunque andasse, Victoria non passava inosservata. Le sue curve morbide, i suoi capelli setosi e il suo viso a forma di cuore erano degni di una passerella. Una volta, mi sembrava di aver sentito mio fratello parlare del fatto che volesse fare la modella. Non ne ero sicuro però, perché non glielo avevo mai chiesto.

«Presto andrò in clinica, tua madre mi ha chiesto di andare con lei.»

«E le hai detto di sì?» La rabbia mi fece drizzare la schiena.

«Lo so», sospirò. «Ma è tua madre ed era così sconvolta, Zach, non volevo…»

«Sì… non importa.»

«Avanti.» Si sporse verso di me e mi afferrò la mano. Non avrebbe dovuto consolarmi, eppure non potevo negare che il suo tocco riusciva sempre a farmi stare bene. «Non fare così.» Victoria mise il broncio e mi diede un calcetto sotto il tavolo.

«Mi fanno incazzare troppo.» Sentii una nuvola nera scendere su di me e stringermi il petto.

«Che ne dici di andare in quel terribile bar in centro, stasera? Possiamo ubriacarci e renderci ridicoli con un po' di karaoke.»

«Se ricordo bene, sei stata tu a renderti ridicola.»

«E se io non ricordo male, ti è piaciuto.»

«Cazzo, sì, è stato esilarante.» Aveva fatto la serenata a un gruppo di uomini anziani con un'interpretazione stonata di *Stand By Your Man*, un brano tristemente appropriato alla situazione.

«Già, forse. Anche se, visto come è andata ieri notte, potrei rintanarmi a casa e rilassarmi.»

«Se vuoi compagnia, posso portare la pizza e una cassa di birra.» I suoi occhi brillarono e vidi qualcosa… qualcosa che non ero certo di voler vedere.

Era la ragazza di Declan, completamente off-limits. Ma Vic

rendeva tutto più facile. Riusciva a far scomparire i rumori di sottofondo e forse scoparla avrebbe calmato la rabbia che mi stava consumando. Declan e i miei genitori si erano presi da me tutto ciò che volevano, forse era arrivato il mio turno.

Qualcosa attirò la mia attenzione.

Cally.

Lei e Josie stavano andando via.

«Zach?» La voce di Victoria mi strappò via dai miei pensieri.

«Scusa.»

«Sei sicuro di stare bene?» Si incupì.

«Sto bene.»

Non avrebbe potuto essere altrimenti.

***

Dopo essere usciti dal *Muds*, Victoria si avviò verso la palestra e io mi diressi verso casa. Avevo appena superato l'edificio delle Delta Pi, quando la vidi di nuovo.

Cally.

Era come se l'universo volesse continuare a prendersi gioco di me. Non intendevo spiare e di certo non volevo che qualcuno mi sorprendesse a osservare lei e suo fratello che litigavano, ma non riuscii a trattenermi. Lei era vicinissima a lui, gesticolava e lo inchiodava con uno sguardo truce. Callum sembrava completamente a disagio, era rigido come un palo mentre sua sorella lo rimproverava. Ma, quando finalmente lui trovò il coraggio di parlare, Cally urlò. Emise un vero grido di frustrazione.

E il mio uccello… il mio uccello prese vita.

Che fottuta poesia.

Il mio cazzo non riusciva a distinguere un urlo di piacere da uno di rabbia.

O forse vuoi solo farle del male.

Quello era un dato di fatto.

Cally corse via e Callum rimase lì, portandosi una mano sul volto.

«Qualche problema?» chiesi, rivelando infine la mia presenza.

«Merda», sibilò. «Cosa hai sentito?»

«A parte i notevoli vocalizzi di Cally alla fine… niente.»

«È incazzata con me.»

«Quando mai non lo è?»

«Vero.» Callum mi rivolse un sorriso forzato. Non eravamo amici. Compagni, forse, ma non eravamo mai stati amici. Tuttavia, era il migliore amico di mio fratello; avevano affrontato insieme gli alti e bassi alla SU prima dell'incidente di Declan, prima del mio arrivo.

«Non hai mai detto che si sarebbe iscritta qui.» Rimpiansi di aver parlato nel secondo stesso in cui le parole uscirono dalla mia bocca. Callum strinse gli occhi con sospetto.

«Non credevo fosse importante», ribatté con freddezza.

«Non lo è.» Alzai le spalle e poi le scrollai con indifferenza. «Ma sembrava davvero scioccata ieri sera quando mi ha visto.»

«Ieri sera?»

«Sì, alla festa. È venuta con la sorella di Joel.» Callum non era venuto. Dopo l'incidente di Declan, si era barricato in casa e i ragazzi gli stavano lasciando spazio per elaborare la cosa.

«È amica di Josie?» gemette. «Cazzo, ci mancava solo questa.»

«Quindi il piano era quello? Evitarla per un anno intero?»

«Qualcosa del genere. Odia il basket. Non c'era nessun motivo per cui i nostri cammini dovessero incrociarsi.»

«Amico, sei suo fratello.» E quella era la SU, un'università con una squadra di basket.

«Sì, e mi odia per questo.» Gli occhi di Callum si spostarono in direzione della strada che Cally aveva imboccato.

«Non importa. Non sono venuto per fare una passeggiata nel viale dei ricordi.»

«Allora perché ti sei avvicinato?» chiese, inarcando le sopracciglia.

«Sai che ti dico, Cal, vaffanculo. Ho provato a fare la brava persona e...»

«Sì», fece un lungo sospiro, «lo so e mi dispiace, okay? Forse sto solo provando ad accusare il colpo. Questo è il mio ultimo anno e Declan è...» Deglutì con forza. «E il mio vecchio mi sta col fiato sul collo per quello che succederà dopo la laurea. È difficile.»

«Non dirlo a me», risposi con rabbia. Non ero all'ultimo anno, ma lo battevo a mani basse in quanto a genitori fin troppo presenti.

«Merda, giusto. Mi dispiace. Come va?»

«Come pensi che vada?»

L'aria si fece tesa, pregna dei fantasmi del passato e degli incubi del presente.

Io avevo perso mio fratello.

Lui il suo migliore amico.

Ma sapevo che significava altro per lui, molto di più. Declan ed io condividevamo il DNA, ma non eravamo mai stati particolarmente uniti.

«Sei stato a fargli visita di recente?» chiesi.

«Non ci riesco. Sembro una femminuccia, vero?»

«No, lo capisco.» Ci comprendevamo a vicenda. «Dovrei...»

«Sì. Ci vediamo agli allenamenti. Oh, e, Zach…»
«Sì?»
«La gente sta cominciando a parlare di te e Vic.»
«Che cazzo significa?»
«Ehi», alzò le mani. «Non prendertela con me. Lo capisco, davvero. Ma stai attento, okay?»
Mentre mi allontanavo da Callum, sentii altri brividi di rabbia percorrermi la schiena. Non potevo mai averla vinta. Niente di quello che facevo o dicevo passava inosservato, essere un Messiah significava questo. Ma essere il rimpiazzo di un Messiah rendeva tutto dieci volte peggiore. Le persone mi paragonavano costantemente a Declan.
Victoria era l'unica a non farlo.
Una parte di me sapeva che Callum era in buona fede e che stava soltanto provando a fare la cosa giusta per la squadra. Ma l'altra parte, quella fottutamente stanca di vedere la gente che provava a manipolare la mia vita, non poté fare a meno di pensare che lo stesse facendo per crudeltà. Per portarmi via l'unica cosa che sembrava avere un senso in mezzo a tutto ciò che stavo vivendo.
Non appena fui fuori dal campus, mi sembrò di tornare a respirare.
Lì dentro, ogni cosa ruotava attorno al basket.
Lì dentro, dovevo essere il migliore e sfondare. Dovevo tenere alto il nome dei Messiah.
Lì dentro, non ero Zachary Messiah. Ero una pedina, un attore… *un ladro di cadaveri.*
Ma, lì fuori, ero solo un ragazzo che cercava di dare un senso a ciò che stava accadendo.
Lì fuori, non dovevo preoccuparmi di mantenere le apparenze.
Lì fuori, potevo permettermi di crollare.

***

«Hai un aspetto di merda.» Vic serrò le labbra.
«Ciao anche a te.» Mi appoggiai alla porta e inarcai un sopracciglio.
«So che avevi detto che non ti andava di stare insieme, ma ho portato pizza e birra.»
«Vic, è tardi.»
«Lo so, lo so… ma mi farebbe bene un po' di compagnia.»
«Non riesci a dormire?» Sapevo che aveva incubi frequenti. Me lo aveva raccontato una volta, dopo essersi sbronzata con shottini pieni di liquore troppo dolce.

«Ho provato a voltarmi e rimettermi a dormire, Zach, ci ho provato, ma…»

«Andiamo.» Mi spostai di lato e la feci entrare; non appena avvertii il profumo di aglio e pomodoro, il mio stomaco brontolò.

«Ho preso la tua preferita.» Poggiò il cartone sul piano della cucina.

«Salsiccia extra?»

«Salsiccia extra.»

Eravamo coordinatissimi; lei prese piatti e tovaglioli, io invece aprii le birre e la raggiunsi sul divano. «Vuoi parlarne?»

«No.» Si servì e addentò una fetta di pizza. «Guarda cosa danno in tv», bofonchiò.

Presi il telecomando e cominciai a fare zapping, prima di fermarmi su un film d'azione.

«Oh, ottima scelta, questo tipo è un bocconcino.»

«Un *bocconcino*?»

«Sì, sai, da mangiare.»

«So cos'è un bocconcino, Vic, ma non credo di avertelo mai sentito dire.»

«Mi manca il sesso», disse, prima di coprirsi la bocca con la mano. «Oh Dio», aggiunse, ma le parole suonarono attutite.

«Rilassati», ridacchiai. «Quanti mesi sono passati? Cinque?»

«Cinque mesi, tre settimane e sei giorni.»

«Mi dispiace.»

Che cazzo avrei dovuto dire in una situazione del genere?

«Sì, anche a me.»

«Puoi comunque masturbarti, no?»

«*Zach*!» Le sue guance avvamparono.

«È solo sesso, Vic, lo facciamo tutti.» In quel momento non ne facevo quanto avrei voluto, ma non per mancanza di offerte.

«Ho diverse opzioni… sì.»

Sperai che intendesse giocattoli a batteria.

«Ma non è la stessa cosa. Mi manca l'intimità, sentire le labbra di un ragazzo sulla pelle. Mi mancano i baci… Dio, quanto mi mancano i baci.» I suoi occhi si riempirono di tristezza e mi preparai a vederla piangere. Non succedeva spesso come prima, ma aveva ancora i suoi momenti. Di solito accadeva quando veniva coinvolta anche una bottiglia di vodka.

«Non devi restare con lui, Vic. Lo sai, vero? Le probabilità che lui non si svegli…»

«Non dirlo. Per favore, non farlo.» Chiuse gli occhi e la prima lacrima cadde.

Presi il cartone della pizza che aveva sulle gambe e lo poggiai sul tavolino, poi la avvicinai a me. «Sei una brava persona, Vic.»

Lei mi circondò la vita con le braccia, poi le lasciò cadere e appoggiò una mano sulla mia pancia.

«Vic», la richiamai. Era pericoloso. Il suo corpo minuto e sinuoso schiacciato contro il mio, le sue dita che mi accarezzavano, pericolosamente vicine al mio uccello.

«Non vuoi provare qualcosa, Zach? Qualcosa oltre alla rabbia costante, alla frustrazione, al dolore?» Mi fissò con occhi spalancati e tristi.

«E domani? Quando tutto sarà più chiaro? Che succederà, Vic?»

Le sue labbra tremarono. «Potrebbe essere il nostro segreto.»

Perché quello era ciò che io ero per lei.

Un piccolo sporco segreto.

Irrigidii la schiena e le afferrai il polso, allontanando la sua mano dai miei addominali. «Dovremmo guardare il film.»

«Sì.» Si sedette un po' più lontana da me. «Mi dispiace, non so cosa mi sia preso.»

«Va tutto bene.» Le rivolsi un sorriso a labbra strette. «Inoltre, non ti biasimo, sono un bel bocconcino.»

«Stronzo.»

Sghignazzai e la tensione si dissipò un po', mentre le nostre risate ancora tese riecheggiavano nella stanza. Bastò un attimo per dimenticare il momento in cui la ragazza di mio fratello aveva provato a sedurmi.

E provai a convincere me stesso di non aver quasi ceduto.

***

Vic rimase per la notte. Non avevo una stanza per gli ospiti e mi offrii di dormire sul divano, ma lei promise di tenere le mani a posto. Ed eccoci lì, nel mio letto. Non era la prima volta che lo faceva e probabilmente non sarebbe stata l'ultima. Victoria era nelle Chi Delta Kappa. La loro casa era sempre affollata e rumorosa. Comprendevo il suo bisogno di tranquillità. Russava dolcemente, era raggomitolata su sé stessa e mi dava le spalle; io ero supino, con un braccio sotto la testa, fermo a fissare il tetto. Sarebbe stato così facile scoparla. Sprofondare in lei e lasciare che il sesso ci trasportasse da un'altra parte. Ma lei apparteneva a Declan. E per quanto volessi vendicarmi di lui, dei miei genitori, quella sarebbe stata una cosa disgustosa per chiunque.

Eppure, io non ero *chiunque*.

In me albergava un'oscurità che talvolta mi spaventava. Di solito riuscivo a tenerla sotto controllo, dovevo farlo. Ma, a volte, veniva fuori… come l'istante in cui avevo visto Cally alla festa e poi di nuovo al *Muds*.

C'era stata anche un'altra occasione. Una in cui avevo ceduto e lasciato che l'oscurità mi consumasse.

La ricordava?

Ricordava cosa aveva provato quando l'avevo scopata contro la parete di quella casa abbandonata?

Era successo l'anno prima, ad Halloween, quando ero tornato a Bay View per fare visita al figlio appena nato di mia cugina. Non immaginavo che l'avrei rivista, ma, nel momento stesso in cui era accaduto, avevo capito di non poter semplicemente lasciar perdere.

«Rivoglio la mia macchina fotografica», disse Cally, alle mie spalle. Mi voltai appena, continuando a tenere gli occhi fissi nei suoi.

«Magari non voglio restituirtela. Magari voglio negoziare.» Scattai un'altra foto, il flash illuminò il buio che ci circondava.

«Non starò al gioco», esclamò piena di rabbia.

Ma il fuoco nei suoi occhi la tradì.

«Quindi non era un respiro mozzato quello che ho sentito quando ti ho toccata?» Mi avvicinai. «Non era lussuria quella che ho visto nei tuoi occhi? Non hai afferrato la mia maglia per attirarmi a te?»

Stavamo per toccarci. Il suo corpo minuto e sinuoso era proprio lì, premuto contro il mio. Ghignai. Avevo ancora la macchina fotografica tra le mani, e continuavo a scattare una foto dietro l'altra. Lei era arrossita, aveva gli occhi spalancati ed era dannatamente bella. Odiavo vederla così.

Click, click, click.

«Mi guardi ancora con gli occhi a cuore», dissi piano, e detestai che le mie parole mi provocassero un nodo allo stomaco. «Anche dopo ciò che ti ho fatto. Anche dopo ciò che mi hai fatto.»

«Cosa…» Quando sentì la mia mano salire lungo il suo collo, le parole morirono sulle sue labbra. Un brivido la percosse, ma non era spaventata. Era eccitata e sentivo il suo desiderio increspare l'aria.

«Era tutta una bugia?» sussurrò nel buio, la voce tremante. «Mi hai mai ama…» La sue espressione si indurì, mentre la parola amore si perdeva sulle sue labbra. «Hai mai tenuto a me?»

«Ha importanza?» Le mie dita si spostarono sulla sua guancia, accarezzandone la pelle.

«No», sussurrò, mentre le lacrime riempivano gli angoli dei suoi occhi. «Immagino di no.»

Mi abbassai e sfiorai le sue labbra con le mie, ma lei le serrò, impedendomi di entrare. «Apri, scricciolo.» Le parole mi riecheggiarono nel petto. «Lascia che ti assapori. Ho bisogno davvero di farlo.»

Cally esitò, rabbrividendo da testa a piedi.

«Calliope, ti prego, concedimelo.»

La stavo supplicando. Cazzo, perché la stavo supplicando?

Ma avevo bisogno di lei. Avevo bisogno di lei in un modo che non potevo spiegare.

Percepii subito il momento della sua resa. Trattenne il fiato e il desiderio bruciò nei suoi occhi.

«Brava ragazza.» Mi tuffai su di lei, immergendo la lingua a fondo dentro la sua bocca.

«Zach», sussurrò quando la appoggiai alla parete, divorando le sue labbra come un uomo che moriva di fame. La macchina fotografica scattò un'altra foto e catturai l'istante in cui Calliope James cadde in disgrazia.

Mi attirò ancora più vicino. «Una notte», sussurrò. «Avrai solo una notte.»

Come se potesse essere qualcosa di più. Era una follia farla tornare da me. Dare un pezzo del mio cuore alla ragazza che mi aveva distrutto. Ma dovevo averla. Avevo bisogno di sentirla ancora una volta.

«Ho bisogno di averti adesso, Cally.» Conficcai le dita nella sua coscia, ma la macchina fotografica rendeva tutto difficile. Scostandomi, mi piegai e la appoggiai sul pavimento. Fu sufficiente a spezzare l'incantesimo, e quando i miei occhi incontrarono i suoi, quasi ringhiai. Era dannatamente bella... così innocente e pura.

«Me lo lascerai fare davvero?» chiesi con freddezza. «Fotterti al buio, mentre i tuoi amici sono alla festa in spiaggia?»

«Non sono miei amici.» La sua forza mi sorprese. Mi aspettavo quasi di vederla distrutta dopo le mie parole crudeli. Cally era cambiata. Lo eravamo entrambi. Era una sfida che non avevo pensato di dover affrontare: vedere fino a quanto avrei dovuto spingermi per osservarla mentre cadeva a pezzi.

«No, in effetti non hai mai giocato bene con gli altri, non è vero?» Le accarezzai il collo e portai l'altra mano sotto la sua gonna, poi la toccai. Non seppi trattenermi e sfiorai il suo clitoride con il pollice.

«Sei bagnata per me, scricciolo?»

«Perché non lo scopri?» Inarcò il sopracciglio, mostrando una notevole spavalderia.

Gesù, quella ragazza.

Chi era?

«Sei diversa», le dissi.

«Anche tu.»

Aggrottai le sopracciglia. «Oh, non immagini quanto.»

«Io...» Appena la mia mano entrò dentro i suoi slip bagnati e il mio dito dentro di lei, le sue parole rimasero ferme in gola.

«Gesù, Cally.» Le mordicchiai il lobo. «Sei così stretta. Non hai mai fatto entrare nessuno?»

Perché cazzo mi interessava saperlo?

Ma quando la guardai e vidi le lacrime bagnare le sue guance, capii. «Merda, non hai mai... Ecco perché lo vuoi così tanto.»

Aprii la mano dietro la sua testa e la intrappolai tra il mio corpo e il muro. La fissai mentre la toccavo con le dita, così piano da farla contorcere sotto di me. «Sì, così.» Andai più veloce, più forte, infilai le dita più a fondo.

«Dio», gemette. «È così...»

«Lo so, piccola, lo so.» Passai la lingua sulla sua guancia per poi baciarla con fare famelico.

Bastò questo per portarla al culmine, e le sue grida riempirono la casa abbandonata.

Il desiderio bruciava dentro di me e senza rendermene conto, mi sbottonai i jeans e portai le mani sotto il suo sedere, sollevandola mentre la sua schiena restava appoggiata alla parete. Cally mi accolse ed ero quasi dentro quando qualcosa mi fece fermare.

«Sei sicura?»

Mi guardò, rifiutandosi di rispondermi.

«Sei. Sicura?» urlai. Stavo per scoppiare. Se non fossi entrato dentro di lei nei cinque secondi successivi, sarei andato a fuoco.

«Fanculo», ringhiai, entrando con forza dentro di lei.

Cally incrociò le caviglie dietro la mia schiena, mentre mi spingevo dentro di lei.

«Zach...» ansimò.

«Sì, piccola?» mormorai nell'incavo delle sue spalle, mentre spingevo ancora più forte. Più veloce. Senza pensare a come si sarebbe ridotta la sua schiena contro la parete spoglia. Era fottutamente fantastica, così stretta e bagnata.

«Perché è così bello?» gridò.

«Perché sei mia, Calliope.» Portai la mia mano alla sua gola e la tenni ferma. «Sei sempre stata mia.»

Ma lei non era mia.

Forse non lo era mai stata.

Capitolo 5
Calliope

Passarono ben cinque giorni dal mio arrivo alla SU, prima che mio padre mi invitasse a casa sua, un'abitazione enorme con vista sull'oceano su un fazzoletto di terra tra Steinbeck e Morenta. Per un attimo avevo pensato di non andare, ma ciò gli avrebbe solo consentito di aver qualcosa in più da recriminarmi. Inoltre, prima di morire, mia madre mi aveva chiesto di *provarci*.

Dio. Odiavo quella promessa.

Una promessa che avevo fatto a una donna morente. L'unica ad esserci sempre stata per me, in qualunque circostanza.

Nonostante odiassi ammetterlo, dentro di me viveva ancora quella ragazzina alla disperata ricerca dell'approvazione di suo padre. Ero stata in terapia per superarlo, ma ci sono cose che nessuna conversazione può sistemare, fanno semplicemente parte di noi, come il sangue che scorre nelle vene e il sale che contamina le lacrime.

Mi costrinsi a camminare e misi una ciocca di capelli dietro l'orecchio. Non mi ero preoccupata di vestirmi bene, ero rimasta fedele ai miei pantaloncini di jeans e alla mia t-shirt a strisce. Prima di raggiungere la porta, la vidi aprirsi.

«Sei in ritardo», disse Callum.

«No, non è vero.» Controllai l'orologio. «Sono in anticipo di due minuti.»

«Vabbè. Papà è in cucina.»

Prima del giorno del litigio, io e mio fratello non ci eravamo visti per quasi tre mesi, a esser precisi, dal giorno del funerale della mamma, e quello era tutto ciò che aveva da dirmi.

Mi fece più male di quanto avrebbe dovuto. Non ero stata io a rovinare il nostro rapporto, la colpa era solo sua. Quando i nostri genitori si erano separati, lui aveva scelto nostro padre. Aveva scelto di continuare con il basket a tutti i costi.

Non avevo avuto voce in capitolo.

«Anche io sono felice di vederti», brontolai mentre entravo e lo vedevo allontanarsi da me. Aggirandomi per la casa, mi sorprese poco vedere tutti i trofei e le medaglie di Callum in bellavista su scaffali e mobili. C'era una parete piena di ritagli di giornale e fotografie. La sua faccia, la sua vita, i suoi riconoscimenti, occupavano il cento per cento della casa di mio padre.

E cosa toccava a me?
Un messaggio che richiedeva la mia presenza a casa, inviato cinque giorni dopo il mio arrivo alla Steinbeck.
Sarebbe stato quasi esilarante, se non fosse stato tanto deprimente.
«C'è qualcuno?» chiesi. Ero stata lì un paio di volte, quando ero più piccola. Quando ero disperatamente determinata a salvare il mio rapporto con Callum. Ma mi era stato subito chiaro che non c'era alcuna speranza. Non si può combattere per qualcosa che è già morto e sepolto.
«Sono qui», la voce baritonale di mio padre echeggiò per la casa.
Lo trovai nel suo studio, con il naso tra un mucchio di fogli. «Ah, Calliope, ce l'hai fatta. In ritardo come sempre, vedo.»
«In realtà non...» Trattenni la mia voglia di litigare. «Volevi vedermi?»
«Sì, non stare ferma lì, accomodati. Callum è qui da qualche parte. Vi siete già...»
«Ci siamo già visti.» *Ed è stato deludente come sempre.*
«Bene, bene.» Si appoggiò allo schienale e si passò una mano tra i capelli brizzolati. «Hai trovato una buona sistemazione?»
«Sì, è okay.»
«Lo sai che potevi stare qui.»
«Sappiamo entrambi che non sarebbe stato possibile.»
«Cally, non essere ridicola. Questa è casa tua. Adesso che tua madre è... morta.» Inspirò a fatica e ne rimasi sorpresa. Di solito quell'uomo aveva la sensibilità di un tronco d'albero. «Sei la benvenuta...»
«Stare al dormitorio era già nei piani.»
«Testarda come sempre, vedo.» Mise le mani a guglia. «E i soldi? Ne hai abbastanza?»
Ti interessa davvero?
Quelle parole erano sulla punta della mia lingua, ma non lasciai che uscissero e le nascosi dietro a un sorriso stretto.
«Sono a posto. Il mese scorso abbiamo concluso la vendita della casa.» Mia madre aveva insistito affinché il denaro ottenuto venisse utilizzato per pagare i miei studi, compresi vitto e alloggio. Dopo aver estinto il mutuo, non era rimasto molto, ma sarebbe bastato.
«Lo sai, mi è dispiaciuto moltissimo sapere che Fiona...»
«Possiamo *non* parlarne?» Digrignai i denti. Non gli era mai importato davvero. Aveva chiamato giusto un paio di volte durante tutto il calvario di mia madre.
Ero stata con lei durante la chemio, le visite in ospedale, i

giorni infiniti di malesseri e dolori. Ero stata io a stringerle la mano quando era quasi alla fine e avevo provato a risollevarle il morale. E cosa avevano fatto mio padre e Callum?

Se l'erano cavata con un paio di visite.

Non li avrei mai perdonati per quello.

Mai.

«Certo, immagino che la ferita sia ancora aperta.»

Cazzo. Da non crederci.

Volevo urlare. Volevo afferrare i trofei dalla sua scrivania e lanciarli contro la parete, vederli ridotti in pezzi, proprio come me.

Ma non lo feci. Perché la ragazzina dentro il mio corpo, ancora alla disperata ricerca dell'approvazione paterna, si rifiutò di arrendersi. Senza contare la promessa che avevo fatto a una donna morente... *provarci.*

Nonostante tutti i suoi difetti, ed erano tanti, Andrew James era comunque mio padre e io continuavo a essere sua figlia.

Dio, talvolta avrei voluto non tenerci così tanto. Alcune volte, avrei voluto poter non tener conto delle aspettative altrui, gettare la prudenza al vento e seguire l'istinto.

Ma ci avevo già provato... e mi ero ritrovata con il cuore spezzato da Zachary Messiah per la seconda volta.

No, dovevo restare fedele a me stessa. Mi piacevano le regole e i limiti, ed ero fiera di rispettarli.

«Mangiamo?» Feci un respiro per rilassarmi e cambiai argomento.

«C'è del pollo e qualche verdura in frigo. Non sono un gran cuoco, quindi potresti...»

Mi alzai e strinsi i pugni lungo i fianchi, godendomi la sensazione dolorosa delle unghie conficcate nel palmo. «Ci penso io.»

Quantomeno avrei potuto sfogare la mia frustrazione affettando delle ignare carote.

«In realtà», Callum fece capolino dalla porta. «Io non resto.»

«Figliolo, ne abbiamo parlato. Voglio che ci sediamo insieme e mangiamo come una famiglia. Non sei quasi mai qui e Cally è... beh, ci cucinerà qualcosa di delizioso.»

«Riguarda la squadra», disse.

«La squadra.» Nostro padre si mise dritto sulla sedia, la sua espressione divenne interessata, ben lontana dal sorriso forzato che aveva rivolto a me qualche secondo prima.

Ma ci ero abituata. Mi sembrò quasi di essere tornata ai vecchi tempi.

«Niente di serio, organizziamo qualcosa per dare il benvenuto ai nuovi membri della squadra.»

«Ah, un'iniziazione.»
«Papà, sai che non facciamo quelle merdate.» Callum emise un sospiro lamentoso.
«Non faccio parte dell'amministrazione scolastica, Cal. Non ti rimprovererò per un po' di divertimento vecchio stile.»
«Okay, non importa. Quindi posso andare?»
Vedere che, a ventuno anni, Callum sentisse ancora il bisogno di chiedere il permesso a nostro padre, mi fece sorridere. Lui non gli aveva mai detto di no.
«Ma certo, vai. Divertiti. Saluta i ragazzi da parte mia e di' loro che mi aspetto grandi cose per questa stagione.»
«Certo, papà», borbottò, guardandomi a malapena.
Callum sparì e lo sbattere della porta risuonò come un colpo di pistola dritto al mio cuore.
Semplicemente, se n'è andato.
Proprio quando pensavo che le cose tra noi non potessero andare peggio, era riuscito a farmi ricredere.
Mi sentii ribollire dalla rabbia. E così, quella piccola scintilla si trasformò in una tempesta di fuoco. Prima di riuscire a rendermi conto di ciò che stavo per dire, le parole uscirono dalla mia bocca. «In realtà, papà, anche io devo andare. Possiamo rimandare la cena a un'altra volta?»
«Calliope, ma di che diamine stai parlando? Possiamo comunque...»
«Mi sono ricordata di una cosa...»
«Una cosa? Che cosa?»
Socchiuse gli occhi.
«Un impegno. Ci riorganizzeremo. Ti chiamerò.»
Non lo avrei fatto, ma non importava.
L'unica cosa di cui ero certa era che non sarei rimasta lì a preparare le verdure per un padre a cui non poteva fregare di meno di me e un fratello che preferiva passare del tempo con la sua preziosa squadra invece che con la sua famiglia.
Con *me*.
Mi allontanai velocemente da quella casa, correndo sotto al sole cocente della California, allo stesso modo in cui le lacrime iniziarono a correre sulle mie guance.
L'auto di Callum non c'era già più.
Stronzo.
Mi sfilai le sneakers e scesi verso la spiaggia. Affondai le dita dei piedi nella sabbia calda, tirai fuori il cellulare e selezionai il numero di Madison.
«Ehi, ragazza! Come te la passi alla SU?»

«Va… tutto bene.» Tirai su con il naso e sfregai gli occhi con il dorso della mano.

«Oh no.» Sospirò. «Che è successo?»

«Mio padre e mio fratello, sono sempre gli stessi…» L'angoscia mi squarciava dentro. «Non so perché pensavo… Dio, che stupida sono.»

«Cally, non sei una stupida. Sono la tua famiglia.»

«Sfortunatamente per me», borbottai.

«Vuoi parlarne?»

Mi buttai sulla sabbia e mi portai al petto le ginocchia, appoggiandovi sopra il mento. «Zach è qui.»

«Come, scusa?» gridò la voce dall'altra parte del telefono e fui costretta ad allontanare il cellulare dal mio orecchio. «Zach, cioè *Zachary Messiah*?»

«Il solo e unico.» Al suono del suo nome, sentii una stretta al petto. Succedeva ogni volta.

Forse sarebbe stato così per sempre.

Immaginavo che il primo amore lasciasse quel tipo di segno. Una macchia indelebile nell'anima. Ma avevo sottovalutato l'impatto che avrebbe ancora avuto su di me sentire pronunciare il suo nome.

«Cosa… ma come… non capisco.»

«È successa una cosa a Declan», sussurrai.

«Cosa? Tipo un incidente?»

«Sì, è in coma. Com'è possibile che non lo sapessimo?» Steinbeck distava solo tre paesi da Bay View, e Zach e Declan avevano ancora la loro famiglia lì.

Ma non appena il liceo era finito, io mi ero isolata dalla vita e Madison era andata in crociera ai tropici con i suoi genitori. E Zach e la sua famiglia non vivevano più a Bay View da almeno due anni.

«Non posso credere che Callum non ne abbia mai parlato», disse.

«Non dirlo a me.»

Quando lo avevo messo alle strette al campus, chiedendogli spiegazioni, si era comportato come se fossi la sola ad avere qualche problema. Non sapevo cosa odiassi di più: che mi avesse tenuta all'oscuro perché non era necessario che lo sapessi o che avesse ragione.

Non era necessario che io lo sapessi.

Non ero più amica di Zach. Per quanto ne sapeva Callum, non eravamo nulla l'uno per l'altra. Solo amici d'infanzia che si erano allontanati e avevano preso strade diverse.

Ma noi *non* ci eravamo allontanati.
«Quindi, cosa intendi fare?»
«Sinceramente?» Arricciai le dita nella sabbia, godendomi la sensazione dei granelli sulla pelle. «Non lo so. Ero preparata ad affrontare la presenza di Callum qui, ma Zach?»
«Gli hai parlato?»
«Abbiamo scambiato due parole», risposi tagliente.
«È andata così male?»
«Non è andata bene», sospirai profondamente, ricordando la sua furia al *Muds*. «Avrei solo voluto sapere...» Trattenni il resto della frase.
«Forse questa è la tua occasione.»
«Eh?»
«Sì, magari l'universo ti sta concedendo l'occasione per voltare pagina.»
«Davvero?» chiesi esitante. «Perché di certo non mi sembra stia andando così. Sembra più che l'universo mi stia prendendo per il culo un altro po'.»
Madison sussultò. «Calliope James, baci tua madre con quella boccaccia? Merda, non intendevo... Dio, sono un'idiota. Scusami.»
Mi concessi una risata. «Va bene. Sto bene.»
Lei sospirò. «Ma penso di non aver tutti i torti. Quante possibilità c'erano che tu e Zach finiste nello stesso college?»
Pochissime, considerato il fatto che non avrebbe dovuto essere lì.
Portai le dita alle tempie e poi sul viso. «Lui mi odia, Madison.»
«Beh, forse questa è la tua occasione per scoprire perché... o almeno, per dimostrargli che sei andata oltre. Esci, incontra dei ragazzi... cazzo, fatti una scopata. Sei al college.» La sua voce si fece più triste. «Lei vorrebbe che facessi tutte le esperienze possibili, Cally.»
«Lo so, è solo che...»
«Hai paura.»
«Stavo per dire che sono fuori allenamento.»
«Ehi, poteva andare peggio. Potevi essere vergine», disse ridendo. «Quest'anno ti è capitato qualcosa di devastante. Eventi di questo genere sono destinati a lasciare delle cicatrici. Ma la vita non è solo aspettare che la tempesta finisca, Cally, è anche imparare a danzare sotto la pioggia.»
«Lo sai che non ballo.» Una risata strozzata risuonò nel mio petto.
«Dovresti cominciare a farlo. Sei al college, tesoro. *Al college*. Non devi nulla a nessuno. Né a tuo padre, né a Callum, né a Zach. Questa è la tua nuova vita. So che è complicato e che,

probabilmente, stai pianificando tutti i modi per evitare ognuno di loro.» Lo stavo facendo, ma non era necessario che lei lo sapesse. «Ma questa è la tua vita. Non sprecarla a stare seduta in panchina mentre tutti gli altri vivono la loro.»

«Sai, hai proprio ragione.»

«Beh, ho un sacco di esperienza con gli stronzi.»

Il suo primo e unico ragazzo le aveva strappato il cuore dal petto e lo aveva calpestato prima che entrambi partissero per il college, *dopo* aver deciso di provare con una relazione a distanza. Anche lui era un giocatore di basket. Il capitano della squadra del liceo, per esattezza. E nonostante volessi concedere a Finn il beneficio del dubbio, perché quando stavano insieme erano proprio una bella coppia, in fondo sapevo che l'aveva ferita profondamente.

Non ci si poteva fidare dei giocatori di basket.

Erano troppo coinvolti dal gioco, dallo sballo della vittoria, dalla popolarità e dalla fama che derivavano dalla capacità di far entrare una palla in un canestro.

«Hai parlato con lui?» le chiesi.

«Cosa? No. *No!* Non ho niente da dirgli. Inoltre, ho conosciuto un ragazzo che si chiama Toby e sarebbe un rimpiazzo perfetto.»

«Madison.» Sospirai.

«Rilassati, non intendo affezionarmi. Ma lascerò che mi aiuti a dimenticare Finn e le sue promesse vane. E se tu tenessi a te stessa, faresti esattamente la stessa cosa.»

Lo faceva sembrare così semplice. Ma io non volevo un rimpiazzo.

«Beh, sta' attenta.» Conoscevo la mia migliore amica e sapevo che, nonostante la sua apparenza da dura, aveva un cuore tenero.

Non come me, che tenevo il mio sottochiave, così che nessuno potesse toccarlo.

Dopo Zach, non ero uscita con nessuno. Mi ero ripromessa che non avrei più commesso lo stesso errore. Inoltre, mia madre si era ammalata e ogni cosa era passata in secondo piano, perché ero tutto ciò che lei aveva e io non abbandonavo le persone che amavo.

E se Madison avesse avuto ragione?

Avrei davvero avuto l'occasione di voltare pagina?

Di dimostrare a Zachary Messiah, e a me stessa, di averla finalmente superata?

«Facciamo così», disse Madison. «Prometto di stare attenta, se tu mi prometti che correrai qualche rischio.»

«Io... okay.»

«Okay?» Il suo tono si tinse di sorpresa.

«Sì, okay.» Ero già andata contro a tutto ciò in cui credevo, e avevo abbandonato mio padre insieme al suo pollo e alle sue verdure.

Potevo farcela.

Ero al college. Era arrivato il momento di spiegare le ali e vivere.

«Brava ragazza», capii dalla sua voce che Madison stava sorridendo. «Sarebbe così fiera di te, lo sai. Quando hai scoperto che Zach era alla SU, saresti potuta correre via, ma non lo hai fatto. È incredibile, Cally.»

No, non lo era.

Semplicemente non avevo altro posto in cui andare.

Ma sapevo cosa intendeva e, in realtà, per un secondo, avevo pensato di nascondermi, barricarmi nel dormitorio e trovare un modo per scappare da quel casino. Ma non lo avevo fatto.

Perché Madison *aveva* ragione.

Avevo bisogno di chiudere il cerchio.

Avevo bisogno di sapere perché Zach mi odiava così tanto.

Allora, solo allora, avrei potuto finalmente essere libera.

Capitolo 6
Zach

Il *Pivot* era un bar appena fuori dal campus. Non era proprio il mio genere, ma era il ritrovo preferito della squadra. E visto che ero un membro degli Steinbeck Scorpions, tutti si aspettavano che anche io fossi presente.

Mancavano ancora due mesi all'inizio della stagione sportiva, ma era importante che i componenti della squadra avessero un legame solido, che si allenassero e passassero del tempo in palestra.

Secondo la tradizione, era importante anche far sbronzare le nuove reclute e guardarle mentre facevano un mucchio di stronzate. In seguito all'incidente, avvenuto qualche anno prima, con il capitano della squadra di basket, la SU aveva deciso di non tollerare più alcun atto di nonnismo. Ma quello che noi stavamo facendo non poteva ritenersi tale. Era solo un po' di divertimento vecchio stile. Nessuno si sarebbe fatto male, né sarebbe stato umiliato. Beh, non più di quanto normalmente accadesse quando c'era di mezzo un gruppo di studenti universitari.

«Che ne pensi dei ragazzi nuovi?» mi chiese Brad. Era appoggiato al bancone e guardava i nuovi arrivati che si sfidavano in una gara di shottini.

Trev, il proprietario del locale, era un tipo tranquillo. Era un ex-Scorpion, sempre ben disposto a farci usare la stanza sul retro per riunirci. C'erano dei tavoli da biliardo e un vecchio jukebox. Le pareti erano ricoperte di cimeli degli Scorpions e della NBA.

Presi un lungo sorso di birra e alzai le spalle. «Ce lo dirà il tempo.»

«Quel tipo, Kaiden, sembra bravo.»

«Il ragazzino ci sa fare», aggiunse Joel. «Ho visto un filmato in cui giocava. Potrebbe darti del filo da torcere, Messiah.»

«Fottiti.» Ero il migliore, per quello il coach Baxter aveva accettato l'assurda proposta dei miei genitori. Avevo un talento naturale, proprio come Declan. Proprio come mio padre. Eppure, pur avendo molto talento, mi mancava l'ambizione. Il basket era il *loro* sogno, non il mio.

«Quella è Josie?» chiese Joel con un gemito sofferente e tutti seguimmo il suo sguardo in direzione di ciò che stava fissando.

La stanza sul retro non aveva porte, ma un grande arco la

divideva dall'area principale del bar. E proprio lì, sulla pista improvvisata, Josie e Cally stavano ballando.

«Porca puttana, Molineux», esclamò Devyn, la nostra ala forte. «Tua sorella sa come muoversi.»

«Smetti di guardarla.» Joel gli diede un pugno sul braccio.

«Amico, ma che cazzo! È davanti ai miei occhi, non la sto certo guardando di proposito.»

Dev non aveva tutti i torti. Era impossibile non notare Josie, che roteava i fianchi e muoveva sensualmente il suo corpo snello.

Un velo di rabbia coprì il volto di Joel. «Devo andare...» Indicò le ragazze.

Brad ridacchiò. «Sarà un anno molto interessante.» Il suo sguardo si illuminò.

«Tu e Josie?» gli chiesi a bassa voce.

«Cosa? Cazzo, no. Joel mi triterebbe le palle e me le farebbe bere con una cannuccia.»

Socchiusi gli occhi e lo osservai. Sembrava tranquillo e impassibile, ma intravidi un barlume di paura in lui.

«Come vuoi», borbottai.

Era un fottuto bugiardo. Lui la desiderava, sempre che non ne avesse già avuto un assaggio.

«Chi è l'altra ragazza?» chiese Dev.

«L'amichetta di Josie?» si intromise Brad. «Non lo so, ma si è sbronzata di brutto alla festa dell'altra sera. Ho visto Josie portarla via. Non regge per niente l'alcol.»

Drizzai la schiena. Era assurdo che non sapessero chi fosse, ma non sarei stato certo io a dirglielo. Avrebbero fatto delle domande. Domande alle quali non avevo risposta.

«Devo fare due gocce.» Mandai giù il resto della birra e andai verso i bagni sul retro del bar.

Quando uscii, vidi Josie e Joel che stavano litigando. Capivo che lui volesse proteggerla, ma eravamo pur sempre al college e lei era un peperino. Non sarebbe riuscito a vincere quella battaglia.

Mi diressi al bar e, con un cenno, chiesi un'altra birra al barman. Il locale era pieno di studenti universitari, che sembravano tutti intenzionati a spassarsela prima dell'inizio delle lezioni, previsto per la settimana successiva. La musica a tutto volume proveniva da casse nascoste e copriva il suono di chiacchiere e risate. Probabilmente, sarei dovuto tornare dai ragazzi, ma avevo bisogno di prendere aria.

Senza volerlo, i miei occhi cercarono Cally nella folla. Josie e Joel stavano ancora litigando; lui le afferrò il braccio ma lei si liberò con uno strattone. Riuscii a leggere le sue labbra che dicevano: «*Vaffanculo, Joel!*» Feci un ghigno. Quella ragazza era un pericolo e mi sentii sollevato all'idea di non aver una sorella di cui preoccuparmi.

Josie si perse nella folla, Joel si passò una mano sul viso e sparì oltre l'arco. Avrei dovuto seguirlo, chiedergli se stava bene, magari dargli qualche consiglio da amico. Ma non ero suo amico, non esattamente. Inoltre, non ero ancora riuscito a trovare Cally.

Attraversai il mare di corpi e infine la trovai con Josie.

Cazzo.

Non appena la vidi ballare, mi mancò il fiato. I suoi capelli castani e lucenti erano scompigliati e selvaggi, le sue mani disegnavano intrecci invisibili sopra la sua testa. Non l'avevo mai vista così prima di allora. Mi tolse letteralmente il fiato… e detestai quella fottuta sensazione.

Odiai il fatto che, dopo tutto quel tempo, il mio corpo reagisse ancora in quel modo.

Dovevo andare via. Lontano da lei. Ma non riuscivo a muovermi. Ero come ancorato al pavimento e un misto di rabbia e desiderio scorreva nelle mie vene.

Volevo farle del male. Punirla e distruggerla.

Volevo farla a pezzi.

I sentimenti che mi faceva provare non erano sani. Un tempo erano stati puri, ma adesso erano macchiati da dolore, oscurità e tradimento.

Anche se lei, proprio come me, voleva scoparmi per poter andare avanti, non avrebbe retto ciò che avrei voluto farle.

Dovevo farmi una scopata. Subito. Prima di fare qualcosa di stupido come andarle incontro, trascinarla nel vicolo dietro il bar e…

Quando un ragazzo le si avvicinò, fu come se la stanza si stesse restringendo attorno a me. Non lo riconobbi, ma mi sembrò il tipico figlio di papà; indossava un gilet, che cazzo! Le sussurrò qualcosa, lei sorrise e annuì. Poi lui la fece voltare di schiena e si mise a ballare dietro di lei. Quando le mise le mani sui fianchi, Cally fece un'espressione sorpresa… la stava *toccando.*

Quel coglione stava toccando ciò che era mio.

Ma non è più tua.

Il mio cervello non ricevette il messaggio, perché, prima che potessi fermarmi, mi avvicinai e rimasi nell'ombra a guardarli. All'inizio, Cally sembrava del tutto a disagio, ma con un piccolo incoraggiamento di Josie e del *Figlio di Papà*, ritrovò la sua sicurezza. Buttò la testa indietro e la appoggiò sulla spalla del tipo, mentre lui continuava a strusciarsi su di lei.

Cazzo.

Mi conficcai le unghie nei palmi, strinsi e allargai i pugni. Era dannatamente sexy. Provocante e seducente. Chiuse gli occhi e si fece guidare dal ritmo della musica, mentre, senza dubbio, l'uccello del tizio strusciava sul suo sedere.

Sentii la pelle avvampare e tremare di rabbia.

Mia.

Ma lei non era mia. Non lo era da molto tempo.

Dovevo andarmene da lì.

Tuttavia, prima che riuscissi a muovere un solo passo, lui la fece voltare e le sfiorò le labbra con le sue. Cally esitò, mise le mani sul suo petto, spingendolo indietro. Fu solo un piccolo gesto, ma per me fu sufficiente.

Attraversai la folla, afferrai le spalle del tipo e lo strattonai. «Va' a farti un giro, coglione», ringhiai.

«Ma che cazz... Messiah? *Zach Messiah*?»

Merda.

Non andava bene per niente.

La gente iniziò a guardare. Sentivo il fuoco dei loro sguardi bruciarmi dentro.

«E tu», colpii con un dito il ragazzo che ci stava provando con Josie. «Hai idea di chi sia?»

«Zach, non ti azzardare», urlò lei.

«Aspetta, lo conosci?» Il ragazzo si tirò indietro.

«È la sorellina del mio compagno di squadra, stronzo. E a meno che tu non voglia che l'intera squadra si presenti qui, ti suggerisco di andare a fare una passeggiata.»

I ragazzi si scambiarono un'occhiata, poi scossero la testa e si allontanarono.

«Ma che cazzo, Zach.» Josie mi colpì il braccio. «È stato assolutamente... Aspetta, non lo hai fatto per me, lo hai fatto per...»

«Dovresti raggiungere Joel», le urlai.

«Joel?» si adirò. «Non intend... oh.»

Infine, guardai Cally. Si stava cingendo la vita con le braccia e mi osservava come se non mi riconoscesse. E forse era davvero così.

Dopotutto, io ero diverso.

Ma lo era anche lei.

«Vi lascio soli.» Josie ci guardò entrambi. «Ci vediamo domani.»

«Cosa? *No*», esclamò Cally. «Dovremmo andare via.»

Josie le prese la mano e la tirò a sé. Guardai la scena mentre mi sfregavo la mascella, provando ad allentare la tensione. Ero quasi certo che Cally si sarebbe rifiutata di venire con me, ma non lo fece. Josie la abbracciò e lei mi passò accanto, per poi andare verso la porta.

Emettendo un sospiro affannoso, la seguii. Ero uno stronzo, sì, ma non intendevo farla rientrare da sola. Nel momento stesso in cui misi piede fuori dal locale, lei mi si piazzò davanti.

«Che cazzo hai fatto, Zach? Hai una minima idea...»

La afferrai per il polso e la trascinai verso il vicolo buio accanto al bar. «Bada a come parli», sbottai, mentre la rabbia mi risaliva la schiena. «Ti ho salvato il culo e lo sai.»

«Salvato? Stai scherzando? Stavo ballando... *ballando*, Zach. Hai idea di quanto tu sia fuori di testa?»

«Si strusciava come se ti stesse scopando, lì, davanti a tutti.»

«Siamo al college», urlò. «Dovrei strusciarmi con qualcuno sulla pista da ballo. È normale.»

Lei mi guardò torvo e io allargai le narici. Annullai lo spazio tra di noi, la spinsi contro la parete e non mi fermai finché non la sentii sussultare. «È questo che vuoi? Essere la bambola gonfiabile di qualcuno? Aprire le gambe e lasciare che un tizio, uno stronzo figlio di papà, ti faccia venire? Non sei quel tipo di ragazza, scricciolo, lo sappiamo entrambi.»

La rabbia ardeva nei suoi occhi.

«Tu non hai la minima idea di che tipo di ragazza io sia, *Mister Sexy Campione di Basket*», disse, sputandomi quelle parole addosso.

Cally odiava il basket tanto quanto i californiani odiano l'inverno. Lo riteneva la causa della rovina della sua famiglia, ciò che le aveva portato via suo fratello.

Ma non aveva capito che non era colpa del basket, ma delle persone.

La gente fa delle scelte. Decide chi amare e quali rapporti coltivare. Decide a cosa dare priorità e chi lasciare entrare nella propria vita.

Il basket non era egoista, arrogante o meschino.

Le persone lo erano.

E lei era la prima della lista.

«Oh, lo ricordo, Cally.» La mia bocca indugiò sull'angolo delle sue labbra. «Ricordo quanto ti piace arrenderti ai mostri che si nascondono nel buio. Ricordo perfettamente il tuo sapore, e il modo in cui il tuo respiro si spezza poco prima che tu venga. Ricordo ogni singola cosa.»

Ero ingiusto.

Cally era una brava ragazza. Le piacevano le regole, le conferme e l'ordine. Ma quella volta, la notte di Halloween dell'anno prima, era stata avventata. Aveva gettato al vento ogni prudenza, concedendosi di credere che io fossi ancora il ragazzo che aveva amato un tempo.

«Ti odio», disse in un soffio, con gli occhi offuscati dalle lacrime.
La mia mano scivolò sulla sua gola e la inchiodai al muro, le nostre labbra erano così vicine che potevo quasi sentire il suo sapore. «Dovresti. Non sono più un bravo ragazzo, scricciolo. Non sono l'eroe di questa storia.»

«Non ti ho chiesto di esserlo.» C'era una punta di tristezza nelle sue parole. «Mi hai rovinato la serata.»

«Ti stavo salvan…»

«Stavi salvando me? Sì, continua a ripetertelo, Zach.» Le sue labbra si contorsero in una smorfia minacciosa e mi sentii a disagio. Mi stava prendendo in giro. La piccola Calliope James si stava prendendo gioco di me.

Chi cazzo era quella ragazza?

«Vuoi sapere cosa penso?» ringhiò, mostrando i denti. «Penso che tu abbia visto quel ragazzo toccarmi e che la cosa non ti sia piaciuta. Perché ti importa ancora. Ecco perché mi hai cercata lo scorso Halloween ed ecco perché sei qui adesso. Non puoi lasciarmi andare, proprio come io non riesco a lasciar andare te. Quindi la domanda è, cosa faremo? Perché io ho bisogno di lasciarti andare Zach…» Vidi il dolore nei suoi occhi. «Ho bisogno che tutto questo finisca.»

Mi ritrassi come se mi avesse appena schiaffeggiato.

Chi cazzo si credeva di essere? Non poteva ricomparire così nella mia vita e dirmi cosa provavo.

«Pensi che mi importi?» le parole risuonarono dentro di me. «L'unica cosa di cui mi importa è che i miei compagni di squadra non mi aggrediscano per non aver impedito a quei ragazzi di molestare te e Josie. Anche se comincio a pensare che avrei dovuto lasciarli fare.»

Lei trattenne il fiato. Ma poi, socchiuse gli occhi e mi congelò con lo sguardo. «Stai mentendo.»

Non so come, ma era riuscita a invertire i nostri ruoli, e improvvisamente mi ritrovai sulla difensiva.

Beh, fanculo.

Con i pugni stretti lungo i fianchi, andai di nuovo verso di lei e pressai il mio corpo contro il suo. Le si mozzò il fiato e inclinò la testa per guardarmi.

«Chiariamo una cosa, scricciolo. Sono Zachary Messiah. C'è una fila di ragazze che aspettano di cavalcarmi, devo solo dire di sì. Cosa potresti offrirmi *tu* che loro non hanno?»

Pensavo avrebbe dato di matto. Mi aspettavo che mi colpisse e urlasse. Ma non accadde nulla del genere.

Al contrario, Cally emise un lieve sospiro e premette la mano sulla mia guancia. «Chi ti ha fatto questo, Zach? Chi ti ha reso così?»

Tu. Sei stata tu.

Era riuscita a disarmarmi con le sue parole coraggiose e la sua falsa spavalderia.

Okay. Voleva giocare sporco…

Strinsi il suo mento tra le dita e abbassai il mio viso sul suo, quasi baciandola. Le sue mani si intrecciarono dietro al mio collo e sentii la voglia di litigare lasciare il suo corpo.

Se l'avessi baciata in quel momento, avrebbe ceduto. Si sarebbe aperta per me come un fiore.

Avrebbe perso.

«Mi vuoi, Cally?» sussurrai, tenendo le labbra a un respiro dalle sue, mentre il sangue mi pulsava dentro le orecchie e in altre zone del corpo. Ma si sa, gli uccelli sono capricciosi, non gli importa a chi appartenga la figa, gli basta averne un assaggio. «Vuoi che ti scopi di nuovo?»

«Non dovrei», ammise, poi chiuse gli occhi e le sue ciglia sfiorarono il mio viso.

«Ma lo vuoi, non è vero?» la schernii. «Mi vuoi, scricciolo, anche dopo tutto questo tempo…»

«Ho provato… ho provato con tutta me stessa a dimenticarti. Mi hai ferita, Zach. Mi hai fatto tanto male, ma ti voglio ancora. Tengo ancora a te.»

Era ubriaca, resa forte dal coraggio liquido. Solo quello poteva spiegare la sua sincerità. Io, invece, ero del tutto sobrio. Quindi non c'erano giustificazioni per quello che dissi subito dopo.

«Non ti scoperei di nuovo neanche se fossi l'ultima ragazza rimasta sulla terra.»

Sul suo volto apparve un'espressione sorpresa, che si trasformò velocemente in dolore.

Dolore nudo e crudo.

«S-sei un bastardo.» Batté le mani sul mio petto e mi spinse. Forte. Ma lo sentii a malapena e feci un passo indietro. «È tutto un gioco per te, non è vero?»

«Io non gioco.» Mi passai una mano tra i capelli. «Voglio solo che tu stia lontana da me e dalla squadra.»

«Beh, ti è andata male. Josie è mia amica e suo fratello è nella squadra. Quindi mi vedrai spesso da quelle parti.»

«Tuo fratello è nella squadra, ma loro non sanno neanche chi sei, vero?» Inarcai un sopracciglio con espressione accusatoria.

Lei impallidì e capii di essermi spinto troppo oltre. Ma lei mi faceva impazzire, cazzo.

Non era difficile. Cally doveva stare lontana dalla squadra e, in cambio, io sarei stato lontano da lei.

«È divertente», emise una risata amara, il cui suono mi percosse la schiena. «Madison mi ha detto che avevo bisogno di chiudere. Penso di averlo appena fatto.»

«Che cazzo dovrebbe significare?»

Perché sembrava che stesse per mettermi al tappeto?

Avrei dovuto avere io il controllo.

Io.

«Stai lontano da me, Zach.» Mi sorpassò e sparì nella notte. Lasciandomi lì, a chiedermi cosa cazzo fosse appena successo.

Capitolo 7
Calliope

Ero pronta per cominciare a seguire le lezioni. Avevo bisogno di una distrazione e di nuovi obiettivi.

Dopo il mio ultimo incontro con Zach, avevo passato il fine settimana a nascondermi. Non intendevo farlo per sempre, ma avevo bisogno di schiarirmi le idee.

Quella sera, quando mi aveva tolto di dosso il tizio insignificante, avevo stupidamente pensato che anche lui sentisse ciò che sentivo io. Quella connessione persistente. Tutte le questioni irrisolte tra di noi.

Ma mi sbagliavo.

Zach Messiah era uno stronzo.

Uno stronzo che intendevo tagliare fuori dalla mia vita per sempre.

Avevo già esperienza con persone del genere, quindi, quanto poteva essere difficile?

Un colpo alla porta annunciò l'arrivo di Josie.

«Ehi», dissi aprendo.

«Sei pronta per il primo giorno del resto della nostra vita?»

«Mmh, penso di sì.» Era così strana a volte.

«Ieri sera ti sei persa tutto il divertimento.»

Josie era andata con alcune ragazze del nostro dormitorio a una "serata di relax e beauty routine", ma io non mi sentivo a mio agio in presenza di tante ragazze.

«Magari la prossima volta.» Abbozzai un sorriso.

«*Tu-sai-chi* si è fatto vivo?» Alzò e abbassò le sopracciglia con aria allusiva. Era il nuovo soprannome che avevamo dato a Zach.

«No.»

«E ti sta bene?» mi scrutò attentamente, mentre mettevo la borsa in spalla e la seguivo lungo il corridoio.

«Zach fa parte del passato. Voglio guardare al futuro.»

«Okay ma… un giorno mi racconterai cosa è successo?»

«Un giorno.» Annuii.

Ma non quello, né il successivo. La ferita era ancora aperta e faceva ancora troppo male.

Forse lo sarebbe stata per sempre.

Una cosa era certa però, Zach, *il mio Zach*, non esisteva più.

Era più facile pensare che quello che avevo considerato *mio* e il ragazzo freddo e crudele, con l'arroganza negli occhi e l'odio nel cuore, fossero due persone totalmente diverse.

«Dunque… Joel ha di nuovo chiesto di te», disse Josie, risvegliandomi dai miei pensieri. «Di sicuro ha un doppio fine.»

Ero in preda al panico. «Non sa chi sono, giusto?»

«Non gliel'ho detto, se è quello che mi stai chiedendo.» Scrollò le spalle. «Ma comunque, qual è il problema?»

«Te l'ho detto... è complicato.» Chiaramente Callum non voleva che i suoi compagni sapessero di me e io ero felice di poter evitare tutte le domande imbarazzanti.

Sapevo che, alla fine, sarebbe venuto fuori comunque.

Accadeva con tutti i segreti.

Ma, in quel momento, volevo mantenere l'anonimato. Volevo che le cose restassero com'erano.

Raggiungemmo il dipartimento di arte, Josie si fermò di botto e si voltò verso di me. «So che ci conosciamo solo da qualche giorno e so di essere la sorella di Joel, che è nella squadra, ma voglio che tu sappia che puoi fidarti di me, Cally. So tenere un segreto e credo di essere una buona ascoltatrice. Quindi, se mai avessi bisogno di parlare…»

«Grazie, significa tanto per me. Non voglio fare la parte di quella riservata, è solo che…» cercai le parole giuste, ma Josie mi batté sul tempo.

«Le famiglie sono complicate.»

«Oh sì, non dirlo a me.» Sentii una stretta al cuore.

«Pronta?» Guardò l'edificio.

«Non potrei esserlo di più.» Le farfalle nello stomaco si agitarono. Eccomi lì… al college.

«Finisco all'una, ci vediamo dopo e andiamo al *Muds*?»

«Va bene.»

«Buona fortuna.»

«Anche a te.» La guardai allontanarsi verso l'edificio.

Josie seguiva un corso di laurea in psicologia. Il mio sogno era sempre stato quello di iscrivermi a quello di fotografia, ma poi mia madre si era ammalata e tutto era cambiato. Così avevo consegnato un piano di studi in bianco e seguivo lezioni di arte e letteratura. Non intendevo farmi pressioni e riprendere in mano la macchina fotografica prima di essere di nuovo pronta a farlo.

Se mai fossi stata di nuovo pronta.

La prima lezione del semestre era Letteratura del diciannovesimo secolo, con il professor Harold. Ero particolarmente impaziente di cominciare quel corso, visto che prevedeva lo studio di grandi letterati. Trovai l'aula ed entrai. Era una stanza ad anfiteatro, con file di sedie tutte rivolte verso il palco.

Trovai un posto libero, tirai fuori il bloc-notes e l'astuccio e sentii un'onda di malinconia abbattersi su di me. Era stata mia madre ad aiutarmi a sceglierlo. Era ricoperto da pezzi di stoffa cuciti assieme, ispirati ad Alice nel Paese delle Meraviglie. Su uno dei lati riportava la citazione: "Siamo tutti matti qui".

Durante la malattia di mia madre era diventato uno dei miei libri preferiti. Lo avevamo letto insieme e, quando lei era peggiorata, avevo guardato il film a ripetizione, rannicchiata su una sedia accanto al suo letto. Era stata la perfetta via di fuga immaginaria negli istanti in cui la vedevo stare sempre peggio. Le piaceva lo Stregatto, con il suo sorrisetto compiaciuto e i suoi rompicapo impossibili, mentre io preferivo Alice, con la sua innocenza e la sua folle curiosità. C'era qualcosa di affascinante nel modo in cui accettava il resto dei personaggi, indipendentemente dalla loro stramberia e dalle loro fattezze. Li accettava per ciò che erano e per ciò che amavano.

Sentii una morsa allo stomaco. Nonostante la sua giovane età, Alice era tutto ciò che io non ero. Lei era avventurosa, io ero cauta, lei era impicciona e io introversa.

«Cally?»

Alzai lo sguardo e trovai Joel intento a sorridermi. «Ehm, ciao.» Confusa, mi guardai attorno e lui ridacchiò.

«È la classe di Harold?»

«Sì.»

«Allora sono nel posto giusto. Posso?» Indicò il banco libero accanto al mio.

«Certo. Non sapevo frequentassi questo corso.»

«È un insegnamento a scelta, io… ho un debole per gli scrittori del diciannovesimo secolo», sussurrò avvicinandosi. «Ma non dirlo a nessuno. Ho una reputazione da difendere.»

«Il tuo segreto è al sicuro con me», risposi ridacchiando.

«E che mi dici dei tuoi segreti, Cally? Ti fiderai di me?»

Aggrottai le sopracciglia e il sorriso di Joel svanì.

«Scherzavo. Stavo scherzando. Wow.» Allentò il colletto della sua t-shirt e inspirò affannosamente. «Devo davvero affinare le mie tecniche di seduzione.»

«Sono queste le tue tecniche di seduzione?» lo stuzzicai e lui sbiancò. «Rilassati, sto scherzando.» Una risata mi vibrò in petto.

«Forse dovrei uscire, rientrare e ricominciare da capo?»

«Ciao, sono Cally.» Stetti al gioco.

«Joel, è un piacere conoscerti. Allora, ti piacciono gli autori del diciannovesimo secolo?»

«Oh sì, sono il mio piccolo sporco segreto.» Le parole mi uscirono di bocca prima che potessi pensarci, Joel mi fece l'occhiolino e sentii le guance arrossire. «Io… ehm… okay, mi sono espressa proprio male.»

«Non preoccuparti, Cally.» Mi rivolse un sorriso timido. «Il tuo segreto è al sicuro con me.»

Joel faceva sembrare tutto semplice. Non capivo come fosse possibile, ma era così.

Quei Molineux avevano di certo ottimi geni.

«Dimmi, ti piace finora la SU?»

«È okay.» Non lo guardai negli occhi.

«Okay? Stai sbagliando qualcosa se è soltanto okay», ridacchiò sottovoce e colpì la mia spalla con la sua. Allora lo guardai. «Dovremmo uscire insieme qualche volta. Conosco i posti migliori.»

«Joel, io…»

Lui emise un lieve sibilo. «Spero non sia il temibile discorso *non sei tu, sono io*.»

«Semplicemente non sono in cerca di… *quello*.»

«Ehi, fermati. Parlavo solo di un caffè, magari una cena. Non ti sto chiedendo di sposarmi, né niente. Di solito aspetto almeno il terzo appuntamento per farlo.»

«Sei proprio un imbranato.»

Un imbranato molto avvenente con bicipiti ben definiti e spalle larghe, alto come il tipico giocatore di basket. Ma, soprattutto, Joel non era rabbioso e non mi guardava con l'odio negli occhi. Era una boccata d'aria fresca.

Mi faceva sentire al sicuro.

«Sono amica di Josie.»

«Sì, lo so.» Fece una smorfia. «Ma ti ho vista per primo, dovrebbe valere qualcosa, no?» Il suo sorriso era contagioso e mi ritrovai a ricambiare.

«Non lo so.» Perché avevo dei segreti, di quelli che potevano complicare le cose.

Ero la sorella di Callum.

Se lo avesse saputo, non mi avrebbe neanche guardata. O forse lo avrebbe fatto, ma non avrebbe violato la sua regola personale.

Dovevo dirglielo.

Dovevo vuotare il sacco e fermare tutto, prima che si evolvesse in qualcosa che non sarei stata in grado di controllare.

Ma non appena aprii la bocca per confessare, per chiedergli di tenere il mio segreto per sé, il professor Harold fece la sua comparsa e il silenzio calò nella stanza. Mi concessi un lamento tra me e me. Joel non si sarebbe arreso, potevo leggerlo nei suoi occhi.

Avrebbe lottato pur di convincermi. Avrebbe combattuto *per me.*
Era l'ultima cosa di cui avevo bisogno, ma non potevo negare che fosse una bella sensazione.
Era bello non essere la sorella minore di Callum James. Perché, non appena fossi tornata ad esserlo, tutto sarebbe cambiato. E sapevo che se Joel avesse scoperto quanto sporchi erano i miei segreti, probabilmente non mi avrebbe più guardata.

***

«Okay, che succede?» Non appena ci raggiunse, Josie indicò me e suo fratello.
«A quanto pare, frequentiamo lo stesso corso.»
«Davvero?» ghignò. «Che coincidenza.»
«Stavo dicendo a Cally che dovrebbe lasciare che la porti fuori, così potremmo… ehm, discutere dei testi della lezione. Ma è un po' titubante.»
Josie mi guardò negli occhi e io scossi la testa con discrezione.
«Forse riuscirai a convincerla a pranzo», aggiunse lui.
«Non vieni con noi?» gli chiese. «Stiamo andando al *Muds*.»
«Vado in palestra con i ragazzi. Ma ci vediamo in giro. Ciao, Cally.» Joel mi rivolse un sorriso accecante.
«Ciao, Joel.» Non potei fare a meno di ricambiare.
Appena si allontanò, Josie mi prese a braccetto. «Okay, sputa il rospo.»
«Non c'è niente da dire. È spuntato a lezione e ha provato a convincermi a uscire con lui.»
«E gli hai detto di Callum, vero?»
Feci una smorfia.
«Cally! Era l'occasione perfetta.»
«Lo so, ma non voglio che le cose si facciano imbarazzanti tra noi. E se gli dico di Callum, capirà che conosco Zach.»
«Ma uscirà fuori lo stesso.»
«Lo so.» Sentii una morsa allo stomaco. «Ovviamente Callum non vuole che loro sappiano di me o glielo avrebbe detto.»
Dio, non avrebbe dovuto farmi tanto male.
Ero abituata a non contare niente per mio fratello, quindi non avevo pensato molto a ciò che sarebbe accaduto al mio arrivo alla SU. Sapevo che le cose non sarebbero miracolosamente migliorate tra noi, ma non credevo che la squadra e i suoi amici sarebbero stati ignari della mia esistenza.
Era così… crudele.
«Glielo dirò», dissi. «Presto, lo prometto.»
«Bene, perché tutta questa situazione è assurda.»

«Sono felice che pensi che la mia vita sia assurda.» Roteai gli occhi mentre entravamo nel locale. Era affollato, ma Josie riuscì a trovare un tavolo per noi.

«Siediti, io vado a ordinare. Fanno dei fantastici panini al pollo piccante.»

«Va bene. Mi prenderesti anche un cappuccino freddo, per favore?» Stavo per afferrare la borsa, ma lei mi fermò.

«Ci penso io. Puoi pagare domani.»

«Okay.» Le sorrisi.

Incontrare Josie era stata una fortuna nella sfortuna. Sapevo che la sua vicinanza alla squadra poteva essere un problema, ma, in qualche modo, era come chiudere il cerchio.

Al liceo, Madison aveva frequentato un giocatore di basket. E adesso la mia unica amica alla SU era sorella di un giocatore dello stesso sport. Era come se, nonostante facessi di tutto per evitarlo, l'universo insistesse nell'intrecciare la mia vita con il basket.

Avevo provato più volte a ripetermi che non significava nulla, ma cominciavo a pensare che forse era proprio il contrario.

Josie si mise in fila e io mi misi a guardare gli studenti che entravano e uscivano dal locale. Lì, tra quei tesori di carta, mi sentii a casa; era da tanto che non provavo quella sensazione.

Il campanello sulla porta tintinnò e la ragazza dai capelli rossi entrò. L'avevo già vista lì, con Zach. Era alta e slanciata, con un incarnato perfetto e una chioma ramata e setosa. Era tutto ciò che io non ero. Femminile. Aggraziata. Bella.

Mi chiesi se Zach l'avrebbe raggiunta, e il cuore prese a galopparmi nel petto. Ma lui non lo fece. Lei si avvicinò a due amiche, anche loro con capelli perfetti, pelle perfetta e manicure perfetta.

«Vedo che hai conosciuto le *fidanzate*.» Josie si sedette e fece scivolare il vassoio sul tavolo.

«Le cosa?»

«Le fidanzate. Quella è Victoria Penderton, la ragazza di Declan.»

«È bellissima.»

«Non lasciarti ingannare», sbuffò. «È una stronza di serie A.»

«Josie», sibilai, rivolgendo un'occhiata discreta verso le ragazze.

«Che c'è? È la verità. Non vedeva l'ora di diventare *l'Ape Regina*, ma c'era sempre Lo Stone insieme alla sua cricca.»

Aggrottai la fronte e Josie emise uno sbuffo esasperato. «A volte dimentico che non sai niente. Lo Stone, la ragazza di Maverick Prince.»

«Oh, sì», annuii, come se sapessi di cosa parlava. Cioè, avevo già sentito quel nome, era la grande novità del momento a Steinbeck e nelle cittadine limitrofe. Ma non lo conoscevo.

Forse, se fossi stata invitata prima alla SU, a fare il tifo per mio fratello, a guardare le partite e celebrare le sue vittorie, lo avrei conosciuto.

Ma non era successo… quindi non potevo sapere chi era.

«Lo era fantastica, forte e con i piedi per terra. Non le piacevano tutte quelle stronzate.» Indicò Victoria con la testa. «A loro interessano solo il potere e chi ha la borsa più costosa.»

«Sta ancora con Declan?»

«Beh… immagino di sì. La scorsa estate ho sentito Joel parlare con gli altri ragazzi, dicevano che è rimasta aggrappata.»

«Aggrappata?»

«Sì, al sogno di stare con un giocatore professionista.»

«L'ho già vista», ammisi. «Con Zach.»

«Sì.» La sua espressione si indurì. «Hanno questa strana *amicizia.* Alcuni ragazzi ne sono infastiditi.»

«Pensi che siano…» Non riuscii a dirlo.

Non potevo immaginare Zach con un'altra ragazza, figuriamoci con una con l'aspetto di Victoria.

Scosse la testa. «Non credo, ma stanno spesso insieme.»

I miei occhi si posarono di nuovo su di loro. Victoria guidava la conversazione, stava raccontando qualcosa e il movimento esagerato delle sue mani combaciava con la sua espressione: occhi spalancati e accesi.

Non riuscivo a immaginarmi come si dovesse sentire nel sapere che il suo ragazzo, lo stesso con cui aveva deciso di trascorrere il resto della sua, avrebbe potuto non svegliarsi mai più.

Dopo aver saputo dell'incidente di Declan, avevo cercato altri dettagli su internet. Era una cosa macabra, lo sapevo, ma non riuscivo ancora a credere che qualcosa di tanto grave fosse accaduto nella vita di Zach e di mio fratello e che io ne fossi all'oscuro. Avevo trovato solo un paio di articoli. Lui e Victoria stavano festeggiando il loro anniversario a Long Beach. Declan stava guidando una moto d'acqua in mezzo all'oceano, aveva colpito una boa ed era scivolato, balzando fuori. Victoria aveva assistito a tutta la scena dalla riva.

Mentre pensavo a ciò che avevo letto sull'account del testimone oculare, sentii un brivido scuotermi. Era stato uno stupido incidente. E aveva cambiato per sempre due vite.

«Cally?» Josie schioccò le dita davanti al mio viso e io strizzai gli occhi.

«Eh?»

«Dov'eri?»

«Da nessuna parte.» Feci un sorriso stentato.

«Quindi tu e mio fratello…»

«Non c'è niente di cui parlare. Hai ragione, prima devo dirglielo.»

E lo avrei fatto, non appena avessi trovato le parole giuste.

Non che non volessi vuotare il sacco, ma Callum ed io non eravamo certo i fratelli dell'anno. Joel mi avrebbe fatto delle domande e, una volta saputa la verità, si sarebbe allontanato da me, proprio come avevano fatto tutti.

«Joel è un bravo ragazzo», disse Josie. Era come se fosse in grado di leggermi nel pensiero. «Puoi fidarti di lui.»

«Sì, forse.»

In quel momento, Victoria e le sue amiche si alzarono e si avvicinarono alla porta. Lei, però, si fermò al nostro tavolo, sovrastandoci come se fosse la padrona di casa. «Josie, non avevo ancora realizzato che quest'anno fossi una matricola.»

«Victoria», la mia amica mantenne un tono freddo, «ti trovo bene.»

«Dieta chetogenica. Ho perso cinque chili in estate.»

«È… fantastico.» Josie forzò un sorriso. Era evidente perché le si formarono delle rughe attorno agli occhi.

«E chi è la tua nuova amica?» Victoria spostò lo sguardo su di me.

«Ehi, sono Cally.»

«Cally, hai detto?» Socchiuse gli occhi. «Hai un viso familiare, ci siamo già incontrate?» Spostò i capelli ondulati e rossi dalla spalla, come se fosse in una pubblicità di uno shampoo.

Intrecciai le mani sul grembo. «Non credo.» Il sudore scivolò tra i miei seni e pregai in silenzio che non mi chiedesse di dove ero. Perché non potevo mentire.

Omettere la verità era una cosa, ma mentire… era tutt'altro.

«Le tue amiche ti aspettano.» Josie spezzò la tensione che si era creata tra me e Victoria.

«Beh, ci vediamo in giro, *ragazze*.» Quell'ultima parola uscì dalle sue labbra in parte in tono gentile e in parte come un insulto, come se non fossimo alla sua altezza.

Anche se, guardando la sua borsa e le scarpe firmate, probabilmente non lo eravamo davvero.

Nell'istante in cui uscì fuori, l'aria divenne di nuovo respirabile.

«È proprio… un bel tipo.»

«Non pensi che Zach le abbia detto di te, vero?»

«No», risposi sobbalzando. «Perché diavolo avrebbe dovuto farlo?»

«Non lo so. Ti guardava in modo strano. È proprio impossibile che sappia chi sei?»

«Non so come potrebbe fare a saperlo.» Scrollai le spalle e avvertii una strana sensazione lungo la schiena. «Perché?»

«Stai attenta a lei.»

«Oh, andiamo.» Risi, ma il suono uscì strozzato. «È solo una ragazza.» Una ragazza che sembrava sin troppo in forma, considerando il fatto che stava soffrendo per il suo ragazzo gravemente ferito, ma chi ero io per giudicare? Sapevo per esperienza personale che ognuno di noi gestisce il lutto in modo diverso.

Per far cessare il dolore, alcune persone ricorrevano alle droghe, all'alcol o al sesso. Altre si buttavano a capofitto su un progetto. Altre ancora smettevano di amare quello che una volta adoravano e trovavano consolazione in nuovi obiettivi. E poi, esistevano quelle come Victoria. Persone che indossavano un make-up perfetto e un sorriso smagliante come un'armatura e andavano avanti.

Nessuna modalità era giusta o sbagliata. Non quando riguardava il cuore. Potevi solo fare del tuo meglio per resistere.

«Quello che voglio dire è: guardati le spalle. Victoria Penderton è una vipera.»

«Sono certa che andrà tutto bene, io non sono nessuno.» Ma non appena finii di pronunciare quelle parole, fui avvolta da una sensazione di terrore.

Perché non era vero che non ero nessuno. Ero la sorella abbandonata da Callum. Ed ero lo sporco segreto di Zachary Messiah. Avevo legami con due delle star della SU.

E Josie aveva ragione…

Era un problema.

Capitolo 8
Zach

«Zach. È bello vederti, figliolo.» Il coach Baxter indicò la sedia davanti alla sua scrivania.

«Grazie, coach.» Mi passai una mano tra i capelli umidi.

«Come è andato il rientro?»

«Bene, direi.»

«Puoi essere sincero. È maledettamente strano, vero?»

Non si sbagliava, ma non volevo ammetterlo. Ammetterlo significava renderlo reale e renderlo reale significava doverlo gestire.

Preferivo nascondere la testa sotto la sabbia.

«Sono pronto per la stagione, signore», dissi.

«Non ne dubito, Zach. Sei in gran forma. Ho sentito che stai esagerando con gli esercizi. Non sforzarti troppo, non vogliamo che ti procuri un infortunio prima di vederti in azione sul campo.»

«Chiaro, coach.»

«Come vanno le cose a casa? Con i tuoi e con Declan?» mi chiese, prima di deglutire con forza.

«Non riescono a mollare», risposi e sentii i muscoli irrigidirsi.

«È un combattente. Se qualcuno può uscirne, quello è Declan.»

Che cazzo avrei dovuto rispondere?

Non ne sarebbe uscito e, anche se lo avesse fatto, sarebbe rimasto paralizzato dal petto in giù. La sua vita non sarebbe mai più stata come prima.

«Sai, figliolo, questa squadra ha avuto molta sfortuna negli ultimi diciotto mesi. Prima Maverick e il suo incidente, poi Declan. È ora di interrompere questo ciclo.»

«Sì, signore.» Ero diventato un robot, incapace di emettere nient'altro che risposte generiche.

«Contiamo sul tuo aiuto per riuscire nell'impresa, Zach.»

Sospirai nervosamente. A quelle persone non importava per niente che Declan, mio *fratello*, fosse in una clinica, disteso su un letto, tenuto in vita dai medici e da una serie di macchinari. Io ero lì solo per onorare il suo nome, per finire il lavoro che aveva iniziato.

Era una stronzata colossale.

Strinsi così tanto le dita attorno al bracciolo della sedia da farle diventare bianche. «Farò del mio meglio, signore», risposi a denti stretti. Ma, d'altronde, non avevo alternative.

Che lo volessi, oppure no.

«Dunque, tuo padre ha chiamato l'altro giorno. Vogliono che prendiamo in considerazione l'idea di un'amichevole in onore di...»

«Non è morto!» scattai.

«No, non lo è. Ma vogliono sensibilizzare e donare i proventi alla clinica. Ho già contattato degli ex alunni giocatori. Volevo solo avvisarti.»

«Quando?»

«Il fine settimana prima delle prove ufficiali della stagione.»

Mancava poco meno di un mese.

Cazzo.

«So che è difficile, ma ce la puoi fare, figliolo. Durante questa stagione renderai tutti orgogliosi.» Batté la mano sulla scrivania come se avessimo appena concluso un accordo e capii che era proprio così.

I miei genitori volevano un'amichevole... e l'avevano ottenuta. Perché Timothy Messiah non era un uomo a cui si poteva dire di no. Inoltre, il suo libretto di assegni era abbastanza pieno da assicurargli che la risposta fosse sempre sì.

«È tutto, coach?» Il mio tono era serrato, stavo lottando per mantenere il controllo. Non potevo scoppiare, non lì.

«Sì, puoi andare. E ricorda cosa ho detto: non esagerare in palestra.» I suoi occhi esprimevano profonda consapevolezza, sembrava comprendere perché lo stessi facendo, perché stessi spingendo il mio corpo oltre ogni limite.

Andai via subito e corsi a lezione.

Almeno in classe, nessuno avrebbe provato a parlarmi. Nessuno mi avrebbe fatto domande né detto che contava su di me perché portassi la squadra fino in fondo.

Ero alla SU per giocare a basket, per essere un atleta, ma il campo non avrebbe dovuto darmi alcuna consolazione.

Avrebbe dovuto essere la mia personale versione dell'inferno.

Solo che non lo era.

E odiavo che fosse così.

***

Riuscii ad evitare Cally per tutta la settimana. Tra le lezioni, la preparazione atletica e l'allenamento, non avevo avuto molto tempo libero.

Era giovedì e stavo per finire la terza ora, quando la vidi. Non era sola però. Cally e Joel stavano camminando lungo il sentiero; erano vicini, e come due vecchi amici si scambiavano battute. La sua risata fu come un pugno allo stomaco, la sentii arrivare e avvolgersi intorno al cuore come filo spinato. Affilato... appuntito... letale.

Sembrava felice, sorrideva a Joel come se fosse perfetto.

Il mio compagno di squadra. Il mio amico.

La rabbia esplose nelle mie vene. Non avrebbe dovuto avere legami con la squadra e impossessarsene. La squadra era mia, che io lo volessi o no. La squadra era il *mio* territorio. Prima di rendermene conto, attraversai la strada. «Zach, amico mio.» Joel mi notò per primo, porgendo il pugno. Ricambiai e annuii in modo brusco.

«Cally», dissi in tono brusco.

«Voi due vi conoscete?» Joel era stranito, spostava lo sguardo da me a lei.

Aspettai, tastando il terreno. Era l'occasione perfetta perché lei confessasse.

«Io...» Cally esitò e capii che non glielo aveva ancora detto.

Mi passai una mano sulla mascella e feci un sorriso meschino. «Ci siamo conosciuti alla festa, la settimana scorsa. Non è vero, Calliope?» dissi il suo nome in tono allusivo. Stavo facendo lo stronzo, ma vederli insieme, vederla con qualcuno, aveva tirato fuori il mostro che avevo dentro. I suoi occhi bruciavano di indignazione e le mie labbra formarono un piccolo sorriso.

«La festa?» chiese freddamente Joel.

«Sì, è caduta tra le mie braccia», dissi. «Dovresti davvero stare più attento alla tua ragazza, J. È stato un bene che fossi lì ad afferrarla.»

«Oh, non è come... siamo solo amici.» Aveva un'espressione confusa, ma io ero interessato solo a Cally. Il suo corpo era diventato rigido e sentii il suo respiro farsi affannato.

Proprio così, scricciolo. Sono state le mie braccia a riportarti a casa quella notte.

Le sue guance avvamparono per l'imbarazzo. «Ed è per questo che non andrò mai più a una festa», esclamò, e dalle sue labbra carnose uscì una risata strozzata.

Anche Joel rise, ma rimase teso. Erano entrambi agitati mentre io me ne stavo lì, come un vero stronzo, a crogiolarmi nella tensione che si era improvvisamente creata.

«La prossima volta penserò io a te.» Joel le fece l'occhiolino.

Coglione.

Le mie narici si allargarono mentre provavo a controllarmi. Qualunque altra ragazza. Avrebbe potuto legarsi a qualunque altra ragazza del campus... ma no, doveva per forza scegliere quella che aveva il potere di farmi impazzire. Andare via sarebbe stata la cosa più logica da fare, ma non avevo mai fatto nulla di logico. Avevo un debole per il dolore. Per l'autosabotaggio. Era successo ad Halloween, l'anno prima, e stava succedendo di nuovo.

E tutto per colpa della ragazza che mi aveva tradito.

Prima che potessi fermarmi, dissi: «Dovremmo uscire tutti insieme».

«Tu dici?» chiese Joel esitante.

«Sì, io, te, Cally, Victoria. Sta passando un periodo difficile, le farebbe bene fare nuove amicizie.»

Cally socchiuse gli occhi e mi guardò con ferocia. Stava provando a capire dove volessi andare a parare. L'unica mia intenzione era entrarle sotto la pelle, nello stesso modo in cui lei era entrata sotto la mia.

«Ehm, immagino di sì. Ma non fa un po' troppo… doppio appuntamento?» Lo sguardo di Joel si spostò su Cally e mi sentii investire da un'altra ondata di rabbia.

La guardava con il desiderio negli occhi.

La voleva.

La voleva, cazzo.

Solo perché non sa la verità.

«No, saremmo solo un gruppo di amici che escono insieme», dissi. «Una cosa tranquilla.»

Ci voltammo entrambi verso Cally che, davanti ai nostri sguardi, sembrò rimpicciolirsi. «Io...»

La suoneria del cellulare di Joel spezzò la tensione. Lo tirò fuori dalla tasca e disse: «Devo rispondere. Ci risentiamo per il pranzo?»

«Certo», rispose lei sollevata.

«Ci vediamo dopo in palestra?» chiese poi, riferendosi a me. Gli risposi di sì e lui corse via, litigando al telefono con qualcuno.

«Che cavolo stai facendo?» chiese Cally non appena fummo soli.

«Io?» chiesi, facendo il finto tonto. Incrociai le braccia al petto e poggiai il pollice sul mio labbro inferiore. «Pensavo di fare una cosa carina.»

«Carina?» mi schernì lei. «Stavi facendo lo stronzo.»

«Cosa c'è tra te e Molineux?»

«Siamo amici.»

«Amici?» ridacchiai. «I tipi come Molineux non vogliono fare amicizia, vogliono solo scoparsi la nuova arrivata sexy.»

«Pensi che sia sexy? Sono lusingata», Cally rispose in tono sarcastico, lasciandomi di stucco. Era diversa. Si era indurita e mi chiesi cosa l'avesse resa così. Di certo aveva sufficienti motivazioni, il suo vecchio, Callum... *io*, ma non era mai stata così. Neanche quella volta a Halloween.

«Ti avevo detto di stare lontana dalla squadra.» Mi avvicinai a lei e la costrinsi a indietreggiare, fino a quando non arrivò sotto a un albero. Vidi il risentimento bruciare nei suoi occhi.

«Joel è un amico.»

«Che vuole scoparti.»

«E anche se fosse?» Mi puntò un dito contro il petto, ma io le afferrai il polso, fermandolo a mezz'aria. «Cosa pensi di fare?»

«Pensi che ti vorrà ancora quando saprà che sono stato dentro di te?» Mi guardai attorno per controllare che non ci fossero spettatori. Eravamo in un posto tranquillo e l'albero ci riparava dagli sguardi altrui. Decisi che valesse la pena rischiare e sfregai il naso lungo la sua mascella. «Quando saprà che conosco il tuo sapore così dolce, che so che ti eccitano i cattivi ragazzi e le loro parole sconce.»

«Zach...» lo disse in tono rauco mentre deglutiva.

«Sì, scricciolo?»

«Va' a farti fottere.» Iniziò a colpirmi il petto con le mani, e io indietreggiai ridendo.

«L'ho già fatto con te e, mi dispiace dirtelo, ma non intendo replicare.»

«Sei disgustoso.»

«E tu stai mettendo a dura prova la mia pazienza.»

«Perché ti interessa tanto? Non sto provando a intrufolarmi nella tua vita. Quando ho conosciuto Joel, non sapevo neanche che fosse nella squadra.»

Bastò il suo nome a farmi di nuovo stringere i pugni. «Perché...» esitai e lei lo notò; strabuzzò gli occhi mentre la verità si faceva ormai palese.

«Tu...»

«Non dirlo», urlai bruscamente.

«Tu non mi vuoi, ma non vuoi che nessun altro mi abbia. È così? Beh, notizia flash, Zachary.» La guardai avvicinarsi, mentre pronunciava il mio nome con tono velenoso. «Non intendo stare al tuo gioco.» Mi sorpassò e ricominciò a camminare.

Per la seconda volta in meno di una settimana, restai lì a chiedermi cosa cazzo fosse appena successo.

***

Nonostante non avessi mai voluto giocare a basket, c'era qualcosa di stranamente confortante nel ritrovarsi sul campo da soli, di notte. Strinsi la palla tra le mani e la feci rimbalzare un paio di volte per sentirne il peso sul palmo.

L'orario di chiusura era passato, ma quando ti chiamavi Messiah, cosa ironica visto che significava letteralmente "salvatore", era come avere le chiavi del regno. Preferivo allenarmi da solo, ma il basket era uno sport di squadra e io ero il playmaker di punta degli Scorpions. Dovevo condurre l'attacco, controllare la palla, il gioco, creare opportunità di fare punto. Ero il loro leader reticente. Il loro generale. Il loro re.

E quello era il mio regno.

Sfrecciai in avanti, palleggiai verso l'area tiro, afferrai la palla e provai un tiro da tre punti. La palla scese attraverso il canestro, cosa che accadeva otto volte su dieci. Certo, la percentuale scendeva durante le partite, ma lì, sul campo deserto, segnavo un punto dietro l'altro.

Era strano essere così bravo in una cosa che odiavo tanto. Ricordavo bene quando, da bambino, avevo osservato Declan. Era due anni più grande di me e aveva sempre una palla in mano. Già a otto anni riusciva a far mangiare la polvere a quasi tutti i ragazzini delle scuole medie. Era l'orgoglio di mio padre. Lui stravedeva per Declan, ma, invece di desiderare lo stesso per me, invece di prendere una palla e diventare come mio fratello maggiore, io mi ero allontanato.

Non odiavo Declan, assolutamente no. Semplicemente non volevo *essere* lui.

Mentre i ricordi mi affollavano la mente, mi sforzai ancora di più, spostando il peso da una gamba all'altra. Attraversai il campo e iniziai a segnare un punto dopo l'altro, guardando con amara soddisfazione la palla che colpiva il tabellone e cadeva perfettamente dentro la rete.

La prima cosa che il coach Baxter mi aveva fatto fare quando ero arrivato alla SU, prima dell'estate, era stata memorizzare lo schema di gioco. La squadra era a un punto di rottura. Aveva affrontato una stagione estenuante dopo aver perso il suo migliore playmaker, Maverick Prince. Mio fratello lo aveva sostituito senza alcun problema e aveva condotto la squadra alla Follia di Marzo. Ma non era riuscito a farli arrivare in finale. Poi, appena dopo il torneo, c'era stato l'incidente, e la squadra era andata in pezzi. Avevano perso molti giocatori esperti *e* il playmaker.

Così, quando mi ero trasferito alla SU, con lo stesso cognome di quel playmaker, gli stessi capelli biondo scuro e un punteggio quasi perfetto alla San Diego Aztecs, il mio arrivo era stato considerato il secondo Avvento.

Ero il ragazzo inviato per far rinascere gli Scorpions dalle ceneri.
Il loro salvatore.
Il loro messia.
Mi aspettavo diffidenza da parte loro, quantomeno un minimo di titubanza al riguardo. Ma era stato tutto il contrario. La squadra era felice di avermi lì. I ragazzi sembravano persino sollevati perché potevano di nuovo guardare avanti, giocare e affrontare una stagione pazzesca in onore di Declan. Dopotutto, quale migliore modo di farlo, se non con suo fratello alla guida?
Ero lì da almeno due ore. Centoventi minuti impiegati a spingere il mio corpo al limite. Avevo le braccia doloranti e sentivo le gambe bruciare. Ma non era abbastanza. Avevo bisogno di spingere più forte, fino a quando il dolore fisico non avesse soffocato tutto il resto.
Declan.
I mie genitori.
Victoria.
Cally.
Nonostante non lo avessi neanche pronunciato ad alta voce, il suo nome aveva un sapore amaro. Ma, nello stesso istante in cui pensai a lei, immaginai quegli occhi color whisky e quelle labbra carnose, la sua figura sottile e la pelle candida. Sembrava delicata. Fragile. Avrei potuto mettere le mani attorno a lei e spezzarla in due. Ma, in realtà, era più forte di prima.
E questo mi piaceva.
Non avrebbe dovuto, ma mi eccitavo solo al pensiero.
Cazzo.
Non avrei dovuto eccitarmi per lei.
Ma la cruda realtà era che Calliope James era dentro di me, sotto la mia pelle. Non se ne era mai andata. Eppure, tutto l'amore che avevo provato un tempo per lei, adesso era tutt'altro. Qualcosa di oscuro e instabile. Una tempesta imprevedibile che covava sotto la superficie.
Se avesse continuato a provocarmi, sarei esploso.
E se fossi esploso, non sarebbe successo nulla di buono.
Per nessuno dei due.

***

Venerdì era stato un totale disastro. Mia madre aveva chiamato, scocciata che mi fossi rifiutato di andare in clinica con lei e Victoria.
Non ci andavo mai.
Non potevo.
Questo, però, non le aveva impedito di supplicarmi, in lacri-

me al telefono, di andare la volta successiva, facendomi sentire il figlio peggiore che un genitore potesse desiderare. Ma il mio dolore era solo mio, e sedere vicino al corpo immobile di Declan non avrebbe cambiato le cose. Inoltre, ero ancora troppo arrabbiato per andarci. Era meglio stare lontano.

La mia risposta mi portò a ricevere un messaggio tutt'altro che piacevole in segreteria. Era di mio padre. Era deluso da me. Niente di nuovo.

Riuscii a seguire due lezioni prima di svignarmela. Dopo essermi fermato al negozio per fare rifornimento, mi chiusi nel mio appartamento e mi preparai a buttare giù un'intera bottiglia di vodka.

Ne avevo già bevuta metà quando il citofono suonò. Mi misi in piedi barcollando, e risposi sbottando: «Fuori dalle palle!»

«Zach, sono io...»

Appoggiai la testa al muro e inspirai. «Victoria, che vuoi?» biascicai.

«Fammi entrare, per favore.»

L'avevo evitata per quasi tutta la settimana. Dopo il fine settimana precedente, quando ci aveva provato con me, avevo chiuso. Non volevo essere *quel genere* di ragazzo, anche se il mio corpo protestava.

Ero un cazzo di casino.

«Zach», la sua voce echeggiò nella mia testa. «Ti prego.»

Sbattei la mano sul citofono e un minuto dopo sentii il suo bussare delicato alla porta. La aprii e mi trascinai fino al divano.

«Gesù, questo posto puzza peggio di un bar dopo la chiusura.» Si sporse su di me. «Sei ubriaco.»

«E tu sembri mia madre.»

Sembrava una moralista del cazzo, con quelle mani sui fianchi e gli occhi illuminati da un'espressione di disapprovazione.

«Cosa è successo?» Vic si accovacciò e mise le mani sulle mie cosce.

«Puoi succhiarmelo, se vuoi.» Il mio sguardo annebbiato si abbassò verso il mio cavallo e mi palpai da sopra ai pantaloncini. «Anche se non sono sicuro di poterlo far drizzare adesso.»

«Fingerò che tu non lo abbia detto.» Mi rivolse una smorfia di disapprovazione. «Avanti.» Mi prese per mano e mi tirò a sé. «Hai bevuto abbastanza.»

«No, sento ancora qualcosa. Capirò di averne avuto abbastanza quando non sentirò più niente.»

«Zach», disse tra i denti. «Cerca di collaborare.»

Riuscii a mettermi in piedi, buttandomi quasi a peso morto su di lei.

«Doccia, poi a letto.» Vic mi condusse in camera e poi mi spinse verso il bagno. «Pensi di riuscirci senza ucciderti?»

«Forse dovresti venire con me. Per sicurezza.» Le rivolsi un ghigno al quale lei rispose roteando gli occhi.

«Vai, sei un disastro.»

Entrai in bagno e cominciai a spogliarmi. La stanza girava e la vodka sciabordava nel mio stomaco. Se non avessi smaltito un po' la sbornia, il giorno dopo sarebbe stato un inferno.

«Ehi, Vic», la chiamai, facendo capolino dalla porta.

«Dimmi.»

«Che stai facendo?» La intravedevo davanti alla mia cassettiera, le mani sulle maniglie del primo cassetto.

«Niente», sorrise, richiudendolo. «Stavo dando una sistemata.»

«Certo.» A volte si comportava davvero come mia madre. Ecco perché Declan si era innamorato di lei. «Ho bisogno di carboidrati.»

«Vedrò cosa posso fare.»

Stava per uscire dalla stanza, ma la richiamai.

«E grazie, beh, per tutto.»

Lei annuì. Forse, avrei dovuto scusarmi per aver fatto lo stronzo, ma, non appena entrai nella doccia, immaginai che fossimo pari.

Capitolo 9
Calliope

Era venerdì sera e io ero immersa nella lettura, quando qualcuno bussò alla porta. Negli ultimi giorni, avevo imparato a riconoscere Josie dalla bussata. Se avesse avuto un suono, sarebbe stato gentile ma sicuro, cosa che mi faceva sorridere; mi aveva raccontato di soffrire di forti ansie, eppure riusciva a essere comunque sicura di sé.

«Ehi», dissi, aprendo.

«Stavi studiando?» Lanciò un'occhiata alla pila di libri sul mio letto.

«Volevo portarmi avanti.» Tagliai corto. Non volevo dirle che avevo bisogno di tenere la mente impegnata per evitare di pensare a mia madre, o a mio padre e a mio fratello… a Zach.

Decisamente non volevo pensare a Zach.

Dopo la discussione che avevamo avuto quel giovedì, ero riuscita a evitarlo.

Era stato assurdo. Si era comportato come un ex fidanzato psicopatico e geloso solo perché Joel ed io stavamo per andare a pranzo insieme. Era esasperante. Sbruffone, arrogante e così pieno di sé.

Mi faceva chiedere cosa mai avessi visto in lui.

Ma le persone cambiano.

Eppure, ancora non capivo perché si comportasse come un cavernicolo, quando era ovvio che mi odiava.

C'era qualcosa in ciò che era accaduto che continuava a infastidirmi. Aveva tirato fuori la festa… accennando intenzionalmente a Joel il fatto che ci eravamo conosciuti lì.

Perché?

«Josie», dissi, incapace di lasciar perdere. «Hai presente la festa a casa di tuo fratello a cui siamo andate?»

«Sì…»

«Chi ti ha aiutata a portarmi a casa?»

Aggrottò le sopracciglia. «Ne abbiamo già parlato. È stato Brad», rispose con serenità. Era un'ottima attrice, ma riuscii comunque a scorgere il senso di colpa nel suo sguardo.

Socchiusi gli occhi. «Sì, è quello che mi hai detto, ma ho parlato con Zach, ieri…»

«Aspetta, hai parlato con Zach e non me lo hai detto?»

«Mi serviva del tempo per elaborare.»

Lei si sfilò le scarpe e si mise sul letto a gambe incrociate. «Riesce davvero a insinuarsi ancora dentro la tua testa, eh?»

«Sinceramente», emisi un sospiro frustrato, «non credo che se ne sia mai andato.»

«Pronta a raccontarmi quello che è successo?»

«Io...» Volevo davvero aprire il vaso di Pandora? Mi ci era voluto tanto tempo per superare la sofferenza che Zach mi aveva inflitto. Non volevo tornare al punto di partenza.

Ma ero al college.

È l'*occasione per gettarsi il passato alle spalle.*

Solo che il mio passato era proprio lì, e mi sembrava che, ovunque mi voltassi, non ci fosse via di fuga.

«Zach e io ci siamo incontrati prima di iniziare le scuole medie.» Inspirai a fondo, preparandomi al dolore che avrebbe accompagnato i ricordi. «Lui e la sua famiglia erano nuovi nella zona. Mi ha trovata in spiaggia, stavo piangendo. I miei genitori litigavano di continuo e Callum era già il pupillo della città. Lui e il fratello di Zach hanno subito fatto amicizia. Erano legati dall'amore per il basket, mentre io e Zach dal nostro odio per quello sport.»

«Non riesco a immaginarlo...» Sembrava confusa.

«È vero. Quando l'ho incontrato, Zach non aveva alcun interesse per il basket. Stavamo insieme nella casa sull'albero, in fondo al giardino di casa sua.»

«Cally e Zach, si prendono per mano, e sotto l'albero si dicono ti a...»

«Sei seria?» domandai incredula.

«Scusa.» Abbassò la testa e trattenne un sorriso compiaciuto. «Va' avanti.»

«Eravamo inseparabili. Zach aveva difficoltà a fare amicizia e io non avevo nessuno, quindi ci siamo avvicinati. Avevamo un club segreto e tutto quanto.»

«Ma dai, non ci credo.»

Annuii. «SOB, la Società Odiatori del Basket. Era patetico, ma mi faceva sentire parte di qualcosa.» Sentii il cuore dolermi. «Non mi era mai successo prima.»

«E poi, cos'è accaduto?»

«Alla fine della terza media, ho scoperto che mio padre aveva una relazione. Ci ha detto che sarebbe andato via... e Callum ci ha annunciato di voler fare la stessa cosa. Ero devastata. Quando eravamo piccoli, mio padre non aveva mai mostrato alcun interesse per me, ma era pur sempre mio padre. Eravamo comunque una famiglia. Non dimenticherò mai l'espressione negli occhi di mia madre quando Callum glielo ha detto. Era al terzo anno di liceo, la star del basket della nostra scuola e voleva abbandonare tutto.»

Abbandonare *me*. Mi ci era voluto un bel po' per accettarlo.

«Era già stato accettato alla SU.»

«Non posso credere che ti abbia abbandonata così.»

«Non siamo mai stati molto uniti. Lui amava il basket e io lo odiavo… ma ero arrabbiata perché lui aveva preferito mio padre, un bugiardo e traditore, a mia madre.»

«Beh, è terribile. Quindi Callum e tuo padre se ne sono andati e tu e tua madre siete rimaste lì?»

Annuii di nuovo. «Per lei è stato difficile ritrovarsi madre single, provare a gestire la vita lavorativa e me…»

«Non ha ottenuto gli alimenti?»

«Mio padre non aveva molto. Sono stati anni difficili.» Durante la recessione, aveva perso il suo lavoro come consulente finanziario; era riuscito a trovare qualcos'altro, ma tra i costi dei ritiri sportivi e dei personal trainer per Callum non disponeva di molto denaro.

«L'estate in cui sono andati via è stata difficile. Ho pianto tanto, ma Zach era lì ad asciugarmi le lacrime.»

Mi bastava chiudere gli occhi per sentire di nuovo il peso del suo corpo da adolescente avvolto attorno al mio. Avevo quattordici anni, Zach uno più di me, ma ricordavo quanto fossi attratta dal suo corpo che stava cambiando. Quell'estate, era diventato più alto, le sue braccia erano diventate più robuste, grazie alla palestra che suo padre aveva allestito in casa, e la sua voce era diventata più profonda.

Stava diventando un uomo, ed essere spettatrice del suo cambiamento era stato magico. Sapere che lui aveva scelto me come unica testimone di tutto quello mi aveva fatta sentire importante.

All'inizio del nuovo anno scolastico, per me il primo anno di liceo, per Zach il secondo, lui non era più così smilzo e il suo corpo era cresciuto. Non ero stata l'unica a notarlo. Passavo la giornata a guardare le altre ragazze, anche più grandi, che cercavano di attirare la sua attenzione. Ma lui non si era mai allontanato da me.

Eravamo l'uno il miglior amico dell'altra.

Finché un giorno diventammo qualcosa di più.

«È stato il tuo primo amore», Josie asserì, come se avesse capito ogni cosa.

«Vorrei che fosse così semplice», dissi con un sorriso triste. «Ci abbiamo girato intorno per quasi tutto l'anno. Penso che Zach avesse paura perché ero più piccola di lui.»

Josie emise un gemito di disapprovazione. «Di un anno.»
«Quasi due.»
Io ero nata il dieci giugno, Zach a fine agosto. Il fatto di aver appena compiuto quindici anni, mentre il ragazzo per cui avevo una cotta ne aveva quasi diciassette, sembrava un problema enorme.
«Tutto è cambiato l'estate seguente.»
«Avete fatto sesso.»
«Quasi. Abbiamo *quasi* fatto sesso.»
Ce l'eravamo spassata tutta l'estate, imparando a conoscere i nostri corpi sotto le coperte, al buio della casa sull'albero.
«Non ero pronta e sapevo che Zach voleva aspettare fin quando sarei stata sicura al cento per cento. Non eravamo neanche ufficialmente una coppia.» Anche se passavamo tutto quel tempo insieme. «Quell'estate, Declan è partito per il college e Zach mi ha finalmente chiesto di diventare la sua ragazza. Ne fui felicissima.»
Allora non avevo capito ma, guardando indietro, suppongo fosse preoccupato di quello che avrebbe pensato suo fratello. Anche se Callum era andato via, lui e Declan erano ancora amici. Erano ancora i nostri fratelli, più grandi e più saggi.
«È come una soap opera.» Josie si era sdraiata a pancia in giù, con il mento appoggiato sui pugni.
«Sono felice che la mia vita ti sembri così divertente.»
«Una di noi ha bisogno di un po' d'*azione*. Dio solo sa quanto ne ho bisogno.»
Mi sembrava strano, visto il modo in cui la vedevo guardare Brad quando lo incontrava.
«E così, siete usciti allo scoperto. Tu eri al secondo anno, lui al terzo... e poi?»
«Andava tutto bene. Ero davvero felice.» Una di quelle ragazze super fastidiose innamorate del proprio migliore amico.
«Quindi, cos'è successo?»
«Vorrei saperlo anche io.» Lo sconforto mi avvolse. «Un secondo prima, tutto andava bene, quello dopo, partecipavo al prepartita della squadra di basket della scuola e scoprivo che il mio ragazzo era diventato il capitano dei Bay View Vipers.»
«Okay... torna indietro. Pensavo non giocasse a basket.»
«Ed era così.»
«E tu non ne sapevi niente? Non avevi il minimo sospetto che stesse accadendo qualcosa?»
«Nessuno.» Le lacrime mi pungevano gli occhi, mentre provavo a ingoiare il groppo che avevo in gola. «Mi ha chiesto di andare al ballo insieme e ci siamo andati come coppia. A fine serata siamo andati a casa sua e...» Strabuzzai gli occhi.

«Oh… *oh*, ho capito.» Il suo sorriso si spense quando non lo ricambiai.

Ripensai a quella settimana. Dopo quel fine settimana meraviglioso, mi ero sentita al settimo cielo. Zach si era assentato due giorni da scuola a causa di un'influenza intestinale, ma stava bene. Avevamo parlato e messaggiato. Poi, la sera del prepartita, il mio mondo era andato in cenere.

«Non posso credere che queste cose siano ancora obbligatorie», borbottai alla mia migliore amica, Madison, mentre entravamo in palestra.

«È un evento studentesco, ovvio che sia obbligatorio. Inoltre, solo perché tu lo odi non significa che tutti debbano farlo.»

Roteai gli occhi e mi sedetti sulla panchina accanto a lei. Eravamo stretti come sardine e aspettavamo l'entrata trionfale della squadra. Cercai Zach tra la folla, era tornato a scuola quel giorno dopo una brutta influenza intestinale, ma non lo avevo ancora visto perché avevamo tardato a entrare.

Mi mancava tantissimo. Erano passati solo pochi giorni, ma sembravano anni. Forse ero un tantino ipersensibile, ma dopo la nostra meravigliosa serata insieme al ballo, mi sembrava che ci fosse un oceano a separarci.

Stava male, lo sapevo, ma ciò non impediva al seme del dubbio di mettere radici dentro il mio petto.

«Rilassati.» Madison mi diede una spintarella come se avesse sentito i miei pensieri irrazionali. «Arriverà.»

«Lo so.» Sorrisi e controllai di sottecchi il cellulare.

Niente.

Non era da Zach far passare delle ore prima di scrivermi. Ma dopo essere passata da casa sua per vedere come stava, la sera prima, avevo ricevuto un solo messaggio nel quale mi diceva che ci saremmo visti il giorno dopo.

Era stato evasivo. O, forse, voleva solo farmi una sorpresa. Cosa molto più probabile. Forse aveva organizzato un gesto eclatante, magari una replica di quel venerdì sera. Ricordai la sensazione del suo corpo pressato sul mio, il modo in cui si muoveva su di me, e sentii le farfalle allo stomaco. Era stata la notte più bella della mia vita.

«Terra chiama Cally.» Madison schioccò le dita. «Stanno uscendo.»

Era troppo emozionata per i miei gusti, ma sapevo che non lo era per la squadra, bensì per uno dei migliori giocatori, Finn Hopple. Continuava a dire che erano solo amici, ma avevo no-

tato il modo in cui lei lo guardava. Finn era okay, per essere un giocatore di basket, ma non sapevo cosa avrei fatto se si fossero messi insieme.

Tu hai Zach, sciocchina.

«Eccolo!» Mi prese a braccetto, riuscendo a stento a contenere il suo entusiasmo.

«Fatevi sentire per i nostri Bay View Vipers.» Il preside Garth applaudì e la palestra andò in delirio. Tutti i ragazzi urlarono e applaudirono.

Sbuffai e prestai poca attenzione, finché qualcosa mi fece fremere la schiena, I miei occhi scrutarono la palestra e quasi balzarono fuori dalle orbite quando vidi Zach con la divisa della squadra.

Impallidii, la confusione mi annebbiò i pensieri.

«Madi», dissi in un soffio, conficcando le unghia nel suo braccio. «Che sta succedendo?»

«Sono certa che non sia nulla», sussurrò. I suoi occhi mi scrutavano attentamente, ma io non riuscivo a distogliere lo sguardo da Zach, il ragazzo che amavo. Stava lì, accanto a Finn e agli altri giocatori, come se fosse uno di loro.

Zach odiava il basket quasi quanto me.

Era di sicuro uno scherzo. Una sorta di scherzo elaborato. Ma, mentre aspettavo la battuta finale di quella barzelletta, il preside Garth invitò la palestra a fare silenzio e un'ondata di entusiasmo travolse tutti.

Non me, però.

Io tremavo per un'altra ragione.

Non stava succedendo davvero. Non stavo guardando il preside Garth invitare Zach ad avvicinarsi. Non stavo vedendo il mio ragazzo afferrare il microfono e passarsi una mano tra i capelli, fresco come una rosa.

Non era possibile.

E invece lo era.

«Credo che vomiterò», dissi, portandomi le mani sulla pancia.

«Non sappiamo ancora cosa sta succedendo.» Madison mi strinse il braccio per rassicurarmi, ma non riuscì a sciogliere il nodo che sentivo allo stomaco.

Il preside Garth cominciò a parlare, ma il sangue martellava già nelle mie orecchie. Vedevo le sue labbra muoversi, ma la sua voce era coperta dal suono del mio cuore che batteva nel petto. Non avevo bisogno di sentire. Sapevo cosa stava succedendo... Lo avevo capito nel momento stesso in cui avevo visto Zach con la divisa dei Vipers.

Era entrato in squadra.

Ma non solo. Era il capitano.

La folla impazzì, tutti si alzarono in piedi a gridare il nome di Zach.

Messiah. Messiah. Messiah.

Invece, io rimasi seduta, desiderosa che lui mi guardasse, che mi desse un segno, uno qualsiasi, che mi dicesse che non era vero. Che era soltanto un incubo terribile dal quale mi sarei svegliata poco dopo. Perché Zach odiava il basket. Avevamo un club e tutto il resto.

Ma poi i suoi occhi incontrarono i miei e sentii il respiro mozzarsi. Il ragazzo che mi stava guardando non era per niente il mio Zach.

Era completamente un'altra persona.

«Quindi è successo qualcosa tra il ballo e la festa prepartita?»

«Non è un episodio di *True Crimes*, Josie. Non mi aspetto che tu risolva il mistero del mio cuore spezzato da Zachary Messiah.»

«Ma qualcosa deve essere cambiato o accaduto. Non ci si sveglia un giorno e si decide di non amare più qualcuno.»

Neanche io lo credevo possibile, eppure Zach era rimasto lì, in piedi davanti a tutta la scuola, e aveva accettato il ruolo di capitano della squadra. E nessuno si era fatto delle domande perché era il fratello minore di Declan Messiah. Il basket scorreva nelle sue vene, anche se c'era voluto del tempo perché lo accettasse.

"Ha cominciato tardi", dicevano, come se rendesse tutto più facile. "Sapevamo tutti che avrebbe seguito le orme del fratello."

Ma, ancora più sorprendente, era stato scoprire che era bravo.

Secondo le voci che giravano a scuola, e ce n'erano tante, Zach aveva un talento naturale per quello sport. Io non lo sapevo perché il mio odio, già forte prima del suo tradimento, in seguito a quello era diventato insormontabile.

Tutti i momenti trascorsi a lamentarci di come il basket aveva rovinato le nostre vite. Tutte le volte che eravamo stati insieme nella casa sull'albero, a desiderare di avere dei fratelli diversi, padri diversi… Il giorno in cui Zach mi aveva trovata a piangere in spiaggia era stato troppo bello per essere vero. Pensavo di essere strana, che il risentimento e il rifiuto che provavo verso mio padre fossero innaturali. Che la gelosia che provavo verso Callum non fosse normale.

Zach mi aveva fatta sentire *normale*.

Mi aveva fatta sentire amata, preziosa… degna.

E poi, in un secondo, aveva cancellato tutto.

«Non vuoi sapere la verità?» la domanda di Josie mi riportò in quella stanza.

La verità.

Dio, ne ero stata ossessionata. Avevo passato intere giornate a vedere Zach diventare *Mister Popolarità*. Andava alle feste con i ragazzi popolari... frequentava le ragazze popolari. E non provò mai una volta a darmi una spiegazione.

Glielo avevo chiesto, ovviamente. All'inizio. Avevo pianto e lo avevo supplicato di darmi una spiegazione. Ma la risposta era stata sempre la stessa: eravamo un errore e dovevo superarla.

Un errore.

«Ha chiamato il nostro amore un errore», sbottai.

Lessi la compassione negli occhi di Josie. «Che stronzo.»

Lo pensavo anche io.

Lo avevo pensato per anni.

Ma, in quel momento, persa tra i ricordi, intenta a rivivere l'istante in cui il mio cuore si era spezzato per sempre, scorsi qualcos'altro.

Qualcosa che ai tempi non avevo voluto vedere.

«Era arrabbiato.»

«Eh?»

«Zach, dopo aver cominciato a giocare nella squadra, era una persona diversa.»

I nostri cammini si intrecciavano raramente, ma avevo sentito i pettegolezzi. Le liti sul campo e fuori, le punizioni a scuola.

«Ennesima prova che ci fosse qualcosa sotto.»

«Non ho insistito.»

Non so perché, ma le mie parole mi fecero rabbrividire.

«Cally?»

«Non ho insistito.» Le parole uscirono dalle mie labbra mentre quella consapevolezza si faceva spazio dentro di me. «L'ho semplicemente accettato. Ero distrutta... pensavo che fosse colpa mia, che fosse per qualcosa che avevo fatto inconsapevolmente.»

Dopo che mio padre e Callum erano andati via, ero andata da uno psicologo. Ore di terapia che mi avevano aiutata a gestire quel senso profondo di inadeguatezza che sentivo per non essere mai stata all'altezza degli standard di mio padre. Quando Zach mi aveva tradito, tutti quei sentimenti erano tornati in superficie e avevo ricominciato ad avere problemi di autostima.

Era stato l'anno peggiore della mia vita.

Se non fosse stato per mia madre e Madison, non pensavo che sarei riuscita a superato.

«Oh, Cally.» Non mi ero accorta di aver iniziato a piangere, finché Josie si avvicinò e mise un braccio intorno alle mie spalle. «Mi dispiace di averti spinta a parlarne.»

«Non mi hai costretta...» Le rivolsi un sorriso incerto, mandando indietro altre lacrime. «Inoltre, avevo bisogno di togliermi questo peso dal petto.»

«Sono felice che tu me l›abbia detto.»

«Sei una buona amica, Josie.»

«E tu meriti tanto, Calliope James. Non lasciare mai che un ragazzo ti faccia pensare il contrario.»

«Grazie.» Le lacrime cadevano copiose e veloci. «Significa tanto per me.»

«Sai cosa ti serve?»

«Una nuova famiglia?» Forzai un sorriso.

La sua espressione si fece seria. «Un po' di divertimento al femminile alla vecchia maniera.»

«Non lo so. Avevo pensato di restare qui e studiare.»

Josie roteò gli occhi. «Esatto, ti stai nascondendo.»

«Non mi sto...» mi fermai, perché aveva ragione.

Lo stavo facendo.

Anche in quel momento, dopo tutto quello a cui ero sopravvissuta, l'unica cosa che riuscivo a fare era battere la ritirata prima che le cose diventassero troppo complicate.

«Avanti!» Mi fece alzare. «Si esce.»

«È una pessima idea», protestai.

«Tutte le migliori lo sono.» Mi fece l'occhiolino.

«Mi prometti che non ci saranno fratelli, ex-ragazzi e giocatori di basket?» Non riuscivo a credere alle mie parole, eppure avevo capito di non essere più la ragazza spaventata che non riusciva a uscire fuori dall'ombra.

Cosa aveva detto Madison? Non si trattava di aspettare la fine della tempesta, ma di imparare a ballare sotto la pioggia.

Forse non ero ancora pronta a ballare sotto la pioggia, ma potevo almeno provare a camminare.

Emozionata, Josie batté le mani. I suoi occhi brillarono maliziosi e annuì. «Conosco il posto perfetto.»

***

Il posto perfetto non era altro che un baretto in periferia. Non era un tipico ritrovo per studenti; aveva tutta la vernice scrostata e davanti all'ingresso c'era una fila di motociclette dall'aspetto non proprio rassicurante.

«Un bar per motociclisti?» sussurrai con tono stridulo, stringendo la mano di Josie. «Mi hai portata in un bar per motociclisti?»

«Rilassati, Xavier è una brava persona.»

«Xavier?»

«Il proprietario. Lui e mio fratello si conoscono da anni. Joel darebbe di matto se sapesse che siamo qui, ma Jay mi ci ha portata una volta. Il posto mi è piaciuto, quindi ho cominciato a sgattaiolare qui di tanto in tanto.»

«In un bar per motociclisti?»

Josie scrollò le spalle e aprì la porta. «Che vuoi che ti dica? Mi piace vivere al limite.»

Più conoscevo Josie Molineux, più domande mi facevo su di lei.

L'interno dello *Steel 'n' Thunder* era buio e lugubre come l'esterno. Ma, nel momento in cui il ragazzo al bancone vide Josie, il suo cipiglio si trasformò in un gran sorriso. «La piccola Josie Molineux. Che mi venga un colpo.»

«Ehi, Xav.» Si sporse oltre il bancone per baciare il suo volto barbuto.

«Cosa ti porta nella parte oscura della città?»

«La mia amica, Cally, aveva bisogno di allontanarsi dalla vita studentesca per una notte.»

Il suo sguardo tagliente si posò su di me e il ragazzo aggrottò la fronte. «Sono Xavier e questo è il mio locale. Provo a tenere questa qui lontana dai guai da quando aveva... quanto? Quattordici anni?»

«Quattordici?» Trasalii.

«Seguivo Jay dappertutto perché volevo piacergli.» La sua espressione si adombrò.

«Tu gli piaci, Jos. Jay ti ama alla follia.»

Josie mormorò qualcosa, poi disse: «Di certo ha uno strano modo di dimostrarlo».

Xavier ridacchiò. Era alto e aveva capelli folti e neri, acconciati in una cresta, due dilatatori neri ai lobi, un piercing a morso di serpente e un septum ad anello. Nel complesso, era il ragazzo più spaventoso su cui avessi mai posato lo sguardo. Ma, considerando quel locale, capii che sarebbe stato solo il primo di una serie.

«È un piacere conoscerti, Cally. Ogni amico di Josie è mio amico. Ora ditemi, cosa posso portarvi?»

«Per me una birra con lime, per favore», disse Josie.

Lui annuii, poi guardò me.

«Mmh, prendo lo stesso, per favore», gracchiai.

Non mi sembrava il genere di posto in cui si ordinava una soda. Inoltre, una birra non mi avrebbe fatto male e visto il modo in cui il cuore batteva selvaggiamente nel mio petto, mi serviva qualcosa per rilassarmi.

Trovammo un tavolo vicino al retro del bar e prendemmo posto. «Allora, che ne pensi?» Josie chiese sorridendo.

«Non so proprio cosa dire», ammisi.
«È un po' sopra le righe, ma ti assicuro che sono tutte brave persone.»
«Conosci questi ragazzi?» Con discrezione, diedi un'occhiata ai pochi clienti seduti a bere. Uomini, perlopiù. Il genere di uomini che non vorresti incontrare in un vicolo buio.
«Alcuni di loro. Mi piace questo posto. Qui nessuno mi disturba.»
«E tra te e Xavier? Cosa c'è?»
«Come?» Mi guardò a bocca aperta. «Pensi che io e Xavier… ha tipo trent'anni. È disgustoso. Non è per niente come pensi. Era in addestramento con mio fratello, ma non gli è andata bene. Quindi lui è tornato a casa e Jay no. Non saprei, stare qui, parlare con lui, mi fa sentire più vicina a Jay, capisci?»
Non capivo, ma annuii ugualmente.
«Due birre, offre la casa.» Xavier lasciò scivolare un vassoio sul tavolo. «Se vi serve qualcosa, fate un fischio.»
«Sei il migliore, Xav.» Josie gli mandò un bacio e lui roteò gli occhi, con un sorriso divertito sulle labbra.
«Gli sta bene che beviamo?» Scrutai la mia birra.
«Sì, Xavier è un tipo forte. Basta che teniamo un profilo basso.»
«Mi sembra perfetto.»
«Non *così basso*, Cally», ghignò. «Siamo al sicuro qui, te lo prometto.»
Le rivolsi un altro sorriso incerto.
«Credo che un brindisi sia d'obbligo.» Inclinando la bottiglia verso la mia, esclamò: «Ai ragazzi che amiamo odiare e odiamo amare. Salute».

Capitolo 10
Zack

La confraternita delle Chi Delta Kappa aveva organizzato un evento. Le ragazze stavano provando a risultare sofisticate ma, dato il numero di atleti presenti, ero certo che non ci sarebbe voluto molto prima che le cose prendessero una brutta piega.

Victoria passava di gruppo in gruppo, assicurandosi che tutti avessero un bicchiere pieno tra le mani e un bel sorriso sul volto. Ci sapeva fare, intratteneva gli invitati e dava alla gente ciò che voleva. Ecco perché era perfetta per mio fratello. Insieme erano quello che i miei genitori amavano chiamare una super coppia. Quando entravano in una stanza, tutti si fermavano a guardarli. Lei indossava i migliori abiti firmati, lui avrebbe avuto successo nella NBA. Il loro futuro era radioso. Poi, aveva smesso di esserlo.

Tuttavia, a Vic piaceva mantenere le apparenze. Aveva convinto i ragazzi a partecipare al suo evento di beneficenza. Non che fosse necessario persuaderli, visto che era coinvolta la sorellanza. Drink e figa gratis, e la squadra si fiondava come un cane sull'osso.

E ovunque loro andassero, io li seguivo.

«Amico, devi rilassarti.» Saul mi colpì la spalla. «È una festa.»

«Un evento benefico», Brad lo corresse, prima di agguantare dal vassoio una tartina dall'aspetto strano.

«C'è birra, musica e figa. È una festa», ribadì Saul, scrollando le spalle.

«Per chi è la raccolta fondi, quest'anno?»

«Vic non ha voluto dirmelo.»

«Davvero? E io che pensavo foste *intimi*», disse con un sorrisetto.

«Che cazzo vorresti insinuare?» ribattei.

«Avanti, Zach», esclamò Brad. «Sai bene che girano parecchie voci. Dicono di averla vista andare via dal tuo appartamento.»

«Non me ne frega un cazzo di ciò che dicono le voci. Siamo amici. È la ragazza di mio fratello, o lo avete dimenticato?» esclamai, divampando di rabbia.

«Sai che non è così.» La sua espressione si spense e si passò una mano tra i capelli. «Sentiamo tutti la sua mancanza… merda, eccome se la sentiamo.»

«Già, scusa.» Il mio tono era tagliente. Non avrei voluto essere lì. Non volevo stare in giro a bere e fingere che tutto andasse bene, quando non era così.

Saul cambiò argomento e, quando iniziò a parlare con gli altri della ragazza che stava frequentando, smisi di ascoltare. Mi voltai di scatto solo nell'istante in cui sentii la parola "amichevole".

«Ho sentito che Maverick giocherà.»

«Ah sì?» Gli occhi di Brad si illuminarono di emozione. Maverick Prince era un idolo per molti di quei ragazzi. Quando era alla SU, era riuscito a portare la squadra a un altro livello e aveva aiutato a debellare le pratiche di nonnismo. Lo avevo incontrato con Declan un paio di volte, l'anno prima.

Mio fratello lo ammirava ed erano molto uniti. Aveva provato a contattarmi dopo l'incidente, ma non era proprio un buon momento e, così, avevo ignorato le sue chiamate.

«Il coach ha detto che verrà anche Tom Balor.»

«Balor, porca puttana.»

«Avete idea di chi altro verrà contattato?»

Tutti si voltarono a guardarmi, come se avessi una risposta alla loro domanda.

Non era così.

«Che cazzo ne so.»

Questa è la vostra squadra, non la mia.

Ma era la verità. Quella era la mia squadra. Si aspettavano che sapessi certe cose, che mi importasse.

Si aspettavano che fossi grato di essere lì, come se il ruolo di Declan fosse un privilegio da custodire.

Era una fottutissima buffonata.

Non ero Declan. Per quanto potessi provarci, non sarei *mai* stato come lui.

«Ehi, ragazzi.» Victoria ci raggiunse, spostandosi le ciocche rosse su una spalla. Sembrava una pin-up degli anni Venti, con quei capelli folti e ricci e le labbra rosso fuoco. Il vestito nero fasciava le sue curve come se fosse cucito sul suo corpo. «È tutto pronto?»

«Cazzo, sì.» Saul si sfregò le mani con l'entusiasmo di un ragazzino delle medie che ha appena scoperto la masturbazione.

«Che state combinando?» Notai lo scintillio negli occhi di Victoria. Tramava qualcosa e, per quanto la conoscevo, ciò non voleva dire nulla di buono.

«Vedrai.» Mi fece l'occhiolino. «Seguitemi.» Ci fece cenno con il dito e poi sculettò, conducendoci all'enorme open space. Alcuni ragazzi erano già schierati. Joel mi rivolse un saluto con la testa che non ricambiai. Ero ancora incazzato per averlo visto con Cally.

Non era colpa sua, non sapeva di lei, *di noi*, ma la mia rabbia sembrava non tenerne conto.

«Okay, gente...» Vic prese la parola e la stanza piombò nel

silenzio. «Come sapete, questa è la raccolta fondi autunnale delle Chi Delta Kappa e quest'anno abbiamo deciso di fare alla vecchia maniera con uno… rullo di tamburi, per favore.»

Tutti cominciarono ad applaudire, il rumore sembrava quello di un'onda che si infrange sulla riva. Vic era compiaciuta e rideva davanti alla trepidazione che crepitava nell'aria. Loro vivevano per quelle stronzate, mentre io le tolleravo a malapena.

«Stand dei baci!»

«Cazzo, sì.» Saul mi spintonò, mostrando uno stupido sorrisetto sulla faccia.

«Cazzo, no», borbottai.

«Oh, sì.» Brad sollevò e abbassò le sopracciglia. «È la regola. Inoltre, Victoria non ti permetterà mai di svignartela. Sei il nuovo re del campus, Messiah. Le ragazze pagherebbero oro per baciarti.» Schioccò le labbra verso di me e io lo spinsi via.

«Coglione», mormorai.

«Calma, signore», Saul fece un passo avanti, passandosi una mano tra i capelli. «Ce n'è abbastanza per tutte. E magari, se sarete fortunate, otterrete più di un bacio.» Strizzò l'occhio alla bionda minuta che si voltò verso le amiche e ridacchiò.

Gesù, quel posto stava per diventare un terreno di caccia. Le ragazze amavano quelle stronzate quasi quanto i miei compagni di squadra.

«Okay, ragazzi, se potete fare un passo avanti, per favore.» Un paio di amici di Vic apparvero con delle scatole tra le mani e cominciarono a distribuire bende nere per gli occhi. Io mi ritrassi, sperando di non ritrovarmi nella mischia. Ma, ovviamente, Vic venne personalmente ad assicurarsi che fossi pronto.

«Un piccolo avvertimento sarebbe stato gradito», dissi tra i denti mentre le strappavo una benda dalle mani.

«Saresti venuto, se te l'avessi detto?» Arcuò un sopracciglio. Odiavo il fatto che mi conoscesse così bene.

«Quanto tempo durerà questa stronzata?»

«Finché la gente continua a pagare.»

«*La gente*? Non bacerò nessun ragazzo.»

«È per beneficenza!»

«Sono serio, Vic. Non ti azzardare…»

«Rilassati, saranno ragazze. In gran parte.» Fece una risatina, mi afferrò per il braccio e mi mise in posizione.

«Che stronzata», mi lamentai.

«Secondo me», disse Saul, «è un ottimo metodo per scovare i ranocchi.»

I ragazzi risero tutti, ma io ero troppo arrabbiato per unirmi a loro.

«D'altronde, chi mai si lascerebbe convincere a partecipare a una cosa del genere?» dissi, tenendo la voce bassa, mentre Vic spiegava le regole.

Vietato toccare.

Vietato sbirciare.

Vietato dare due baci.

La lingua era facoltativa.

Fanculo.

Non intendevo usarla con nessuno.

«Ragazze della sorellanza e non, avete del burro di cacao?» chiese Joel con un sorriso forzato. Non ero l'unico a temere lo stand dei baci. «Potrebbe tornarci utile.»

«Uff, ditemi che è un fottuto scherzo.»

«Ehi amico, ho sentito che lo facevano già molto tempo fa. Alcuni ragazzi sono riusciti ad avere talmente tanti numeri di telefono, da avere appuntamenti per un intero anno.»

«Non credo si tratti proprio di questo, Saul.»

«Se qualche ragazza vuole ficcarmi la lingua in gola e darmi il suo numero, tutto in nome della beneficenza, beh, io ci sto.»

«Okay, signore.» Un leggero brusio di risatine e sghignazzi riempì l'aria. «Che i primi quattro ragazzi, Saul, Brad, Cooper, e Dev, facciano un passo avanti.»

Feci un sospiro di sollievo.

Almeno non sarei dovuto andare per primo.

«Indossate le bende», ordinò Vic. «Adesso, signore, formate cortesemente una fila ordinata. Il pagamento va nel cesto di Cadence, prendete le vostre bende da Kira. E ricordate che, nello spirito dello stand dei baci, non dovrete rivelare la vostra identità l'uno all'altra fino alla fine del round. Buon bacio a tutti!»

«Venite da papino.» Saul schioccò le labbra e un gruppo di ragazze emise gridolini di gioia.

Alzai gli occhi al cielo.

Venti minuti dopo, ventiquattro ragazze erano state baciate appassionatamente e nel cesto di Cadence c'erano almeno duecento bigliettoni.

«Cosa diciamo ai nostri primi volontari?» chiese Vic, e la stanza esplose in un applauso. «Fatevi sentire per Saul, Brad, Cooper, e Dev. I prossimi sono Joel, Tyrese, Kaiden e Andre.»

I ragazzi si fecero avanti e indossarono le bende.

«Ragazze, avete capito ormai come funziona, preparate i bigliettoni e mettetevi in fila.»

Notai alcune di loro indietreggiare e ghignai. Certo, era per beneficenza, ma comunque…

In fondo alla stanza si alzò un gran trambusto che attirò l'attenzione di tutti. Era appena entrato un nuovo gruppo di ragazze. «Abbiamo sentito dire che c'è uno stand dei baci, è vero?»

«Avete sentito bene.» Victoria sorrise compiaciuta. «Stavamo per cominciare il secondo round.»

«Iscrivetemi», esclamò una delle ragazze, leccandosi le labbra. Solo quando si avvicinarono, la vidi.

Cally.

Che cazzo ci faceva lì?

Incrociò il mio sguardo, ma, invece di nascondersi, sollevò il mento in segno di sfida. Incredulo, guardai lei e Josie mettersi in fila e ridacchiare con le altre ragazze.

Joel era lì.

Cally avrebbe pagato per baciare uno dei miei compagni di squadra... e quel cazzone di Joel era lì.

Quando fu il turno di Cally, la furia esplose nelle mie vene. Toccava a lei, Josie e altre due ragazze. Dopo aver indossato le bende, Vic e le altre le spostarono davanti al ragazzo assegnato. Ovviamente, Josie non poteva andare da Joel, quindi le toccò Andre. Una ragazza era con Tyrese, il che lasciava Joel e Kaiden, Cally e un'altra ragazza.

Vic incrociò il mio sguardo e rise. Non sospettai nulla finché non andò per posizionare Cally davanti a Joel. Era impossibile che sapesse qualcosa.

Non poteva sapere che avrei voluto irrompere e allontanare Cally da lui.

Ero inchiodato al pavimento, incapace di fermare le loro mani che si raggiungevano, si toccavano, si trovavano. Cally curvò le labbra, la sua risata nervosa arrivò come un sibilo alle mie orecchie. Stava ridendo. Era un suono così bello, dolce e pieno di innocenza. Ma per quanto suonasse dolce, mi colpì come una freccia avvelenata dritta al cuore.

Ed eccomi lì, ad annegare nella rabbia e nell'odio, a soffocare nell'amarezza... e lei rideva come se non avesse alcun problema al mondo.

Accadde a rallentatore. Joel prese il viso di Cally tra le mani, le accarezzò le sue guance in maniera rassicurante, poi si piegò e allineò le loro labbra con perfetta precisione. Le mani di Cally trovarono la sua t-shirt e si strinsero nel tessuto per tenersi in equilibrio, mentre si metteva sulle punte e lo raggiungeva per baciarlo.

Digrignai i denti così forte che quasi mi aspettavo di sentirli rompere.

Lo stava baciando.

Certo, all'inizio era un bacio goffo e impacciato, ma non restò così a lungo. Le sue labbra erano su quel figlio di puttana di Joel. Lui approfondì il bacio, separando le sue labbra con la lingua... La sua cazzo di lingua. Volevo gridare che non era consentito, ma avevo guardato metà dei ragazzi infilare la lingua nella bocca di ragazze più che compiacenti. Victoria aveva anche detto che era facoltativo, quindi non potevo usare alcuna scusa.

I secondi passarono. Forse fu la mia mente a giocarmi brutti scherzi, ma mi sembrò che gli altri fossero finiti più velocemente.

Capii di non essermi sbagliato quando Brad mi diede una gomitata alle costole. «Porca troia, guarda come ci sta dando dentro Joel.»

Guardare?

Non riuscivo a staccargli gli occhi di dosso.

Strinsi i pugni così forte che se avessi guardato in basso avrei visto le mie nocche diventare bianche.

«Oh wow, la cosa si sta facendo bollente, o è una mia impressione?» Victoria si sventolò con la mano e le altre ragazze ridacchiarono.

Le sue parole furono sufficienti a spezzare qualunque incantesimo avesse colpito Joel e Cally, perché mi rifiutavo di pensare che fosse qualcosa di più della sua pessima abitudine di dare sempre il centodieci percento.

Cally abbassò la benda, spalancò occhi e bocca per la sorpresa. Il rossore colorò le sue guance e poi scese fino al collo. Vederla così eccitata mi fece venire voglia di cavarmi gli occhi.

Era eccitata per il bacio di Joel.

Lui tolse la benda e tutti gridarono e applaudirono. Qualcuno addirittura fischiò. Cally affondò la faccia tra le mani e Joel si abbassò verso di lei per sussurrare qualcosa.

«Stai bene, amico?» mi chiese Brad.

«Cosa?» Strizzai gli occhi.

«Sei un po' pallido.»

«Non voglio andarci.» La bugia uscì con naturalezza dalla mia bocca.

«Non hai paura di un po' di attività con le labbra, vero? Alcune di quelle ragazze si stanno bagnando solo al pensiero di poter avere un assaggio, Messiah.»

«Fottiti», mugugnai.

Quando tornai a cercare Joel e Cally con lo sguardo, erano spariti. Ritrovai Cally stretta a Josie contro la parete. Joel, invece, era accanto ad Andre con un sorriso così largo che riempiva quasi tutto il suo volto. Bastardo arrogante.

«Okay, tocca agli ultimi Quattro.» Vic mi strizzò l'occhio. «Todd,

Benji, Milo e la nostra attrazione della serata, Zach Messiah.»

Brad e Saul, quei due coglioni, fischiarono e mandarono le ragazze in visibilio. Sentii la rabbia risalire lungo la schiena.

«Le bende, per favore.»

Strinsi l'elastico così forte che fui certo si sarebbe spezzato. I miei occhi erano fissi su Cally. Speravo che mi guardasse, e, finalmente, lei alzò lo sguardo. Cazzo, era così bella con le guance arrossate e le palpebre socchiuse. Ma portava addosso il *suo* bacio.

Porca puttana.

Mentre posizionavo la benda, le mie viscere andarono a fuoco. Per quanto cercassi di evitarla, l'universo trovava il modo di costringerci a rivederci.

«Okay, signore… preparate i bigliettoni perché questo è il round che tutte aspettavate.»

Mi concentrai sul mio respiro, lasciando che il battito regolare del mio cuore soffocasse le risate e le chiacchiere. Negli ultimi due anni, ero diventato bravo a lasciare fuori tutte le stronzate, tutto il rumore quotidiano di sottofondo. Quando la tua vita non ti apparteneva, e ci si aspettava che recitassi una parte, dovevi costruire mura impenetrabili. Ed ero diventato un esperto.

Ma avere Cally intorno era come essere sotto assedio.

Morale della favola, lei era dentro di me e dovevo fare qualcosa, *qualunque cosa*, per riprendere in mano la situazione.

«Ciao», disse una voce docile e sentii il soffio d'aria davanti a me. «Vacci piano con me, non sono mai stata baciata.»

Porca puttana.

Mani incerte trovarono il mio braccio e risalirono lungo i miei bicipiti. La sua trepidazione era tangibile, proprio come un fastidioso ronzio nell'aria. Mi chinai, trovai il suo viso e la baciai in modo intenso e veloce.

«Wow», sospirò, indugiando. «Possiamo rifarlo?» sussurrò con la voce pregna stupore.

«No», urlai. «La prossima.»

«Fa' il bravo, *Mr. Brontolone*», disse Vic in una risata sguaiata, il cui suono mi irritò. Si stavano divertendo un po' troppo.

Passarono altri dieci minuti. Altre tre ragazze, altri tre baci veloci. Li diedi tutti a labbra serrate e senza lingua. Ma all'ultimo round, qualcosa cambiò. All'inizio non capii cosa ci fosse di diverso, poi lo realizzai. La ragazza indossava un profumo. E non un profumo qualunque, ma uno che riconobbi.

Un profumo che il mio corpo riconobbe.

Cazzo, aveva lo stesso profumo di Cally, o meglio, lo stesso di cui Cally odorava quando eravamo ancora due ragazzini che cercavano la propria strada in quei corpi da adolescenti. Quel profumo mi travolse, e mi trasportò in un altro luogo e in un altro tempo. Ero così perso da non realizzare che la ragazza stava posando le sue labbra sulle mie. Non mi resi conto che le sue mani avevano afferrato la mia felpa, avvicinandomi a lei. Non mi resi conto di avere portato la mano alla sua nuca e di avere la lingua dentro la sua bocca.

Non me ne resi conto… perché pensavo fosse Cally.

Il mio cervello da sedicenne era lì, stava baciando il suo scricciolo.

Leccai la sua bocca, arrotolai la lingua attorno alla sua e succhiai. Aveva un sapore dannatamente buono, sapeva di menta e fragole. Il mio uccello prese vita e feci scivolare una mano sulla parte inferiore della sua schiena, avvicinando il suo corpo al mio. I suoi gemiti bramosi mi spronarono a baciarla più a fondo. Più intensamente. Fino a quando, qualcuno tossì; mi allontanai di scatto e la realtà mi piombò addosso.

Mi strappai la benda dagli occhi e inspirai con affanno, poi posai gli occhi sulla ragazza… ma lei *non era* Cally.

Passò con disinvoltura la benda sulla testa e mi sorrise compiaciuta. «Dieci dollari ben spesi.»

Fece finta di tamponarsi l'angolo della bocca, mentre faceva scorrere i suoi occhi lungo il mio corpo.

«Ehm, grazie», balbettai, quasi incapace di credere a ciò che era appena successo.

Ma sentii la sua presenza.

Cally.

Era vicina alla porta e mi guardava. Era palesemente sconvolta, tanto quanto lo ero io del mio comportamento.

Io non perdevo il controllo.

Mai.

Eppure, più di una volta, lei mi aveva portato al limite di sopportazione.

Tutto perché hai sentito il suo cazzo di profumo.

«Merda, Messiah, è stato così sexy. Sono quasi venuto nei pantaloni come un ragazzino di dodici anni davanti ai giornaletti porno del padre.» Guardai torvo Saul e lui sorrise. «Non essere così duro con te stesso, lei era sexy.»

Vic cominciò a fare gli annunci finali, ma io mi alienai, portando la mia concentrazione solo su Cally. Stava sussurrando qualcosa a Josie e sembrava stessero litigando. Josie scosse la testa e Cally le rivolse un sorriso triste prima di abbracciarla e andare verso il corridoio.

Cazzo, se ne stava andando.

Prima di rendermene conto, tirai fuori il cellulare e imprecai a bassa voce.

«Problemi?» chiese Brad e io annuii.

«Questioni di famiglia. Devo scappare.»

«Certo, amico. Fammi sapere se hai bisogno di qualcosa.»

«Grazie.» Sgattaiolai alla porta e uscii dal retro. C'era solo un posto in cui Cally sarebbe andata.

E, per mia fortuna, sapevo esattamente dove alloggiava.

Capitolo 11
Calliope

Non avrei dovuto farmi convincere da Josie ad andare alla serata di beneficenza delle Chi Delta Kappa.

Eravamo appena tornate dal bar e alcune ragazze del nostro dormitorio ci avevano invitate a unirci a loro. Avevo intuito che lei volesse andare, Josie bramava l'accettazione altrui, lo vedevo ogni volta che incontravamo un folto gruppo di ragazze in giro per il campus. Il desiderio nei suoi occhi, la tristezza.

Quindi, nel tentativo di essere una buona amica, avevo accettato.

Nel momento stesso in cui avevo posato gli occhi su Zach, mi ero resa conto di aver fatto un terribile errore.

Uno stand dei baci, per l'amor del cielo. Era di cattivo gusto e immaturo… eppure, una parte di me si era fatta travolgere dall'entusiasmo. E, forse, una piccola parte di me, quella della ragazzina di quattordici anni innamorata del ragazzo che l'aveva salvata, aveva sperato segretamente di essere assegnata a Zach.

Nello stesso istante in cui quelle labbra avevano toccato le mie, avevo capito che non erano le sue. La delusione si era fatta spazio in me e aveva scavato negli anfratti del mio cuore. Volevo che fosse lui. La mia testa sapeva che desiderare certe cose sarebbe stata una cattiva idea, ma al mio cuore, spezzato e martoriato, non importava.

Poi era successo qualcosa di inaspettato. Il tizio mi aveva baciata. Mi aveva baciata *davvero.*

Ero talmente sconvolta, che avevo solo potuto ricambiare. Le sue labbra erano state gentili ma convincenti, impazienti ma morbide. Era stato un primo bacio perfetto. Un primo bacio che avevo sentito fino alle dita dei piedi. Ma quando avevo sfilato la benda e visto Joel sorridermi, avevo desiderato che la terra si aprisse e mi inghiottisse.

Joel mi aveva baciata… e mi era piaciuto.

E Zach era lì e aveva assistito a tutto.

Dopo essermi ripresa dal torpore del desiderio, ero corsa via dalla festa. Josie voleva che restassi, che rivelassi la mia identità a Joel e gli dessi una possibilità, ma non ero pronta.

Quindi feci l'unica cosa che sapevo fare… scappare.

Ero arrivata solo fino alla fila di alberi prima dell'Abrams, quando una mano comparve dall'ombra, mi attirò dal girovita e mi spinse nel buio. «Ma che cazzo?» gridai, ma quella stessa mano mi coprì la bocca e labbra calde sfiorarono il mio orecchio.

«Sorpresa, scricciolo.»

«Zach?»

Certo che era lui.

Solo lui era folle abbastanza da nascondersi nel buio e aspettare il momento di colpire.

«Levati di dosso.» Feci resistenza, ma era troppo forte. Mi fece voltare e mi pressò contro un albero. «Hai dato spettacolo lì dentro.»

«Zach, lasciami andare», sibilai. Era impazzito. Completamente impazzito.

«Dovevi per forza venire, vero, scricciolo? Tutto stava andando bene, finché tu...»

Piegai la testa e affondai i denti nel suo braccio. Quel gesto fu così inaspettato che mi bloccai, con la bocca ancora attaccata alla sua pelle.

«Cazzo! Mi hai morso?» La voce di Zach era così fredda che sentii un brivido alla schiena.

Il suo temporaneo smarrimento mi diede il tempo di voltarmi tra le sue braccia. Ma fu un errore, perché così riuscii a vedere i suoi occhi brillare al buio e la verità guardarmi in faccia.

Zach non mi aveva seguita perché voleva schernirmi riguardo a Joel.

Era geloso.

Un altro brivido mi scosse. Nonostante non volesse rivelarlo, Zachary Messiah, re della Steinbeck University secondo i molti fans adoranti, teneva ancora a me.

«Ti è piaciuto farti scopare la bocca davanti a tutte quelle persone?» mi schernì. «Ti ha fatta eccitare?»

«È stato molto piacevole», ghignai, mentre la voglia di controbattere mi infuocava le vene.

Avevo smesso di essere il suo burattino. Poteva continuare a insistere, fingere che non contassimo niente l'uno per l'altra.

Ma io lo sentivo.

Sapevo la verità.

E mi faceva ribollire il sangue per più di una ragione.

Però, Zach non cadde nella mia trappola. Invece, curvò le labbra in una smorfia di disgusto. «Piacevole? Un bacio non dovrebbe essere piacevole.» Portò la mano alla mia gola.

Quando eravamo più piccoli, non mi aveva mai toccata così, e non potei fare a meno di chiedermi se volesse farmi del male, dominarmi o entrambe le cose. In ogni caso, mentre mi stringeva in quel modo, ero completamente alla sua mercé.

«Un bacio dovrebbe mandare a fuoco il tuo corpo...» Si piegò verso di me, lasciando che le sue labbra aleggiassero sulle mie. Un altro brivido. Era troppo vicino... troppo tutto.

Zach aveva sempre avuto la capacità di disarmarmi completamente, ma a quei tempi la cosa era reciproca. Sembrava travolgere lui quanto me. In quell'istante, invece, non ne ero sicura. Era geloso, sì, ma mi voleva davvero ancora? O semplicemente il suo istinto da cavernicolo stava riaffiorando?

«Un bacio dovrebbe essere la promessa di qualcos'altro...» Posò le labbra sull'angolo della mia bocca e io lo lasciai fare. Perché niente, niente sarebbe stato bello quanto i baci di Zachary. Sapevo che Josie non avrebbe capito, voleva che dessi una chance a Joel e forse quella sarebbe stata la scelta più saggia.

Ma quando si trattava di Zach, non avevo scelta.

Mi ero innamorata di lui senza accorgermene. Piano piano e poi profondamente. Stare con lui era come respirare. Anche dopo che mi aveva spezzato il cuore, continuavo a guardarlo da lontano. Lo amavo. Lo desideravo. Il mio amore non era mai diminuito, ma con il tempo era cambiato e si era trasformato in qualcosa di marcio.

Anche quando era tornato a Bay View per Halloween, ero stata inerme. Come lo ero in quel momento. Forse mi rendeva debole, stupida, la mia peggior nemica. Ma Zachary Messiah non era soltanto scolpito sul mio cuore, era intrecciato a ogni singola fibra della mia anima.

«Che stai facendo, Zach?» Trovai infine il coraggio di parlare.

«Lo hai baciato», disse con freddezza. «Vuoi baciarlo di nuovo?»

«Ha importanza?»

«Ti ho detto di stare lontana dalla squadra, scricciolo.»

La sua mano continuava a indugiare sulla mia gola, sfiorandola con il pollice. Non ero sicura che fosse consapevole delle sue azioni. Zach buttò indietro la testa e inspirò con affanno. Il suo tormento si irradiava nell'aria e la rendeva densa e pesante.

Dovevo andare via. Dovevo scivolare via dall'albero e dalla sua presa e andarmene... ma entrambi sapevamo che non lo avrei fatto.

Era stato deciso nel momento stesso in cui mi aveva spinta nell'ombra.

«Zach.» Lo toccai, sfiorando timidamente la sua spalla con la mano. Un gemito risuonò nel suo petto. «Forse dovremmo parlare di quello che è successo lì dentro.»

Si bloccò, i suoi occhi guizzarono sui miei e la sua espressione si fece cupa e minacciosa. «Pensi che voglia parlare? Non voglio parlare. Voglio che tu sparisca, Cally. Tutto questo, me e te qui, insieme, non funzionerà. Non posso lasciare la squadra, quindi devi andare via.»

«Andare via?» Chiesi incredula, tentando di mascherare il dolore nella voce. «Non vado da nessuna parte. Sono al college, questo è il mio futuro. Se non sai accettarlo, è un tuo problema.»

Andare via?

Voleva che io... me ne andassi.

Come osava?

La rabbia risalì dentro di me come lava bollente. «Sei un vero stronzo, lo sai?» Socchiusi gli occhi, indignata.

Zach assunse la stessa espressione e restammo a guardarci in cagnesco, non disposti a cedere. Capii allora che nessuno dei due avrebbe mollato. Quindi, fino a quando entrambi avremmo continuato a frequentare la SU, fino a quando i nostri cammini avrebbero continuato a incrociarsi, noi due ci saremmo costantemente scontrati.

«Potrei renderti la vita molto difficile, Cally.» Il suo respiro mi sfiorò il mio viso, e un odore dolce mi arrivò alle narici.

Era l'odore di una ragazza. Il suo profumo o quello del suo lucidalabbra.

Il pensiero mi colpì allo stomaco.

«Hai davvero baciato quella ragazza in quel modo per vendicarti di me?»

I suoi occhi si infiammarono, ma poi fece un sorrisetto. «Era sexy.»

«Certo, come no, continua a ripetertelo.»

«Gelosa, scricciolo?» Si avvicinò ancora, intrappolando il mio corpo contro l'albero. Era buio e le tenebre ci circondavano. Un tempo, avevamo vissuto sotto la luce del sole, ma non era più così. Adesso appartenevamo all'oscurità.

Passò la lingua sul mio labbro inferiore, suscitando un sussulto dentro di me. Il mio corpo era volubile, non gli importava che Zach mi avesse fatto male ancora e ancora, tutto ciò che gli interessava erano i sentimenti che lui riusciva a evocare. Sentimenti che mi distraevano dalla solitudine, dall'amaro tormento dell'abbandono.

Non aveva alcun senso desiderare ciò che continuava a ferirmi, ma il mio cervello non sembrava connesso correttamente quando si trattava di Zachary Messiah.

Forse non lo era mai stato.

Si allontanò ridendo, ma non in modo dolce. La sua risata uscì fuori in modo oscuro e perverso, quasi come una minaccia. «Quanto saresti disposta a darmi adesso?» Fece scorrere le nocche sulle mie guance. «Mi faresti infilare le mani dentro i tuoi slip e ti lasceresti fottere dalle mie dita? O ti metteresti in ginocchio e apriresti quelle labbra carnose e sexy per me?»

«Vai a farti fottere.» Sembrava mi avessero strappato le parole dalla gola.

«Si può fare.» I suoi occhi erano illuminati da un'aria di sfida.

L'aria crepitava tra di noi, la corda invisibile che ci teneva così uniti era arrivata al punto di rottura.

Passò un attimo.

Ci guardammo, sospesi nel tempo.

Poi il legame si spezzò.

«Fanculo», gracchiò Zach, prima di buttarsi su di me e baciarmi così ardentemente da privare i miei polmoni dell'ossigeno. Infilò la lingua dentro la mia bocca, la intrecciò con la mia. Non era un bacio… era un assedio. Una guerra a chi si sarebbe arreso per primo. Uno scontro che stavo perdendo.

Affondai le dita nella sua felpa, attirandolo a me. Spingendolo. Non capivo bene cosa stessi facendo, la mia testa era in guerra con il mio cuore. Tutto ciò era sbagliato sotto molti aspetti. Sentivo ancora il sapore di Joel, e Zach aveva ancora il lucidalabbra di quella ragazza sbavato sulle labbra, ma non mi importava.

In quel momento, importava solo che lui mi baciasse e non mi lasciasse andare.

«Cazzo, Cally», soffiò le parole sulla mia bocca, continuando a baciarmi. «Perché è così bello? Perché è sempre così bello?»

Non eravamo più ragazzini. Zach era un vero uomo, e il suo corpo era un'opera d'arte scolpita, con muscoli ben definiti. Sentivo i suoi addominali contrarsi e fremere sotto le mie mani. E nonostante la mia recente perdita di peso, anche il mio corpo si era trasformato in quello di una giovane donna.

La sua mano percorse la superficie del mio ventre, alla disperata ricerca della pelle calda, che trovò quando infilò le dita sotto la mia canotta. Non appena mi sfiorò la pancia, un gemito mi risalì la gola e uscì dalle mie labbra.

«Lo vuoi disperatamente», disse, facendomi provare un altro fremito.

[redacted]

O perlomeno, quello era ciò che continuavo a ripetermi.

Il bacio di Joel era stato piacevole, di quelli che fanno arricciare le dita dei piedi, ma non era come quello. Zach mi stava baciando come se volesse mangiarmi. Come se niente avesse un sapore buono come le mie labbra.

Era come una droga. Era pericoloso.

Era come prendere fuoco e bruciare vivi.

Dopo aver vissuto tanto a lungo al freddo, accolsi quel calore.

Pensieri irrazionali si facevano spazio nella mia mente. Il leggero graffiare della sua barba sul mio mento, il sapore amaro della birra sulla sua lingua e la sua erezione premuta sul mio ventre mi tormentavano. Sentivo la sua mano attorno alla mia gola, minacciosa eppure possessiva.

Zach si staccò da me, respirò con affanno e mi guardò. «Cosa potrei farti.» Le cattive intenzioni luccicavano nei suoi occhi. «Ma prima, vediamo se *Joely* riesce a farti bagnare solo con un bacio.»

Il respiro mi si mozzò quando infilò la sua grande mano nei pantaloncini e trovò il mio nucleo. «Dev'esser stato proprio un gran bacio, scricciolo, sei bagnata fradicia.» Inserì un dito dentro di me, stuzzicandomi. La mia testa cadde all'indietro verso il tronco dell'albero e soffocai un gemito.

Dio, perché era così bello?

Perché il confine tra odio e amore rendeva tutto così confuso?

Odiavo Zach, davvero. Ma una parte di me lo desiderava. Bramava i suoi baci, il suo tocco, ma, soprattutto, bramava di sapere che lui ci tenesse ancora. Una parte di me aveva bisogno di sapere che il nostro amore, quello che avevo provato allora, non era stata una bugia.

«Sei così stretta, Cally.» Inserì un altro dito e con il pollice accarezzò il clitoride.

Zach si abbassò, pressò le sopracciglia sulle mie e mi inchiodò all'albero. I suoi occhi brillavano nel buio mentre mi guardava crollare.

«Hai immaginato fossi io?» sussurrò sulla mia bocca. «Hai immaginato che fossero le mie labbra a possederti, che fosse la mia lingua quella dentro la tua bocca?»

«Z-Zach», ansimai, roteando il bacino contro la sua mano, con il disperato bisogno di avere di più. Ma lui si allontanò, lasciandomi al freddo.

Mi mordicchiò le labbra, provocandomi. «Dimmi, Cally. Dimmi di nuovo com'è stato baciarlo?»

«È stato piacevole», risposi con voce sottile.

«*Piacevole?*» Spostò la bocca sul mio orecchio, premendo forte il pollice sul mio clitoride. Non era abbastanza per farmi venire, ma fu abbastanza per farmi urlare. «E cosa provi quando sono *io* a baciarti?»

I suoi occhi tornarono sui miei, compiaciuti.

«Fa male», ammisi.

Fa male nel migliore dei modi.

Vidi un'espressione di sorpresa passargli sul volto, ma si ricompose velocemente e disse: «Bene, è così che deve essere», poi si tuffò di nuovo sulle mie labbra.

I nostri denti si scontrarono e le lingue lottarono. Zach mi stava dando ciò di cui avevo bisogno, quello che non avrei dovuto desiderare. Le sue dita non erano gentili, né premurose, erano rudi e crudeli, ma ciò mi fece soltanto eccitare ancora di più. Le mie gambe cominciarono a tremare e mi avvinghiai al suo corpo. Provai a nascondere il viso nella sua spalla per soffocare i gemiti involontari, ma Zach mi teneva inchiodata e con occhi serrati mi osservava, mentre mi frantumavo in mille pezzi.

«Oh Dio...» ansimai, incapace di riprendere fiato, mentre onde di piacere mi scorrevano dentro.

«Non Dio, scricciolo», disse Zach tra un bacio e l'altro. «Messiah.» Portò le dita alle mie labbra e ordinò: «Succhia».

Aprii volentieri la bocca, vittima del suo incantesimo. Sapevo che me ne sarei pentita, sapevo che mi avrebbe congedata e avremmo preso strade diverse, e che la vergogna mi avrebbe assalita. Ma, in quel momento, non mi importava.

«Brava ragazza», biascicò. «La prossima volta in cui penserai di posare le labbra su un altro ragazzo, ricorda di chi è questa figa.» Mi afferrò da sopra i pantaloncini.

«Sei un maiale», ringhiai. L'incantesimo si ruppe e il suono oscuro della sua risata riempì l'aria.

«Non ti stavi lamentando un minuto fa, quando le mie dita erano dentro di te.»

«Non starò al tuo gioco, Zach», dissi di nuovo, consapevole che quelle parole fossero una bugia. Mi aveva già incastrata nella sua ragnatela e sapevo che, se non fossi stata attenta, sarebbe stato impossibile scappare.

«No?» Fece un passo indietro e si sfregò la mascella. «Quindi cosa è stato? Un patetico tentativo del cazzo di psicologia inversa?»

«È quello che pensi?»

Socchiuse gli occhi e capii che il nostro momento era finito.

«Eri geloso», dissi, facendo un passo verso di lui, la rabbia vibrava nel mio corpo soffocando quanto rimaneva del piacere. «Non ti è piaciuto vedere che Joel mi abbia baciata, così mi hai seguita fin qui e...»

«Puoi scommetterci che non mi è piaciuto, cazzo! È il mio compagno di squadra, non voglio vederti piombare qui e rovinare la stagione solo perché a Molineux si drizza quando ti vede.»

Mi sentii incoraggiata, mi misi sulla punta dei piedi e gli diedi un unico bacio sulla mascella. «Continua a ripetertelo.»
E poi andai via.

***

Zach non mi seguì, ma non mi aspettavo che lo facesse.
Quando arrivai in camera, tremavo. Dio, mi faceva arrabbiare così tanto. Ma mi faceva anche *provare tanto* e quello era il problema.
Oltre a mia madre e a Madison, solo un'altra persona mi aveva fatta sentire amata.
Zach.
Per quanto mi avesse ferita, era difficile smettere di provare certe cose. Specialmente quando lui andava in giro per il campus a comportarsi tutto il tempo da geloso e possessivo. Sapevo che il cervello dei ragazzi fosse settato in maniera diversa. Sapevo che potevano desiderare una ragazza senza volerla davvero. E sapevo che quella cosa tra di noi era un gioco che non potevo vincere. Ma dopo la morte della mamma, qualcosa dentro di me era cambiato. La ferita che aveva lasciato nel mio cuore non sarebbe mai guarita. Era una ferita permanente. Il dolore e il lutto non sarebbero mai andati via. Vivevano sotto la superficie, in attesa di essere di nuovo innescati.
Una parte di me si chiedeva se Zach non avesse menzionato mia madre proprio per quel motivo. Se mi stava risparmiando la sofferenza di rivivere il momento in cui mi aveva lasciata… o se semplicemente non gli importava.
In entrambi casi, faceva male.
Esausta, indossai il pigiama e presi il cellulare per mandare un messaggio a Josie.

> IO: *Sto andando a letto. Spero ti sia divertita allo stand dei baci.*
> JOSIE: *Joel non ha smesso di parlare di te. Quel bacio è stato epico... ma ho notato anche l'assenza di Zach. Tu non ne sai niente, vero?*
> IO: *Ci vediamo domani.*

Non volevo mentirle, ma, in quel momento, non avevo voglia di parlarne. Il mio passato con Zach era complicato. Era anche chiaramente irrisolto. E finché non avessi chiarito le cose con lui, non potevo illudere Joel.
Prima che mi rispondesse, le mandai un altro messaggio.

IO: *Glielo dirò. Si merita di sapere e dovrebbe saperlo da me.*
JOSIE: *Credo tu abbia ragione. La prenderà bene, vedrai. Notte.*
JOSIE: *P.S. tieniti i tuoi segreti, Calliope James, ma se mai vorrai condividerli, puoi fidarti di me. Te lo prometto.*

Salii sul letto, spensi la luce, lasciando che il buio avvolgesse la stanza, e sorrisi. Josie era una buona amica. E non era forse compito delle buone amiche farti notare che stavi facendo un errore di proporzioni epiche? Chiusi gli occhi e mi abbandonai al sonno, cullata da un solo pensiero…

Forse avrei tenuto per me i miei segreti un po' più a lungo.

Capitolo 12
Zach

Avevo fatto una cazzata.

Non avrei dovuto seguire Cally quando era andata via dall'evento. E, sicuramente, non avrei dovuto spingerla verso il buio e costringerla a mettersi a nudo in quel modo.

Ma io la sentivo sotto la mia pelle.

Era come un prurito che, per quanto provassi a ignorare, dovevo grattare fino a farlo scomparire.

Era diversa, si era in qualche modo indurita. La sua focosità era una caratteristica inaspettata e per quanto lo odiassi, non potevo negare che mi eccitasse.

Cally mi guardava e non vedeva la star della squadra, lei vedeva *me.* Zachary Messiah. Il ragazzo che esisteva prima di tutto quello che era accaduto.

Era disarmante.

Lei sapeva come disarmarmi.

Non ero lo stesso ragazzo di allora, ma lei mi conosceva ancora. Sapeva chi ero prima di diventare... *quello.*

Eppure, quella era una specie di consolazione.

Mi confondeva.

Entrai nel mio appartamento e chiusi la porta con un calcio. Sentivo ancora il suo sapore sulle labbra e i suoi gemiti durante l'orgasmo.

Cally era bella da mozzare il fiato.

Non era giusto che qualcosa di tanto bello potesse essere anche così ingannevole.

Provai a seppellire quei ricordi. Non poteva uscirne nulla di buono. Non eravamo più dei ragazzini e io ero più grande e più saggio. Non ero più un ingenuo, sedotto da promesse vane e un faccino grazioso.

Presi una bottiglia di birra dal freezer, mi sedetti sullo sgabello e me la scolai. Mi faceva impazzire. Ma Cally aveva ragione, vederla baciare Joel mi aveva fatto andare a fuoco.

Forse non la volevo più, ma sicuramente non volevo che neanche lui la avesse. Era un bravo ragazzo, e l'avrebbe trattata bene.

Era il tipo di ragazzo di cui lei avrebbe potuto innamorarsi.

Strinsi i pugni.

L'amore non era reale. Era una bugia che la gente raccontava a sé stessa per stare meglio. L'amore non rendeva una persona più forte, la indeboliva. La rendeva vulnerabile.

Se non si stava attenti, l'amore aveva il potere di rovinarti.

Qualcuno bussò alla porta e gemetti. C'era solo una persona che veniva a casa mia così tardi e non volevo assolutamente affrontare Victoria.

«Che c'è?» urlai, aprendo la porta.

«Anche io sono felice di vederti.» Inarcò un sopracciglio e si intrufolò in casa.

«Entra pure, non restare lì», mormorai e presi un appunto mentale: dire al mio vicino di non lasciare il portone aperto, visto che così chiunque poteva entrare nell'edificio.

«Dove sei andato?»

«Non ero in vena.»

«Dobbiamo essere più forti, Zach.» Fece scorrere le dita sul bordo del tavolo da colazione. «La gente si aspetta...»

«Sono qui, no?»

Avevo lasciato la San Diego State per trasferirmi alla SU. Avevo preso il posto di Declan nella squadra. Mi ero preso i suoi amici e anche la sua reputazione.

Era assurdo che il coach, i ragazzi e i miei genitori pensassero che fosse il modo migliore per onorare Declan. Non ero lui. Non lo sarei mai stato. Ma lo avevo fatto per avere una vita più semplice. Perché Timothy Messiah non era un uomo che accettava un no come risposta.

«La squadra ha bisogno di te», disse forzando un sorriso.

«La squadra pensa di aver bisogno di me. Hanno altri playmaker, Vic. Io non...»

«Invece sì. Quello che è successo l'anno scorso a Maverick e poi a Declan... è troppo. Hanno bisogno di speranza, Zach. Hanno bisogno di vincere. Tu più di tutti dovresti saperlo.»

Io più di tutti?

Victoria mi conosceva bene. Ma conosceva solo un parte di me. Quello che ero diventato dopo tutto ciò che era successo.

«Se sei venuta solo per rimproverarmi, sai dov'è la porta.» Indicai il corridoio con la testa.

«Lo sai, talvolta sei un vero stronzo», sibilò. «Non sei l'unico che sta soffrendo, Zach. Anche io lo amo.»

Una risata amara mi rimbombò nel petto. Era così fuori strada che mi sembrò ridicolo. Lei aveva perso il suo ragazzo, il suo futuro marito, il futuro padre dei suoi figli.

Io invece, potevo aver perso mio fratello, ma avevo ricevuto in cambio la sua vita.

Una vita che non avevo mai voluto.

Se non fosse stato per lui, sarei stato a San Diego. Almeno lì, avevo un po' di libertà.

Gli occhi di Victoria erano fissi su di me.

«Che c'è?» ringhiai, alzando infine gli occhi su di lei.

«Sei sempre così arrabbiato. Non ti fa bene, Zach.»

«Non lo è neanche ronzare attorno al fratello del tuo ragazzo.»

Il suo respiro mozzato mi fece sentire una merda, ma a volte non riuscivo a controllare quello che usciva dalla mia bocca.

«Farò finta che tu non lo abbia detto.»

«Mi dispiace, okay? Sono solo stanco di tutta questa merda e la stagione non è ancora cominciata.»

Vic si avvicinò e posò una mano sul mio braccio. «Ne hai bisogno, Zach. È nel tuo sangue, nel tuo DNA. Sei un Messiah, il basket è ciò che sei.»

Per l'amor del cielo. Cominciava a parlare come mio padre.

«Sei contenta di come è andata la raccolta fondi?» le chiesi, cambiando argomento. Avevo bisogno di una pausa da tutta quella pesantezza.

Victoria prese una birra e mi raggiunse al tavolo. «Sì, è stata una bella serata. Se dovessi basarmi su qualche bacio, direi che c'è qualche nuova storia in erba. Se dovessi basarmi sui baci che ho visto, penserei che ci sia già qualche nuova storia.» I suoi occhi brillavano maliziosi. «Hai visto il bacio tra Joel e l'amica di Josie? Porca miseria, è stato sexy.»

Strinsi il pugno contro la coscia. «Non posso dire di averlo notato», dissi tra i denti.

«Sei cieco?» chiese con occhi divertiti. «È stato il bacio più sexy della serata.»

Feci spallucce e buttai giù il resto della birra prima di prenderne un'altra.

«Dovresti farli mettere insieme», suggerì.

Mi voltai di scatto verso di lei. «Io? Perché cazzo dovrei farlo?»

«Tu piaci a Joel e lui è così timido con le ragazze.»

«Ti sembro Cupido?»

Vic ridacchiò. «Penso che potrei chiederlo a Josie. Scommetto che lo farebbe.»

«Fallo.»

Ma che cazzo sta succedendo?

«Potremmo uscire in gruppo, farlo sembrare meno formale. Scommetto che a Brad non dispiacerebbe passare un po' di tempo da solo con Josie.»

«Lo hai notato, eh?»

«Troppo ovvio.» Roteò gli occhi, ma la sua espressione si fece seria subito dopo. «Lo sai, Zach, non tradirei mai Declan.» Aveva la voce un po' rotta. «Semplicemente mi sentivo sola. Voglio dire, mi sento sola e passare del tempo con te… mi fa sentire più vicina a lui, in qualche modo.»

Cazzo.

Cazzo.

Cazzo!

Alle sue parole, sentii una stretta al petto. Avevo sempre saputo che era così, ma sentirglielo dire non rendeva la cosa più facile.

Vic non era lì per me. Era lì per sé stessa. Per mio fratello.

«Buono a sapersi», mormorai e sentii il disperato bisogno di aprire una bottiglia di vodka.

Ma mi ero organizzato con i ragazzi per un incontro sul campo al mattino dopo, per un po' di gioco tre contro tre.

«Non è… è stata una cosa stupida da dire.» Vic si imbronciò. «Intendevo che…»

«L'ho capito la prima volta. Non sono Declan.»

Non sarò mai Declan.

Lo avevo sentito dire per tutta la mia vita, ma sentirlo da Victoria, l'unica persona che mi era stata accanto durante tutto quel casino… beh, faceva male. Eppure, in fondo, lo capivo. Si sentiva sola e addolorata e nessuno capiva.

Tranne me.

La perdita che condividevamo ci aveva legati. Era un punto d'incontro. Ma era solo quello.

«Quindi, che ne pensi? Organizzo io?»

«Fa' come vuoi.» Bevvi un lungo sorso della mia birra.

Victoria lo avrebbe fatto con o senza il mio benestare, quindi non c'era ragione di protestare.

«Evviva.» Batté le mani. «Sarà divertente, vedrai.» C'era qualcosa nei suoi occhi, un luccichio di malizia che mi avrebbe insospettito se, in quell'istante, non mi fossi già scolato un paio di birre.

Ma conoscevo Victoria troppo bene da sapere che tramava sempre qualcosa. Era solo per la mia cazzo di sfortuna che aveva deciso di rivolgere la sua attenzione a Cally e Joel.

«Questo fine settimana ci sarà il luna park in città. È perfetto.»

Gesù. Mi passai la mano sul viso. Stava succedendo davvero. Avrebbe combinato un appuntamento tra Joel e Cally e io sarei stato lì a fare da spettatore.

Digrignai i denti.

«Stai bene?» mi chiese, guardandomi preoccupata.

«Sì, ho bisogno di dormire un po'. Resti o vai via?»

Sussultò davanti alla durezza del mio tono.

«Posso restare?» chiese in un sussurro.

Quella era la Victoria che mi piaceva, la ragazza che lasciava cadere le mura attorno a lei.

Annuii bruscamente, mi alzai in piedi e andai in corridoio. «Sai dove trovarmi.»

***

«Fallo!» gridò Brad, non appena spinsi via Dev, togliendomelo di dosso.

«Attento con quelle cazzo di mani», dissi tra i denti, stringendo la palla al petto.

«Ti ho a malapena toccato», ridacchiò.

«Vienimi di nuovo addosso in quel modo e ti faccio vedere io.»

«Rilassati, Messiah», disse Joel correndo verso di noi. «È il tuo tiro libero.»

«Cazzo se lo è.» Mi piazzai al limite della linea del tiro libero e tirai su la maglia per asciugare il sudore sul viso. Erano da poco passate le dieci, ma il sole era già alto nel cielo. Sarebbe stata una giornata caldissima.

«D, arretra», disse Joel a Dev. «Ci penso io a lui.»

«Tu credi, Molineux?» ghignai, facendo girare la palla tra le mani.

«Prenditi quel maledetto punto, Messiah. Sappiamo tutti che sarà così», disse, alzando gli occhi al cielo.

«Niente è sicuro nella vita, *Joely*.»

Mi preparai al tiro, piegai leggermente le ginocchia e feci scattare il polso per lanciare la palla. Lui saltò e alzò le braccia, ma niente avrebbe impedito alla palla di fendere l'aria, colpire il tabellone e cadere dentro al canestro.

«Ed ecco come si fa!» gridò Brad.

«Bel colpo.» Joel mi porse il pugno. Lo guardai per un secondo, poi colpii il suo con il mio. «Quindi, Vic ti ha parlato di quella cosa?»

«Cosa?» chiesi, facendo il finto tonto, mentre ci incamminavamo fuori dal campo per bere e rinfrescarci.

«Il luna park stasera? Ha detto di avertelo accennato.»

«Ah, quello. Certo. Va bene.»

«E ti sta bene?» Mi guardò di sottecchi mentre beveva l'acqua. «Che io chieda a Cally di venire come mia accompagnatrice?»

Accompagnatrice.

Odiavo quella parola.

«Perché non dovrebbe?»

«Non lo so, dimmelo tu. Ho come l'impressione che voi due...»

«Ehi, amico, ho visto il bacio.» Gli battei la mano sulla spalla più forte del necessario. «È stato bollente.»

«Già.» Gonfiò il petto. «È stato fantastico, cazzo.»

Joel mi piaceva. Beh, fino a quando non aveva messo gli occhi sulla mia ragazza.

Non è la tua ragazza, cazzo.

Ma sentirlo parlare di Cally, mi faceva venire voglia di strappargli la lingua.

Lì e in quel momento, avrei potuto dirgli chi era.

Avrebbe messo un punto a quello che pensava potesse succedere tra loro. Ma dove sarebbe stato il divertimento?

La sera precedente, Cally si era allontanata da me, con un punto di vantaggio. Aveva vinto la battaglia, ma la guerra non era ancora finita.

Neanche per sogno.

Forse Victoria aveva ragione. Forse quella sera ci saremmo divertiti.

«Porti qualcuno stasera al luna park?» Spostai la mia attenzione su Brad.

«Io... eh... cosa?»

«Il luna park. Ci andiamo in gruppo. Joel chiederà a Cally di venire con lui. Ehi, dovresti chiedere a Josie e...»

«Ma che cazzo, Messiah? Stai parlando di mia sorella.» Joel ringhiò.

«Sì, e quindi? Mi pare lecito ora che è una matricola.»

«Conosci le regole.» Il suo sguardo si fece duro. «Le sorelle sono off-limits.»

Come se avessi bisogno di ricordarlo.

«Saremo in gruppo, non significa niente», aggiunsi.

«Sai com'è Brad», borbottò Joel.

«Ehi, coglione, sono qua davanti a te.» Brad aveva un'espressione abbattuta. «Che cazzo vuoi dire?»

«Che sei un porco, amico. Mi sorprende che il tuo cazzo non ti sia ancora caduto.»

«Sono stato con Reese per quasi sei mesi.»

«Sì, e guarda com'è finita.»

Brad inarcò un sopracciglio. «Mi ha tradito.»

«Dopo averti beccato a baciare quella giocatrice di pallavolo.»

«Le stavo facendo la respirazione bocca a bocca.» I suoi occhi brillarono divertiti. «Io e Reese eravamo... aperti a queste cose.»

«Sì, beh, apprezzerei che tenessi le mani lontane da mia sorella.»

Brad mi inchiodò con uno sguardo severo e io scrollai le spalle. Non ero io a fare sesso telefonico con la sorella del mio compagno di squadra.

No, ma hai messo le dita dentro una di loro.

Era diverso. Dettagli. Io e Cally avevamo un passato in comune.

Un passato irrisolto.

E non c'era possibilità che diventasse qualcosa di più, diversamente da Brad e Josie che si guardavano sognanti ogni volta che si incontravano.

«Coglioni, intendete ciondolare tutto il giorno o possiamo finire?» gridò Dev dal campo. Tirò la palla verso di noi e io la intercettai, facendola rimbalzare un paio di volte ai miei piedi.

«Sei così impaziente di perdere, D?» urlò Saul.

Sulle tribune si era formata una piccola folla, erano tutti impazienti di vedere gli Steinbeck Scorpions fare qualche canestro. Molte erano ragazze, ridacchiavano e indicavano, guardandoci con occhi bramosi e sorrisi seducenti. Ma c'erano anche dei ragazzini che ci osservavano con gli occhi luccicanti, immaginando il giorno in cui sarebbero stati nei nostri panni.

Steinbeck non era solo una cittadina universitaria, era una città del basket. La gente viveva, respirava e sanguinava basket. Il gioco che era diventato, a un certo punto, la mia àncora di salvezza. Quando sentivo la gomma sul palmo qualcosa si placava dentro di me. Era strano avere bisogno di qualcosa che odiavi.

Il volto di Cally si palesò nella mia mente, ma scacciai via il pensiero e tornai al centro del campo.

Non avevo bisogno di lei.

Non ne avevo avuto per anni.

Ma non ero abbastanza testardo da negare che una parte di me ancora la volesse. Aveva quelle labbra soffici, carnose, e io ero un ragazzo focoso. Era biologico. Una semplice questione di chimica. Evoluzione.

Il mio corpo si ricordava di lei. Il suo profumo, il suo sapore, il modo in cui tremava al mio tocco. Lo ricordava e ne voleva di più.

Volevo distruggerla rubandole un bacio dopo l'altro, demolire la sua spavalderia con una carezza oscena e disperata dietro l'altra.

Cazzo. Voleva che lei ricordasse.

E poi, voleva distruggerla allo stesso modo in cui lei aveva distrutto me.

«Andiamo, Messiah. Piantala di perdere tempo.» Dev mi rivolse un sorrisetto compiaciuto. Mi stava facendo saltare i nervi, ma lui era fatto così.

Quel ragazzo era un coglione arrogante, ma, ormai, avrebbe dovuto sapere che non giocavo per perdere.

Mai.

***

Erano quasi le sei e avrei dovuto incontrare Victoria e i ragazzi mezzora dopo. Quindi, quando il mio cellulare squillò e vidi il numero di mio padre, emisi un sospiro frustrato. Era l'ultima persona con cui volevo parlare.

«Zachary», disse con una punta di agitazione. «Ti avevo chiamato.»

«Sono stato impegnato.»

«Beh, non sarebbe male se trovassi dieci minuti liberi per richiamarmi. Come vanno le lezioni?»

«Tutto okay.»

«Un po' più di entusiasmo, figliolo. La scuola è importante.»

«Non lo avrei mai detto», mormorai.

«E la squadra? Com'è stato il rientro?»

«Non male, date le circostanze.»

«Il coach Baxter dice che stai esagerando con gli allenamenti.»

Ovvio che glielo avesse detto.

Un fremito di frustrazione risalì lungo la mia schiena e trattenni le parole che avevo sulla punta della lingua. «Non c'è niente di male a fare un po' di workout, papà. Fa parte del gioco.»

«So bene quanto ci voglia per raggiungere il massimo. Ma non puoi esagerare troppo, non prima che inizi la stagione. Quest'anno è importante, figliolo. Non devi fare nulla che possa comprometterlo.»

Come se potessi dimenticarlo.

Era l'ultimo anno di Declan, la sua ultima stagione. Solo che lui non l'avrebbe giocata. Lo avrei fatto io.

Era tutto così assurdo.

«Tua madre vorrebbe che passassi da qui. Le manchi.»

Chiusi gli occhi davanti a ciò che il suo tono insinuava. Che, in qualche modo, evitando casa, evitando l'atmosfera pesante, mi stavo comportando come un cattivo figlio.

Non mi sfuggì neanche il fatto che non avesse detto che *loro* sentissero la mia mancanza. Perché i rapporti tra me e mio padre non andavano bene già da tanto tempo. Declan era il figlio perfetto, il suo preferito. Lo era sempre stato. E io ero stato il figlio ribelle, quello che aveva dovuto costringere ad adattarsi ai Messiah.

Ma, alla fine, aveva realizzato il suo desiderio. Ero lì, a vivere il sogno che lui aveva scelto per me. Certo, nessuno avrebbe potuto prevedere che Declan prendesse l'acquascooter e colpisse quella boa, ma quello non cambiava le cose.

«Ci ha deluso il fatto che tu non sia venuto con Victoria a trovare tuo fratello. È una così brava ragazza a rimanere al suo fianco. Ti costerebbe tanto...»

«Non di nuovo, papà. Non posso...» Deglutii, nonostante il nodo in gola.

«Avresti dovuto essere lì. Sei parte di questa famiglia. Declan ha bisogno di noi. Ha bisogno di te, Zachary.»

«Sono qui, no?»

Non era abbastanza?

Emise un sospiro che mi fece sussultare. «È difficile per tutti, ma lui ha bisogno di noi. Declan ha bisogno di sapere che la sua famiglia è con lui in tutto questo.»

Strinsi il cellulare così forte da far sbiancare le nocche. Declan neanche sapeva che ci fosse qualcuno lì con lui. Era in coma farmacologico, porca puttana. Ma i miei genitori non volevano sentirselo dire.

«Se non c'è altro», dissi. Ne avevo abbastanza del suo terzo grado. «Ho un impegno.»

«Con la squadra?» Sentii nel suo tono una punta di sollievo.

«Sì. Vado con alcuni di loro al luna park in città.»

«Declan ha sempre amato il luna park.»

Irrigidii la schiena e digrignai i denti. «Certo, papà. Saluta la mamma da parte mia.»

«Lo farò ma, lo sai, Zach, non puoi nasconderti per sempre da tutto questo.»

Riagganciai, non volevo più ascoltare le sue prediche.

Non mi stavo nascondendo. Semplicemente non vivevo con la testa tra le nuvole.

Capitolo 13
Calliope

«Non ne sono sicura», dissi, guardando Josie nello specchio. Lei si arruffò di nuovo i capelli e si tamponò le labbra.

«È un'uscita di gruppo, sarà divertente.»

«Con Joel e Zach lì? Non sono sicura che questo rientri nella mia idea di divertimento.» In effetti, non riuscivo a pensare a niente di peggio.

«Qual è la cosa peggiore che potrebbe succedere? Che tu e mio fratello scopiate e Zach si renda conto di averti di nuovo persa?»

«Non mi piace fare questi giochetti.» Eppure, stavo già giocando a tira e molla con Zach.

«Joel ti ha invitata, vero?»

Annuii.

«E ti ha detto chiaramente che sarebbe venuto anche Zach?»

Feci un altro cenno del capo.

«E allora, qual è il problema? Si vede che Zach non ha alcun problema con te e Joel...»

«Pensavo avessi appena detto che era un'uscita di gruppo.»

«Lo è.» Il suo sorrisetto non riuscì ad allentare il mio nodo allo stomaco. «Ma potrebbe essere anche una cosa solo tra te e Joel. Sono sicura che non gli dispiacerebbe.»

«Ti prego.» Sbuffai e mi lasciai cadere sul letto, emettendo un sospiro esasperato.

La SU avrebbe dovuto essere il mio nuovo inizio, la mia possibilità per andare avanti. Invece mi ero ritrovata nel bel mezzo di un incubo. Zach era lì, a deridermi a ogni occasione. Callum mi trattava come se fossi invisibile. E Josie, la mia unica amica lì, non sapeva niente di me, non esattamente.

«Mia madre è morta», mi lasciai sfuggire e poi portai una mano sulla bocca.

«Che cosa?» Anche lei portò la mano alla bocca. «Oh mio Dio, Cally, mi dispiace così tanto.»

Sedendomi lentamente, ricacciai dentro le lacrime. «Quasi tre mesi fa. Cancro.»

«Zach lo sa?» mi chiese, e io scossi la testa.

«Se lo sa, non ha detto nulla a riguardo.»

«Fammi capire. Tuo fratello non ti ha parlato di Declan e non ha detto a Zach di tua madre?»

Feci spallucce.

Sentirlo dire a lei, in quel modo, lo faceva sembrare assolutamente ridicolo.

«Devi dirglielo.»

«A chi, a Callum?» Impallidii.

«No, sciocchina. A Zach.»

«Non cambierà nulla.» Zach nutriva un odio profondo per me e lo emanava da ogni singolo poro ogni volta che mi era vicino.

Avrei solo voluto sapere perché. «Comunque, pensavo che fossi del team Cally e Joel.»

«Lo sono.» Fece spallucce. «Ma è bene avere diverse opzioni.»

«Okay, è proprio strano.»

«Sei una donna giovane, single e indipendente. Va bene giocare un po' sul campo, piccola.»

«Sembra... molto impegnativo.»

Josie mi diede un colpetto alla spalla con la sua. «Non puoi giudicare finché non provi.»

«Per quanto riguarda mio fratello, non siamo niente.»

La sua fronte si corrugò.

«E per quanto non lo riguarda?»

«Una ragazza non rivela mai i suoi segreti.»

Josie sorrise, ma la sua espressione si accigliò subito dopo. «Sei sicura di stare bene? Non dobbiamo andarci per forza. Possiamo restare qui e guardare film mentre mangiamo l'equivalente del nostro peso corporeo in gelato.»

«Per quanto allettante possa sembrare...» Le rivolsi un sorriso incerto, consapevole di doverlo fare. Non riuscivo a spiegarlo, non lo capivo davvero, ma nel profondo della mia anima sapevo di dover andare lì quella sera. «Ho bisogno di andare avanti.»

Perché era quando mi fermavo che il dolore mi colpiva a ondate travolgenti e inesorabili che mi demolivano.

«Beh, se le cose si fanno troppo pesanti e vuoi scappare, sussurrami la parola d'ordine e ce ne andremo.»

«Parola d'ordine?» Ridacchiai e fu una bella sensazione. Davvero bella. Josie, per quanto perspicace e tenace, era anche molto brava a farmi sorridere.

«Sì, la nostra parola di sicurezza. Se in qualsiasi momento stasera, bisbiglierai SOB, io inventerò una scusa per scappare da lì.»

«Oh mio Dio», ridacchiai di nuovo, per niente sorpresa che ricordasse un così piccolo dettaglio della storia tra me e Zach. «Sei una buona amica, Josie.»

«Faccio del mio meglio.» Lei sorrise.

«Penso che glielo dirò stasera. A Joel, intendo.» Meritava di conoscere la verità.

«Penso che sia una buona idea. La squadra ha un codice rigoroso riguardo il frequentare le sorelle dei compagni.»

«E a te come sta andando?» La presi in giro.

«Non potrebbe andare peggio. Ma ho un piano.» Josie mi fece un occhiolino malizioso.

«Perché non mi piace il tuo sguardo in questo momento?»

«Sei pronta?» Si alzò e mi offrì la sua mano, io la afferrai e la seguii.

Le mie labbra si incurvarono in un sorriso titubante.

«Mai stata così pronta.»

***

«Sono felice che tu sia venuta», disse Joel mentre ci muovevamo di bancarella in bancarella. Il nostro piccolo gruppo si era infoltito durante la serata. Josie parlava con due ragazzi della squadra, Saul e Dev, mentre lanciava sguardi pieni di desiderio a Brad. Victoria aveva portato un'amica di nome Kira ed entrambe erano rimaste incollate a Zach per tutta la sera.

Lui, mi aveva a malapena guardata.

«Anche io.» Sorrisi, provando a ignorare la stretta allo stomaco.

«Okay, signore, chi vuole vedere un vero uomo in azione?» Saul andò verso il gioco del martello.

«Non esiste, amico. Quella roba è truccata.»

«No, ci penso io.» Tirò fuori il portafogli e consegnò qualche banconota al ragazzo che gli diede il martello. «Adesso, state indietro.» Aggiunse con un sorriso compiaciuto. «Non vorrei far male a qualcuno.»

«O far male a te stesso», mormorò Dev sottovoce e tutti ridacchiarono.

Guardammo tutti Saul mentre, con fare teatrale, si metteva il martello sulla spalla e poi lo sbatteva sul pulsante. Per un secondo, sembrò che il campanello stesse per suonare, l'ago salì sempre più su. Ma poi cadde, alla stessa velocità con cui si era alzato.

«Ma no, cazzo.»

«Che ti avevo detto, amico?» sbuffò Dev. «Ogni maledetta volta.»

«Scommetto che Zach ce la farebbe», Kira miagolò, passando un'unghia perfettamente curata sul suo braccio.

«Dovresti provare a vincere un premio per lei, Zach.» Victoria sorrise approvando.

Avrei potuto vomitare. Kira era così plateale mentre lo toccava.

Sbatteva le sue lunghe ciglia e si mordicchiava continuamente il labbro inferiore, come se quel gesto fosse la cosa più sexy al mondo.

«Sta' buona, ragazza», sussurrò Josie, sbucando dal nulla. Voltai la testa di scatto e contrassi le labbra. «Dovremmo andare tutti sulla ruota panoramica», suggerì.

«Io vengo con te», dissi.

«Non esiste. Puoi andare con Joel, sono sicura che uno dei ragazzi verrà con me.»

Avrei scommesso su Brad, ma tenni la mia teoria per me.

«Ti va?» mi chiese Joel con gli occhi pieni di speranza.

Guardai Zach, quasi incapace di nascondere la mia insofferenza nel vedere Kira stargli addosso. «Certo», risposi, rivolgendo un sorriso stentato a Joel.

«Noi andiamo alla ruota panoramica.» Mi prese per mano e mi condusse verso la giostra.

Tutti ci raggiunsero in fila e, non so come, finii incastrata tra Joel e Zach. Lui mi dava le spalle e si comportava come se non ci fossi, continuando a chiacchierare con Kira e Victoria. Ma sentivo la sua presenza. Proprio come mia madre, Zach era radicato nella mia anima. Quel filo sottile che un tempo ci legava era ancora lì, e si allungava e accorciava sotto la superficie.

«Siamo dispari», disse Saul.

«Peggio per te, Jameson. Farai il giro da solo.»

«Col cazzo. Vic, piccola, sali con me.» Si abbassò su un ginocchio e giunse le mani.

«Gesù, Saul, stai dando spettacolo.» Provò a farlo alzare in piedi, ma lui si rifiutò di muoversi.

«Dì di sì e mi alzerò.»

«Sì, stupido idiota.» Victoria scosse la testa allegramente, attirando l'attenzione. «Ma tieni le tue manacce a posto.»

«Okay.» Si alzò e l'avvolse in un abbraccio affettuoso. «Ha detto sì, signore e signori.»

«Oh mio Dio», disse Kira. «Non si rende conto che lei sta ancora con Declan?»

L'aria si incupì. Saul lasciò Victoria così in fretta che lei barcollò un poco. Ma Zach la prese al volo. «Stai bene?»

Lei annuì.

«Merda, Vic, mi dispiace. Non ho...»

«Va tutto bene.» Fece un sorriso triste. «Sto bene. Inoltre, sappiamo tutti che preferisci l'uccello alla figa.»

«Ma che cazzo...» farfugliò lui impallidendo. «Io non...»

«No? Ah», Victoria fece spallucce, «ho sempre pensato che fossi gay.»

I ragazzi scoppiarono a ridere e Josie ed io ci scambiammo un sorriso divertito.

«Sai, quando ero al liceo», disse, continuando ad attirare l'attenzione, «c'era questa sciocca tradizione per cui se facevi il giro sulla ruota panoramica con qualcuno, dovevi baciarlo quando ci si fermava in cima, altrimenti portava sfortuna.»

«Stronzate», borbottò Dev.

Victoria alzò gli occhi su di me. Aveva a malapena rivolto la parola a me e Josie, ma la mia amica aveva insistito dicendo che non dovevamo farci intimidire da lei.

«Per me va bene un po' di movimento con le labbra», Saul schioccò le labbra, «Basta una parola.»

«Dopotutto, forse farò il giro con Kira.»

«Cavolo, no», Kira prese Zach a braccetto, «lui mi farà distrarre dalla mia paura della altezza, vero, Zach?»

Sbuffai.

Poteva essere più scontata? Lui non le stava neanche dando tutta quella attenzione.

Più che a te, comunque.

«Siamo quasi arrivati», l'annuncio di Josie mi scosse dai pensieri.

«Merda, il mio tacco si è incastrato.»

Soffocai la risata che mi rimbombava in petto nel vedere Victoria provare a liberare la sua scarpa firmata dal pavimento.

Saul si piegò per aiutarla, mentre Kira le tirava la gamba.

«La cosa migliore della giornata», sussurrò Josie e non riuscii a soffocare una risatina. Ben le stava, visto che aveva indossato i tacchi a spillo per andare al luna park.

«Un aiutino?» Saul guardò i suoi compagni di squadra ma fu Joel a fare un passo avanti.

«Prova a toglierle la scarpa e a estrarre così il tacco.»

«Il prossimo», chiamò l'addetto alla ruota panoramica.

«Per l'amor di Dio, non fatemi andare da sola», gemette Josie.

«Salgo con te.» Brad mi sorpassò prima che chiunque potesse dire qualcosa.

«Altri due», disse il ragazzo.

Ero la successiva in fila, ma Joel stava ancora aiutando Victoria e Saul. «Mi scusi», dissi al ragazzo, «possiamo aspettare giusto un second…»

«Andiamo, James.» Zach mi spinse in avanti.

«Che diavolo stai facendo?» dissi sconvolta, piantando le sneakers a terra.

«Salite o no?» borbottò l'addetto. «Non ho tutto il giorno.»

«Lei sale», sbottò Zach, spingendomi nella cabina.

«Fammi uscire! Fammi uscire subito.»

Ma Zach mi ignorò, abbassò la leva di sicurezza e mise il braccio attorno alle mie spalle. «Non farmi andare da solo, scricciolo», sussurrò tra i miei capelli.

Maledetto.

Maledetto il nomignolo con cui mi chiamava.

Guardai indietro verso Joel, che stava ancora provando a liberare il tacco di Victoria dalla grata di metallo e non prestò alcuna attenzione a noi.

Con uno sbuffo indignato, scivolai verso il bordo, provando a mettere più spazio possibile tra me e Zach.

«Non mordo.» Emise una risata che riecheggiò profonda nel mio stomaco. «Beh, solo se mi supplichi.»

L'addetto controllò la barra di sicurezza e diede un colpetto alla cabina. «Godetevi il giro.»

«Oh, lo farò.» Zach mi inchiodò con uno sguardo cupo che mi fece rabbrividire.

«Non posso credere che tu lo abbia fatto davvero», borbottai.

«Ti dispiace pensare che non potrai baciare Joel in cima?» Si avvicinò e il suo caldo respiro mi soffiò sul viso.

«Sei ubriaco.» Il suo alito aveva l'odore amaro del liquore.

«E anche se lo fossi?»

Aggrottai le sopracciglia. Che genere di persona si ubriaca per andare al luna park?

La ruota panoramica partì e allungai le mani per afferrare la barra di sicurezza.

«Hai paura», Zach mi schernì e si mosse per far oscillare la cabina.

«No, non è vero.» Ispezionai il braccio metallico che ci collegava al resto della fila.

«Okay, scricciolo, come dici tu.»

«Smettila di chiamarmi in quel modo.» Lo guardai torvo e provai a ignorare il nervosismo che mi attanagliava lo stomaco. Ma lui non si scoraggiò, si avvicinò ancora di più e mi attirò a sé, fino a quando non fummo schiacciati l'uno contro l'altro.

«Perché? Ti fa eccitare?»

«Sei un tale maiale», sbottai, provando a spingermi il più possibile verso il mio lato della cabina. Ma Zach era troppo grosso. Troppo tutto. Il suo sguardo intenso mi penetrò e l'aria sembrò crepitare intorno a noi.

«E tu stai mettendo alla prova la mia fottuta pazienza.»

«Kira sembra carina», sputai fuori, stufa delle sue stronzate.

Le sue labbra formarono un sorriso malefico. «Lo è, non è

vero? Scommetto che succhia cazzi da Dio. Magari la porto a fare un giro più tardi.»

Maledizione.

Perché le sue parole mi ferivano così tanto?

Ero andata lì con Joel. Lui era un bravo ragazzo, gentile e divertente. Non mi avrebbe mai trattata in quel modo, non avrebbe fatto giochetti sporchi con me. Non avrebbe provato a spaventarmi e, allo stesso tempo, a farmi impazzire.

«Che stai facendo, Zach?» gli chiesi mentre il mondo spariva. Stavamo arrivando al punto più alto, Steinbeck e la spiaggia si estendevano sotto di noi. In lontananza, il sole tramontava; era uno spettacolo magnifico, e il paesaggio era pieno di pace e bellezza.

Zach non mi rispose ma, mentre portavo la testa indietro e inspiravo a fondo, sentii i suoi occhi su di me. Riuscivo a sentire l'odore del mare. C'era stato un tempo, quando mia madre stava per andarsene, in cui avevo pensato che non lo avrei superato. Non riuscivo a vedere oltre il dolore del mio cuore straziato, oltre l'abisso della disperazione dentro di me.

Ma ce l'avevo fatta.

Ero sopravvissuta alla peggiore esperienza della mia vita e adesso ero lì, *a provarci.* Per lei.

Niente di quello che Callum o mio padre avevano fatto poteva toccarmi. Perché ero diversa, resa più forte dalla perdita della persona che più avevo amato al mondo.

Lui non lo sa.

Zittii la voce dentro di me. Anche se Zach lo avesse saputo, niente sarebbe cambiato.

La ruota si fermò, la cabina oscillava avanti e indietro e trattenni a stento il panico.

«Non è divertente?» gridò Josie e mi sorprese che potesse parlare, visto che si era parlato di baci.

«Che c'è?» tuonai, sempre più insofferente per il modo in cui Zach mi stava guardando.

Ne avevo abbastanza di quella dannata serata. Se il tacco di Victoria non fosse rimasto incastrato, Zach sarebbe stato seduto con Kira e non con me. Magari avrebbero fatto ben più che baciarsi una volta giunti in cima.

Dovevo ricordarlo.

«Mi chiedo come io possa odiarti tanto, eppure avere ancora voglia di baciarti», disse come se fosse la cosa più naturale al mondo.

Premette la sua coscia sulla mia e girò un po' il suo corpo verso di me. In quel breve attimo, trattenni il fiato e il cuore prese a battere velocissimo nel mio petto. Il suo sguardo si spostò sulle mie labbra, ne studiò il contorno con gli occhi.

«Non pensarci nemmeno», sussurrai, appoggiandomi allo schienale.

«No?» La sua voce era rotta dal desiderio. «Neanche per scaramanzia?»

Era vicino.

Troppo vicino.

Mise le mani a coppa sul mio viso, sfiorò la mia guancia con il pollice e il mio corpo si immobilizzò. Il suo tocco era leggero e gentile, ma sapevo che era una bugia. Sapevo che quello era tutto parte del gioco con cui voleva distruggermi.

Tuttavia, non capivo ancora a quale scopo.

«Non dovrei volerti così tanto, scricciolo.» Fece aleggiare le sue labbra sulle mie. «Ma è così.»

«Non farlo, Zach», bisbigliai, allungando le mani verso di lui.

«Fermami», sussurrò quasi con tristezza. «Fermami, Cally.»

Il mio battito aumentò di velocità e un brivido mi scosse.

È solo la paura per il giro in ruota, è solo quello.

«Stai tremando», disse.

«Per via dell'altezza.»

«Ne sei sicura?» Zach mi guardò e la sua mano scivolò al lato della mia gola. Diede un calcio alla cabina e ci fece oscillare ancora di più.

«Zach... non farlo.» Con le mani, strinsi il sedile sotto di me, provando a tenermi ferma.

«Dillo, Cally. Dillo e mi fermerò.»

«D-dirti cosa?» Provai a non guardare in basso. Non avevo mai avuto paura delle altezze, ma stare lì con Zach era troppo.

Lui era troppo.

«Dimmi che mi vuoi quanto io voglio te...»

«Ti odio.»

«Ti odio anche io, scricciolo. E questo rende tutto solo più dolce.»

Ci scontrammo, denti, lingue e le mie lacrime salate. Stavo piangendo e lo stavo baciando.

Lo stavo baciando.

Sentire le sue labbra sulle mie era una sensazione meravigliosa.

Perché era sempre così bello?

«Cazzo, scricciolo, hai un buon sapore.» Zach arrotolò la sua lingua attorno alla mia e quasi mi divorò. E io lo lasciai fare.

Lo lasciai depredare la mia bocca e rubarmi il fiato, perché quando si trattava di Zachary Messiah, l'unico ragazzo che avessi mai amato, non ero capace di dire di no.

Le sue mani scivolarono sul mio interno coscia, affondarono sotto la gonna. «Lascerai che ti tocchi mentre siamo qui, sulla ruota panoramica, scricciolo?» Sfiorò i miei slip e mi sentii raggelare. «Lascerai che le mie dita ti fottano, qui sopra?»

Che diavolo stavo facendo?

«Dovremmo fermarci.»

«Fermarci?» ringhiò. «Pensi di poter decidere quando fermarci?» Assunse un'espressione cupa.

Un altro brivido mi percosse quando i suoi occhi penetrarono i miei.

«Vorresti che fosse lui?» Infilò le dita sotto il cotone umido. «Vorresti che qui ci fosse *Joely*?»

Serrai le labbra con aria di sfida. Nonostante fossi totalmente persa a causa delle sensazioni che risvegliava in me, non avevo alcuna intenzione di litigare con lui di nuovo.

Strinsi le cosce e lo costrinsi a tirare fuori la mano, ma vidi un sorrisetto malizioso sul suo volto. «Non vuoi provarlo, scricciolo?» disse con voce rauca al mio orecchio e riuscii a sentire il suo tono compiaciuto in ogni sillaba pronunciata, come se avesse capito tutto di me.

E forse era così.

Forse mi aveva capita senza neanche rendersene conto.

«Non vuoi lasciarti andare.»

Morse la pelle sotto il mio orecchio, succhiò con delicatezza e lampi di piacere mi invasero. Provai a trattenere un gemito, ma lui lo sentì e le sue labbra si curvarono in un sorriso nascosto sul mio collo.

«Posso farti provare sensazioni fottutamente incredibili, piccola, sai che posso.»

C'era una vulnerabilità nella sua voce che non avevo notato prima. Zach era ubriaco. O meglio, aveva bevuto. Stava male e stava provando a scappare da chissà quali demoni lo stessero inseguendo. Mi avvicinai e spostai i capelli dal suo viso. «Chi ti ha fatto questo, Zach?»

«Tu, scricciolo. Sei stata tu.» Senza preavviso, infilò due dita dentro di me e io gridai, il suono della mia voce si disperse tra i rumori di sottofondo del luna park. I suoi occhi socchiusi catturarono i miei, rifiutandosi di lasciarmi andare, mentre piegava le dita e mi accarezzava con movimenti lenti e strazianti.

Era così sbagliato… così osceno.

Dovevo fermarlo… dovevo…

«Dio, Zach», gridai quando il suo pollice ruotò intorno al mio clitoride, sfregando poi avanti e indietro.

«Non Dio, scricciolo, Messiah. E questa è mia.» Premette il palmo. «La tua figa è solo mia.»

Provai ad affondare la testa nella sua spalla, imbarazzata dalle sue parole sconce ma non me lo lasciò fare. Zach mi intrappolò lì e mi rese incapace di far nient'altro che cavalcare l'onda di intenso piacere che aveva provocato in me.

«Quando bacerai Joel, ricorda quello che provi adesso. Ricorda chi ti possiede.» I suoi occhi erano cupi, due orbite prive di sentimenti, tornate a rubarmi l'anima.

Il mio corpo cominciò a tremare. «Zach, ti prego...» dissi in un gemito.

«Cazzo, sì. Supplicami, Cally. Supplicami.» Si leccò le labbra e mi guardò andare in pezzi sotto il suo tocco.

«Io... Dio... è...» *Tutto.* Mi trattenni dal dire quella parola. Zach non lo meritava.

Lui non meritava tutto quello.

Ma non riuscii a fermarmi. Nell'istante stesso in cui mi aveva baciata, sapevo di non poter vincere. Perché la mia parte danneggiata aveva bisogno di lui. Aveva bisogno delle briciole della sua attenzione e dei rari momenti di vulnerabilità.

Semplicemente, aveva bisogno di lui.

Forse non aveva mai smesso di averne.

Capitolo 14
Zach

Vederla perdere il controllo mentre eravamo sospesi in aria, era la cosa più bella che avessi mai visto.

«Zach...» gemette il mio nome e quasi venni nei pantaloni.

Mi avvicinai, sfregando il naso lungo la sua mascella.

«Dimmi cosa vuoi, scricciolo.»

«D-di più.» Aveva gli occhi lucidi e le guance arrossate dal desiderio.

Voleva che la scopassi.

La piccola dolce Calliope James voleva che la distruggessi.

E io volevo farlo. Cazzo, lo volevo così tanto.

Ma sapevo che non sarebbe stata una buona idea. Avevo già abbastanza difficoltà a mantenere il controllo quando ero con lei.

Le gambe di Cally cominciarono a tremare e capii che era vicina all'orgasmo. Premetti le labbra sulle sue e la guardai arrivare quasi all'apice del piacere.

«Dillo», la stuzzicai, leccando l'angolo della sua bocca. «Dimmi che mi vuoi.»

«Io...» ansimò e non riuscii a trattenermi dal baciarla, ingoiando i suoi piccoli gemiti sexy.

«Oh mio Dio, sto per...»

Tirai fuori le dita e lei sussultò.

«Che stai...»

«Ti lascio sospesa, capito?» Feci un sorrisetto e portai le dita alla bocca, succhiandole finché non furono pulite. «Hai un buon sapore, scriccio...»

«Non posso credere che tu lo abbia fatto», disse con rabbia, evitando il mio sguardo.

Il silenzio cadde su di noi.

Aveva ragione. Non avrei dovuto farlo. Non perché mi importasse, ma perché non volevo che pensasse che mi importava.

La verità era che, quando si trattava di Calliope James, c'erano tante cose che non avrei dovuto fare, ma sembrava che non riuscissi a fermarmi. Lei mi faceva andare fuori di testa.

«Mi vuoi ancora», dissi, privo di emozione. «Anche dopo tutto questo tempo, tu...»

«Non dirlo.» Emise un sospiro rassegnato. «Non dirlo. Non siamo le stesse persone che eravamo e tu...»

«Io, cosa? Eh?» Scattai, la rabbia si agitò come una tempesta dentro di me. «Perché non mi dici *cosa ho fatto?»*

Cally mi guardò per un secondo, cercava una crepa nella mia armatura.

Continua a provare, scricciolo, non la troverai mai.

Non poteva ferirmi. Non di nuovo. Ero morto dentro. Non ero altro che un'anima nera nelle cui vene scorreva oscurità.

Volevo che soffrisse. Volevo che Cally sperimentasse anche un minimo assaggio del dolore e tradimento che provavo ogni volta che la guardavo.

«Non intendo farlo.» Sbuffò con aria di sfida, voltandosi.

Era la cosa migliore, perché, qualche secondo dopo, la nostra cabina era arrivata alla rampa e il ragazzo stava sganciando la nostra barra di sicurezza.

Cally scese in fretta e corse verso Josie. La piccola Molineux mi inchiodò con uno sguardo truce, ma feci spallucce, scesi e andai verso di loro. Kira mi intercettò e mi prese a braccetto.

«Eccoti.» Mi rivolse un sorriso raggiante. «Mi porti a fare un giro sulla ruota panoramica?» chiese come se non mi avesse appena visto scendere con Cally.

«Dopo, va bene?» La liquidai, mentre combattevo l'impulso di incontrare lo sguardo minaccioso di Cally.

Victoria e Joel erano i prossimi a turno per il giro. «È stato così imbarazzante.» Strinse la sua collana con il ciondolo che mio fratello le aveva regalato per il loro secondo anniversario.

«Se non fosse stato per Joel, sarei ancora bloccata lì.» Mi lanciò uno sguardo di disapprovazione.

«Non potevo fare andare Cally da sola.» Scrollai le spalle, come a dar poca importanza alla cosa.

«Certo.» Joel si avvicinò. «Grazie per averlo fatto.» Annuì verso di me e puntò dritto verso Cally. «Ehi, per caso vuoi andare a mangiare qualcosa?» le chiese.

«Ottima idea. Il giro mi ha messo appetito.» Gli occhi di Cally si spostarono sui miei. «Inoltre, in realtà, c'è qualcosa di cui vorrei parlarti.»

Sentii il sangue ribollire. Voleva portarmi al limite di sopportazione.

Occhio per occhio, dente per dente.

«Andiamo a prendere da mangiare», annunciò Joel. «Ci becchiamo dopo, ragazzi.»

«In realtà», si intromise Brad, «mangerei volentieri qualcosa. Josie? Ragazzi?»

«Va bene», dissi. «Kira, piccola, hai fame?» Misi il braccio attorno al suo collo, la attirai a me e strofinai il naso sui suoi capelli. Gli occhi di Cally bruciavano di rabbia, che si trasformò in furia quando feci un sorrisetto.

«Insaziabile.» Kira mi rivolse un sorriso allusivo.

Ci dirigemmo tutti verso l'area dei furgoni ristoro. C'era di tutto: dagli hot dog ai tacos, alle patatine fritte.

«Ha tutto un profumo così buono», disse Kira. «Penso che prenderò un'insalata.»

Una cazzo di insalata.

Soffocai una risata.

«Zach, vieni con me?» non aspettò che le rispondessi e mi trascinò verso uno dei furgoncini. Raggiungemmo la fila e cercai Cally tra la folla.

Lei e Joel erano in fila per le patatine. Agli angoli dei suoi occhi si erano create delle rughe per via della risata. Ma io non stavo ridendo.

La odiavo e odiavo ancora di più vederla con lui.

«Zach?» Kira mi strattonò dal braccio.

«Eh? Che c'è?»

«Ho detto che speravo che prima o poi mi avresti chiesto di uscire.»

«Davvero?»

«Beh, sì.» Sorrise, spostando una ciocca di capelli dietro l'orecchio. «Sei così… sexy.»

Già. Mi trattenni dal roteare gli occhi.

«E ho sempre voluto frequentare uno Scorpion.»

«Non te la facevi con Dev prima dell'estate?»

Le sue guance arrossirono. «Non è stato niente di che.»

«No?» Mi abbassai leggermente verso di lei. Era più bassa di almeno venti centimetri del mio metro e novanta. «Allora cosa è stato?»

«Zach…» Rise nervosamente. «Lo sai come funziona, eravamo entrambi ubriachi e io…»

«Non hai saputo resistere e lo hai cavalcato?»

Mi stavo comportando da stronzo, ma Cally mi aveva scombussolato. Niente aveva più senso, non da quando l'avevo vista a quella festa e avevo scoperto che era una matricola alla SU.

«Ma non è Dev che voglio.» Mise le mani sul mio petto e mi guardò come se fossi un cazzo di Dio.

«Il prossimo», gridò il cameriere con tempismo perfetto.

Kira emise un lieve sospiro e si voltò per ordinare la sua stupida insalata.

Come una falena attratta dalla luce, guardai di nuovo Cally.

Lei e Joel avevano preso il cibo ed erano seduti a uno degli enormi tavoli di legno. Stavano vicini, continuavano a ridere.

Cazzo.

Perché mi importava tanto?

Lo sai perché...

Scacciai via i pensieri spiacevoli.

«Sono pronta.» Kira mi diede un colpetto alla spalla, ma si fermò quando si accorse che stavo fissando Joel. «Che succede?»

Aggrottai le sopracciglia

«Joel e Cassie?» Mi guardò come se fossi stupido.

«Cally», risposi un po' troppo tagliente.

«Sì. Chi diavolo è, comunque?» Kira non riuscì a trattenere la gelosia nel suo tono di voce. Victoria e le sue amiche erano possessive nei confronti della squadra. Lo sapevano tutti.

Se solo sapessi.

Trattenni quelle parole.

La ignorai, lasciandola alla sua insalata, e andammo verso gli altri.

«Sembra buona», disse Victoria, mentre mangiava il suo taco. «Ma avevo bisogno di roba unta.»

«Un momento sulle labbra, una vita sui fianchi», recitò Kira, mentre si sedeva sulla panchina accanto a Brad. Lui e Josie stavano distanti, ma quando erano scesi dalla ruota panoramica, lei mi era sembrata un po' spettinata.

«Tu cos'hai preso, Cally?» le chiese Victoria.

«Solo delle patatine fritte.»

«Ottimo. Ricordami, da dove hai detto che vieni?»

Era una domanda alquanto innocente, ma conoscevo Victoria e, in tutta la serata, aveva rivolto a malapena due parole a Josie o Cally.

«Io... ehm...» Cally arrossì e non guardò nessuno negli occhi.

«Merda, toglimelo di dosso.» Josie balzò in piedi e agitò le braccia. «Qualcuno me lo tolga di dosso.»

«Rilassati, Jos», le disse Brad, «non c'è nulla lì.»

«Ah no?» Sospirò pesantemente. «Pensavo ci fosse una vespa. Errore mio.» Imbarazzata, riprese posto sulla panchina. La guardai negli occhi e inarcai un sopracciglio, impressionato dalle sue doti da attrice.

Ma Victoria era come un cane con un osso, quindi mi sorprese poco sentirle dire: «Quindi, Cally, stavi dicendo?»

«Io...» I suoi occhi guizzarono e incrociarono i miei, io raddrizzai la schiena, aspettavo di sentire quello che avrebbe detto.

Rivelare i suoi segreti significava rivelare il nostro legame.

Vista l'insistenza di Victoria, immaginai che avesse capito

qualcosa. Non sapevo come potesse averlo capito, ma conoscevo Victoria abbastanza bene da sapere che voleva mettere zizzania.

«Sono di Bay View.» Non appena le sue parole ebbero riempito l'aria, Cally inspirò a fondo.

«Bay View?» balbettò Joel, poi spostò lo sguardo da me a Cally più volte. «Ma non è lo stesso...»

«Sorpresa.» Ridacchiai, ma emisi un suono strozzato.

«Quindi, voi due vi conoscete?» Ci guardò a bocca aperta.

Scrollai le spalle. Non l'avrei tirata fuori da quella situazione.

«Abbiamo frequentato lo stesso liceo per un periodo», rispose Cally.

Mentre Cally farfugliava, in cerca delle giuste parole, Victoria la guardava con aria trionfante.

«Frequentavi la Bay View High School?» aggiunse Brad, ignaro della tensione che si era creata tra Cally, Victoria, Joel e me.

Cally annuì e Brad si sfregò la mascella. «Wow. Anche Callum James frequentava quel liceo.»

Lei impallidì e vidi il panico riempirle lo sguardo.

«Oh, conosci anche Callum? Che strano, avete anche quasi lo stesso nome.» Come il gatto che arraffa il pesce, Victoria ghignò, mentre osservava il suo piano andare a buon fine.

In quel momento, mi resi conto che aveva orchestrato tutto. Dall'organizzare l'uscita tra Joel e Cally al portarli lì quella sera. Voleva che la verità venisse fuori... ma perché?

Cosa aveva da guadagnarci?

«Cally?» disse Joel con una punta di dispiacere nella voce. «Tu e Zach eravate amici?»

«A malapena.» Le parole uscirono dalla sua bocca senza alcuna esitazione. Avrebbe potuto prendere il coltello di plastica dal suo vassoio e ficcarmelo in gola, avrebbe avuto lo stesso effetto.

«E Callum?»

«Io...» Deglutì e la sua faccia divenne rossa come un peperone.

La delusione che lessi nello sguardo che Joel rivolse a Cally era forte quasi come quella che avevo provato io sentendole dire che non eravamo amici.

«Non sono amici», dissi e aspettai di vedere il sollievo sul volto di Cally. Sentirla liquidarmi in modo così facile, aveva solo soffiato sul fuoco che stava divampando dentro di me, e quando lo vidi, sganciai quello che sapevo sarebbe stato un colpo mortale.

«Cally è la sorellina di Callum. Non è vero, scricciolo?»

«C-cosa?» Joel indietreggiò e lessi la confusione nei suoi occhi. «Tu *sei* la sorella di Callum?»

«Cazzo, che sfiga, amico.» Brad fischiò tra i denti, e Joel gli lanciò un'occhiataccia.

«Io… devo andare.» Cally balzò in piedi, quasi cadendo. Riuscì a riprendere l'equilibrio e sparì nella folla.

«Sarà meglio che…» Josie balzò in piedi e la seguì.

«Che melodramma», ridacchiò Victoria. La guardai con aria interrogativa e lei sorrise innocente. «Che c'è?»

«Tu lo sapevi», mi accusò Joel. «Tu lo sapevi e non ne hai fatto parola. Perché?»

«Non toccava a me dirvelo.» Mi grattai la mascella.

«Beh, è un po' assurdo che Callum non l'abbia mai nominata», disse Saul. «Sapevi che sarebbe venuta qui quest'anno?»

Feci spallucce. «Ne ero all'oscuro come tutti voi.»

Sentivo lo sguardo di Joel indugiare sulla mia faccia. Forse voleva farmi qualche domanda. Tante domande, ma non avevo intenzione di sedermi e litigare con lui per Cally.

«Ho bisogno di un po' d'aria.» Si alzò e si passò una mano tra i capelli. «Cazzo.»

«Andiamo, amico.» Saul e Dev gli si affiancarono.

«Ma che cazzo, Messiah!» sibilò Brad. Ma non intendevo discuterne lì, non mentre Victoria e Kira erano a sbavare, in attesa di altri pettegolezzi.

«Pensa a come la prenderà Joel quando saprà che te la fai con sua sorella.»

«Fottiti, Vic», ringhiò lui. «Solo perché stai soffrendo, non significa che hai il diritto di…»

«Brad», lo avvisai.

«Sei serio? Intendi difenderla?»

Mi passai una mano sul viso ed emisi un sospiro esasperato. Victoria si avvicinò per parlarmi, ma tagliai corto. «Tu e Kira dovreste andarvene.»

«C-cosa? Ma siamo venuti insieme.»

«Victoria, vai.» Il mio sguardo torvo incrociò il suo. «Hai fatto abbastanza per stasera.»

«Zach, non essere così…»

«Avanti, Vic. Penso che dovremmo andare.» Fu la prima cosa sensata che sentii dire a Kira in tutta la sera.

«Sì, okay. Va bene.» Victoria non si mosse, di certo aspettava le mie scuse, che non arrivarono. Mantenni lo sguardo fisso davanti a me e serrai la mascella così forte da avvertire dolore ai denti.

Non appena se ne furono andate, Brad emise un sospiro profondo. «So che sta soffrendo, ma a volte è una vera stronza.»

Non aveva torto.

Ma anche io facevo quasi sempre lo stronzo.
Forse era quello il motivo per cui mi era facile stare con lei. Dolore e perdita ti indurivano. Ti rendevano suscettibile e incapace di tenere a freno la lingua.
«Ne vuoi parlare?» mi chiese.
«No, neanche per il cazzo.»
«Inizio a capire che ci sia molto più di quanto vogliate farci credere. Sai…»
«Brad. Ti ho detto di lasciar perdere.»
«Va bene.» Alzò le mani. «Ma, dico sul serio, perché Callum non ha detto di lei a nessuno di noi? È assurdo.»
«Non lo so. Non sono proprio amico del tipo.»
Eravamo compagni di squadra.
Era il migliore amico di mio fratello. Il suo secondo. E la sua lealtà e amicizia erano le sole cose che non avevo ereditato quando ero arrivato alla SU.
Callum non mi voleva lì tanto quanto io non volevo trovarmici.
Josie si precipitò al tavolo e mi guardò in cagnesco. «Davvero, Messiah? Che cazzo di problemi hai?»
«Ehi, Jos, rilassati.» Brad la guardò sconvolto. «Non è colpa di Zach.»
«Oh, davvero?» sbottò, socchiudendo gli occhi e guardandomi con rabbia.
«Josie, piccola…»
Lei sussultò restando a bocca aperta e Brad impallidì. «Non intendevo… cazzo…»
«Sì, è chiaro che voi due», spostai il dito indicandoli entrambi, «abbiate tutto sotto controllo.»
«Puoi concederci un secondo?» chiese a Brad, che annuì e si alzò dalla panchina.
«Posso fidarmi del tuo comportamento con la mia ragazza, Messiah?»
«*Brad!*»
«Che c'è?» Scrollò le spalle. «Zach lo sa, è inutile nascondersi.»
«Ma Joel…»
«Ce ne preoccuperemo al momento opportuno. Messiah?» Sollevò le sopracciglia.
«Sì.»
I suoi occhi si posarono sulle labbra di Josie e per un istante pensai che l'avrebbe baciata, ma la ragione prevalse e sgattaiolò via, lasciandomi solo ad affrontare la sua collera.
«Che c'è?» urlai.
«Sei un pezzo di merda, lo sai, vero?»

«Aspetta un attimo...»
«Hai mai pensato che Callum avesse le sue ragioni per non dirti di lei?»
«Che cazzo significa?» strinsi tra i pugni il tessuto morbido dei miei pantaloncini. Non mi piaceva quell'ombra nei suoi occhi, sembrava stesse per sganciare una bomba.
«Sua madre...»
«Fiona? Cosa c'entra?»
Josie esitò e inspirò con affanno. «Non tocca di certo a me dirtelo, ma lei, in questo momento, ha il cuore spezzato perché alla tua ragazza piace cibarsi della sofferenza degli altri.»
«*La mia ragazza*?» Sputai fuori e lo stomacò sprofondò davanti a quella insinuazione. «È la ragazza di mio fratello o lo hai dimenticato?»
«Tu lo hai dimenticato?» Il suo tono era accusatorio.
La rabbia affiorò in me. Sapevo cosa la gente dicesse di me e Victoria. Ma le cose non stavano così.
Tranne per quella singola volta in cui sono quasi andate così.
Cazzo.
«Vai al sodo, Josie. Non ho tempo per queste cose.»
«È morta, okay?» sbottò. «La madre di Cally e Callum è morta e lui non lo ha detto ad anima viva.»
«Che cazzo hai detto?» Indietreggiai come se mi avesse schiaffeggiato.
Fiona non era morta.
Non poteva esserlo.
Lo avrei saputo.
Josie annuì lentamente e la sua espressione si intristì di nuovo. «Cancro. Tre mesi fa. Da quanto ho potuto cogliere, Cally è rimasta accanto a lei tutto il tempo. Dio», si strofinò la clavicola, «non posso neanche immaginarlo.»
«Lei... non c'è più?»
Mi sentii travolgere da un tornado di dolore e smarrimento. Ricordavo Fiona. La sua gentilezza ed empatia. Mi aveva sempre accettato e aveva protetto la relazione appena sbocciata tra me e sua figlia. Fiona non era diventata rabbiosa e rancorosa nei confronti di suo marito per averle abbandonate; né con Callum per le sue scelte di vita non proprio grandiose.
Era una brava persona.
Una brava mamma.
«Perché mi stai dicendo tutto questo?» chiesi con voce strozzata, ancora sbigottito dalla bomba che aveva appena sganciato.

«Perché lei è venuta qui, consapevole di quanto sarebbe stata dura e lo ha fatto per sua madre. Per onorare la promessa che ha fatto a una donna morente. Quella ragazza è fottutamente forte.» Emise un respiro profondo. «Senti, non conosco ogni dettaglio di quanto è successo tra voi. Sono affari vostri. Ma so una cosa: Cally ha già un fratello che l'ha abbandonata e un padre che mi sembra uno stronzo egoista. Non le serve che tu e Victoria facciate squadra contro di lei. Non la vuoi? Bene. Allora, lasciala stare. La SU è grande abbastanza per entrambi.»

Le sue parole furono come uno schiaffo in piena faccia.

Fiona se n'era andata.

Era morta.

E Cally non aveva detto una sola parola in merito.

Ma perché avrebbe dovuto farlo? Non ero stato altro che uno stronzo da quando era arrivata.

«Non lo sapevo», gridai, e le mie stesse parole stravolsero qualcosa dentro di me.

Lo sguardo di Josie era penetrante e non mi piaceva che potesse vedere attraverso la maschera di pietra che indossavo come armatura.

E poi disse sette parole che sconvolsero il mio mondo.

«Sarebbe cambiato qualcosa se lo avessi saputo?»

Capitolo 15
Calliope

La strada di ritorno verso il campus era lunga, ma avevo bisogno di schiarirmi le idee.

Lo sapevano.

Sapevano tutta la verità.

Tutto grazie a Victoria e Zach.

Avevo visto un'espressione di soddisfazione nauseante dipinta sul suo viso, mentre rivelava i miei segreti davanti a Josie e ai suoi amici.

E a Joel.

Povero, dolce Joel, non lo meritava.

Volevo tanto dirglielo, ma poi c'era stato il giro sulla ruota panoramica ed ero confusa. Confusa sul perché il mio corpo rispondesse a Zach in maniera tanto viscerale, dopo tutto quel tempo... dopo il suo tradimento.

Sapevo che andare al luna park non sarebbe stata una buona idea. Dovevo allontanarmi da Zach e dalla squadra, non mettermi al centro della loro attenzione. Ma non potevo farci nulla. Mi piaceva Josie e mi piaceva Joel, anche se non provocava in me le stesse sensazioni che mi dava Zach.

Dio, Zach, perché?

Perché?

Mentre attraversavo la strada verso il mio edificio, emisi un sospiro tremante.

Dopo la lunga passeggiata e il costante sgorgare delle mie lacrime, non desideravo altro che spogliarmi, entrare sotto il caldo getto della doccia e lavare via ciò che era accaduto quella notte.

Lo sapevano.

Sentii una stretta al cuore.

Riuscivo ancora a vedere l'espressione distrutta di Joel nel momento in cui aveva capito tutto. Non meritava di ritrovarsi in mezzo a quella situazione, ma il mio egoismo, il mio bisogno disperato di circondarmi di persone buone e affidabili, aveva superato il mio desiderio di proteggerli dalla verità.

Avresti dovuto dirglielo.

Ma era troppo tardi. Non si poteva tornare indietro e qualcosa mi diceva che quella notte aveva segnato una linea di separazione tra me e la squadra.

Callum era il loro compagno, uno dei loro leader.

E io ero sua sorella perduta. Qualcuno che chiaramente non voleva nella sua vita.

Dio, che casino.

Ma non mi sarei mai aspettata di arrivare alla SU ed essere completamente e totalmente evitata da lui. Era come se non esistessi. Che diavolo avrei dovuto dire a Joel? Agli altri ragazzi? «Oh, comunque, io sono Cally, la sorella perduta di Callum. Lieta di conoscervi.»

Non volevo violare la sua vita, infiltrarmi nella sua squadra e rubare i suoi amici. Non era mai stato nei miei piani.

Eppure, eccomi lì.

Con un sospiro pesante, salii le scale dell'edificio ed entrai. Il giorno dopo, il mio anonimato sarebbe svanito. Victoria e Kira lo avrebbero detto alle loro amiche, Joel e i ragazzi avrebbero vuotato il sacco agli allenamenti e non sarei più stata Cally James, la matricola silenziosa che voleva solo sopravvivere al college. Sarei stata Cally James, la sorella di Callum James. Sarei stata una domanda sulla bocca della gente, un puzzle che avrebbero voluto risolvere.

Sorpassai un paio di ragazze in corridoio e sentii i loro sguardi insistenti seguirmi.

Non lo sanno ancora, non possono saperlo.

Ma quando arrivai alla mia porta, vidi la fonte del loro interesse. «Zach?» esclamai in un sussulto e il cuore mi andò in gola.

Era appoggiato alla parete, la testa all'indietro e le mani dietro al suo corpo.

Mi faceva troppo male guardarlo. I suoi capelli biondo scuro, la mascella affilata e gli zigomi definiti, le spalle larghe e la vita stretta. Era tanto bello da poter sembrare uscito da una passerella, ma altrettanto robusto da essere un vero giocatore di basket.

Odiavo ammetterlo, ma quello sport gli si addiceva. Era sempre stato così. Fin dalla prima volta in cui lo avevo visto a scuola, con indosso la maglia della divisa dei Vipers. Non avrebbe dovuto amare il basket, figuriamoci essere bravo. Ma lo era.

Ma, dopotutto, il sangue dei Messiah scorreva nelle sue vene.

«Dobbiamo parlare.»

«No», risposi, ferma nella mia posizione. «Non dobbiamo.»

Emise un sospiro intenso e si passò la mano sulla mascella leggermente ispida. «Sì, invece.»

«Così che tu possa scusarti per essere stato uno stronzo? O forse per avermi molestata sulla ruota panoramica?»

«Molestata?» Mi schernì, inarcando un sopracciglio. «Mi hai supplicato.»

«Io ho...» Mi fermai. «Non intendo farlo, Zach.»

Ero stanca. Esausta per quel costante tira e molla e i suoi continui cambi d'umore.

Zach non mi voleva. Non come una parte di me, dopo tutto quel tempo, voleva ancora lui.

«Dovresti andartene.»

«Non me ne vado, Cally. Non finché non avremo parlato.» Si allontanò dal muro e portò via con sé tutta l'aria che c'era in corridoio. Indietreggiai, provando a mantenere una distanza di sicurezza da lui. Se mi avesse toccata, sarei crollata. E non potevo crollare, non in quel momento. Non lì. Avevo già versato troppe lacrime per Zachary Messiah.

Non ne meritava altre.

Mi voltai, dandogli le spalle e mi affrettai a trovare la mia chiave nella borsa. Dovevo allontanarmi da lui. Ma, nell'istante in cui quella dannata porta si aprì, Zach fu di nuovo lì. Il braccio sopra la mia testa, il palmo sulla porta.

«Cally, ti prego...»

Alzai gli occhi, il suo sguardo mi inchiodò ed emisi un lieve gemito. «No. Vattene, Zach, dico sul serio.» Entrai in stanza, lasciai andare il respiro che avevo trattenuto e gli sbattei la porta in faccia.

I miei occhi si riempirono di lacrime e sentii di nuovo il peso degli eventi della serata.

Lo sapevano, lo sapevano tutti, ed era colpa di Zach.

La porta si spalancò. Lui era lì e respirava affannosamente.

«Che diavolo pensi di fare?» urlai con rabbia.

«È morta? Fiona, lei...»

«Non farlo. Non ti azzardare a dire il suo nome.» Il mio corpo cominciò a tremare, il dolore che avevo provato a sopprimere con la forza si abbatté su di me come un'onda inarrestabile.

«Non hai mai detto niente.» La sua espressione era più gentile adesso, piena di compassione. Zach non si mosse, restò lì a guardarmi.

Lo faceva sempre.

«Non intendo parlarne con te», sussurrai, a malapena capace di guardarlo, mentre lacrime silenziose scorrevano sul mio volto.

Zach attraversò la stanza, le sue gambe lunghe e muscolose annientarono lo spazio che ci divideva. Dovetti alzare il collo per guardarlo, per vedere nel profondo dei suoi occhi. «Parlami, scricciolo.» Mi prese il viso tra le mani e con le nocche sfiorò le mie guance, asciugando le lacrime.

«Non posso, non più», dissi in un sospiro triste, mentre il dolore mi spezzava.

La sua espressione si incupì. «Però puoi parlarne con Molineux e sua sorella? Loro non ti conoscono come me, Cally. Non conoscevano tua madre e non sanno com'era. Era una brava persona.»

«Già», risposi con voce strozzata, costringendomi a non guardarlo. «Lo era.»

Zach fece scorrere le dita sotto il mio mento e mi fece sollevare il viso verso il suo, rifiutandosi di lasciarmi spazio. Chiusi gli occhi e li strizzai. Non volevo farlo, non avrebbe dovuto essere lì. Non in quel momento, lì, nel mio dormitorio, non alla SU, a vestire i panni di suo fratello. Era come un gioco macabro. Un incubo contorto dal quale non riuscivo a svegliarmi.

«A me gli occhi, scricciolo.» La sua voce era una carezza leggera che provava a persuadermi a tornare da lui.

«Mi odi, ricordi?» dissi mentre aprivo gli occhi e le parole mi squarciavano il petto.

«Beh, sì. Ma odio di più vederti con lui.»

Una risata amara echeggiò dentro di me, ma uscì strozzata e fuori luogo. «Tu e Victoria avete fatto un ottimo lavoro per assicurarvi che Joel non mi parli mai più. Quindi, congratulazioni, la vostra missione è stata un successo.»

«Non è…»

«Non è cosa? Vero?» Lo sfidai. «Sappiamo entrambi che è così. È chiaro che Victoria mi odia per ragioni sconosciute, forse perché ha capito che Callum è mio fratello e che ti conosco. Ha già perso Declan, non vuole perdere anche te.» Indietreggiai, poi portai una mano sulla bocca.

Zach si passò una mano sul volto e i suoi occhi socchiusi si ridussero a due fessure. La sua rabbia era tangibile, lo avvolgeva come una nebbia oscura e pericolosa. «Che cazzo intendi dire?»

«Non importa. Questa cosa… io e te.» Scossi la testa. «Penso che dovremmo finirla qui. È ovvio che non riusciamo a stare vicini senza comportarci come pazzi. Starò lontana dalla squadra e tu potrai stare lontano da me.»

Era meglio così.

Ero stata una stupida a pensare di potergli stare intorno senza dare di matto. Lui era ancora dentro di me, e, in qualche modo, eravamo connessi. C'erano troppe cose irrisolte tra di noi per poter semplicemente dimenticare.

Il martellare del sangue nelle mie orecchie oscurò quel silenzio assordante. Zach non fece niente, non disse niente. Restò lì a guardarmi, a cercare sul mio volto risposte che non avevo.

Risposte che non potevo più continuare a cercare.

«Zach, io...»

«Pensi di poter decidere che abbiamo chiuso? Non ho chiesto io di essere qui... di certo non mi aspettavo di trovarti qui, cazzo! Ma pensi che possa semplicemente lasciar perdere?» Arricciò le labbra e cominciò ad avanzare.

Feci un passo indietro, tentando di mettere una distanza di sicurezza tra noi. «Zach, ti prego...»

Non appena toccai il muro con la schiena, lui mi raggiunse. La tensione crepitava tra di noi, pesante e densa dei peccati del nostro passato. Peccati che non avevo compreso appieno. Ma mi resi conto, in quel momento, che forse non volevo comprenderli. Era passato troppo tempo e non eravamo più le stesse persone. Io ero a pezzi, smarrita, e lottavo ogni minuto di ogni giorno per tenere la testa fuori dall'acqua. E Zach era freddo, crudele e chiuso. Era una minaccia per il mio cuore e dovevo lasciarlo andare.

Se volevo sopravvivere al periodo che avrei trascorso alla SU, dovevo andarmene e non voltarmi indietro mai più.

«Vai via, Zach, ti prego», dissi, premendo i palmi sul suo petto. I suoi occhi scesero sulle mie mani e lentamente risalirono fino al mio volto.

«Ricordo ancora com'era stare dentro di te, Cally. Come mi sentivo a prenderti con forza, velocemente, appoggiata contro il muro, a perdermi dentro di te.»

«Non...» Serrai gli occhi di nuovo, inspirai con affanno. Non volevo ricordare quella notte di Halloween.

«Non ricordi, scricciolo?» Le sue labbra sfiorarono la mia guancia e poi si mossero verso il mio orecchio. «Non ricordi quanto era bello? Quanto lo volevi?»

«Zach...» Afferrai con le dita la sua canotta larga e soffocai un lamento.

«Guardami.» Indietreggiò. «A me gli occhi.»

Sollevai le palpebre e fui risucchiata da due orbite nere che brillavano pericolosamente al buio. «Eccola qui», disse. «La mia dolce, piccola bugiarda.»

«Zach, io...»

«Perché non riesco a lasciarti andare?» disse, come se io fossi una maledizione dalla quale voleva liberarsi. Come se volesse che dicessi qualcosa per spezzare quel legame tra noi. Come una supplica sulle sue labbra.

«Il primo amore non si scorda mai.» Gli rivolsi un sorriso spento, il cuore galoppava nel mio petto come una mandria di cavalli selvaggi.

«Amore?» Rise e il suono era così pieno di asprezza che sentii una morsa stringermi il petto. «Sai cosa mi hai insegnato sull'amore, Calliope? Che fa male. Fa fottutamente male.» Fece scorrere le dita dalla mia faccia al collo, poi le strinse attorno alla gola. «Sei sotto la mia pelle, seppellita nella mia fottuta anima e lo odio… odio…»

«Dillo», sibilai. «Avanti, dimmi quanto mi odi. Dillo.» Sbattei le mani sul suo petto.

Zach barcollò un po', poi mi afferrò per i polsi. «Non spingermi, scricciolo, cazzo. Potrebbero non piacerti le conseguenze.»

«Cosa intendi fare? Farmi del male?» pronunciai quelle parole tra i denti, persa in un vortice di rabbia, dolore e rimpianto. «Sei un vigliacco, Zac. Lo eri allora e lo sei ancora.»

Qualunque cosa avessi fatto per ferirlo, avrebbe potuto parlarmene. Se solo me lo avesse detto, avrei provato a sistemare la cosa. Avevo passato tre anni a domandarmi cosa fosse andato storto. Perché il mio migliore amico, il ragazzo che amavo più di ogni altra cosa al mondo, mi avesse voltato le spalle.

E non riusciva ancora a dirmelo.

«Quindi?» sputai fuori. «Sto aspettando.»

Zach serrò la mascella così tanto da farsi male.

Quando mi fu chiaro che non mi avrebbe risposto, risi a bassa voce. «Sei un vigliacco, Zach. Mi hai spezzato il cuore, ci hai distrutti e per che cosa? Eh? Non riesci neanche a dirlo, non è vero?» Sorrisi con amarezza. «Tutto questo tempo, e ancora non trovi le parole per raccontarmi cosa è successo.»

Feci per andarmene, ma Zach mi afferrò il braccio. Aveva un aspetto minaccioso, i suoi occhi bruciavano di disprezzo.

«Vuoi farmi del male?» Avanzai verso il suo corpo imponente e mi alzai sulle punte. «Fa' del tuo meglio.»

Niente poteva ferirmi quanto la morte di mia madre.

Neanche il ragazzo con cui avevo desiderato di condividere il mio futuro.

La mia provocazione rimase sospesa nell'aria.

Passò un secondo, l'aria era così densa che non riuscivo a respirare.

«Cazzo, voglio farlo», ammise con la rabbia negli occhi. «Voglio farti molto male, Cally. Voglio sporcare la tua anima come tu hai fatto con la mia.»

Tremai davanti alle oscure intenzioni nelle sue parole. Ma c'era qualcos'altro nella sua espressione… dolore… desiderio… *rimpianto.*

«Zach, io…»

La sua bocca si schiantò sulla mia, intensa e inesorabile. Mi aggrappai alla sua canotta, lottando per resistere, mentre lui mi divorava con baci caldi e osceni, quel tipo di baci che si sentono fino alle dita dei piedi.

«Cazzo», ringhiò, e ne sentii il rombo nel suo petto. «Perché è sempre così bello? Non dovrebbe essere così.»

Le sue parole mi diedero i brividi, ma quello non cambiava il fatto che fossimo entrambi a pezzi, irrevocabilmente cambiati dai traumi che avevamo dovuto affrontare. Volevo illudermi che fosse quello a costituire il filo che ancora ci legava, ma era molto di più.

Era lui.

Il ragazzo che riusciva a vedermi anche se vivevo all'ombra di mio fratello. Il ragazzo che si nascondeva con me nella casa sull'albero e condivideva con me le sue speranze, i suoi sogni e i suoi segreti. Il ragazzo che mi aveva dato il mio primo bacio, il mio primo orgasmo, il ragazzo che si era preso la mia verginità su una coperta, sotto le stelle, dopo il ballo di fine anno.

La mia anima lo ricordava, anche se la mia mente e il mio cuore sapevano di non poter di nuovo sopravvivere a Zach.

Ma non fu sufficiente a spingerlo via.

Me lo sarei concessa.

Una notte.

Un'ultima volta con il ragazzo che sarebbe stato per sempre scolpito nel mio cuore.

Zach mi sollevo con facilità, fece scivolare il mio corpo snello sul suo e mi portò indietro, verso la parete contro cui mi appoggiò. Le sue mani erano dappertutto, tra i miei capelli, giù sulle mie curve, a strizzare il mio sedere. Amavo la sua passionalità, il suo modo famelico e disperato. Anche nel turbinio della sua rabbia, Zach mi faceva sentire desiderata. Mi faceva sentire il centro del suo universo.

E lo amavo e lo odiavo per questo.

«Voglio scoparti finché Molineux non sarà solo un ricordo lontano. Odio il fatto che ti abbia toccata.» Zach premette la sua fronte sulla mia e mi intrappolò lì. «Non sopporto il pensiero che ti abbia baciata.»

«Ti odio», ansimai, consapevole di non sapergli resistere.

«Lo so, piccola, lo so. E io odio te, ma questo non ferma la voglia che hai di me, vero? Non ti impedisce di bagnarti per me. Ogni. Singola. Volta.» Affondò la mano tra i nostri corpi e trovò il bordo della mia gonna. Non aspettò il mio permesso, né mi diede la possibilità di prendere fiato, spostò il tessuto di lato e infilò due dita dentro di me, togliendomi il fiato.

«Dio...» gridai, sopraffatta dal suo tocco.

«Non Dio, scricciolo. Messiah. E cadrai ai miei piedi.»
I miei occhi guizzarono sui suoi e li socchiusi.
«Eccola qui», ridacchiò, «la mia piccola combattente, la mia piccola guerriera.»
Zach continuò a muovere le dita, facendole scivolare avanti e indietro sulla mia eccitazione. «Hai lasciato che ti toccasse, Cally?» biascicò all'angolo delle mie labbra. «Hai aperto le cosce e…»
«Come se tu non fossi stato a letto con centinaia di ragazze», sibilai, mentre il mio petto si gonfiava.
Zach mi baciò di nuovo, punendomi con delle profonde carezze della lingua, come se cercasse di ingoiare le mie parole e farle sue.
Perché doveva comportarsi così con me?
Mi voleva… mi desiderava… si prendeva sempre qualcosa da me.
E poi mi abbandonava, come tutti gli altri.
La frustrazione non si limitò a crescere nel mio corpo, si dispiegò nel mio cuore e nella mente. La sentii risalirmi la gola e uscire dalla mia bocca.
«Ti odio, ti odio, ti odio. Ti odio!» Le lacrime scorrevano lungo le mie guance e Zach le sentì e interruppe il bacio. Mi guardò, le dita ancora dentro di me e l'espressione che non lasciava intendere nulla.
Dio, volevo sapere a cosa stava pensando, volevo sapere tutto di quel ragazzo che un tempo conoscevo meglio di me stessa.
«Sì, ci sono state altre ragazze. Più di quante possa contarne.» Le sue parole risuonarono dentro di me come feroci e brutali frustate sul cuore. «Ma non erano mai te, Cally. Tu sei qui dentro.» Si toccò la tempia. «E ora sei alla SU, e non so come affrontarlo.»
«Parla con me… ti prego, parla con me.»
Qualcosa gli illuminò gli occhi, ma il lampo svanì in un istante. «È questo che vuoi, scricciolo? Parlare?» Zach si avvicinò di nuovo e leccò le mie lacrime. «O vuoi che ti dia quello che desideri veramente?» Tirò fuori le dita e sfregò il mio clitoride, sfiorandolo e torturandolo lentamente, fermandosi non appena il mio corpo cominciò a tremare.
«Dimmelo, Cally», mi provocò, sfoggiando un sorrisetto malizioso. «Dì quelle parole.»
Lo guardai dritto negli occhi e feci anche io un sorrisetto.
«Costringimi.»

Capitolo 16
Zach

Avevo già notato qualcosa di diverso in Cally quando l'avevo incontrata al campus, ma vedere quell'aria di sfida brillare nei suoi occhi, mi faceva domandare se non fossimo più simili di quanto credessi.

Pizzicai il suo clitoride e il suo corpo ebbe un sussulto. «Ti piace?»

Lei gemette e annuì. Teneva gli occhi appena aperti mentre si perdeva nel piacere. Volevo divorarla. Possedere ogni singola parte di lei. In me era radicato un bisogno di avere il controllo su di lei. Di avere in pugno le sue emozioni, la sua felicità, proprio come lei aveva fatto un tempo con me.

Avrei fatto qualunque cosa per quella ragazza.

Qualunque dannata cosa.

Rivederla mi aveva fatto capire di non averla superata. Mi ero reso conto che, per tutto il tempo, avevo mentito a me stesso. L'ignoranza era una benedizione. Ma adesso Cally era lì, alla SU, e non potevo più tenere quei vecchi sentimenti sottochiave.

«Zach», disse il mio nome in un sospiro profondo.

«Vieni per me, scricciolo, adesso.» Curvai le dita, sfregandole dentro di lei e usando il pollice per disegnare dei cerchi sul suo clitoride. Lei gridò aggrappandosi al mio corpo, mentre le mie carezze la devastavano.

«Dio.» Batté la testa sulla parete e deglutì, provando a riprendere fiato.

Sentivo il bisogno di entrare dentro di lei. Non avevo mai avuto bisogno di qualcosa tanto quanto ne avevo di sentire il suo calore avvolgermi.

La portai sul letto, il suo corpo era rilassato tra le mie braccia, e quando la vidi distesa davanti a me, mormorai: «Ma guardati».

Lei mi guardò, ubriaca di lussuria e con le palpebre semichiuse. C'era anche qualcos'altro nei suoi occhi, qualcosa che scelsi di non vedere.

Velocemente, le tolsi i vestiti di dosso, poi passai ai miei. I suoi occhi si spalancarono quando si posarono sul mio cazzo, duro e pronto. Mi toccai, pompai un paio di volte e mi morsi il labbro per trattenere un gemito che minacciava di uscire.

«Lo vuoi?» ghignai. «Vuoi che ti distrugga?»

Lei annuì. «Fa' del tuo meglio, Messiah.» Maledizione, di nuovo quelle parole.

La sfida.

Era così diversa.

Più dura.

Insolente.

Distaccata in un modo che non mi piaceva.

La mia Cally era sempre stata tanto dolce, gentile e calorosa.

Ma non eravamo più gli stessi. La vecchia Cally non sarebbe stata in grado di affrontare il nuovo Zach. Quindi era perfetto così. Potevamo scopare via le nostre frustrazioni e poi prendere strade diverse.

Non era una riconciliazione, era un esorcismo. Un'occasione per potermi liberare di Calliope James una volta e per sempre.

Avevo pianificato di scoparla tanto forte, così che lei non mi dimenticasse mai. Poi sarei andato via, per sempre.

Esitai solo per un secondo, ma fu abbastanza perché Cally si corrucciasse. «Che c'è? Qualcosa non va?» La sua voce era sensuale e roca.

Appoggiai un ginocchio sul letto e gattonai sul suo corpo esile e delicato. La sua pelle era come seta e dovetti soffocare un altro gemito.

Gesù, quella ragazza.

Quella irritante, insidiosa, sconsiderata ragazza.

Perché era sempre tutto così bello con lei?

Mi feci spazio tra le sue gambe e lasciai scivolare il mio cazzo dentro i suoi umori, colpendo il clitoride. Cally emise un gemito profondo e la guardai meravigliato sciogliersi per me.

«Cosa vuoi, scricciolo?» Le afferrai la gola con delicatezza, costringendola a guardarmi.

«Te», sussurrò e le sue parole mi trafissero il cuore. «Voglio te, Zach.»

«Ogni tuo desiderio è un ordine.» Mi spinsi dentro di lei e gridammo entrambi. Cally incrociò le gambe attorno alla mia vita, spingendomi più a fondo… più forte… più veloce.

Non fu lento, né dolce. Non era fare l'amore. La stavo scopando, consumando la sua anima e il suo corpo. Volevo che soffrisse, che sentisse la mia rabbia, che vivesse quella esperienza con il dolore e la frustrazione che io provavo ogni secondo di ogni giorno.

Ma soprattutto, volevo fotterla e spazzarla via dai miei pensieri.

«Di più», disse con voce rauca, poi mi mordicchiò il mento. «Voglio di più, Zach.»

Misi le dita sotto il suo culo e cambiai angolazione.

«Ti sento dappertutto», bisbigliò Cally mentre assediavo il suo corpo. Lasciai una scia di baci umidi lungo il suo collo, la clavicola, mordendola e succhiando la pelle. Volevo marchiarla. Così che quando sarebbe arrivato il giorno, non avrebbe potuto che ricordare quel momento.

Mi fissava, la bocca aperta, la pelle arrossata. «Mi dispiace», sussurrò. «Qualunque cosa io abbia fatto per ferirti, mi dispiace.»

Cazzo.

Cazzo!

Affondai la testa nell'incavo del suo collo, provai a ignorare quelle parole che risuonavano dentro le mie orecchie.

Dispiaciuta. Era dispiaciuta.

Non cambiava niente, eppure, cambiava ogni cosa.

Mentre cercavo la quiete dopo la tempesta, un brivido familiare si diramò dalla mia schiena a tutto il mio corpo. Cally strinse le mie spalle e gridò il mio nome, ancora e ancora, con uno spasmo si contrasse attorno a me e raggiunse l'orgasmo. Io la seguii e venni intensamente e velocemente dentro di lei.

Restammo lì, in silenzio, persi nel momento… nei ricordi.

Ero stato con tante ragazze. Ragazze senza volto che avevo usato per scaricare la tensione che mi portavo dentro. Ma nessuna era mai riuscita, neanche lontanamente, ad avere lo stesso impatto che Cally aveva su di me.

Anche in quel momento, dopo tutto quello che ci era successo, era riuscita a mettermi in ginocchio e lo detestavo.

Detestavo lei.

Non era un semplice sentimento, era qualcosa che viveva dentro di me come una malattia. Mi impestava e si espandeva, trasformando in veleno tutto ciò che di buono era rimasto dentro di me.

Controvoglia, rotolai via da lei e caddi sulla schiena.

«Dovrei darmi una pulita», sussurrò con tono insicuro.

La vidi scomparire, poi, un paio di minuti dopo, il letto sprofondò un po' e lei tornò accanto a me.

«Mi dispiace», dissi con voce roca, «per tua madre.»

«Mi dispiace per Declan.»

Le sue parole mi fecero sussultare, non volevo la sua compassione. Non volevo niente da lei, neanche quello.

«Dovrei andare», dissi.

«Okay… a meno che tu non voglia restare.»

I miei occhi guizzarono su di lei, che mi rivolse un sorriso insicuro.

«Non voglio farti pressioni. È solo che, talvolta è bello non sentirsi soli, no?»
Cazzo.
La sua sincerità mi devastava.
Lei lo capiva, me ne resi conto in quell'istante. Cally sapeva come fosse sentirsi completamente soli nel mondo. Solo che lei era sola. Mentre io ero circondato da gente che voleva conoscermi e non ci sarebbe mai riuscita.
«Già.» Deglutii, nonostante il nodo in gola. «Posso restare un altro po'.»
Non chiese di più. Non chiese nulla.
Cally emise un lieve sospiro e chiuse gli occhi. Non riuscivo a immaginare come si sentisse ad aver perso sua madre, l'unica persona che era rimasta con lei quando tanti altri erano andati via.
Sentii una stretta al petto.
Potevo anche odiarla per quello che era successo tra noi, ma non ero del tutto senza cuore.
La vita era così crudele a volte.
Quante cose orribili accadevano alle brave persone come Fiona.
Ma Cally non era una brava persona, era come tutti gli altri, egoista e inaffidabile.
Il ritmo del suo respiro si fece più lento e capii che si era addormentata. Sembrava così tranquilla, con quei lineamenti dolci e le labbra imbronciate. Non resistetti e ne tracciai la forma con il dito, ricordando tutte le volte che avevo baciato quella bocca.
Allora, era stato diverso. Eravamo giovani e innocenti, lontani dalla dura realtà della vita. Eravamo entrambi inesperti, avevamo imparato insieme, esplorando i nostri corpi che mutavano con desiderio e curiosità.
Non ci servivano altre lezioni adesso, sapevamo esattamente cosa fare e non mi piaceva pensare che lei potesse imparare quelle cose insieme a qualcun altro.
Sentii un ruggito nel petto, il mio corpo sembrava non riuscire ad accettare che lei non fosse più mia.
Era stato da stronzo allontanarla da Joel e gli altri ragazzi, ne ero consapevole, ma almeno non avrei dovuto occuparmi di vederlo morire dietro di lei. In qualche modo, avevo fatto un favore a entrambi. Se fosse stata ai ferri corti con Joel, non avrebbe avuto motivo di ronzare attorno alla squadra. Il che significava che non avrebbe avuto motivi validi di ripresentarsi nella mia vita in ogni momento.
Era meglio così.
Avevamo scopato fino a spazzare via le nostre frustrazioni, ar-

rendendoci un'ultima volta al nostro legame tenace. E quando sarebbe arrivato il mattino, avremmo finalmente preso strade diverse.

Allora perché, quando chiusi gli occhi, sentii un enorme peso allo stomaco?

***

Mi svegliai quando un fascio di luce arrivò sul mio viso. «Ma che...» Mi alzai sui gomiti e sfregai gli occhi assonnati.

Dove cazzo ero?

I ricordi della sera precedente mi investirono.

Il luna park.

La ruota panoramica.

Victoria che aveva sganciato la bomba su Cally... e io che l'avevo fatta detonare.

Cally.

Cazzo.

Il mio nome sulle sue labbra.

Il mio cazzo dentro di lei.

Guardai il letto vuoto accanto a me e aggrottai le sopracciglia. «Cally?» chiamai il suo nome nella stanza vuota. La porta del bagno era aperta e non c'era alcun segno di vita.

Se ne era andata.

Era la prima fottutissima volta che mi svegliavo da solo a casa di una ragazza. Di solito ero io quello che se la svignava dai dormitori durante la notte e non il contrario.

Forse era andata a prendere del caffè.

Ma dopo essere rimasto a letto per altri quindici minuti, capii che non sarebbe tornata.

Non volevo addormentarmi e restare tutta la notte, quindi forse si era svegliata ed era andata nel panico, così aveva deciso di risparmiare a entrambi una "mattina successiva" imbarazzante.

Non sapevo cosa provare in proposito.

Scostai le lenzuola che mi coprivano, scesi dal letto e mi rivestii. Controllai il cellulare, ma ignorai i messaggi dei miei compagni di squadra. Avevano delle domande da farmi, sicuramente, ma non ero pronto a rispondere.

Avevo un problema più serio, tipo come cazzo avrei fatto a uscire dalla stanza di Cally senza attirare l'attenzione di qualcuno. Attenzione di cui non avevamo bisogno, se non volevamo che quella cosa restasse tra di noi.

Sgattaiolai in bagno e mi ripulii un po'. Anche se avessi indossato il cappuccio, era impossibile che riuscissi a uscire dall'Abrams senza essere riconosciuto.

Mi buttai dell'acqua sul viso e provai a domare i capelli che finivano davanti agli occhi. Erano da poco passate le otto e mezza. Magari gli altri stavano ancora dormendo o si stavano godendo una domenica tranquilla nelle proprie stanze.

Poco importava, non potevo restare lì per sempre. Era ovvio che Cally fosse andata via per una ragione precisa e non volevo essere lì quando sarebbe tornata.

Ma quando uscii dal bagno, non mi diressi alla porta. Fui attratto da una serie di foto appese sopra la scrivania: c'era Cally con sua madre; Cally con la sua migliore amica Madison; foto di tutte e tre loro; foto della costa di Bay View; una delle case dei Travers sulla spiaggia; un'altra scattata dall'alto che ritraeva la baia e un falò acceso.

Tirai via la foto dalla molletta a forma di coccodrillo.

Halloween.

Era stata scattata a Halloween, l'anno prima. Doveva essere proprio di quella sera. Cally aveva portato con sé la fotocamera tutta la sera, lo sapevo perché l'avevo strappata dal suo collo e l'avevo usata per stuzzicarla.

Cazzo se era stato sexy. Scattarle foto dopo foto mentre la baciavo e la tormentavo.

Il mio membro ebbe uno spasmo. Sentiva già la sua mancanza.

Dovevo andarmene da lì.

Rimisi la foto a posto, ma la curiosità prese il sopravvento e diedi un'occhiata. Ero quasi certo di trovare la sua macchina fotografica in giro, ma non ce n'era traccia.

Strano.

Quando vivevo a Bay View non usciva mai di casa senza.

Scacciai via quei pensieri e uscii dalla sua stanza. In corridoio c'era silenzio, quindi tenni la testa bassa e corsi via, continuando a ripetermi che era meglio così.

***

Non appena misi piede nel mio appartamento, il mio telefono cominciò a squillare. Alla vista del nome di Callum, un gemito risuonò nel mio petto.

«Glielo hai detto?» Urlò incazzato. «Non ne avevi alcun diritto.»

«Fermati un attimo, io non ho detto niente.» Tecnicamente, non era vero, ma era stata Victoria a cominciare. «Inoltre, cosa pensavi che potesse succedere?»

«Io… non lo so. Cazzo.» Sentii un forte rumore in sottofondo.

«Già, amico, te la sei cercata.»

Callum emise un respiro affannoso, riuscivo a immaginarlo,

le sopracciglia aggrottate, l'espressione corrucciata. Non eravamo amici, per niente, ma lo conoscevo.

«Non hai detto a nessuno di tua madre, perché?» chiesi con calma, ma odiai la morsa che sentivo nel petto.

«Perché non sono cazzi di nessuno», rispose tra i denti.

«Sì, lo capisco. Ma, andiamo, questa è la tua squadra, la tua famiglia. Ti avrebbero supportato...»

«Sai una cosa, Messiah? Vaffanculo. Niente di tutto questo sarebbe successo se...» Si fermò e inspirò a fondo.

«Certo, dà la colpa a me, Callum. È tutta colpa mia. Niente di tutto ciò dipende dal fatto che tu sia uno stronzo testardo che non ha le palle di prendersi la responsabilità dei suoi errori.» Riagganciai e lanciai il telefono sul tavolo. Fremevo di rabbia e digrignai i denti.

Mi spogliai, lasciando una scia di vestiti mentre mi dirigevo in bagno. Una doccia fredda mi avrebbe rimesso in sesto.

Ma non appena entrai in doccia, l'unico odore che sentii fu il suo.

Cally.

Gesù, ricopriva tutta la mia pelle ed ebbi un'erezione quando pensai a come, la notte prima, l'avevo fatta mia.

Era stato così brutale, maledettamente reale. C'era qualcosa di inebriante nel dolore e nell'odio che ci accomunavano. E, in qualche modo, rendeva tutto più intenso.

Cazzo.

Quella notte avrebbe dovuto essere un addio.

Un'ultima volta.

Ma mentre l'acqua scorreva sulla mia pelle e lavava via il suo profumo, la voragine nel mio stomaco divenne più vasta.

Lo volevo davvero, volevo togliermela dalla testa, ma più ci provavo, più lei si radicava tra i miei pensieri.

«Merda.» Sbattei la mano contro le piastrelle e sfogai la mia rabbia sotto il getto d'acqua.

Mi aveva tradito. Nel momento in cui avevo avuto più bisogno di lei, lei mi aveva tradito... dovevo ricordarlo.

Chiusi l'acqua e presi un asciugamano. Non era stato sufficiente, mi serviva qualcosa di più. E visto che l'idea di correre al suo dormitorio e affondare di nuovo dentro di lei era fuori discussione, mi sarei accontentato della palestra o del campo.

***

Mi stavo allenando da circa un'ora, quando Joel e Brad entrarono in palestra. Avevo sperato di evitarlo, ma forse sarebbe stato meglio affrontare quella conversazione il prima possibile, invece di rimandarla.

Sfilai gli auricolari e feci loro un cenno con il mento.
«Messiah», Brad annuì e si preparò per alzare i pesi.
«Possiamo parlare?» chiese Joel, incrociando a malapena il mio sguardo.
«Ehm, certo.» Afferrai la mia bottiglia d'acqua e presi un sorso, poi mi asciugai la testa con un asciugamano. «Senti, mi dispiace che le cose siano andate così ieri sera. Non avrei dovuto…»
«Risparmiatela», ribatté lui tagliente. «Avevo capito che tra voi due ci fosse qualcosa di strano, ma non avevo mai pensato che…» si interruppe. «Voi stavate *insieme*?»
Merda. Molineux era perspicace, o forse io ero stato più ovvio di quanto pensassi.
«È complicato», risposi.
«Non lo è sempre?»
«Apprezzerei che tu tenessi tutto questo per te. Le cose sono già abbastanza strane per lei, visto che Callum non ha detto nulla alla squadra.»
«La stai proteggendo.»
Ignorai le sue parole e aggiunsi: «Siamo a posto?»
«La squadra prima di tutto, giusto?» Fece un sorriso incerto, che non illuminò i suoi occhi.
«E Cally?»
«È finita.» Joel alzò le mani. «È la sorella di Callum. Conosci le regole.»
Sì, le conoscevo. Ma la notte prima non mi avevano fermato. E neanche la notte in cui l'avevo seguita dopo la festa.
«Che c'è?» chiese Joel.
«Niente.» Allontanai tutti i pensieri su Cally. *Lontana*, ecco dove doveva stare. «E per quel che vale, mi dispiace per come sono andate le cose. Ma non toccava a me dirvelo…»
«Finché non ti è toccato farlo?» Mi rivolse un'occhiata consapevole prima di passare alla pressa per pettorali.
Joel era un bravo ragazzo. Il tipo di ragazzo che amava le regole e amava seguirle. Non sarebbe più andato dietro a Cally perché era legata a me, e inoltre era anche la sorella di Callum.
Perché la squadra veniva prima di tutto.
Il basket veniva prima di tutto.
Sapevo che, quando Joel avrebbe reso evidente il fatto di non essere più interessato, la cosa avrebbe avuto un forte impatto su di lei.
Perché lei non valeva tutti quei drammi.
Non valeva più del basket.
Era quello che volevo, eppure non potevo fare a meno di sentirmi irritato dall'idea che lui non fosse pronto a combattere per lei.

Niente aveva più senso. Volevo farla soffrire, volevo far crollare la vita che si era costruita con cura. Ma non stavo provando la soddisfazione che pensavo avrei provato.

In effetti, mi sentivo proprio una merda.

Lei mi confondeva maledettamente.

Ma immagino che, in uno strano modo, avesse un senso. Amore e odio erano soltanto sentimenti agli opposti dello stesso spettro. Come le estremità di un filo.

Non amavo più Cally, ma forse non la odiavo neanche del tutto.

Capitolo 17
Calliope

«Ehi, Joel», dissi mentre mi avvicinavo alla classe del Professor Harold.

«Ehi, Cally», rispose lui, incrociando a malapena il mio sguardo. In quell'istante ebbi un brutto presentimento.

«Speravo potessimo parlare un attimo.» Ero arrivata prima proprio per quel motivo. «Senti, ti devo delle scuse.»

«Va tutto bene», disse lui con freddezza. «Dovremmo entrare o faremo tardi.» Mi sorpassò e andò verso la porta, ma io lo afferrai per un braccio.

«Joel, per favore.»

Si passò una mano tra i capelli e sospirò. «Io lo sapevo, sai. Sapevo che c'era qualcosa di strano tra voi due…»

«Mi spiace, è complicato.»

«Sì, è quello che ha detto anche Messiah.»

Aggrottai le sopracciglia. «Ti ha parlato di me?»

«No, Cally. Mi ha parlato della situazione.»

«Oh.»

Sentii il cuore sprofondare.

«Ma vedo a chi appartiene il tuo cuore.» Lessi e odiai lo sconforto nei suoi occhi. Joel era un bravo ragazzo, meritava di essere trattato meglio di come avevo fatto io. Ma da quando ero arrivata alla SU, tutto era stato così incasinato.

«Non sapevo che Zach fosse qui.»

«Cosa? Com'è possibile?»

«Io e Callum non siamo molto uniti. Ci sono tante cose che non ti ha detto.»

«Ma non mi dire.» Joel allargò il colletto della sua felpa e immaginai che, in quel momento, anche lui si sentisse a disagio come me. «Se avessi saputo chi eri, Cally, non staremmo parlando ora.»

«Wow, okay.» Abbassai gli occhi a terra e strinsi la cinghia della borsa. «Non so cosa dire.»

«Le cose stanno così.» Scrollò le spalle, ignaro di quanto le sue parole mi avessero ferita. «Non si frequentano le sorelle dei compagni di squadra. Porterebbe solo guai.»

«Capisco.» Serrai le labbra.

«Mi piaci, Cally, davvero, ma non sarebbe andata bene.»

«Davvero molleresti qualcuno che ti piace solo per la squadra?»

«È così.»

Alzai il mento e lasciai che il dolore mi desse forza. «Allora immagino che tu non sia il ragazzo che pensavo fossi.»

«Suppongo di no.» Mi rivolse un sorriso stentato. «Ci vediamo in giro.» Joel sgattaiolò in classe, portando tutta l'aria con sé.

Quando infine mi convinsi a entrare, lo vidi seduto in una delle prime file. Non mi sorprese più di tanto.

Aveva fatto la sua scelta.

Aveva scelto la squadra.

***

«Dio, io vivo per questi cupcake.» Josie si leccò le dita in modo molto teatrale. «Sai, tutte queste bontà piene di zucchero ti farebbero sentire molto meglio.»

«Non ho fame.» Dopo la conversazione con Joel, il mio stomaco era ancora sottosopra.

«Mio fratello è uno stronzo, Cally.»

«È solo leale.»

«Leale a un cazzo di gioco.»

Inarcai un sopracciglio. «Sai che è molto più di quello per i ragazzi.»

«Sì, lo so.» Si accigliò. «Ma è così stupido. Come Brad», disse, mimando il nome solo con le labbra. «C'è qualcosa tra noi, capisci? E lui mi vuole, so che è così, ma si preoccupa di Joel e della squadra...» Sospirò sconfitta. «Non voglio essere il suo sporco segreto, Cally.»

«Almeno non ti ha liquidata.»

«Joel sa che c'è qualcosa tra te e Zach, tesoro. Sta solo facendo il cavaliere.»

«Pensavo fossimo amici.» Sapevo che era interessato a me, ma, prima di tutto, eravamo amici.

O almeno, pensavo lo fossimo.

«Ragazzi e ragazze non possono essere *solo* amici.» Josie alzò gli occhi al cielo. «Ci sono sempre dei sentimenti sotto.»

«Sì, forse.» Passai il pollice sul bordo della tazza, il campanello tintinnò e Victoria e Kira entrarono al Muds.

Josie sbuffò.

«Ignorale e basta.» Era ciò che intendevo fare io.

Le guardai di sottecchi mentre erano in fila, ma Victoria sembrò avvertire il mio sguardo, alzò gli occhi e mi sorrise.

«Lei e mio fratello sono amici?» chiesi a Josie.

«Non credo che Callum sia un suo grande ammiratore.»

Un'altra cosa che avevamo in comune.

«Perché me lo chiedi?»

«Beh, va in giro per il campus come se non fosse successo niente e Callum è...» Beh, lo avevo visto a malapena. Per quanto ne sapevo, si era praticamente rintanato dall'inizio del semestre.

«Mi sembra assurdo dovertelo dire, considerato che è tuo fratello ma, visto che hai chiesto... ho sentito dire che Callum e Declan erano ai ferri corti prima dell'incidente. Da quanto ho capito, a tuo fratello non piaceva che Victoria facesse pressioni sulla loro relazione e a Declan non piaceva che lui ficcasse il naso nelle sue cose.»

«È come se non lo conoscessi.»

E non lo conoscevo, per niente.

Non appena Callum e mio padre erano andati via da Bay View, il nostro rapporto, già provato, era peggiorato. Ero arrabbiata con lui perché se n'era andato, per aver preferito nostro padre a me e mia madre. Per aver preferito il basket alla famiglia.

Quel tipo di dolore non svaniva, ma cresceva man mano che il tempo passava, si radicava nel cuore e lo avvolgeva.

Quindi non avrebbe dovuto sorprendermi il fatto che non conoscessi né mio fratello né la sua vita.

Perché era così.

«Mi dispiace.» Josie mi sorrise con compassione.

«Va bene così.» Mandai giù il groppo alla gola e inspirai. «Devo solo concentrarmi su ciò che posso controllare. Come le lezioni e il volontariato.»

«Intendi fare qualcosa con l'Azione Studentesca?»

Annuii e bevvi un sorso del mio cappuccino al caramello.

«Il coordinatore del progetto giovani mi ha lasciato un messaggio in segreteria. Vogliono che ci vada oggi pomeriggio.»

«È meraviglioso, tesoro. Penso ti farà bene.»

«Sì, anche io.» Dovevo tenermi impegnata.

E molto, molto lontana da Zachary Messiah e dagli Steinbeck Scorpions.

***

«Ehm, ciao», esclamai quando mi avvicinai alla reception del community center. «Sono Cally, sono qui per incontrare...»

«Tu devi essere Calliope, sono Freya.» Una ragazza alta e slanciata fece capolino da una delle porte e si avvicinò con un sorriso caloroso. «Siamo felici di averti qui, Calliope.»

«Puoi chiamarmi Cally.»

«Cally, allora. Per favore, seguimi.»

Percorremmo il corridoio fino a un'altra porta ed entrammo.

Il piccolo ufficio era pieno di disegni di bambini che formavano un grande arcobaleno. Non riuscii a trattenere un sorriso.

«Ti piace?» mi chiese, notando i miei occhi che guardavano il murale.

«È bellissimo.»

«Lo penso anche io. Qui alla Next Steps, ci piace pensare che non esista arcobaleno senza un po' di pioggia.»

«Più forte è la tempesta, più luminoso sarà l'arcobaleno», mormorai tra me e me.

«Una delle mie citazioni preferite.» Freya si mise comoda sulla sedia.

«Mia madre lo diceva sempre.» Mi si strinse il cuore. La vedevo ancora abbracciarmi stretta mentre ascoltavamo la tempesta infuriare. Ero terrorizzata dai tuoni, dal vento e dalla pioggia che batteva sulle finestre.

«Mi dispiace per la tua perdita.»

«Grazie.»

«È successo di recente?»

«La scorsa estate.»

«Deve essere stata dura.»

Annuii. «Aveva il cancro. Ho passato mesi terribili a guardarla aggravarsi in quel modo.»

«Il fatto che tu sia qui, dimostra quanto sei forte.»

«Oh, non saprei.» Non mi sentivo molto forte, anzi, spesso mi sembrava di camminare sulle sabbie mobili, sul punto di sprofondare all'improvviso. «Ma mi piace tenermi impegnata e ho visto il volantino del progetto all'orientamento per le matricole. Credo che potrebbe interessarmi.»

Freya mise le mani a guglia e mi guardò con i suoi occhi azzurri. «La tua ferita è ancora troppo recente, Cally. Sarebbe irresponsabile da parte mia metterti insieme ai ragazzi che stanno passando la stessa cosa.»

Mi sentii scoraggiata. Volevo dare una mano, volevo che dalla perdita di mia madre nascesse qualcosa di buono.

«Ma ho un altro progetto in mente. Che ne pensi di fare da *sorella maggiore* a uno dei ragazzi?»

«Intendi, fargli da mentore?»

Lei annuì. «Cerchiamo sempre nuovi mentori. Ti accoppieremmo a una persona giovane e passerete insieme del tempo. All'inizio lo farete qui al centro, per gettare le fondamenta. Poi, quando entrambe vi sentirete a vostro agio, potrete incontrarvi in un posto di vostra scelta.»

«Io... non ne sono sicura.» L'altro progetto era di gruppo, non sarei stata l'unica responsabile dei giovani che partecipavano.

«È una responsabilità notevole», aggiunse Freya, come se mi avesse letto nel pensiero. «Ma la gratificazione è incredibile. Questi giovani hanno bisogno di una guida, hanno bisogno di sapere che andrà tutto bene. Ma, soprattutto, hanno bisogno di una figura adulta che sarà presente nonostante tutto.»

Pensai a tutte quelle volte, durante la mia crescita, in cui mi ero sentita sola. Essere la sorella di Callum equivaleva quasi a essere invisibile. Avevo mia madre, ma lei era la mia mamma. Era normale che mi amasse incondizionatamente.

«Hai vissuto una perdita enorme, Cally. Queste cose ti cambiano, ti trasformano in qualcuno di nuovo, una persona più forte e più consapevole della fragilità della vita. Penso che saresti una grande risorsa per il progetto e che potresti avere un bell'impatto sulla vita dei nostri giovani.»

«Okay», dissi, e un piccolo seme di entusiasmo cominciò a radicarsi in me. «Facciamolo.»

Freya mi regalò un sorriso di incoraggiamento. «Speravo che dicessi di sì. C'è una montagna di scartoffie da leggere e un po' di preparazione da fare, ma dovremmo riuscire ad aprire le danze abbastanza velocemente.»

«Mi sembra perfetto.»

Andai via dalla Next Steps e mi sentii molto più ottimista di quanto mi fosse capitato negli ultimi tempi. Era stato così facile parlare con Freya; in qualche modo, era riuscita a farmi sentire già parte della squadra. Non vedevo l'ora di cominciare.

Passai davanti a un bar chiamato *Pivot* e un forte coro di urla e applausi mi fece sobbalzare. Attraverso i vetri oscurati, riuscii a distinguere solo un gruppo di atleti… no, erano giocatori di basket.

Sbuffai e affrettai il passo. L'ultima cosa che volevo era incrociare mio fratello, Joel o peggio…

«Cally?»

La sua voce fu come un pugno allo stomaco. Mi raggelai, totalmente disarmata dal tono roco di Zach.

«Cally?» ripeté mentre si avvicinava. Lo sentii alle mie spalle. Alto, forte. Imponente.

Rabbrividii e drizzai la schiena, poi mi voltai. «Ehi», dissi, cercando di mantenere un'espressione impassibile.

«Ehi, io… ehm…» Si passò una mano tra i capelli arruffati e biondi. «Pensavo fossi tu.»

«Eri lì dentro?» Feci cenno con la testa verso il bar e lui annuì. «Aperitivo del lunedì.»

«Beh, non vorrei trattenerti dal tuo *aperitivo*.» Feci per andarmene, ma Zach mi afferrò per il polso.

«Te ne sei andata.»

Espirai con sconforto e alzai il mio sguardo sul suo, che mi fissava interrogativo. «Stavi dormendo profondamente e non volevo rendere le cose più imbarazzanti del necessario.»

«Sì ma, merda, Cally, è la tua stanza, non dovevi andartene.» Qualcosa balenò sul suo volto.

«Non fa niente.»

«Va bene.»

L'aria diventò pregna di tensione. Quello... era *quello* che avevo voluto evitare quando me ne ero andata dalla stanza il giorno prima.

Quando eravamo arrabbiati e frustrati, potevamo combatterlo, usare i nostri corpi per esprimerci, ma nei momenti più sereni, quando sventolavamo bandiera bianca in una tregua temporanea, tutto di noi sembrava sbagliato.

Feci una risata strozzata.

«Che c'è?» Zach si accigliò, lessi la confusione nei suoi occhi.

«Non importa. Devo andare.» Abbassai lo sguardo sulla sua presa. Lui mi lasciò andare e si passò di nuovo una mano tra i capelli. Era una cosa che faceva sempre, un gesto che un tempo avevo amato, ma che adesso mi faceva solo male al cuore.

«Cally, io...» esitò, il suo tormento mi avvolse e mi tolse il fiato.

Ma non completò mai la frase.

E anche se lo avesse fatto, sapevo che le sue parole non sarebbero state quelle che volevo sentire.

«Ci vediamo in giro, Zach.» Sorrisi debolmente e ricominciai a camminare, consapevole che quello era un addio.

Mi aveva lasciata andare.

E io non sapevo se sentirmi sollevata... o delusa.

***

Callum non mi chiamò. Non mi scrisse, né mi cercò. Non sapevo se fosse arrabbiato perché tutti conoscevano i suoi segreti, visto che si aggirava ancora per il campus come un fantasma.

Quando arrivò il venerdì, cominciai a pensare che forse ero *io* il fantasma. O forse avevo immaginato qualcosa che non esisteva.

Non eravamo al liceo, eravamo al college. La gente aveva cose ben più importanti a cui pensare.

Mi tenni impegnata con i compiti e il programma di formazione al centro. Josie era venuta a cercarmi e avevamo pranzato insieme. Quando mi sforzavo con tutte le mie forze, riuscivo quasi a dimenticare di essere la sorella di Callum James. Se ignoravo quel buco nel mio cuore, riuscivo quasi a dimenticare Zach.

Ma avrei dovuto immaginare che quella fosse solo la calma prima della tempesta.

Ero seduta al *Muds* a farmi gli affari miei, quando qualcuno mi fece ombra. «Posso aiutarti?» chiesi, guardando Victoria Penderton.

Lei sbuffò in modo sprezzante e prese posto di fronte a me. «Penso sia arrivato il momento di conoscerci meglio.»

«Non credo sia necessario.»

«Non dirmi che sei ancora arrabbiata per quello che è successo lo scorso fine settimana. Stavamo solo scherzando, Callysta.»

«Calliope.»

«Fa lo stesso.» Mi liquidò con un cenno e toccò il suo rossetto con la punta del dito. «Capirai bene che sorpresa sia stata scoprire che la sorellina di Callum James è alla SU. Cioè, non ne ha fatto parola con nessuno.»

Trasalii ma non glielo diedi a vedere.

«Aveva le sue ragioni.»

«Sono certa che sia così, ma adesso sei qui.» Mi inchiodò con un sorriso ipocrita e melenso. Conoscevo le ragazze come Victoria, ragazze cattive, ricoperte di abiti firmati e profumi costosi.

«Cosa vuoi, Victoria?» Mi rifiutavo di lasciarmi intimidire da lei. Avevo il diritto di stare lì come tutti gli altri.

«È una stagione importante per la squadra. Con Declan fuori combattimento, non hanno bisogno di altre… *distrazioni.*»

«E fammi indovinare, pensi che io lo sia?»

«Non lo sei?» Inarcò il suo perfetto sopracciglio.

«Non sono nessuno, Victoria. Che tu ci creda o no, non sono venuta qui per incasinare la vostra preziosa squadra. Sono qui per onorare mia madre.» Sentii un crescendo di emozioni dentro di me.

Lei tamburellò sul tavolo con quelle unghie smaltate e diamantate. «Bene, lasciamo tutto com'è.» Si alzò e fece ondeggiare i capelli ramati. Avrebbe potuto essere una modella, era troppo perfetta, troppo impeccabile per essere vera.

Fu come se l'intero locale si fosse fermato a guardarla e godere della sua bellezza. E poi c'ero io, senza traccia di trucco, con i leggings comodi, una canottiera oversize e i capelli raccolti in una crocchia spettinata.

«Oh e, Cally», disse come se ci avesse ripensato. «Non illuderti che Zach ti vorrà di nuovo. È un Messiah, farà strada.»

Prima che potessi replicare, uscì tranquillamente dal *Muds* come se non avesse appena conficcato una freccia dritta nel mio cuore.

«Cally?» Qualche secondo dopo, Josie mi trovo seduta lì, ancora a bocca aperta. «Ti prego, dimmi che non ho visto quello che penso di avere appena visto.» Si accomodò sulla sedia su cui Victoria era seduta fino a qualche istante prima.

«Stavamo facendo conoscenza», dissi, senza riuscire a trattenere una vena di sarcasmo nella voce.

«Non posso credere che lo abbia fatto.»

«Non vuole che distragga la squadra.»

«È solo gelosa. Tu conosci Zach e hai legami familiari con Callum. Non le piace.»

«Ma è ridicolo.»

Josie fece spallucce e prese uno dei miei biscotti. «Che ti avevo detto?» Prese un enorme boccone e rise.

«Che schifo», mormorai.

«Che facciamo stasera?»

«Stasera?»

«Sì, è venerdì. Dobbiamo fare qualcosa.»

«Niente feste.»

Alzò gli occhi al cielo e si leccò le dita. «Potremmo andare allo *Steel 'n' Thunder*. Il venerdì, a volte, fanno musica dal vivo.»

«Mmh, non lo so.»

«Avanti. È una zona libera da Scorpions, te lo garantisco.» Alzò e abbassò le sopracciglia. «E Xavier è una brava persona.»

«Non accetterai un no come risposta, vero?»

«No.»

Brontolai per esprimere la mia disapprovazione. Ma la mia era solo un'espressione di facciata, perché in realtà ero sollevata di avere qualcuno come Josie dalla mia parte.

Qualcuno capace di tirarmi fuori dalla mia comfort zone.

Ma, cosa ancora più importante, qualcuno che mi confortava quando tutto andava male.

Capitolo 18
Zach

«Porca troia», mormorò Brad alle mie spalle mente il *Pivot* si riempiva di ex allievi della SU.

Ex Scorpions.

Mancava solo una settimana alla amichevole e il coach Baxter aveva organizzato un incontro con alcuni ex allievi.

Presi un lungo sorso dalla mia birra e vidi Maverick Prince venire dritto verso di me. «Zach», disse, «che piacere vederti.»

«Prince.» Feci un cenno con il capo. Se pensava che avremmo avuto un *tête-à-tête*, beh, era totalmente fuori strada.

Il mio umore era solo peggiorato durante la settimana e sapevo che era causato del fatto che Cally mi stava palesemente evitando. Era quello che avevo voluto, ma l'avevo cercata al campus ogni giorno e ogni volta ero rimasto deluso.

Quando l'avevo finalmente vista passare davanti al *Pivot*, non ci avevo pensato due volte e l'avevo seguita, ma lei mi aveva scaricato.

«Ho provato a chiamarti», disse Maverick, appoggiandosi al bancone di fianco a me.

«Lo so.» Guardai verso quell'insieme di rosso, bianco e nero.

I ragazzi erano super eccitati all'idea di poter trascorrere del tempo con alcuni dei loro idoli.

«Dov'è Callum?» mi chiese.

«Non ne ho idea.» Scrollai le spalle, finii la birra e sbattei la bottiglia sul bancone.

«Avanti, Zach.» Maverick posò una mano sul mio braccio. «Parla con me. Come sta Dec…»

«No!» ringhiai. «Non farlo.»

Brad incontrò il mio sguardo e inarcò un sopracciglio, io scossi la testa. No, non ne volevo parlare. Non volevo parlare di Declan, di Callum, né di Cally.

Cazzo.

Cally.

Scoparla avrebbe dovuto significare dimenticarla, ma aveva sortito l'effetto opposto. Era dentro di me, sepolta in fondo alla mia anima. E non avevo idea di cosa fare con quei sentimenti.

«Sei pronto per l'amichevole?»

«Faremo il culo agli ex allievi», urlò Brad. Sembrava un bambino il giorno di Natale, emanava entusiasmo, felice di essere circondato da alcuni dei giocatori di basket più iconici dell'ultima decade. Maverick Prince, Tom Balor, Luis Ayton, Khris Lowry. Era presente tutta la famiglia reale degli Scorpions e tutti erano in fermento.

Tutti tranne me, a quanto pareva.

«Zach?» Maverick chiamò di nuovo il mio nome e io scrollai le spalle.

«Siamo pronti.»

Si voltò e si appoggiò al bancone. «Non ti ho chiesto questo, lo sai. Ti ho chiesto se *tu sei* pronto.»

«Perché ti interessa tanto?» Portai lo sguardo sul suo.

Mi stavo comportando da stronzo. Non che fosse una novità. Credevo che allontanarmi da Cally mi avrebbe fatto stare meglio, che, in qualche modo, mi sarei sentito più leggero, ma mi sembrava di affogare. Mi sentivo come inghiottire dall'oscurità che mi circondava, ogni secondo di ogni giorno.

«So cosa significa vedersi portare via ogni cosa.»

Immaginai che stesse parlando di Declan. Perché era questo che importava alla gente, l'incidente di Declan. I suoi sogni, la sua vita. Ma poi aggiunse: «Non deve essere facile condurre la squadra al posto suo».

Brad si allontanò, forse avvertendo che piega pesante avrebbe preso la conversazione. Emisi un respiro tremante e mi passai una mano sul viso. «È assurdo, cazzo.»

Maverick annuì. «Mi ha sorpreso sapere che ti eri trasferito.»

«Ha sorpreso te quanto me.» Non avrei mai dimenticato il momento in cui mio padre mi aveva parlato del suo grande piano per salvare il regno dei Messiah alla SU.

«Devi farlo! Per Declan», aveva detto. «Per la nostra famiglia. Per Declan.»

Mi ero opposto. Ovvio che l'avessi fatto. Ma non aveva fatto alcuna differenza. Quando mio padre prendeva una decisione, era sempre pronto ad andare fino in fondo. Ed era più facile assecondarlo, piuttosto che litigare con lui per quello. Inoltre, mio fratello era in coma… come cazzo avrei potuto dirgli di no?

«Immagino la pressione. Se mai avrai bisogno di qualcuno con cui parlare…»

«Sì, sì, Prince, ho capito.»

«Non mi allontanerai così facilmente», ghignò. «Posso essere molto tenace.»

«Lo è in città?» Cambiai argomento. Non riuscivo a pensare che l'avesse lasciata a Wicked Bay. Loro due erano una coppia esemplare. Erano insieme dalle superiori, avevano superato la prova del tempo e quattro anni al college.

«No, questo è il fine settimana tra ragazze. Lei, mia madre e mia sorella sono impegnate con i preparativi del matrimonio.»

«Oh merda, è vero. Manca poco, no?»

«A Natale. Passeremo le vacanze al lago Tahoe.»

«Matrimonio, che passo importante, amico», esclamai.

«Non quando trovi la ragazza giusta.» Il suo volto si illuminò, scombussolandomi nel profondo.

Una volta, credevo di aver trovato la ragazza giusta. Ma eravamo semplicemente giovani, troppo giovani per sognare un per sempre. Eppure, questo non mi aveva fermato dall'immaginare un futuro con Cally.

«Sei andato a trovarlo?» mi chiese Maverick.

Io mi raggelai.

«Ehi, rilassati.» Lanciò un'occhiata alla mia mano, l'avevo stretta così tanto attorno alla birra da avere le nocche bianche. «Per quanto possa valere, penso che neanche io sarei in grado di farlo. Ma i tuoi genitori vorrebbero davvero…»

«Seriamente?» chiesi indietreggiando. «Sei venuto qui a eseguire gli ordini?»

«Non è così e lo sai.» Il suo sorriso si spense. «Ma so qualcosa sulle famiglie, Zach. E nonostante pensiamo di non avere bisogno di loro, o a quanto ci abbiano feriti, credimi, amico, non sarebbe un bene invecchiare e portarsi dietro certi rimpianti.»

Sospirai.

«Sai, io ero simile a te. Arrabbiato con il mondo e con chiunque attorno a me.»

«Non sono arrabbiato.»

Mi interruppe, lanciandomi uno sguardo consapevole. «Lo capisco, davvero. È difficile portare il peso delle aspettative altrui. A volte devi liberartene, a volte devi mettere te stesso al primo posto. Quello che sto dicendo è: sii sicuro di ciò che vuoi veramente. Sei qui, adesso. Per come la vedo io, puoi passare i prossimi due anni a vivere nell'ombra di Declan, o puoi dimostrare a tutti che meriti di stare qui. Che hai da offrire tanto quanto lui. Non sei lui, Zach. E va bene così.»

Mi sentii come preso a pugni.

Era come se avesse guardato nella mia anima e ne avesse tirato fuori ogni insicurezza per metterla davanti ai miei occhi.

Feci segno al barman e ordinai qualcosa di più forte. «Ti va?» gli chiesi.

«Berrò con te, Messiah», rispose in tono provocatorio. «Ma

soltanto se mi prometti di pensare a quello che ti ho detto.»

Pensarci?

Non riuscivo a smettere di pensarci.

Il barman fece scivolare i nostri bicchieri sul bancone. «A una nuova stagione. Maverick alzò il bicchiere e lo inclinò verso il mio.

«A una nuova stagione», ripetei.

«Puoi onorare Declan senza provare a essere lui, Zach.»

«Tu non sai cosa significa. Sono arrivato qui e mi hanno accettato senza problemi.» Era stato fottutamente strano. Lo era ancora.

«Perché sono bravi ragazzi. Una squadra forte. E perché il tuo cognome significa qualcosa per loro. Ti rispettano.»

Sporsi le labbra. Si trattava proprio di quello. Non volevo il loro rispetto alla cieca, volevo guadagnarmelo, sentirmene degno.

«Callum non verrà?» Maverick cambiò argomento e fui felice di avere tregua. Non avevo previsto che quella serata si trasformasse in una sessione di terapia, ma non potevo negare di sentirmi un po' più leggero rispetto a quando avevo varcato l'ingresso.

«Non sta bene.»

«Comprensibile. Anche lui ignora le mie telefonate.» Mi rivolse un mezzo sorriso perplesso.

«Non me la perdonerai mai, vero?»

«No. Promettimi che non lo farai di nuovo.»

«Perché ho la sensazione che tu stia per diventare una vera spina nel fianco?»

Maverick rise e la sua espressione era divertita. «Perché hai ragione. Non voglio che tu vada sul campo a giocare per Declan, la tua famiglia o per il college. Voglio che tu vada lì e giochi per te stesso.»

«E cosa ne è stato di *non c'è nessun io nella squadra*?» Inarcai le sopracciglia.

«Sei un coglione sarcastico», mormorò, poi bevve un sorso di whisky. «Quindi, dimmi, cos'altro c'è di nuovo al campus? Qualche ragazza ha attirato la tua attenzione?»

Quasi mi strozzai.

Maverick mi diede un colpo sulla schiena e ridacchiò. «Sento che c'è qualcosa da raccontare.»

«Non intendo parlarne», gli dissi. «Non esiste.»

«Va così male?» Ridacchiò «Beh, chiunque lei sia, mi sembra qualcuno che vorrei conoscere, visto che sta sfidando Zach Messiah.»

«Che cazzo significa?»

«Ricorda che ero come te... e lascia che ti dica che se lei ti è entrata dentro l'anima, c'è la possibilità che non ne esca presto.»

«Sei davvero d'aiuto, cazzo, di grande aiuto.» Roteai gli occhi e finsi che le sue parole non mi avessero colpito.

«Non riesci a smettere di pensare a lei? Hai provato a convincere te stesso che la odi? La tratti come se non contasse niente per te? Ti suona familiare?» Alzò e abbassò le sopracciglia. «Perché ci sono passato… e guarda dove mi ha portato. Mi sposo fra meno di tre mesi. Cazzo, mi sposo.» Buttò giù tutto il drink.

«Ehi», dissi, facendo di nuovo cenno al barman. «Penso che dovrai continuare a servirci altri drink.»

Qualcosa mi suggeriva che sarebbe stata una lunga notte.

***

Le cose diventarono più complicate. La folla al *Pivot* continuava ad aumentare, tutti volevano parlare con la famiglia reale degli Scorpions. Dopo la nostra conversazione a cuore aperto, Maverick mi aveva lasciato da solo con il mio drink, a ragionare sulle sue parole. Era un fuoriclasse, passava di gruppo in gruppo, trascorreva del tempo con le matricole, faceva sentire tutti inclusi e importanti.

Era un vero leader.

Uno dei migliori che gli Scorpions avessero mai avuto.

«Quindi, faremo finta che tu non sia qui a fantasticare sulla sorella di Callum…»

«Zitto, Brad», grugnii. L'alcol scorreva nelle mie vene e mi sentivo un po' più che brillo. L'ultima cosa che mi serviva era litigare con uno dei miei compagni di squadra per Cally.

«Puoi parlarmi di lei, lo sai? Voglio dire, non è che non abbia esperienza riguardo al volersi scopare la sorella di un compagno di squadra…»

«Ti ho detto di smetterla.»

«Okay, colpa mia. Ma, dico sul serio, pensi davvero che Joel mi taglierebbe l'uccello se scoprisse di me e Josie?»

«Amico», dissi, dandogli una pacca sulla spalla, «penso che ti taglierebbe anche le palle.»

«Merda», rispose lui sottovoce.

«Già, merda.»

«Ma che succede se non riesco a smettere di provare qualcosa per lei? So che le cose non sono andate bene con Reese, ma penso davvero che Jos potrebbe essere quella giusta.»

«Quella giusta?» Indietreggiai. «Quanto hai bevuto?»

«Un paio di drink.»

Socchiusi gli occhi. «Non farti sentire da Joel.»

«Comunque, questa cazzo di regola è stupida, vero?»

Feci spallucce. «Suppongo serva a tenere lontani i drammi.»
In quel momento, Callum apparve e divise la folla come Mosè con le acque.
«Beh, merda.» Brad fischiò. «È venuto davvero.»
«Immagino che, alla fine, Maverick lo abbia convinto.» Li guardai abbracciarsi. Maverick si piegò verso di lui e sussurrò qualcosa all'orecchio di Callum, che annuì e sospirò.
«È tipo l'incantatore degli Scorpions.» Brad era sbalordito.
«*Incantatore degli Scorpions*?» Risi divertito. «Sei un fottuto idiota.»
«Chi è un idiota?» chiese Saul raggiungendoci.
«Brad, ha un debole per Prince.»
«Chi non ha un debole per Prince? Quel ragazzo è praticamente un Dio.»
Trattenni un gemito. I loro occhi brillavano, ma capii che era quella la differenza tra loro e me. Loro vivevano, respiravano e sanguinavano per il basket. Per me, invece, non era così. Quello sport era diventato uno sfogo per la mia rabbia e la mia frustrazione, ma non avrebbe mai avuto lo stesso significato che aveva per quei ragazzi. Speravano di entrare nell'NBA, di avere fama, ricchezza e di raggiungere il successo.
La maggior parte di loro non ci sarebbe arrivata, ma lo desideravano comunque.
Io volevo solo sopravvivere al college.
Non è così?
«È un bene che Callum sia venuto», disse Saul. «È ancora un giocatore dell'ultimo anno e dovrebbe esser qui, soprattutto per le matricole.»
Brad annuì. «Ehi, Callum, vieni a farti un cicchetto con noi, amico.»
Maverick lo condusse verso di noi. «Qualcuno ha detto cicchetto?»
«Cavolo, sì», Saul sposto lo sguardo su Callum. «È bello vederti, amico.»
«Già, beh, qualcuno qui si è comportato come un cane con un osso.» Il suo sguardo duro si spostò su Maverick, che fece un sorrisetto.
«Non vorrebbe che tu stessi nella tua stanza a tenere il broncio.»
«Io non...», si passò una mano tra i capelli, «hai ragione. Avanti, allora, metti in fila i bicchieri.»
«Ecco di cosa parlavo.» Saul fece cenno al barman e ordinò un vassoio di cicchetti, poi ne porse uno a ognuno. «Voglio solo dire», si schiarì la voce, «che è un vero onore, Maverick.»

«Oh Gesù», mormorai a bassa voce.
«Quanto ha bevuto?» bisbigliò Maverick storcendo la bocca verso di me.
«Abbastanza da potersi inginocchiare e baciarti i piedi», rispose Brad con una risatina.
«Okay, okay, Sau...»
«Saul.» Rivolse a Maverick un sorriso impacciato.
«Saul. Perché non lasci che ci pensi io?» Maverick si voltò verso di noi e alzò il bicchiere in aria. «Negli ultimi diciotto mesi, questa squadra ha passato dei brutti momenti, ma più dura è la battaglia, più dolce è la vittoria. Questa stagione è vostra, dovete solo volerlo. Dovete lasciare tutti i problemi fuori dalla porta e, una volta sul campo, credere che tutto può accadere.»
Tutti si fermarono ad ascoltare il discorso d'incoraggiamento di Maverick. Per colpa del suo incidente non era diventato un professionista, ma capiva. Capiva cosa significava arrivare fino in fondo, quindi sapeva quanto quello sport valesse per tutti i presenti, quanto valesse per il college e per la città. La gente non voleva che gli Scorpions giocassero bene, facessero punti e dessero il loro meglio... volevano vederci vincere. Volevano che arrivassimo alla vittoria.
Come capitano e playmaker, era un vero, fottuto, fardello da portare.
Alzò il bicchiere in aria. «Per Declan.»
«Declan.» Il suo nome risuonò dentro di me come un dolore sordo di cui non riuscivo a liberarmi. Feci un sospiro profondo.
Alla faccia del giocare per me stesso.
Maverick alzò lo sguardo sui miei occhi socchiusi e mi fece un cenno con la testa. Il suo sguardo trasmetteva solidarietà e vi lessi una forma di scuse, ma capivo che stesse solo recitando la sua parte.
Buttai giù il mio cicchetto, poi mi pulii la bocca con il dorso della mano e ne afferrai un altro.
«Pensi sia una buona idea?» mi chiese Brad, ma lo liquidai con un cenno della mano.
«Forse no.»
Ma non capivo perché dovesse importarmi.

***

«Che cazzo hai detto?»
«Ehm, oh», Brad sussurrò dietro di me e colpì la mia spalla. Si stava facendo tardi ed ero quasi pronto ad andare via.
Mi voltai per capire cosa fosse tutto quel trambusto e corrugai la fronte quando vidi Callum e Saul che si scontravano.

«Calma, ragazzi.» Maverick si avvicinò a loro. «Perché non prendiamo tutti un po' d'aria?»
«Era uno scherzo. Stavo scherzando.»
«Sei un fottuto cretino», disse Callum tra i denti, barcollando un po'. Era sbronzo. Lo eravamo tutti. «È mia sorella, stronzo. Pensi che voglia sentirti parlare di lei in quel modo?»
Raddrizzai la schiena e andai verso di loro.
«Non pensavo ti interessasse.» Saul sollevò le sopracciglia. «Non ci hai neanche detto di lei. Come cazzo avrei dovuto sapere che saresti diventato un animale solo perché ho detto che è sexy da morire?»
La gelosia esplose nelle mie vene. Stava parlando di Cally.
La *mia* Cally.
«Che cosa hai detto?» Scattai.
«Zach?» Saul strizzò gli occhi. «Cosa...»
«Fottiti, Messiah.» Callum mi guardò in cagnesco, i suoi occhi erano lucidi per via di tutto l'alcol che aveva bevuto. «La cosa non ti riguarda. È mia sorella. Dovrei essere io a…»
«Sei ubriaco», sibilai, mentre la rabbia invadeva il mio corpo. «Dovresti andare a casa prima di dire o fare qualcosa di cui potresti pentirti. Qualcuno lo porti fuori da qui.»
«Andiamo, Callum.» Un paio di giocatori dell'ultimo anno lo tirarono a sé, ma lui si liberò dalla presa.
«Chi è che ti ha nominato il capo, eh?» Si piazzò davanti a me, spingendo un dito sul mio petto. «Se Declan non avesse avuto l'incidente, non saresti neanche qui. Pensi di essere fottutamente furbo ad andartene in giro per il campus come…»
«Callum!» Intervenne qualcuno urlando, ma li fermai.
«No, sentiamo cosa ha da dire, visto che è evidente che abbia qualche problema con me. Continua, James, sto aspettando. Dimmi come stanno le cose.»
«Zach, amico», disse Brad, avvicinandosi a me. «Non stai migliorando le cose.»
Ma non riuscivo a trattenermi, sentivo la rabbia ribollire sotto la pelle, pronta ad esplodere.
«Ha ragione Brad, Zach», era la voce di Maverick. «Va' via.»
«Sì. Non importa.» Mi voltai, pronto a scappare da lì, ma la voce di Callum mi fece fermare.
«Vale anche per te, Messiah. Stai lontano da mia sorella. È troppo per te, lo è sempre stata.»
Senza riflettere, mi girai e gli diedi un pugno in faccia. Callum riuscì a prevedere il colpo e si abbassò, così colpii la sua guancia e non la mascella.

«Cazzo», grugnì, prima di raddrizzarsi e lanciarsi verso di me. Il suo pugno mi colpì dritto nell'occhio.

Strizzai le palpebre, cercando di mandare via le stelle che vedevo, e il dolore esplose lungo la guancia. Fece per lanciarsi di nuovo verso di me, ma un paio di giocatori lo afferrarono e lo portarono lontano dalla mia presa.

Mi raddrizzai ed i miei occhi si socchiusero fino a diventare fessure minacciose. Ci guardammo e l'aria attorno a noi cambiò, diventando carica di tensione.

«Okay.» Una mano pesante si poggiò sulla mia spalla. «Per stasera basta così, Messiah. Vieni con me, Andiamo.» Maverick mi spinse con forza e barcollai fino alla porta, fendendo la folla come un coltello nel burro. Il dolore si irradiò nelle mie nocche, ma non era abbastanza.

«Ecco», Maverick mi lanciò una bottiglia d'acqua. «Bevi.»

La guardai come se fosse veleno.

«Ne avrai bisogno.»

Ma che cazzo?

Aggrottai le sopracciglia.

«Pensi che ti porterò a casa per dormirci su?» Le sue labbra si curvarono in un sorriso tronfio. «Oh, cavolo, no. Andiamo in campo.»

«Sono quasi le dieci e mezza ed è venerdì sera, in più sono quasi certo che mi abbia rotto l'orbita.»

Si piegò verso di me, ispezionando quello che supposi fosse un brutto ematoma. «Ho visto di peggio. E io sono Maverick Prince. Se voglio usare il campo, nessuno mi fermerà.»

«Sei sempre così irritante?» borbottai, strappando via il tappo dalla bottiglia e scolandomela.

«Andiamo», continuò, ignorandomi. «Ti metterò alla prova e poi mi dirai che cazzo è successo.»

«Un tempo mi piacevi», mormorai, seguendolo. Perché... quale altra scelta avevo?

Era Maverick Prince.

Inoltre, sapevo che non sarei riuscito a dormire finché non avessi bruciato un po' della tensione che si agitava dentro di me.

E Prince era uno dei migliori.

Capitolo 19
Calliope

«Oh mio Dio, non lo ha fatto davvero.» Xavier stava mettendo in imbarazzo Josie, raccontando storia dopo storia di quando era solo una ragazzina con le lentiggini e io riuscii a malapena a trattenere le risa.

«Lo ha fatto. Ha trovato suo fratello che scopava una ragazza ma non lo ha capito finché non è stato troppo tardi.»

«Xav!» Josie gli diede uno schiaffo sul braccio, poi nascose il viso tra le mani. «Pensavo stessero nuotando.»

«E li hai raggiunti in piscina.»

«Avevo dodici anni!» Le guance di Josie erano in fiamme. «Non penso che tu mi piaccia più.» Fece una linguaccia a Xavier.

Mi ero resa conto che era davvero un orsacchiotto gigante, soprattutto quando si trattava di Josie.

«Dammene un'altra», disse lei, porgendogli il bicchiere di birra vuoto.

«Mi fermerò a sei.»

«Otto, poi passo all'acqua.»

«Sette e il patto è fatto. Cally?»

«Oh no, sono a posto. Ne ho ancora metà da bere.»

«Come vuoi.» Fece l'occhiolino e sparì dietro il bancone.

«Mi sbagliavo su di lui», dissi.

«Te l'avevo detto. Xavier è una brava persona.»

Eravamo sedute in fondo al locale e un silenzio confortevole scese tra di noi. Quella sera non c'era musica dal vivo, ma il posto era pieno di motociclisti. Josie sembrava completamente a suo agio in mezzo a loro, mentre io mi sentivo ancora un po' fuori posto, ma ero felice di aver deciso di andare con lei. Non che mi avesse lasciato molta scelta.

Il telefono di Josie vibrò, lei lo tirò fuori e lesse il messaggio.

«Fammi indovinare, comincia con *Br* e finisce con *ad*», dissi quando vidi le sue labbra aprirsi in un sorriso.

«Sono al *Pivot*. Ci sono Maverick Prince e altri ex giocatori.»

«Fantastico.» Pizzicai l'etichetta della mia birra.

«Quindi non verrai all'amichevole con me?»

«Sei seria?» Sollevai le sopracciglia. «No, non verrò.»

«Perché odi il basket.»

«Tra le altre cose.» Lo avrei fatto soprattutto per il fatto che

Joel mi aveva ignorata tutta la settimana, mio fratello desiderava che io non esistessi e stavo provando a stare lontana da Zach.

«Allora suppongo che andrò da sola.» Mise il broncio.

«Non ci saranno i tuoi genitori?»

«Sì e li eviterò a ogni costo. Sono così imbarazzanti.»

«È bello che vogliano esserci per supportare Joel e la squadra.»

«Merda, scusa, Cally.» Si accigliò. «Sono una stronza insensibile a volte.»

«È tutto okay. Ma, lasciatelo dire da qualcuno che non ha più questa possibilità, non essere troppo dura con loro.»

«Hai ragione. E sai, scommetto che sarebbero felici di conoscerti. Potremmo andare tutti insieme alla partita e poi a cena.»

«Non penso che Joel sarebbe d'accordo.»

«Joel... Bah!» Josie mi zittì con un cenno. «Tu sei mia amica, Cally, e se io ti voglio lì, questo non ha niente a che vedere con Joel o con il fatto che stia soffrendo.»

«Questo mi fa davvero stare meglio.»

«Oh, piccola, non sto provando a farti sentire in colpa. Ma è così e basta. Inoltre, è così fissato con quella regola ridicola. Onestamente, pensavo avrebbe fatto un'eccezione per te. O almeno pensavo che avrebbe spinto Zach a darsi una mossa.»

«C-cosa?» La guardai allibita.

«Lui ti vuole, Cally. Può anche provare a lottare contro quello che c'è tra voi, ma lo vedo ogni volta che ti guarda.»

«Zach mi odia, Jos.»

«Nessuno ti ha mai detto che amore e odio sono lo stesso sentimento, espresso in modo diverso?»

«Sono le tue lezioni di psicologia a farti parlare così?»

«Cosa? È vero.» Scrollò le spalle. «C'è questo corpo di ricerca che supporta l'ipotesi per cui più profondo è l'amore, più forte sarà l'odio.»

«Okay.» Aggrottai le sopracciglia, non capivo dove volesse arrivare.

«Quindi, tu continui a dire che Zach ti odia, giusto?»

«Sì...»

«Beh, sono passati quanti anni, tre?»

Annuii. «Quindi deve averti amata davvero, piccola, se nutre ancora tutti quei sentimenti di rabbia nei tuoi confronti.»

«Xavier avrebbe dovuto fermarti a quattro.» Lanciai un'occhiataccia alla sua birra fredda.

«Oh, avanti. Ogni volta che ti guarda mi tremano le ginocchia, tesoro. Quel ragazzo è così preso da te. Tutto quell'amore e quell'odio mischiati insieme.» Sussultò emozionata.

«Josie.» Distolsi lo sguardo, non volevo che vedesse che impatto stavano avendo le sue parole su di me.

«So che è successo qualcosa tra voi...»

I miei occhi scattarono su di lei e mi accigliai. «Come?»

«Ce l'hai scritto in faccia ogni volta che lo nomino. Ne vuoi parlare?»

Volevo farlo?

Come potevo cominciare a spiegarle cosa era successo tra noi?

«Puoi fidarti di me, tesoro, te lo giuro.»

Gemetti, combattuta tra il tenere i miei segreti per me o condividere quel fardello.

Infine dissi: «Mi servirà altro alcol».

«Xav», gridò Josie, «ci serve qualcosa di più forte.»

«Dici sul serio?» chiese lui, inarcando un sopracciglio.

«Dai, dacci da bere», continuò, agitando la mano. «È un momento speciale per me e la mia amica.»

Un paio di minuti dopo, lui ci piazzò due cicchetti davanti.

«*Kirsch*! Bene.»

Adocchiai i bicchieri e sospirai. «Non sono certa che dovrei…»

«Rilassati, è solo un po' di coraggio liquido tedesco all'amarena.» Josie afferrò il bicchierino e mi sorrise incoraggiante. «Voglio i dettagli, tesoro. Tutti quelli più gloriosi e scabrosi.» Alzò e abbassò le sopracciglia con aria allusiva.

Afferrai il mio bicchiere e lo portai alle labbra. «Promettimi che non me ne pentirò.»

«Lo prometto. Pronta?» Annuii. «Al tre. Uno… due...»

Portai il bicchiere all'indietro e bevvi il liquido tutto in un sorso. Sentii il fuoco in gola, seguito dal sapore stucchevole delle ciliegie.

«Disgustoso.» Presi la mia birra e la bevvi per coprire il sapore del cicchetto.

«Sopravvivrai.» Josie ridacchiò. «Adesso, dimmi tutto.»

***

«Calliope James!» I suoi occhi uscirono quasi dalle orbite. «Quante cose mi hai nascosto, tesoro.»

«Shh.» Provai a coprirle la bocca con la mano, ma lei la spinse via.

«Sono fiera di te.»

«Davvero?»

«Cavolo, sì. Sei venuta al college dopo aver perso tua madre, consapevole che tuo fratello e tuo padre non ti avrebbero reso le cose facili. Oltretutto, hai scoperto che il ragazzo con cui stavi al liceo, il ragazzo che non hai mai dimenticato, frequenta lo stesso college e nutre una rabbia incredibile nei tuoi confronti. Mettici pure una squadra di basket che ignora la tua esistenza e una migliore amica che è a dir poco meravigliosa, e possiamo dire che tu abbia una sceneggiatura perfetta per una cavolo di soap opera.»

«Josie, stiamo parlando della mia vita.»

«Lo so, ed è maledettamente interessante.»

«Sei ubriaca.»

«Non lo sono.» Mise il broncio. «Sono solo un po' allegra.»

«Beh, ubriaca o no, niente più alcol per te», disse Xavier guardandola torvo.

«Non sei divertente», rispose lei, toccandogli il naso con un dito. «Xavier, dammi una mano. Se un ragazzo dice di odiare una ragazza, cosa nasconde in realtà?»

«Oh no, Jos, non mi tirerai dentro alle tue stronzate di psicologia femminile. Devo servire da bere.» Si mise lo strofinaccio sulla spalla e andò verso il bancone.

«Devo chiamare un Uber?» chiesi. Il campus distava solo quindici minuti a piedi, ma non volevo arrivare a metà strada e vedere Josie svenire davanti ai miei occhi.

«Posso trovare un passaggio per entrambe.» Si guardò attorno.

«Cosa? No. *No,* Josie.»

«Consideralo già fatto.» Mi ignorò completamente e andò verso un gruppo di motociclisti dall'aspetto non proprio rassicurante.

Per essere una ragazza che sosteneva di soffrire di attacchi d'ansia, di certo sapeva gestire bene la cosa.

Josie tornò trascinando un ragazzo. «Skeet, lei è Cally. Cally, lui è Skeet. Ci darà un passaggio fino al campus. Andiamo.»

«Oh no, non è necessario. Sono certa che…»

«Skeet si assicurerà che arriviate sane e salve a casa», esclamò Xavier. «Tienile d'occhio, okay? Sono merce preziosa.»

Era sciocco, ma le sue parole mi scaldarono il cuore. Non avevo mai avuto un fratello che si preoccupasse o si prendesse cura di me. Durante l'adolescenza, Callum era sempre stato troppo impegnato con gli allenamenti, i ritiri sportivi o le partite per preoccuparsene.

Sentii una stretta al cuore. Xavier era un bravo ragazzo e di certo adorava Josie, visto che la trattava come una fastidiosa sorella minore.

«A presto.» Josie si sporse oltre il bancone e baciò la sua guancia ispida.

«Grazie per averci ospitate», dissi.

«Quando vuoi, Cally. E non perdiamoci di vista, okay? È bello vedere Josie in compagnia di un'amica.»

«Diamoci una mossa», disse il ragazzo che ci avrebbe accompagnate a casa.
«Sei sicura?» sussurrai a Josie mentre mi tirava dietro di sé.
«Skeet è una brava persona.»
«Josie, tu pensi che tutti siano brave persone.»
Mi rivolse un sorriso sornione. «Se ci rapisce e ci trasforma in schiave del sesso, puoi dare la colpa a me.»
«Non lo hai detto veramente.»
Ridacchiò e uscimmo all'aperto.
«Da quella parte.» Skeet non sembrava un tipo loquace, camminava avanti a noi, con le mani in tasca e la testa bassa.
Quando arrivammo al suo furgoncino, esitai un attimo. «Sei sobrio?» dissi senza pensarci.
Lui mi sorrise divertito. «Da due anni e quattro mesi.»
«Oh, cavolo, non intendevo... scusami.»
«Tranquilla.» Aprì la portiera del lato passeggero e Josie entrò. «Non mi vergogno del mio passato.»
«E fai bene, perché ti ha reso ciò che sei oggi», dissi e la spavalderia nella mia voce mi sorprese. Skeet annuì e aspettò che anche io salissi a bordo, poi chiuse la portiera.
Josie mi prese a braccetto e appoggiò la testa vicino alla mia spalla. «Grazie per essere venuta stasera, Cally.»
«Grazie a te per avermi invitata.»
Percorremmo la strada in silenzio, ma non riuscivo a smettere di pensare a quanto aveva detto Josie, riguardo me e Zach.
Quando arrivammo al campus, la mia testa era piena di ricordi e pensieri che lo riguardavano.
«Eccoci.» Skeet accostò davanti all'ingresso principale. «Ce la fate a percorrere il resto della strada? Devo occuparmi di alcune cose.»
«Certo.» Josie gli sorrise. «Grazie per il passaggio.»
Lui annuì. «Quando volete.»
Scendemmo e andammo verso i dormitori. «Ehm, oh.» Josie lesse un messaggio sul cellulare.
«Perché non mi piace il tuo tono?»
«È Brad. Dice che stasera Callum e Zach hanno litigato.»
«Davvero?» Il cuore prese a galoppare nel mio petto.
«Sì, al bar.»
«Oh», non sapevo cosa dire, quindi tenni lo sguardo fisso in avanti e continuai a camminare.
«Non vuoi sapere perché lo hanno fatto?» chiese Josie raggiungendomi.
«No, per niente.»

«Okay.» Scrollò le spalle e agganciò il mio braccio con il suo. «Brad vuole vedermi… ma ho paura.»
«Paura?» Mi fermai a guardarla.
«E se decidesse di non dire mai di noi alla squadra?» Il suo sguardo era pieno di sconforto. «Cioè, per ora va bene, mi piace stare con lui e ci divertiamo insieme, ma tutto questo nascondersi? Non penso di essere tagliata per queste cose… e non voglio che nessuno si faccia male.»
Joel.
Intendeva che non voleva che Joel ne soffrisse.
«Brad ti ha detto che non vuole dirlo ai ragazzi?»
Josie fece spallucce e distolse lo sguardo.
«Josie?»
«Non vuole che mio fratello lo scopra, il che significa nasconderlo a tutti gli altri. Zach lo sa, ma visto che voi vi siete visti di nascosto…»
«Non lo abbiamo fatto.» La corressi.
Quello che c'era tra lei e Brad, e me e Zach, erano due cose diverse.
Totalmente diverse.
Il suo cellulare suonò di nuovo.
«Deve avere molta voglia di vederti.»
«Suppongo di sì.» Josie si morse il labbro inferiore. «Pensi che dovrei?»
«Non penso di dover essere io a dirti cosa fare, Jos. Ma non sei stata tu a dirmi che meritavo di meglio e che nessun ragazzo dovrebbe farmi pensare il contrario?»
«Hai ragione. Hai proprio ragione. Gli dirò che voglio che Joel sappia la verità. Ti spiace se me la svigno? Alcuni di loro sono alla confraternita.»
«Sta' attenta», le dissi. «E mandami un messaggio quando torni, così saprò che stai bene.»
«Lo farò.» Si avvicinò per un abbraccio. «So che le cose non hanno funzionato tra te e mio fratello, ma sono davvero felice che quel giorno ti sia venuto a sbattere contro.»
«Già.» Sorrisi. «Anche io.»
Raggiungemmo il punto in cui le nostre strade si dividevano; una avrebbe portato lei alla confraternita, l'altra, me al dormitorio.
«Ci vediamo domani», le dissi.
«A meno che tu non venga con me a vedere se un certo giocatore che non deve essere nominato sia lì.»
«Non so perché, ma non mi sembra una buona idea.»
Soprattutto se mio fratello e Zach avevano litigato.

«Okay, sicura di voler andare all'Abrams da sola?»
«Sì, sono solo due minuti a piedi. Va' a cercare Brad e goditi... beh, qualunque cosa farete.»
Ghignò. «Una ragazza non rivela mai i suoi segreti.»
«Non è quello che hai detto poco fa.» Sollevai le sopracciglia e lei ridacchiò.
«Notte, Cally.»
«Notte, Josie.» Ripresi la mia strada.
Speravo davvero che Brad non spezzasse il cuore a Josie. Sembrava preso quanto lo era lei, ma la squadra aveva delle regole e andare contro di esse, significava andare contro la squadra.
Avevo quasi raggiunto l'edificio quando sentii una risata maschile. Istintivamente, accelerai il passo, finché non vidi due ragazzi svoltare l'angolo e mi fermai di botto.
«Cally?» disse Zach a bocca aperta.
«Ehm, ehi.»
I miei occhi guizzarono sul suo occhio emaciato, lui lo notò e si passò una mano tra i capelli, non so se per distrarmi o perché era nervoso.
Ma era stupido pensarlo perché Zachary Messiah non era mai nervoso.
«Ehi, io sono Maverick», disse l'altro ragazzo dopo qualche secondo dolorosamente silenzioso. «Fammi indovinare, tu sei la sorella di Callum.»
«Cally.» Arrossii e provai a non dare troppo peso al fatto che sembrava sapere chi fossi.
«Piacere di conoscerti, Cally. Vorrei dirti che questo qui mi ha detto tutto di te, ma il ragazzo è un libro chiuso.»
«Non dirlo a me», mormorai, poi spostai di nuovo lo sguardo su Zach. Sembrava esausto, aveva i capelli bagnati e la pelle imperlata di sudore.
«Che avete fatto?»
«Maverick mi ha messo alla prova sul campo.»
«Di venerdì sera?» Non sapevo neanche che la palestra fosse aperta così tardi.
«Ho amici ai piani alti», disse Maverick, facendo l'occhiolino. Pur essendo una leggenda del campus, non era per niente come me lo aspettavo. «Che fai qua tutta sola?»
«Io... ehm...» Cavolo. Non volevo coinvolgere Josie. «Sono uscita.»
«Uscita?» esclamò finalmente Zach, anche se quella parola sembrò più un ringhio.
«Sì», drizzai la schiena. «Sono stata in un locale.»

«In un locale? Ma che cazzo, scricc… Cally.»
Mi si mozzò il fiato davanti all'asprezza del suo tono.
«Dove stai?» Si intromise Maverick.
«All'Abrams.»
«Possiamo accompagnarti.»
«Oh, sono a posto. Non ce n'è bisogno.»
«Insisto. La mia ragazza non mi perdonerebbe mai se sapesse che non l'ho fatto.»
Si misero al mio fianco come due guardie del corpo e insieme ci incamminammo verso l'edificio. Per fortuna non eravamo lontani, perché stare sotto lo scrutinio implacabile di Zach mi rendeva quasi impossibile respirare.
Maverick sembrava sin troppo felice di lasciarci sguazzare in quella tensione imbarazzante.
«Deve essere difficile», disse, rompendo infine il silenzio, «essere la sorella minore di Callum.»
«Non molto», risposi, facendo spallucce.
«Non siete uniti?»
«Uniti?» Feci una risata amara. «Callum si comporta come se non esistessi.» Diedi un'occhiata di sottecchi a Maverick e me ne pentii nell'istante stesso in cui i nostri sguardi si incrociarono.
«Vuoi sapere un segreto su noi ragazzi?» Mi rivolse un sorrisetto d'intesa. «Siamo degli idioti.»
«Non avrei potuto dirlo meglio.»
«Ora capisco perché tieni Messiah al guinzaglio.» I suoi occhi guardarono oltre la mia testa, verso il ragazzo con il broncio a fianco a me. Zach mormorò qualcosa a bassa voce, ma sapevo che, probabilmente, non avrei voluto sentire ciò che aveva appena detto.
Quando infine raggiungemmo l'Abrams, feci un sospiro liberatorio. L'intera serata era stata assurda. Dal bere allo S*teel 'n' Thunder* con Josie, al ritornare in dormitorio con Maverick e Zach.
«Bene, questa è la mia fermata», dissi. «Grazie per avermi accompagnata.»
«Dovrei lasciarvi da soli?» ci chiese Maverick, spostando lo sguardo da me a Zach.
«No», risposi nello stesso istante in cui lui rispondeva: «Sì».
«Devo davvero andare, è tardi e sono certa che abbiate altre cose da fa…»
«Solo cinque minuti, ti prego, Cally.»
«Dai una possibilità al ragazzo. Dopotutto, stasera si è battuto per difendere il tuo onore.»
Corrugai la fonte. Lui e mio fratello avevano litigato *per me*? Di certo Maverick aveva capito male.

«Puoi chiudere il becco adesso», brontolò Zach.
«Credo di dover andare.» Salutai Maverick e feci per entrare nell'edificio. Non volevo farlo. Non volevo stare a sentire qualunque cosa Zach avesse da dirmi. Non se non cambiava niente.
«Cally...» Il mio nome trafisse l'aria e la frustrazione nella sua voce mi colpì dritta allo stomaco. Mi fermai e feci un respiro profondo. Zach si avvicinò e, non appena fu dietro di me, sentii l'aria cambiare. «Cinque minuti, per favore...»
Mi voltai lentamente per incrociare il suo sguardo. «Sei ferito.» Allungai la mano verso la sua faccia, poi, quando mi resi conto del gesto appena fatto, la ritirai velocemente.
«Dovresti vedere l'altro tizio.» Fece una risata strozzata, mentre si sfregava la nuca.
«Che è successo?»
«Non ha importanza.»
Mi sentii sprofondare. Certo che non ne aveva. Perché entrambi avremmo continuato a fingere che ciò che c'era tra noi due non fosse altro che una situazione irrisolta. Una tempesta instabile di rabbia repressa e frustrazione che dovevamo lasciare libera di seguire il suo corso. «Sei uscita?» Mi sembrò di sentire una punta di gelosia nella sua voce.
«Non ero con Joel, se è questo che ti preoccupa. Non mi ha parlato per tutta la settimana.»
«Merda, Cally», sussurrò, «non è questo...»
«Non ha importanza.»
Stavamo girando in tondo.
«C'erano delle cose che volevo dirti...» Zach esitò e vidi nella sua espressione un lampo di vulnerabilità. Mi ricordava il ragazzo che conoscevo, quello che non sapeva quale fosse il suo posto nel mondo.
Aspettai e provai a ignorare il seme della speranza che stava germogliando in me. Anche se mi deludeva sempre, non potevo fare a meno di aggrapparmi a quella quindicenne che sognava un "per sempre".
Passò un attimo, poi un altro e restammo lì, a guardarci.
Ma lui non ce la faceva.
Non riusciva ancora a parlare con me.
«Sai», gli dissi con un sorriso spento, «Josie mi ha detto una cosa stasera. Ha detto *più forte è l'amore, più profondo è l'odio*, ma si sbaglia. Deve essere un errore. Perché tu mi hai abbandonata, Zach. Mi hai buttata via come se non fossi niente, come se il nostro amore non valesse niente.»
Le lacrime contro cui avevo lottato duramente iniziarono a scen-

dere lungo le mie guance, mentre il respiro diventava irregolare.

«Quindi, non stare lì a comportarti come se ti importasse, dopo tutto quello che abbiamo passato. Dici che ti ho tradito ma non mi hai mai dato modo di sistemare le cose. Non hai neanche...» Un singhiozzo mi risalì la gola. Mi asciugai gli occhi e inspirai a fondo per provare a calmarmi, incrociando di nuovo il suo sguardo cupo. «Non importa adesso. Non importa più nulla. Ho perso mia madre, Zach, l'unica persona al mondo sulla quale potevo contare. Sono così stanca di vedere la gente andare via da me. Quindi, questa volta, sono io a farlo. È l'unico modo che conosco per proteggere me stessa.»

«Cally, ti prego...»

«No.» Cominciai a indietreggiare lentamente, ogni passo era una coltellata al cuore. «Hai avuto la tua occasione, Zach.»

Addio.

Capitolo 20
Zach

«Cazzo», dissi, guardando Cally che si allontanava da me.
«Che diavolo le hai detto?» Maverick apparve con un cipiglio profondo che gli increspava la fronte.
«È complicato.»
«Non mi sembra complicato. Sembra che tu abbia avuto la tua occasione e l'abbia sprecata.»
«Grazie per la fiducia.»
«Ehi, amico», disse sorridendo, «ti sto solo dicendo come stanno le cose.» Maverick si spostò verso una delle panchine che si trovavano fuori dall'edificio e si sedette.
Lo raggiunsi, i miei occhi fissi sul dormitorio.
«Sembra carina.»
«Cally...» Il suo nome era come cenere sulla mia lingua. «Lei è diversa da tutte le altre che ho incontrato.»
«Allora, qual è il problema?»
«Mi ha fottuto quando eravamo ragazzini.»
«Di che età parliamo? Tipo età da scuola elementare o...»
«Liceo. Io ero al terzo anno, lei al secondo.»
«Stavate insieme?»
«Stavamo...» Cazzo. Come potevo tradurre in parole ciò che Cally aveva significato per me? «Sì, stavamo insieme. Ma era qualcosa di più, sai? Lei era la mia migliore amica.»
L'unica persona alla quale confidavo i miei segreti.
«Quella storia dell'anima gemella incontrata al liceo per te ha funzionato?»
Maverick mi lanciò un'occhiata, nei suoi occhi brillava comprensione e ciò mi fece stringere il cuore.
«Qualcosa del genere.» O almeno, pensavo fosse così. Non sapevo cosa ci fosse in quel ragazzo; forse era perché sembrava capirlo, forse aveva vissuto una situazione simile in passato, eppure ero lì a parlare con lui, a raccontargli i miei segreti. «Eravamo entrambi persi, credo. Dopo che suo padre ebbe una relazione extraconiugale, lui e Callum se ne andarono. Lei non l'ha vissuta bene. E io stavo male, vivevo all'ombra di mio fratello. Declan era tutto quello che io non ero: popolare, atletico, un vero ragazzo americano della porta accanto. Era troppo con cui competere.»

«Sembra davvero difficile.»

«Voglio dire, i miei genitori non mi hanno trascurato o altro, non come il padre di Cally ha fatto con lei, ma c'era questa costante aspettativa. Pensavano che avrei seguito le orme di mio fratello, che, un giorno, sarei semplicemente uscito da quella che il mio vecchio chiamava la mia *fase ribelle* e sarei diventato quello che avrei sempre dovuto essere.»

«Non ti piaceva il basket?»

«Non lo odiavo.» Scrollai le spalle. «Semplicemente non volevo giocare. Volevo tracciare il mio percorso, seguire i miei sogni. Ma il mio vecchio ha sempre sognato che i suoi figli seguissero le sue orme. Ha giocato per gli Scorpions, ha quasi ottenuto un ingaggio, ma poi ha incontrato mia madre e lei è rimasta incinta di Declan, quindi ha fatto la cosa giusta: si è laureato, ha trovato un lavoro e si è sistemato.»

«Sì, Declan mi ha raccontato questa storia. Non ha mai parlato molto di te però.» La cosa non mi sorprese. Il mio rapporto con Declan era teso, quando andava bene. Non mi aveva mai capito da bambino, non riusciva a capire che non volevo prendere una palla e diventare come nostro padre. Anche dopo che si era diplomato e che io avevo finalmente ceduto alle richieste di mio padre, le cose non erano andate molto meglio. Declan stava vivendo il suo sogno alla SU e io vivevo ancora nella sua ombra.

«Cos'è successo con Cally, Zach?»

Gesù. Non intendeva mollare.

«Ci siamo ronzati attorno per tutta l›estate prima del primo anno. La volevo...» L'avevo voluta così tanto. «Ma io avevo quasi diciassette anni e lei a malapena quindici, e la relazione di suo padre e il modo in cui lui e Callum sono andati via, l'hanno distrutta.»

«Eri spaventato.»

«Cazzo sì. Lo ero.» Il sesso cambiava le cose. Lo sapevo anche alla tenera età di sedici anni. E non volevo fare nulla per rovinare la nostra amicizia. «Volevo che fosse sicura al cento per cento», dissi, «così abbiamo aspettato.»

«Fino a quando avete deciso di non aspettare più?» Mi rivolse un'occhiata d'intesa.

«Perché mi sembra che tu sia dentro la mia testa?»

«Ho due sorelle più giovani. So bene come funzionano queste cose. Per non parlare del fatto che ho passato quello che hai passato tu. Cercavo di combattere contro l'inevitabile. Perché questo è il problema dell'amore, Messiah. Una volta incontrata la ragazza giusta, boom... non c'è modo di sfuggirle.»

«Eravamo solo bambini.»

«Eppure, eccoci qui. È sotto la tua pelle, amico. Dopo tutto questo tempo, è ancora lì. Non era solo una cotta al liceo. Era reale.»

«Mi ha tradito.»

«Lo ha fatto? O è successo qualcosa e hai fatto quello che fa la maggior parte dei ragazzi… e sei scappato via, spaventato? La miglior difesa è…»

«L'attacco», mormorai.

Il mio vecchio adorava quel detto.

Le parole di Maverick riecheggiarono nel profondo dentro di me, mentre lasciavo che i ricordi dolorosi inondassero la mia mente. Tuttavia, non aveva ragione, non poteva essere così.

Cally mi aveva tradito… l'avevo sentito con le mie stesse orecchie.

Quando la mia vita aveva cominciato a sgretolarsi intorno a me, l'unica ragazza di cui pensavo di potermi fidare, la persona che credevo sarebbe rimasta al mio fianco, mi aveva deluso.

«Zach?» Maverick aggrottò la fronte.

Mi passai una mano sul viso, lasciando uscire un sospiro stanco. «Al terzo anno l'abbiamo reso ufficiale. Era la mia ragazza. Mi sentivo fottutamente sollevato. Ricordo ancora il modo in cui sono entrato a scuola il primo giorno del semestre. Non mi importava di essere il fratello minore di Declan Messiah.»

Perché Cally mi aveva fatto sentire degno di qualcosa. Mi aveva fatto sentire capace di fare qualsiasi cosa, essere qualsiasi cosa.

Il mio petto si strinse e tornai a guardare l'edificio del dormitorio. Era lassù a pensare a me come io stavo pensando a lei?

No.

Se ne era andata.

Avevo provato a parlarle e lei si era allontanata da me.

Di nuovo.

Il mio pugno si strinse contro la mia coscia.

Maverick se ne accorse. «Devi imparare a controllarla», disse senza giudicarmi. «La rabbia che ti porti addosso, non fa bene all'anima.»

Scoppiai a ridere. «Seriamente? Cosa sei, il mio strizzacervelli?»

«Un amico», rispose. «Sono un amico. E ti darò un consiglio concreto. Non lasciartela scappare. Ti ha ferito quando eravate dei ragazzini, falla finita. Eravate bambini. I bambini incasinano le cose. Non sono i tuoi errori a definirti, Zach, è il modo in cui affronti le conseguenze.»

«È tardi, probabilmente dovremmo andare.» Mi alzai, stanco di quella conversazione, e lui mi seguì.

«Puoi evitare me, ma non puoi evitare di affrontare tutte le questioni irrisolte…»

«Sì, sì, dottor Phil, ho capito.»

Ridacchiò e mi diede una pacca sulla schiena. «Sei un bravo ragazzino, Messiah, ne verrai a capo.»

«Ehi, piano con il ragazzino, ho vent'anni.»

Cazzo.

Venti.

E mi piegavo ancora alla volontà di mio padre perché era più facile che camminare sulle mie gambe.

«Prometti che mi chiamerai se le cose dovessero farsi troppo pesanti?» disse Maverick.

Riuscii a fare un cenno del capo, ma sapevo che non l'avrei chiamato. Non ero quel tipo di ragazzo; uno di quelli che si siedono a parlare dei propri sentimenti. Inoltre, avevo convissuto con la mia rabbia troppo a lungo per lasciarla andare. In un certo senso, aveva sempre vissuto dentro di me. Ogni volta che mio padre elogiava mio fratello o ci paragonava. Ogni volta che aveva urlato che desiderava che fossi più simile a Declan. Ero sempre peggio di lui. Ero troppo disinteressato, troppo demotivato, troppo goffo. Non si era mai fermato a pensare che avessi interessi diversi. Che forse non corrispondevo agli standard dei Messiah e basta.

Raggiungemmo la confraternita e Maverick rallentò fino a fermarsi. «Non mi è mai piaciuto questo posto», disse, fissando l'imponente edificio.

«Sì, non è neanche il mio genere.»

«No, ma ho promesso ai ragazzi che sarei passato prima di tornare in hotel. Vuoi…»

«Per stasera basta così», dissi. L'unica cosa che volevo era ritirarmi nel mio appartamento e dimenticare che gli eventi di quella notte fossero mai accaduti.

«Va bene.» Tese il pugno e io lo urtai con il mio. «È stato bello vederti, Zach. Ci vediamo all'amichevole.»

«Giusto. Tocca a me farti mangiare la polvere.»

Maverick scoppiò in una fragorosa risata, il cui suono echeggiò nella notte. «Non vedo l'ora», disse, con l'allegria che brillava ancora nei suoi occhi. «Ora vattene da qui.»

Non dovette ripetermelo due volte.

***

La mattina dopo, ero in campo con i ragazzi. Avevo pensato di dargli buca, ma quando mi ero svegliato aggrovigliato dalla tensione, avevo deciso di scaricarne un po'.

«Ehi, amico. Stai bene?» Brad corse da me. Si stavano già riscaldando. «È orribile.» Indicò il brutto livido intorno al mio occhio.

«Sopravvivrò.»

«Tu e Callum...»

Lasciai uscire un sospiro. «È troppo presto per parlarne, Brad.»

«Sì, colpa mia.» Mi diede una pacca sulla spalla. «Comunque, è bello vederti. I ragazzi sono super carichi dopo la scorsa notte.»

Lasciai la mia bottiglia d'acqua e il cellulare insieme alle cose dei ragazzi e iniziai a riscaldarmi. Brad però mi girava intorno.

«Che c'è?» urlai.

«L'hai vista?»

Aggrottai le sopracciglia e allungai i polpacci e i quadricipiti.

«Intendo Cally.» Si guardò intorno per assicurarsi che fossimo soli. «Josie ha detto...»

«Stai giocando con il fuoco. Hai visto cos'è successo tra me e Callum la scorsa notte», dissi. «Cosa pensi che succederà quando Joel lo scoprirà? Non ti accoglierà in famiglia a braccia aperte. Si incazzerà.»

«Non è come pensi, siamo solo... cazzo. Pensi davvero che si incazzerà così tanto?»

«Sai che sarà così. Guarda come si è allontanato da Cally.» Ero ancora furioso per quello.

«Sai che non sono state solo le regole della squadra a farlo allontanare, Zach. Gli piaceva, molto, e lei ha menti...»

«Non ha mentito, ha semplicemente omesso la verità.»

Merda. Perché la stavo difendendo?

«Dai.» Gli diedi una spallata. «Dovremmo giocare.»

Gli altri erano già in posizione e guardavano me e Brad con un po' di curiosità. Erano tutti lì, la notte prima, avevano visto me e Callum litigare... per Cally. Conoscevano un po' della nostra storia.

Ma nessuno aveva detto niente. Forse per via della nube nera di rabbia che mi portavo dietro.

Mi guardavano, aspettando che assumessi il mio ruolo di leader. Entrare al posto di mio fratello e diventare il loro capitano, il loro numero uno. Sembrava ancora sbagliato. Non lo volevo. Non volevo essere lì a fingere che mi importasse. A fingere di volerlo.

Non lo volevo, cazzo.

I miei pugni si serrarono e si aprirono lungo i fianchi. Declan era aggrappato alla vita con un filo, e io non ero ancora libero dalla sua ombra. Semmai, ero vincolato a essa più che mai.

«Andiamo, Messiah», gridò qualcuno, e io mi risvegliai dai pensieri.

Forse non l'avevo voluto, ma ero bravo. Avevano ragione, il basket era parte di me, intessuta nel mio DNA. Era incatenato ai miei geni e al mio corpo.

Prima di poterci pensare troppo, feci cenno ai ragazzi di entrare. Perché non importava quanto non lo volessi, ero lì, e la necessità di dimostrare chi fossi non mi avrebbe permesso di andarmene.

«Okay, manca solo una settimana all'amichevole. So che è per beneficenza, ma tutti cercheranno di vincere.»

I ragazzi annuirono, borbottando la loro approvazione, mentre io tenevo la palla in mano, sentendone il peso allo stesso modo in cui sentivo il peso della responsabilità premermi sul petto.

«Questa partita potrebbe condizionare l'andamento dell'intera stagione. Non scendiamo in campo per giocare, scendiamo per vincere. So che è stato un anno difficile.» Il nodo allo stomaco si strinse. «So che non mi avete chiesto di venire, ma ora sono qui e non vado da nessuna parte. Gli eventi della notte precedente non riguardavano la squadra e quella merdata non sarebbe mai dovuta accadere.»

Mi assicurai di incrociare lo sguardo di Saul, che mi fece un cenno con il capo. «L'anno scorso avete perso il campionato, ma questo è il nostro anno. Se lavoriamo insieme e resistiamo.»

«Diavolo sì», gridò Dev, e tutti risero.

«Gli allenamenti ufficiali inizieranno presto. Ci presentiamo, facciamo il nostro lavoro e diamo il massimo. Qualcuno ha qualcosa da ridire?»

Il silenzio mi accolse mentre passavo gli occhi su ciascuno dei miei compagni di squadra. Callum non era lì e neanche gli ex giocatori; era come se si fossero già arresi, mi avessero passato il testimone e fossero andati via. Solo che non mi avevano dato niente. Il coach Baxter e mio padre lo avevano fatto, avevano imposto la mia presenza lì, senza lasciare ai ragazzi altra scelta se non quella di adeguarsi.

«Va bene, allora facciamo qualche canestro.» Feci rimbalzare la palla e andai sulla linea centrale.

Brad attirò la mia attenzione e mi fece un cenno rassicurante. Sapeva perché avevo fatto quello che avevo fatto. Dopo la notte precedente, dovevo dimostrare alla squadra di avere il controllo sulla squadra... su di me. Callum era un giocatore dell'ultimo anno, il migliore amico di mio fratello. Ma non mi sarei inginocchiato ai piedi di James. Aveva i suoi demoni, i suoi errori da correggere. Forse avrei dovuto sentirmi un po' stranito per il modo in cui avevo difeso Cally, ma non era così.

Mi sentivo molto in colpa per come erano andate le cose tra noi da quando era arrivata alla SU.

Ma non sapevo come risolverlo… o se dovevo davvero provare a farlo.

Mi aveva chiaramente detto di non voler avere più niente a che fare con me e non potevo biasimarla. Ma le cose sembravano ancora irrisolte. E non potevo fare a meno di ripensare alle parole che Maverick aveva pronunciato la notte prima, riguardo all'evitare il mio passato.

Perché sapevo che aveva ragione, sapevo che il passato sarebbe tornato e, un giorno, ne avrei subito le conseguenze.

Era già successo.

***

Lunedì mattina, il coach Baxter mi chiamò nel suo ufficio.

Non mi aspettavo di trovare lì anche Callum.

«Siediti, figliolo», disse freddamente.

«Che succede, coach?»

«Vuoi dirmi cosa cazzo è successo venerdì sera?»

Soffocai un gemito. Avrei dovuto sapere che qualcuno avrebbe spifferato tutto.

«Callum?» Con uno sguardo truce, inchiodò il ragazzo tranquillo accanto a me.

«È stato un malinteso, coach.»

«Un malinteso?» Il suo labbro si contrasse esprimendo disapprovazione. «Zach, cosa hai da dire sul tuo comportamento?»

«Stavamo solo scherzando, coach. La cosa ci è sfuggita di mano.»

«*Stavate solo scherzando*.» Il coach si tolse il berretto degli Scorpions e si passò una mano tra i capelli striati di grigio. «Pensate che sia un idiota? Entrate entrambi qui con l'aspetto di chi ha fatto dieci round con Rocky Balboa e io dovrei fare cosa, chiudere un occhio?» Sghignazzò. «Non succederà, signore.»

«Coach, andiamo, noi…»

«Risparmiatelo, James. Devi schiarirti le idee, figliolo, prima di lasciare che tutta quella merda rovini il tuo ultimo anno. So che le cose sono difficili in questo momento.» Si appoggiò sulla scrivania e unì le dita. «Ecco perché dobbiamo restare uniti, non allontanarci.»

«Non succederà più.»

«Potete scommetterci. Vi iscrivo entrambi al progetto per i giovani alla Next Steps.»

«Coach…» Callum iniziò a protestare.

«Risparmiatela, figliolo, ho già chiamato. Domani, dopo le

lezioni, ti presenterai a Freya Jenkins. Se il reato commetti, la punizione accetti.»

«Non è stato niente, coach», protestai, ma lui mi zittì con uno sguardo truce.

«Mi aspetto di meglio. Voi due avete dei problemi da risolvere, fatelo dietro le quinte e non dove possono intaccare la reputazione della squadra. Ora, sparite dalla mia vista.» Ci salutò con uno sbuffo irritato.

Entrambi uscimmo furtivamente da lì in profondo silenzio.

«Ascolta, Callum, io…»

«Lascia stare.» Mi lanciò uno sguardo sprezzante. Non riuscivo a capire se fosse arrabbiato con sé stesso, con me o con entrambi. Ma proprio come me, Callum si trovava in un tunnel nero e profondo. Eppure, non stava a me provare a tirarlo fuori, non avevamo quel tipo di legame.

«Fammi un favore e sta' lontano da me.» Mi sorpassò con forza ma, prima di entrare negli spogliatoi, si girò verso di me.

«E sta' lontano da mia sorella, cazzo!»

Capitolo 21
Calliope

«Cally, vieni dentro.» Freya mi fece cenno di sedermi. «Come stai? Com'è andato il corso di formazione di domenica?»

«È stato fantastico. Sono entusiasta all'idea di iniziare.»

Avevo bisogno di distrarmi. Avevo bisogno di concentrarmi su qualcosa che non fosse l'immensa voragine nel mio stomaco.

Il fatto che Zach avesse saputo di mia madre aveva cambiato le cose. Gli importava… quel bastardo cercava di comportarsi come se gliene fregasse qualcosa, e questo mi aveva completamente sbalordita.

«Beh, noi siamo entusiasti di averti qui. Vuoi la buona notizia o la buona notizia?»

«La buona notizia.» Sospirai, titubante.

Lei schioccò le dita e puntò il dito verso di me. «Risposta esatta.» Sorrisi. «C'è una nuova ragazza che sta entrando nel progetto, Jasmine. Una vera rompiscatole, da ciò che leggo sul suo file. Ma ha passato un periodo difficile di recente. Rimbalzata tra la tutela di sua madre e quella del padre da quando aveva otto anni. Scarsa frequenza scolastica. I suoi insegnanti riferiscono che mostra una scarsa autostima, mancanza di motivazione e una serie di comportamenti tipici di chi è in cerca di attenzione.»

«Quanti anni ha?»

«Quattordici. È al primo anno.»

Oh, santo cielo.

Era sul punto di diventare una giovane donna, piena di ormoni in subbuglio ed emozioni turbolente.

«Sei sicura che io sia la persona giusta per farle da mentore?» Perché, in quel momento, seduta lì, non mi sentivo molto pronta. E se non le fossi piaciuta? O non si fosse trovata bene con me?

«Il fatto che tu abbia appena posto questa domanda è esattamente il motivo per cui sei la persona giusta, Cally. Jasmine ha bisogno di qualcuno che la capisca. Non ha bisogno che un altro adulto le dica di mettere la testa a posto.»

«Okay.» Annuii. Freya aveva ragione, io lo capivo. Più di quanto lei potesse immaginare.

«Il martedì è il giorno dedicato alle attività all'aperto alle quali tutti i ragazzi possono partecipare. Ho pensato che potrebbe essere una buona occasione per far incontrare te e Jasmine.»

«Vuoi che inizi già oggi?»

«Nessun momento è meglio del presente. Fidati del tuo istinto. Prova a persuaderla ma non insistere. Ascoltala, non parlare troppo. Molti ragazzi hanno solo bisogno di stabilità e fiducia. Pronta?»

Le mie labbra si strinsero in un timido sorriso.

Immaginai stessimo per scoprirlo.

***

«Calliope», disse una delle volontarie del centro, una donna bassa di nome Maureen. «Questa è Jasmine, ed è felice di conoscerti.»

«Ehi, Jasmine. Adoro i tuoi braccialetti.»

«Okay.» Si lasciò cadere sulla panchina accanto a me, rifiutandosi di guardarmi.

«Buona fortuna», mormorò Maureen e io feci una smorfia.

Mamma mia. Sarebbe stato più difficile di quanto avessi pensato.

«Com'è andata la tua giornata?» Cercai di non far sentire il tremolio della mia voce. Il mio corpo sussultava in trepidante attesa. Non volevo rovinare tutto, ma mi sentivo come un pesce fuor d'acqua.

Jasmine rispose a malapena, borbottando sottovoce un commento poco convinto.

Era tanto carina. Circa un metro e sessantacinque, con corti capelli biondo platino che le incorniciavano il viso. Aveva luminosi occhi verdi, striati di blu, lentiggini sul naso e la pelle così pallida da sembrare quasi traslucida. Mi ricordava un folletto o qualche altra creatura eterea, come una fata o una ninfa.

«Mi stai fissando», sibilò, e imprecai tra me e me.

«Scusa. È solo che hai degli occhi davvero belli.»

Lentamente, sollevò il viso per incontrare il mio sguardo dolce. L'angolo della sua bocca si sollevò leggermente. «Pensi che i miei occhi siano belli?»

Lo pensavo davvero. Mentre mi fissavano, quegli occhi luccicavano come l'oceano.

«Lo sono.»

«Sono un mostro», sbuffò indignata, piegandosi su sé stessa. Irradiava ostilità, era circondata da un alone di dolore e rabbia. Ma c'era qualcosa sotto la superficie. Qualcosa che compresi più di quanto lei potesse capire.

Solitudine.

«Penso che la maggior parte degli adolescenti si senta così a un certo punto. Anche a me è successo.»

Rise di me. «Tu ti sentivi un mostro quando avevi la mia età?» Socchiuse gli occhi e mi guardò. «Ne dubito fortemente, Cantaloupe.»

«È vero», ribattei, ignorando il modo in cui mi aveva chiamata. «Quando eravamo più piccoli, mio fratello era un tipo importante. Sai, uno dei ragazzi popolari. Non è stato facile vivere sempre nella sua ombra.»

«Sai che roba. Almeno hai avuto un fratello. Io ho...» Jasmine si interruppe, stringendo le labbra in una linea sottile. «Sono tutte stronzate», mormorò. «Non voglio stare qui.»

«Perché non usciamo e diamo un'occhiata a qualche attività? Potrebbe essere divertente.» Mi alzai, alla disperata ricerca di una boccata d'aria fresca.

Jasmine stava soffrendo, questo era ovvio, ma non mi aspettavo che si aprisse con me dopo due minuti. Quando le persone che amavi, le persone che avrebbero dovuto ricambiare il tuo amore, ti deludevano costantemente, il muro intorno al tuo cuore iniziava a trasformarsi in un ghiacciaio. Freddo e impenetrabile. E, in poco tempo, avrebbe congelato tutto il resto.

Ero stata fortunata, avevo avuto mia madre e Madison. Ma anche il loro amore e il loro sostegno non erano stati in grado di riparare i danni causati da mio padre e Callum. Quella sensazione lancinante di non essere mai abbastanza brava, di essere inutile, non era mai svanita. Anche in quel momento, non potevo permettermi di riflettere davvero su tutto senza sentire un'enorme voragine allo stomaco.

«Oppure possiamo stare sedute qui e parlare ancora un po'», suggerii. Jasmine balzò in piedi, mi guardò accigliata e mi sorpassò, per poi dirigersi verso la porta che conduceva all'enorme cortile del centro. C'erano un campo da basket e un piccolo prato con un paio di panchine. Il muro era stato decorato con un altro graffito, un altro arcobaleno.

Mi fece sorridere.

Alla mamma sarebbe piaciuto.

Provai a sopprimere la sensazione di vuoto che sentivo ogni volta che pensavo a lei e rivolsi la mia attenzione a Jasmine. Si era seduta a uno dei tavoli. C'era un mucchio di materiale artistico: carte, pastelli e pennarelli. Ne presi qualcuno e iniziai a scarabocchiare, sperando di convincerla a unirsi a me. Ma lei mi ignorava e teneva lo sguardo sui ragazzi che stavano giocando a kickball con uno dei volontari.

«Potresti unirti a loro, sai?» le dissi.

«No. Di sicuro non mi vorrebbero. Non sono molto brava negli sport.»

«È solo per divertirsi un po', Jasmine. Sono sicura che adorerebbero...»

«Ho detto di no.»

«Okay.» Cedetti, soffocando un piccolo sospiro. «Cosa ti piace fare?»

«Non funzionerà, lo sai.»

«Cosa non funzionerà?» chiesi, innocentemente.

«Questo, fingere che ti interessi. Sei qui solo per aggiungere qualcosa al tuo curriculum e fare bella figura.»

«Jasmine, è…»

«Lascia perdere, Cantaloupe.» Si alzò. «Pensi di essere la prima persona che prova a farmi stare meglio? C'è una lunga lista di gente che ha già provato… e indovina un po'? Hanno fallito tutti. Quindi, non facciamolo.» Se ne andò verso l'altro lato del cortile, dove un paio di bambini giocavano a swing ball.

«Come va?» Maureen si avvicinò e si sedette accanto a me.

«Lei…» stavo cercando le parole giuste.

«Sta soffrendo», disse dolcemente. «Il suo dolore è uno scudo. Ci vorranno un po' di pazienza e tenacia per sfondare l'armatura che ha costruito.»

«Da quanto tempo lo fai?»

«Da quanto basta per aver visto tutto ormai.» Si alzò di nuovo quando due bambini iniziarono a litigare per la palla. «Pazienza e tanta tenacia.» Maureen mi rivolse un sorriso comprensivo prima di lanciarsi nella mischia.

Proprio in quel momento, un trambusto vicino alle porte attirò la mia attenzione. Alcuni dei ragazzi iniziarono ad applaudire e urlare e mi chiesi cosa stesse succedendo, finché non vidi apparire le divise rosse, bianche e nere.

Divise indossate nientemeno che da mio fratello… e Zach.

***

«Cally?» sbottò Callum non appena mi ebbero raggiunta. Nessuno dei due sembrava felice di essere lì, ma mio fratello era decisamente furioso.

«Ehm… ehi», gracchiai, a malapena in grado di credere ai miei occhi. Che diavolo ci facevano lì?

«Ah, il signor James e il signor Messiah», disse Freya, unendosi a noi. «Vedo che ce l'avete fatta. Il coach Baxter mi aveva assicurato che sareste venuti, ma devo ammettere che ero un po' scettica. Siete entrambi in ritardo.»

«Fai volontariato qui?» chiese Callum esitante, ignorando lo sguardo interrogativo di Freya.

«Io… sì. È il mio primo giorno.»

«Mi dispiace», disse, rivolgendosi a Freya, «ma non posso

farlo.» Callum si voltò e scomparve dentro il centro, lasciandomi con una voragine enorme allo stomaco.

«Va bene, cosa mi sono persa?» Freya guardò me e poi Zach, che mi fissava ancora come se non potesse credere che io fossi lì.

«Mi dispiace così tanto», dissi, cercando di soffocare il mio dolore. «Non sapevo...»

«Cally?» Gli occhi di Freya si riempirono di preoccupazione, ma non era niente in confronto alla violenta tempesta che iniziò a riempire il mio corpo.

«Callum è mio fratello. Le cose sono... complicate.»

«Capisco. Beh, perché non aiuti Zach a sistemarsi? Io, intanto, vado a cercare tuo fratello.»

Sentii il respiro mozzarsi. «Certo», mi sforzai di rispondere. «Posso farlo.»

Oh Dio.

Perché?

Perché l'universo sembrava intenzionato a costringerci a stare insieme?

Mi ero allontanata da lui... e ora era lì. Ovunque andassi, qualunque cosa facessi, non c'era modo di sfuggirgli.

Freya se ne andò, portando con sé tutta l'aria. Zach non mi aveva ancora tolto gli occhi di dosso. La sua testa era abbassata, si stava sfregando la nuca e mi guardava attraverso quelle sue lunghe e folte ciglia.

Dannazione, perché doveva essere così bello?

Bello ma micidiale.

Almeno per il mio cuore.

«Quindi... questa sì che è una sorpresa», disse, rompendo il silenzio imbarazzante che era calato su di noi.

«Non sapevo... se lo avessi saputo...»

«Saresti scappata da qualche altra parte?»

«Qualcosa del genere», borbottai.

«Allora, che ci fai qui?» Indicò la panchina.

«Vedi quella ragazza?» Mentre ci sedevamo, indicai Jasmine. «È la mia nuova *sorellina*.» Le sue sopracciglia si aggrottarono e io ridacchiai. «Sono una specie di sorella maggiore. La sua mentore. La sua confidente saggia e vecchia. Tuttavia, non mi sento nessuna di queste cose adesso. È la nostra prima seduta e mi odia già.»

«Mmh, non è possibile.» Zach si sporse in avanti, appoggiando i gomiti sulle ginocchia mentre guardava i bambini giocare. «È solo smarrita.»

«Già...»

Il silenzio tornò a calare su di noi.

Era un casino, un vero casino. Avevo deciso di partecipare al progetto di volontariato per distrarmi, per non avere altri problemi.

Zach emise un sospiro stanco, e mi sembrò così tanto scoraggiato che le emozioni mi travolsero.

Forse lui avvertì il mio cambiamento di umore, perché disse: «Cally?»

Feci un sorriso forzato. «E tu, perché sei qui?»

«Il coach Baxter ci ha iscritti. La considera una punizione.»

«Per la rissa, immagino.»

Lui annuì. «Credo che pensasse che questo ci avrebbe aiutato a legare.»

«Non posso credere che Callum se ne sia andato.» Invece potevo. Lo aveva fatto per tutta la mia vita. Il dolore mi trafisse il petto.

«Tu chi sei?» Jasmine venne verso di noi con aria circospetta. Non avevo nemmeno notato che si stesse avvicinando, troppo confusa dalla presenza di Zach.

«Io? Sono Zach», rispose, guardando con interesse la timida ragazzina. «Tu chi sei?»

«Jasmine.»

«Cally mi stava giusto dicendo che voi due passerete del tempo insieme.»

«Non credo.» Fece spallucce, i suoi occhi saettavano ovunque tranne che su di me. «Come fai a conoscerla?»

Parlava di me come se non fossi seduta proprio lì.

«Cally?» chiese lui, guardandomi di traverso e sorridendo. «Ci conosciamo da tantissimo tempo, vero, scricciolo?»

Stava forse flirtando con me?

Perché diavolo stava flirtando con me?

«Scricciolo? Che soprannome è?» Jasmine ridacchiò.

«Zach», borbottai, anche se dovevo ammettere che era dannatamente migliore di Cantaloupe.

«Allora, sei un giocatore di basket?»

«Conosci il basket?» le chiese.

«Un po'.» Lei arrossì. «A volte mi piace guardarlo su ESPN.»

«Davvero? Hai mai giocato?»

«Oh no. Non sono brava in queste cose.»

«Cose tipo cosa?» Zach si alzò. «Far rimbalzare una palla? Avanti, andiamo a fare qualche tiro a canestro.»

Il suo sguardo ombroso si posò finalmente sul mio e io le feci un sorriso rassicurante. «Dovresti andare. È un ottimo insegnante.»

Cazzo.

Non sapevo perché lo avevo detto, e, a giudicare dalla sua espressione sorpresa, neanche Zach ne aveva idea.

«Andiamo, Elsa.»
«E-Elsa?» Lei arrossì ancora di più.
«Sì, mi ricordi Elsa. Sai, quella di Frozen.»
«So cos'è Frozen.» La sua timidezza cedette il posto a un sorriso accecante, ma svanì rapidamente. «I ragazzi a scuola mi chiamano tutti Gandalf.»
«Beh, mi sembrano degli stro...» Lanciai a Zach uno sguardo di avvertimento e lui si corresse. «Imbecilli, sembrano degli imbecilli.»
Li guardai andare verso il canestro. Zach prese una palla dall'enorme cassa e la fece rimbalzare davanti a sé. Jasmine lo guardò con occhi pieni di meraviglia. Non potevo credere a quanto fosse bravo con lei. A come sembrasse spigliato lo scambio di battute tra loro. Avevo lottato per convincerla a dirmi due parole, eppure aveva parlato con Zach come se fosse un vecchio amico. Cercai di non prenderla sul personale, ma era dura. Volevo costruire un rapporto con lei, aiutarla.
La sensazione persistente di sconforto non mi impedì di sorridere mentre guardavo Zach che le spiegava un paio di mosse. Si chinò e iniziò a muoversi attorno a lei, correndo da una parte all'altra e dando spettacolo, tanto che anche gli altri ragazzi si fermarono a osservare la star della SU che insegnava il basket a una ragazza di quattordici anni, che lo guardava come se fosse un Dio sceso in terra.
Ma accadde qualcosa di ancora più magico.
Jasmine gli strappò la palla di mano e iniziò a dribblare da un lato all'altro, avvicinandosi al canestro. «Tira», gridò qualcuno, e lei si diede lo slancio con un piede, sollevandosi da terra proprio mentre lanciava la palla, che colpì il tabellone e poi cadde di netto attraverso la rete.
L'intero cortile applaudì mentre Zach rimaneva lì fermo, sbalordito.
«Santo cielo, Elsa sa muoversi.» Mi sorrise e non potei fare a meno di ricambiare, poi mi avvicinai a loro.
Mi sentii come ai vecchi tempi.
Intravidi il ragazzo che aveva passato ore con me, quello che trascinavo per tutta Bay View a scattare foto dopo foto. Il ragazzo che era stato con me nella casa sull'albero, a cullarmi mentre piangevo per un padre che ero convinta non mi amasse.
«Io... a volte mi alleno», balbettò Jasmine.
«Che fine ha fatto il *non sono brava negli sport*?», dissi in tono ironico, ma realizzai subito il mio errore. Lei sembrò rimpicciolirsi e abbassò lo sguardo a terra. «Jasmine, non volevo dire...»
«Ehi, Elsa, che ne dici se tu ed io sfidiamo alcuni dei ragazzi a un due contro due?»

La sua testa scattò in alto, i suoi occhi ammalianti pieni di meraviglia e di soggezione. «Sul serio? Vuoi giocare con me?»

«Diavolo sì.»

Indietreggiai, prendendomi mentalmente a calci per aver sbagliato di nuovo. Zach catturò il mio sguardo e mormorò: «Rilassati, cambierà idea».

Ma non ne ero così sicura. Dubitavo che Jasmine mi avrebbe rivolto la parola se Zach non si fosse presentato.

«È bravo con lei.» Freya mi raggiunse sulla panchina.

«A quanto pare.»

Lei ridacchiò. «È un atleta del college con l'aspetto di un... beh, quello. Non darti per vinta così presto. Non ti avrei affidato Jasmine se non pensassi che tu possiedi quello che serve per entrare in sintonia con lei.»

Riuscii a fare un piccolo cenno del capo, guardando Jasmine e Zach correre in cerchio intorno a un altro volontario e a un ragazzo alto con il ciuffo. Le loro risate, e quelle del loro pubblico affascinato, riempirono il cortile. Jasmine sembrava così spensierata, così diversa dalla ragazza che mi era stata presentata quasi un'ora prima.

Non era l'unica però. Anche Zach sembrava felice. Il ragazzo arrabbiato e cupo in cui mi ero imbattuta all'inizio del semestre non c'era più. Adesso sorrideva e impiegava il suo tempo a insegnare le sue mosse migliori a Jasmine e all'altro ragazzo. Non era difficile credere che fosse il capitano degli Scorpions. Trasudava leadership, ma la esercitava con umiltà. Non era presuntuoso o tronfio come tanti atleti. Sembrava davvero felice di essere lì.

E, onestamente, non sapevo cosa provare davanti a tutto ciò.

Da un lato, volevo odiarlo un po' di più. Aveva sempre voltato le spalle al basket, rifiutando il suo destino di terzo Messiah di perseguire una carriera nella squadra del college. Ma guardandolo, vedendo quanto facilmente corresse in campo e maneggiasse la palla, capii che stavo assistendo a qualcosa di speciale.

Mi fece male al cuore pensare che il mio Zach, il ragazzo che una volta si rifiutava di conformarsi e seguire le orme del fratello e del padre, non ci fosse più. Perché conoscevo abbastanza quel gioco che sembrava perseguitarmi, da riconoscere un grande giocatore quando ne vedevo uno.

Zach aiutò Jasmine a impostare la posizione per un tiro e lei fece canestro. Il cortile esplose in un coro di applausi. I ragazzi esultarono e i volontari risero e applaudirono. La magia si stava manifestando davanti ai miei occhi ed era impossibile non esserne travolti.

C'è solo un problema con la magia...

Alla fine, l'incantesimo svanisce.

Capitolo 22
Zach

La sessione si era conclusa. La mia maglia era umida e avevo la pelle tesa per aver trascorso due ore sotto il sole pomeridiano, ma, cosa più sorprendente, le guance mi facevano male per tutti i sorrisi e le risate.

Non riuscivo a ricordare l'ultima volta in cui mi ero divertito così tanto.

Beh, in realtà ci riuscivo… e ogni ricordo felice includeva Cally.

Era stato uno shock totale entrare nel cortile della Next Steps e trovarla seduta lì. Se avessi saputo che faceva volontariato proprio in quell'associazione, probabilmente avrei pregato l'allenatore di farci fare qualcos'altro.

O forse no.

Perché Cally non sarebbe potuta scappare da lì. E quello era un luogo tranquillo. Ci dava modo di essere vicini senza che le cose si facessero troppo imbarazzanti.

«Grazie», disse Jasmine a bassa voce.

Nel momento in cui finimmo di giocare, si chiuse in sé stessa. Ma cavolo, come era sbocciata con la palla tra le mani. Non avevo mai visto niente di simile. Era un piccolo razzo, sfrecciava su tutto il campo sfoggiando abilità con la palla piuttosto impressionanti.

Era ovvio che fosse un'autodidatta, il suo gioco di gambe era approssimativo e più di una volta si era confusa sulle regole, ma possedeva un talento grezzo che la maggior parte dei ragazzini non aveva.

«Quando vuoi, Elsa.» La presi in giro. «Sei stata brava. Dovresti pensare di giocare per la squadra della tua scuola.»

«Non me lo permetterebbero.»

«Cosa vuol dire che non te lo permetterebbero?» Aggrottai le sopracciglia.

«Gli altri ragazzi… a loro non piaccio. Tutti pensano che io sia una stramba dai capelli bianchi. Immagino che il personaggio di Elsa mi si adatti.» Scrollò le spalle e, davanti alle sue parole, sentii la schiena irrigidirsi. Non mi piaceva sentirla parlare di sé stessa in quel modo.

La guardai e dissi: «Non permettere mai a nessuno di dirti quanto vali, Jasmine».

«Io...» Si interruppe e abbassò la testa.

«È stato fantastico.» Cally si unì a noi e il mio corpo reagì alla sua presenza. Era come se, ogni volta che eravamo vicini, l'aria crepitasse e tutto ciò che avevamo intorno cambiasse; come se ci fosse una forza invisibile che cercava di unirci.

«Sì, come vuoi.» Jasmine la sorpassò e scomparve dentro il centro.

«Forse dovresti essere tu il suo mentore.» Un sospiro sconfitto uscì dalle labbra di Cally.

«Devi solo darle tempo.»

«Tempo, giusto. Perché è quello che risolve tutto.» I suoi occhi si spalancarono inorriditi. «Merda, non volevo dire...»

«Tranquilla. Va tutto bene.»

Ma non era vero. Qualcosa era cambiato tra noi. Il bisogno di ferirla era stato spazzato via dai suoi continui tentativi di respingermi. Ma c'era molto di più. C'era lei. La giovane donna che era diventata. Più dura all'apparenza, ma comunque dotata di una dolcezza della quale volevo deliziarmi.

Fanculo. Stavo impazzendo per la ragazza che mi aveva fatto il cuore in mille pezzi quando ero solo un ragazzino che lottava per trovare la sua strada.

Entrammo dentro il centro insieme, avvolti dal silenzio. Jasmine parlava con Freya, ma la donna non sembrava soddisfatta. «Perché no?» Jasmine gridò frustrata. «Non mi piace lei, mi piace Zach.»

Merda.

Cally rimase a bocca aperta, gli occhi pieni di lacrime. Quando l'avevo vista litigare con Jasmine, volevo solo dare una mano, non peggiorare le cose.

«Jasmine», disse Freya con calma. «Perché non ne parliamo nel mio ufficio?»

«Non voglio parlarne. Ti sto dicendo che non voglio che sia la mia mentore. Comunque, che razza di stupido nome è Calliope?»

Freya notò la nostra presenza e lanciò a Cally uno sguardo di scuse, ma il danno era già stato fatto. Il mio scricciolo era a qualche secondo dal cadere a pezzi davanti a tutti i volontari e a una dozzina di ragazzi.

«Avanti», le dissi. «Andiamocene da qui.» Freya mi fece un cenno comprensivo, mentre portavo Cally fuori dal centro. Nell'istante in cui mettemmo piede fuori, lei fece un sospiro tremante.

«È solo una ragazzina», dissi.

«Che chiaramente mi odia. Tutto questo avrebbe dovuto farmi stare meglio e ora ho solo...» Sbuffò, prima di nascondersi il viso con le mani. Ma decisi che non le avrei permesso di abbattersi.

Feci scorrere le mie dita sulle sue e le allontanai delicatamente dal suo viso, costringendola a guardarmi. «Lascerai che una ragazzina di quattordici anni ti sconvolga?»

«Non capisci.» Le sue sopracciglia si aggrottarono e i suoi occhi divennero così tristi che mi sentii squarciare. In quel momento, non volevo ferirla, volevo prendere il suo dolore e farlo mio.

Cazzo... quella ragazza.

«Allora parlami.»

«Cosa stai facendo, Zach?» Scappando dalla mia presa, Cally mise un po' di spazio tra di noi.

«Io... beh, stavo solo cercando di aiutare.»

«Ma perché? Non siamo amici. Non siamo più niente.» Chiuse gli occhi e inspirò di nuovo, sussultando.

Speravo che le facesse male pronunciare quelle parole, perché ascoltarle mi stava uccidendo. «Ho solo...» Tutta l'endorfina e l'adrenalina che mi scorreva dentro svanì, sostituita dalla frustrazione.

«Devo andare», disse, raddrizzando la schiena.

«Almeno lascia che ti accompagni al campus.»

«In realtà, non torno al campus. Penso che andrò in spiaggia. Ho bisogno di aria. Ci vediamo in giro, Zach.» Cally corse via da me come se avessi la peste.

Mentre la guardavo andarsene, sentii un vuoto enorme formarsi nel mio stomaco...

Mi chiesi se tra noi, ormai, sarebbe sempre andata così.

***

Ero appena uscito dalla doccia quando qualcuno bussò alla mia porta.

«Solo un secondo.» Mi misi un asciugamano attorno alla vita e andai a controllare dallo spioncino.

«Ehi», dissi aprendo la porta a Victoria.

«Ciao.» Sorrise e subito i suoi occhi percorsero tutto il mio corpo.

«Vado a vestirmi.»

«Sì, per favore, fallo», disse senza fiato. Eppure, non provai il solito senso di soddisfazione nauseante.

Dalla serata al luna park, il nostro rapporto era diventato più teso. O forse era successo già da prima di allora. L'avevo evitata per quasi tutta la settimana precedente, inoltre, durante il fine settimana, lei era stata fuori città. Ma, dopotutto, prendersi un po' di spazio era una buona idea. I ragazzi avevano ragione, ci stavamo avvicinando troppo. Victoria aveva iniziato a oltrepassare il limite e, nel tentativo di vendicarmi dei miei genitori e di mio fratello, io glielo avevo permesso.

Cazzo.

Non appena la raggiunsi in soggiorno, lei mi guardò negli occhi. «Mi stai evitando», disse, arrivando subito al sodo.

Sospirai, non volevo affrontare l'argomento.

«È per lei, vero? Cally o come si chiama.»

«Sai come si chiama, Vic», esclamai.

«Voi eravate...»

«Non importa se lo eravamo. Ora non lo siamo.» Sentii una fitta al petto. «Non sapevo che sarebbe venuta qui, proprio come lei non sapeva che io fossi già qui.»

«Ma...»

«Niente ma, Vic. Non è Cally il problema, lo siamo noi. Che cosa stiamo facendo? Sei la ragazza di mio fratello, cazzo.» Mi passai le dita tra i capelli.

«Noi abbiamo bisogno l'uno dell'altra.» Victoria si avvicinò un po', mentre i suoi grandi occhi mi fissavano sofferenti.

«Davvero?» Socchiusi gli occhi. «O ci stiamo solo usando a vicenda?»

«Che cazzo dovrebbe significare?» chiese, mostrando gli artigli. Era quella la versione di Victoria Penderton che quasi tutti conoscevano. Fredda e aggressiva. Vic era un'ottima amica, se *era* tua amica. Ma se non era così, non riusciva a trattenersi. Soffriva di complesso di superiorità e la cosa era evidente.

«Sei stata tu a dirlo. Ti piace stare con me perché ti fa sentire più vicina a Declan. È un casino, Vic. È per questo che ti sei quasi fatta scopare? Così da poter fingere che fossi lui?»

Mi pentii subito delle mie parole, ma lei aveva esagerato. E quando un animale viene messo all'angolo, di solito attacca.

«È... Non posso credere che tu l'abbia detto.» Uno sbuffo indignato le sfuggì dalle labbra.

«Senti, mi dispiace. Ma questo, noi... non credo sia una buona idea passare ancora del tempo insieme.»

Il dolore le balenò sul viso, ma la sua espressione si indurì subito dopo. «Ti è cresciuta la figa durante la notte? Questo non è lo Zachary Messiah che conosco.»

«Attenta, Vic.» Un ringhio mi rimbombò nel petto.

«O cosa? Sei arrivato dove sei adesso solo grazie a lui. La squadra, il coach Baxter, i tuoi genitori... ti volevano tutti qui solo per Declan.» Le sue parole mi ferirono come minuscoli pugnali. «Non eri nessuno prima che ti portassero via da San Diego per farti venire qui. Quindi non stare lì a fare l'arrogante, perché quando Declan si sveglierà, e lo farà, tutti si dimenticheranno di te. Potrai anche essere il re della Steinbeck in questo momento, Zachary, ma la corona che indossi appartiene a lui. Non dimenticarlo.»

Si voltò e si precipitò fuori dal mio appartamento, sbattendo la porta dietro di sé.

Fanculo.

Le sue parole mi risuonarono dentro la testa, affondando in ogni crepa e insicurezza che avevo. Prima di rendermene conto, afferrai un bicchiere dal bancone e lo lanciai attraverso la stanza. Si schiantò contro il muro, frantumandosi in mille pezzi.

Era una stronza crudele. Sapeva esattamente come colpirmi dove avrebbe fatto più male, e lo odiavo più di ogni altra cosa. Odiavo che mi conoscesse abbastanza da conoscere la verità.

Andai verso la credenza e quasi scardinai lo sportello, afferrai una bottiglia di vodka e buttai giù un paio di sorsi.

Era quello che pensava la gente? Che fossi lì perché volevo essere Declan? Perché pensavano che volessi seguire le sue orme?

Chi stavo prendendo in giro? Ovvio che la pensassero così. O forse, a loro non importava un cazzo, gli bastava che portassi a termine il lavoro e riuscissi a farli arrivare in cima alla classifica del campionato.

Victoria aveva ragione, non volevano me. Volevano il mio cognome, la mia abilità in campo. Mi volevano perché il basket scorreva nelle mie vene.

Non importava quanto io desiderassi che non fosse così.

***

Mi svegliai confuso. Avevo il collo bloccato e una fottuta grancassa in testa.

«Che cazz…»

Il rumore di qualcuno che bussava alla porta perforò la foschia che circondava i miei pensieri.

«Solo un minuto.» Mi tirai su e guardai il mio appartamento. Ero sul divano e, accanto a me, c'era una bottiglia di vodka.

Merda. Dovevo aver esagerato dato che, quando l'avevo presa, era quasi piena, mentre, in quell'istante, era vuota.

I colpi continuarono, risuonando anche nella mia testa. «Sì, sì, datemi un secondo.» Cercando di tastare il terreno, mi alzai. Il mio stomaco si agitava, mentre mi muovevo lentamente per l'appartamento. Aprii la porta e mi trovai davanti l'espressione preoccupata di Brad.

«Hai saltato la preparazione atletica.»

«Ero…»

«Che cazzo è questa puzza?» Si avvicinò a me ed ebbe un conato. «Gesù, quanto hai bevuto?»

«Abbassa quella cazzo di voce, ho la testa che sembra scoppiare.»

«Non mi sorprende.» Mi diede una pacca sulla spalla prima di sorpassarmi ed entrare nel mio appartamento. «Quindi è qui che vive il Messiah.»

«Volevi qualcosa o sei qui solo per torturarmi?»

«Il coach Baxter è passato in palestra, ha visto che non c'eri e si è preoccupato.»

«Quindi ti ha mandato qui.»

«In realtà, ti ha chiamato un sacco di volte. Ma…»

«Il mio cellulare è morto.» Ricordavo vagamente che si era spento la notte prima, tra il terzo e il quarto bicchiere di vodka.

«Dovresti andare a lavarti i denti.»

Gli mostrai il dito medio ed entrai in bagno. Il movimento e il gusto prepotente della menta mi fecero venire voglia di vomitare, ma riuscii a tenere il contenuto dello stomaco al suo interno. Finito con i denti, mi lavai velocemente il viso e le mani, poi tornai in soggiorno.

«Vuoi parlarne?»

«Che cazzo stai facendo?» urlai quando lo vidi frugare nel mio frigorifero.

«Hai bisogno di una delle mie epiche cure per i postumi della sbornia. Io lo chiamo *il pelo nell'uovo*.»

«Non berrò quella merda.» Aggrottai le sopracciglia, osservandolo mentre tirava fuori dal frigo uova e spinaci.

«Ti sistemerà subito.»

«Puoi farmi una omelette, magari.» Non che fossi già pronto a mangiare. «Il coach era incazzato?»

«Più preoccupato che incazzato. Non perdi mai un allenamento. E visto il modo in cui tu e Callum avete litigato l'altra sera… Tutti sentono la tensione, amico.»

«Hai sentito cosa ha detto.»

«L'ho sentito, ed è uno schifo. Ma Callum sta lavorando su molti aspetti in questo momento. È così difficile dargli un po' di tregua?» Lo guardai torvo e Brad si lasciò sfuggire un sospiro intenso. «Dimentica quello che ho detto. Allora, come è andato il servizio alla comunità?» Rinunciò a fare il frullato e prese una padella, aggiungendovi un filo d'olio.

«Stavo scherzando sulla omelette.»

«Non è per te.» Un sorrisetto apparve sulle sue labbra.

Sfacciato figlio di puttana.

Presi una bottiglia d'acqua dal frigorifero e mi sedetti al tavo-

lo della colazione. «In realtà, è stato sorprendente.»
«Davvero?»
«Cally era lì.»
«Ma dai.» Mi guardò a bocca aperta. «Che sfiga hai, amico.» Non risposi e lui si stranì. «O no?»
«Non lo so...»
«Aspetta un attimo, non stai seriamente pensando di...»
«Non intendo avere questa conversazione con te.»
«Ti ha già incasinato la testa. Non lasciarla entrare nella tua pelle più di quanto non abbia già fatto, Messiah. Finirai solo nei guai.»
«Come te, e il fatto che ti scopi Josie, non è vero?» Sollevai le sopracciglia e lui deglutì. «Sì, proprio come pensavo.»
«La differenza, però, è che non tutti studiano ogni mia mossa.»
Gli mostrai di nuovo il dito medio, poi mi passai una mano sul viso, soffocando un gemito. «Ricordami perché sei qui.»
«Perché hai bisogno di un amico, e io lo sono.»
«Quanto sono fortunato.»
«Lo sei davvero.» Brad sorrise come un folle, mentre sbatteva le uova in un piatto per poi aggiungerle in padella.
«Allora, cosa è successo al centro?»
«C'era questa ragazza...»
«Ah, l'inizio di ogni bella storia.»
«Era una ragazzina, stronzo. Un esserino davvero tranquillo. Cally è la sua mentore.»
«Mi pare di capire che non sia un bene?» La sua fronte scattò verso l'alto.
«Ho avuto l'impressione che Cally non le piacesse molto.»
«È difficile da credere. È una delle persone più inoffensive che abbia mai incontrato.»
«Sì. Penso che stesse insistendo troppo, sai?»
«Fammi indovinare, alla ragazzina non è piaciuta Cally, ma ha avuto un colpo di fulmine con il Messiah.» I suoi occhi brillavano divertiti.
«Per favore, smettila di chiamarmi così.»
«A buon intenditor...»
«Stronzo.»
«Da quale pulpito viene la predica.»
«Le tue uova si stanno attaccando al fondo.» Spostai gli occhi sulla padella.
«Fanculo.» Si voltò e iniziò a girare l'omelette. «Piatto.»
«In alto a destra», borbottai, l'odore mi faceva rivoltare lo stomaco.
«Ne vuoi?»

«No, sono a posto così.»
Brad trovò una forchetta e iniziò a mangiare. «È buona», disse con la bocca piena.
«Allora, come sta Josie? Pronto a confessare a Joel che te la scopi?»
«Amico», esclamò. «Sto mangiando.»
Una risata mi rimbombò nel petto. Sentivo ancora i postumi della sbornia, ma l'acqua stava aiutando un po'.
«Seriamente, amico. Se vuoi parlare di questa situazione merdosa con Callum e Cally, sono la persona giusta.»
«Buono a sapersi, ma la risposta è comunque no.»
Che cazzo avrei dovuto dire? Pensavo di odiare Cally, una parte di me la detestava ancora ma, allo stesso tempo, sentivo la sua mancanza. Mi mancava così tanto, cazzo. Stare intorno a lei mi aveva sempre reso più facile respirare.
All'inizio, pensavo che fosse una conseguenza del brivido che provavo a fare il gioco del gatto e del topo. Ma cominciavo a rendermi conto che era semplicemente colpa dell'effetto che lei aveva su di me.
Cally era la fiamma e io, come una falena attratta dalla luce, non riuscivo a starle lontano.
«Oh merda, sei proprio cotto.»
«Vaffanculo.»
Brad ridacchiò. «È scritto su tutto il tuo bel faccino. È un disastro annunciato. Ma forse distrarrà tutti dal fatto che mi scopo la sorella di Joel.»
«Elegante, amico. Davvero raffinato. Forse farò due chiacchiere con Josie e vedrò cosa pensa della vostra situazione.»
Balzò in piedi. «Non ti azzardare, Zach.»
«O cosa?»
«Seriamente, amico. Non scherzare con me su queste cose. Josie è…»
«Dillo.»
Si accigliò. «Andiamo, non fare lo stronzo.»
«Da quale pulpito viene la predica», dissi, ripetendo le sue stesse parole.
«Mi piace, okay. Mi piace molto.»
«Ecco.» Sorrisi compiaciuto. «Non era poi così difficile, vero?»
«Comunque, non potrà mai funzionare.» Emise un sospiro rassegnato. «Sai bene quanto me che Joel non sarà mai…» Si interruppe.
«Fanculo quello che pensa Joel. È una regola stupida.»
«Stupida perché vuoi fare a Cally…»

Lo fermai con uno sguardo truce e lui alzò le mani in segno di resa.

«Scherzo, sto scherzando.»

«Sei un fottuto idiota.»

Il silenzio calò su di noi. Che coppia eravamo: lui che se la faceva con Josie alle spalle di Joel, io e Cally... che facevamo qualunque cosa stessimo facendo. Cosa che, al momento. non era niente, dato che lei mi stava evitando. Forse dovevo fare un passo avanti, farle un'offerta di pace? Lei non sembrava apprezzare il mio approccio troppo diretto, quindi dovevo pensare fuori dagli schemi.

«È il momento di fare una conversazione seria.» Brad bevve il succo dal cartone. «Sei pronto per l'amichevole?»

«La squadra è pronta.» Non avevamo ancora giocato molto insieme poiché le prove ufficiali non sarebbero iniziate prima del fine settimana successivo, ma ci eravamo incontrati e avevamo fatto quanto necessario, avevamo lavorato sul gioco e perfezionato il nostro stile.

«Non ti ho chiesto se *la squadra* è pronta, ti ho chiesto se lo sei *tu*.» Aveva un'espressione interrogativa, ma decisi di ignorarlo. «È già tutto sold out», aggiunse. «Il coach ha detto che avremo tutti un paio di biglietti per le nostre famiglie; non che io abbia qualcuno da invitare.»

Un'idea balenò nella mia mente.

Prima avrei dovuto parlare con Freya, ma poteva funzionare.

«Oh no, cosa stai tramando?» Brad fischiò tra i denti.

«Io?» ghignai. «Non so di cosa tu stia parlando.»

Capitolo 23
Calliope

Evitare Zach quando ero in giro per il campus non era stato difficile, considerato il fatto che lui era un atleta e io non ero nessuno. Joel mi stava ancora riservando il trattamento del silenzio e Callum non si vedeva da nessuna parte.

Così, quando mio padre mi chiamò per invitarmi all'amichevole, quasi risi istericamente al telefono.

«Tu vuoi che io faccia cosa?»

«Calliope, devi sempre essere così…»

«Così come, papà?» Riuscii a malapena a trattenere il veleno dalle mie parole.

Lui emise un sospiro profondo. «Tutta questa rabbia non ti fa bene.»

«Non sono…» Mi fermai.

Non capiva. Non aveva capito quando ero bambina, e continuava a non capire. Era davvero triste che l'uomo per metà responsabile del mio DNA se ne fregasse di me.

Triste ma vero.

Il mio cuore si strinse.

«Ho due biglietti», il suo tono si ammorbidì, «e mi piacerebbe davvero che venissi con me. Ti ho vista a malapena da quando sei arrivata, e sarà bello per te sostenere tuo fratello…»

«Ma stai scherzando?» Sospirai, il peso delle sue parole si avvolse intorno al mio cuore come un rovo di spine. «Sostenerlo? Ti rendi conto che non mi ha rivolto la parola da quando sono arrivata qui? Non ha nemmeno detto alla squadra che sua sorella avrebbe frequentato la SU! Che razza di persona si comporta in questo modo?»

«Callum sta soffrendo, Cally. Ne ha passate tante…»

«Proprio non capisci, vero?» Mi sentii sopraffatta dalle lacrime e lottai per trattenermi.

«Non capisco cosa?»

«Mi avete abbandonata, papà. Mi avete lasciata entrambi come se non fossi niente. Ho passato tutta la mia infanzia a fare in modo che tu mi notassi. Hai idea di come ci si senta a essere così… così invisibili?» Sentii il petto sussultare mentre quelle parole uscivano dalla mia bocca.

«Cally, io…»

«Evitiamo, papà. Non ti importava allora ed è chiaro che non ti importi neanche adesso. Ho delle cose da fare. Ciao.» Quando riattaccai, scoppiai in lacrime.

Dio, non aveva idea... era così accecato da Callum e dalle sue speranze, dai suoi sogni e dalle sue aspirazioni.

«Cally?»

Mi voltai e trovai Josie lì in piedi. «Ho sentito gridare», disse, «e la porta era aperta, quindi io...» I suoi occhi erano pieni di preoccupazione.

«Nessun problema.» Tirai su col naso, mi asciugai gli occhi e inspirai con affanno.

«Tuo padre?»

«Sì. Voleva invitarmi all'amichevole di Callum come offerta di pace.»

«Mi sembra un idiota che non capisce nulla.»

«Oh, lo è.»

«Ehi, ti va di uscire da qui? Sono sicura che a Xavier non dispiacerà se andiamo al bar.»

«Domani abbiamo lezione», dissi, guardando la pila di libri che avrei dovuto leggere.

«E quindi? Siamo al college. Puoi saltare le lezioni mattutine o indossare gli occhiali da sole per nascondere gli occhi post sbornia.» Josie mi rivolse un sorriso caloroso e qualcosa sembrò placarsi dentro di me.

Incontrarla era stata una fortuna.

Certo, il fatto che fosse la sorella di Joel era un piccolo problema, ma potevo essere sua amica ed evitare comunque la squadra.

Fino a quel momento sembrava funzionare.

«Che c'è?» mi chiese.

«Sono davvero felice di averti incontrata, Josie.»

«Anche io. Andiamo, sto morendo di fame.»

***

Lo *Steel 'n' Thunder* era tranquillo, ma non erano neanche le sei ed era mercoledì.

«Se voi due continuate a venire da queste parti, comincerò a pensare che non lo facciate solo per la birra.» Xavier ridacchiò della sua stessa battuta, mentre noi prendevamo posto sugli sgabelli del bar.

«La mia amica aveva bisogno di uscire dalla sua stanza e tu hai una delle migliori birre della città.»

«Puoi ben dirlo.» Sorrise orgoglioso.» Allora, a chi devo cambiare i connotati per averti ferito, Cally?»

«Io...»
«Tranquilla», disse Josie ridacchiando. «Sta scherzando. O quasi.»
«Qualsiasi ragazzo ti faccia piangere non vale il tuo tempo, tesoro.»
«E i padri che ti fanno piangere?» chiesi, con un sorriso stentato.
«Merda», un'espressione cupa gli coprì il viso, «ma davvero?» Annuii. «Allora sicuramente non vale il tuo tempo. Lasciate che offra qualcosa da bere a entrambe. Avete fame? Potrei far portare qualcosa da mangiare da Munster.»
Non sapevo chi o cosa fosse Munster, ma il mio stomaco brontolò comunque. «Magari potrei mangiare qualche patatina fritta.»
«Cally, ragazza, qui non serviamo solo patatine fritte, ma le migliori dannate patatine che tu abbia mai mangiato.» Xavier fece l'occhiolino prima di andare verso il bancone.
«Grazie», dissi a Josie. «Avevi ragione, è proprio quello di cui avevo bisogno.»
«Beh, ehm.» Sorrise, ma poi la sua espressione si fece seria. «Vuoi parlarne?»
«Non so cosa ci sia da dire. Mi fa solo sentire così... così arrabbiata, capisci?» Strinsi il pugno contro il bancone e mi godetti la sensazione della superficie fredda sulla pelle calda. «Non mi ha sorpresa sapere che avesse una relazione extraconiugale. Lui e Callum erano spesso via per i ritiri sportivi, viaggiavano spesso per le partite fuorisede. Non ricordo lui e mia madre come una coppia felicemente sposata. Non litigavano spesso, né erano spesso in disaccordo, semplicemente non erano mai molto calorosi l'una con l'altro. Mia madre lo ha lasciato andare senza combattere. Ma quando Callum ha annunciato che anche lui sarebbe andato via, ne è uscita devastata. L'ho pregato di restare. Penso di averlo persino abbracciato, e non lo facevo mai.» Sentii le lacrime agli angoli degli occhi, ma mi sembrava di avere più controllo di prima.
«Tuo fratello è uno stronzo.»
«Uno stronzo determinato.» Singhiozzai. «A volte mi chiedo quanto dipendesse da Callum e quanto da mio padre, ma non si è mai confidato con me o con la mamma e non sembrava molto dispiaciuto di andare via da Bay View. I suoi amici gli organizzarono una grande festa in una delle loro case. Era proprio sulla spiaggia. Io e Za...» Mi fermai. Volevo davvero fare una passeggiata sul viale dei ricordi?
«Per me va bene», disse Josie con un sorriso complice. «Puoi parlare di lui. Potrebbe farti bene.»

«Io e Zach ci siamo imbucati. O meglio, ci siamo nascosti nell'ombra a guardare, fingendo di esserci imbucati.» Sorrisi al ricordo. «Ero così arrabbiata per la notizia e Zach voleva tirarmi su di morale. Aveva rubato una bottiglia da una delle cantinette di sua madre e bevvi il mio primo sorso di alcol. C'è stato un momento, mentre eravamo sdraiati sulla sabbia, al riparo dell'oscurità, in cui ho pensato che mi avrebbe baciata, ma fu un perfetto gentiluomo. Un paio d'anni dopo, quando finalmente siamo diventati una coppia, gli ho confessato quanto avrei voluto che mi baciasse, quella notte. Per far sparire tutto il dolore, la sofferenza e la delusione. E mi ha confessato che anche lui voleva baciarmi.»

«Mi sembra di capire che fosse un bravo ragazzo.»

«Lo era.»

Finché non è cambiato.

«So che si è comportato veramente di merda, Cally. Ma hai mai pensato che questa potrebbe essere la tua occasione per lasciarti il passato alle spalle? Tua madre lo voleva, vero? Voleva che tu ci provassi.»

«Colpo basso, Jos», brontolai, afferrando la mia birra non appena Xavier me la fece scivolare davanti.

«Lo so e mi dispiace. Ma è come se ti stessi ancora nascondendo.»

«Non mi sto...»

Oh, chi stavo prendendo in giro?

Certo che mi stavo ancora nascondendo.

«Sei venuta alla SU per un motivo, non dimenticarlo.»

Aveva ragione.

Non prendevo la macchina fotografica in mano da quasi otto mesi, da quando alla mamma era stato diagnosticato il cancro. L'unica cosa che era sempre stata il mio rifugio, la mia via di fuga, era diventata troppo dolorosa.

«Mi piaceva scattare fotografie.»

«Davvero?» chiese Josie e io annuii. «In realtà lo immaginavo. Hai tutte quelle belle foto appese alla parete sopra la scrivania.»

«Al liceo era la mia passione. Mi sembrava di non avere un mio posto nel mondo. Era impossibile farsi notare quando Callum era la stella più brillante della nostra scuola. È stata mia madre a regalarmi la mia prima macchina fotografica. Una vecchia Nikon. Non ne capiva nulla, ma io ho imparato a usarla. Passavo ore nel nostro cortile a provare a fare lo scatto perfetto.» Ricordai quanto la rendesse felice vedermi prendere vita dietro l'obiettivo, quanto rendesse felice me. «Callum era un atleta. Viveva per i riflettori e per stare al centro dell'attenzione.» Bevvi la mia birra e mi lasciai trascinare dai ricordi. «Ma io preferivo osservare, stare dietro l'obiettivo. In quei pochi momenti, entravo in un altro mondo. C'era qualcosa di emozionante in tutto quello. Non volevo essere il soggetto della foto, ma era bello sperimentare cosa significasse poterlo essere solo per un secondo.»

«Non lo fai più?»

«Non posso. Ogni volta che ho provato a prendere in mano la mia macchina… è semplicemente troppo difficile, capisci?» Scrollai le spalle e scolai il resto della mia birra. «Xavier», chiamai, «posso avere qualcosa di più forte?»

I suoi occhi si spostarono su Josie e lei ridacchiò. «Non sono la sua badante, Xav. Se la ragazza vuole roba forte, dalle roba forte. Ci penso io.»

«Okay, qualcosa di più forte in arrivo.» Tornò un minuto dopo e spinse un bicchiere verso di me.

Non annusai neanche il contenuto, presi un lungo sorso e rabbrividii a causa del sapore amaro.

«Brava ragazza.» Mi fece l'occhiolino e ci lasciò di nuovo sole.

«Ho sempre voluto venire alla SU. Hanno uno dei migliori programmi di arte fotografica dello Stato. Sapevo che Callum sarebbe stato qui, ma non mi importava. Poi, la mamma si è ammalata e ho iniziato a dire di voler cambiare i piani, di volermi prendere un anno per capire cosa volevo fare della mia vita, ma lei non ha voluto. Mi ha fatto promettere…» Lacrime silenziose mi scorrevano lungo le guance, mentre cercavo di non cadere a pezzi, tra tutti i posti stravaganti al mondo, proprio in un bar per motociclisti.

«Oh, piccola. Vieni qui.» Josie si chinò, mi abbracciò e io cominciai a singhiozzare sulla sua spalla.

Ero un disastro.

«Sai di cosa abbiamo bisogno?» Si tenne a distanza. «Shottini.»

«Oh, non lo so…»

«Tranquilla, non ti lascerò sbronzare come hai fatto alla festa.»

Dio, la festa.

Sembrava passata un'eternità, quando in realtà era stata appena un mese prima. E, in quel frattempo, avevo visto mio padre una sola volta per pochi minuti e mio fratello solo il tempo necessario per dirgliene quattro.

Josie fece cenno a Xavier e si chinò sul bancone per sussurrargli qualcosa. Le sue sopracciglia si aggrottarono ma poi disse: «Sì, sì, okay».

Asciugai gli occhi sulla manica della mia felpa della SU. Faceva caldo, ma il bar aveva l'aria condizionata e, l'ultima volta che eravamo state lì, avevo sentito freddo. «Cosa prendiamo?» chiesi a Josie.

Lei mi sorrise e ridacchiò. «Vedrai.»

***

«Sai cos'altro odio?» Ero accasciata su Josie, provavo a tenere la testa dritta, ma la stanza girava. «I sottaceti», singhiozzai ubriaca. «Odio davvero i sottaceti.»

«Non è la migliore idea che tu abbia mai avuto, Jos.» Strizzai gli occhi e vidi Xavier fissarmi.

«Xavier», strillai. «Senti, Jos, è Xavier. Scommetto che Xav sarebbe un ottimo fratello maggiore. Non mi abbandonerebbe per poi fingere che io non esista, non è vero, Xavy Wavy?» Battei le mani sulle sue guance ispide.

«Sì, rilassati, Xavier», aggiunse Josie. «Parli come mio fratello.»

«Quale?» chiesi, singhiozzando di nuovo.

Josie strizzò gli occhi, meditando sulla risposta. «Entrambi. Sicuramente entrambi. Dio, i fratelli maggiori fanno schifo.»

«Ecco, niente più alcol per voi.» Xavier cominciò a portare via i nostri drink. «Per entrambe.»

«Che cosa?» La voce acuta di Josie mi fece rabbrividire. «Sto bene. Diglielo, Cally. Digli che sto bene.»

«Sta bene… voglio dire, guardala… Wow, siete due Josie.» Sbattei le palpebre cercando di far tornare tutto alla normalità.

«Cazzo», borbottò Xavier. «Non muovetevi. Dico sul serio, Josie. Non fate niente di stupido.» Le puntò il dito contro.

«Ooh è così scorbutico, proprio come un orso.» Ridacchiai.

«Scommetto che sta chiamando la cavalleria», borbottò.

«Cavalleria?»

«Sì, Joel.»

«Oh no!» I miei occhi quasi uscirono dalle orbite. Non volevo che Joel mi vedesse in quello stato. In realtà, non volevo che mi vedesse e basta. Lo avevo illuso, avevo fatto una cosa bruttissima. Ero una persona cattiva, una persona orribile.

«Non doveva succedere», gemetti nell'incavo del braccio.

«Non dovevamo ubriacarci?» chiese Josie.

«No! Non avrei dovuto comportarmi da persona orribile con tuo fratello.»

«Ah, non preoccuparti per Joel. Ti ha dimenticato subito quando si è sbattuto una cheerleader a una festa.»

«L'ha fatto davvero?»

«Oh merda! L'ho detto ad alta voce?» Si passò una mano sul viso.

«L'ha fatto davvero?» Il mio stomaco sprofondò.

Josie annuì. «La sera del luna park.» Allontanò le dita dagli occhi e li vidi brillare di compassione. «Mi dispiace tanto.»

«Me lo merito.»

«Non dire cazzate. Avevi le tue ragioni. Inoltre, c'è quella stupida regola.»

«Intendi la regola *non toccare la sorella di un compagno di squadra*?»

«Sì, è una regola davvero stupida. E se la sorella fosse sexy?» Allargò le braccia. «E se fosse intelligente e brillante e sapesse fare incredibili cose con la lingua? E se ci sapesse fare con...»

«Ho capito, ho capito. È una che ci sa fare.»

«Puoi ben dirlo che *è una che ci sa fare*. Qualsiasi membro della squadra sarebbe fortunato ad averla.»

«Brad è...»

«No.» Mise le dita sulle mie labbra. «Non osare dirlo. Lo sapevo, lo sapevo cazzo che era uno Scorpion, e ho cominciato a provare tutti questi stupidi sentimenti... dannazione, Cally, cosa devo fare? Joel darà di matto se mai dovesse scoprirlo.»

«Sono troppo ubriaca per darti qualche consiglio.» La mia testa penzolava come quella di una bambola di pezza. «Non che ne abbia da darti. Voglio dire, guardami. Io e Zach ci siamo imboscati...»

Gli occhi di Josie si spalancarono, ma non mi guardava più. Guardava alle mie spalle. «Devi rivedere la parte in cui hai detto di esserti imboscata con Zach», disse sorridendo.

Non ebbi bisogno di voltarmi per vederlo, lo sentii. Quando avvertii la sua presenza, sentii i peli sulla nuca rizzarsi ed emisi un sospiro profondo.

«Tu non sei Joel», disse Josie seccamente.

«Era... impegnato. Ho detto che sarei venuto io.»

«Non ho dubbi.» Ribatté lei e poi mi lanciò uno sguardo complice.

«Allora, che succede esattamente?»

Alla fine, trovai il coraggio di voltarmi e affrontarlo. Nei suoi occhi brillava qualcosa o forse era solo colpa dell'alcol nelle mie vene.

«Siamo ubriache.»

«Ma non mi dire.» Le sue sopracciglia si unirono e assunse un aspetto buffo.

«Il padre di Cally l'ha chiamata e l'ha sconvolta, così abbiamo deciso di...»

La mia mano volò a coprirle la bocca. «Puoi andare», dissi, cercando di sembrare più sobria possibile. «Possiamo chiamare un Uber.»
«C'è un tipo spaventoso laggiù che si aspetta che io vi dia un passaggio a casa, quindi non succederà, scricciolo. Andiamo.»
«Scricciolo, la chiami scricciolo? Oh, mio Dio...»
Premetti la mano ancora più vicino alle labbra di Josie, provando a soffocare le sue parole.
Zach abbassò il viso e si massaggiò la nuca come se non riuscisse a credere a quello in cui si era imbattuto. Ma intravidi un sorrisetto sollevare l'angolo della sua bocca mentre mi guardava attraverso le sue folte ciglia.
Mi si strinse lo stomaco.
Accidenti a lui.
Perché era lì, con quel suo aspetto meraviglioso? Come un bel cavaliere inviato a salvare la principessa dalla sua torre d'avorio. Ridacchiai, immaginandolo in groppa a un bellissimo cavallo.
«Cavallo?» chiese.
Dannazione.
Dovevo averlo detto ad alta voce.
«Dovresti bere qualcosa con noi, Messiah», suggerì Josie. «Un bicchiere della staffa.»
«Penso che tu ne abbia avuto abbastanza.» Si guardò intorno prima che i suoi occhi mi sfiorassero di nuovo il viso.
Sembrava incazzato.
«Avanti, andiamo.»
«Guastafeste.» Con uno sbuffo riluttante, Josie scivolò giù dallo sgabello e gli finì addosso. «Ops, devo essere inciampata.»
«Sì, scommetto di sì. Che cazzo le hai dato?»
«Ehi, non guardare me, amico», rispose Xavier. «La tua ragazza sa essere molto convincente.»
«Oh, non sono la sua...»
«Ha diciotto anni», ringhiò Zach.
«È una città universitaria, tutti hanno diciotto anni. Hai bisogno di una mano?»
«Penso che tu abbia fatto abbastanza.»
«Come vuoi, amico.»
«Ciao, Xavy Wavy, grazie per i drink», canticchiai mentre scendevo dallo sgabello. Zach cercò di aiutarmi, ma lo spinsi via. «Sto bene.»
Borbottò qualcosa sottovoce, ma il martellare del sangue nelle orecchie mi impedì di sentirlo.
Zach era lì... era lì e stava per darci un passaggio fino a casa.

Perché?

Perché all'improvviso era così gentile, così dannatamente ragionevole?

Mi faceva male la testa solo a pensarci.

«Hai un'auto?» sbottai, avvicinandomi al suo braccio nonostante avessi rifiutato la sua offerta di aiuto. Stavo bene, anche se la stanza girava velocemente e mi sentivo su una giostra. «Cavolo.» Afferrai il suo grosso bicipite, per mantenermi in equilibrio.

«Stai bene?» La sua voce roca era magnetica. Lentamente, alzai gli occhi fino a quando non incontrarono i suoi, e l'elettricità crepitò tra di noi.

«La senti?» chiesi, in parte meravigliata e in parte spaventata a morte.

«Sì.» Deglutì con fatica e il suo pomo d'Adamo premette sulla sua gola. Non avevo mai notato la gola di nessuno prima. Ma Zach aveva una bella gola, il tipo di gola sulla quale avrei voluto chinarmi per leccarla.

«Cally?»

La sua voce mi fece trasalire, e lo guardai sbattendo le palpebre. «S-sì?»

«Sembra che tu stia per baciarmi… o mordermi.»

«Io…» Mi sentii pervadere dal calore.

«Ehi, piccioncini», gridò Josie dalla porta, spezzando la nostra connessione. «Diamoci una mossa.»

«Gesù, non era quello che avevo in mente.» Zach fece per allontanarsi, ma lo afferrai di nuovo per un braccio.

«Cosa avevi in mente?»

I suoi occhi si fecero più cupi. «Credimi, scricciolo, non vuoi saperlo.»

Capitolo 24
Zach

Cazzo.

Volevo baciarla.

Volevo prendere Cally tra le braccia e far scorrere la mia bocca sulla sua finché non avessimo avuto altra scelta che usarci l'un l'altro per continuare a respirare.

Ma la rabbia infuriava dentro di me. L'avevo trovata ubriaca insieme a Josie, in un bar alla periferia della città.

Che cazzo ci faceva lì?

Quando Joel aveva ricevuto la chiamata, eravamo tutti insieme alla confraternita. Non ero molto felice di trovarmi lì, ma l'amichevole sarebbe stata quel fine settimana. E Brad aveva ragione, la squadra era guardinga da quando Callum e io ce le eravamo date. Avevamo bevuto un po' di birra, giocato un po' a biliardo e legato parlando delle nostre speranze e dei nostri sogni per la stagione.

Avevo sentito Joel urlare contro qualcuno al telefono e, provando a fare la cosa giusta, gli avevo chiesto se andava tutto bene.

Non mi aspettavo che mi chiedesse di andare a prendere Josie e Cally in un bar per motociclisti.

Riuscimmo a uscire. Cally era ancora avvinghiata a me, ma Josie sembrava stare bene. «Brad non voleva venire?» sbottò.

«Non gliel'ho chiesto», risposi. Non appena Joel aveva detto che le ragazze erano ubriache in un bar, ero corso via da lì.

«Oh.» Si accigliò, poi mi guardò. «Eravate... no, non rispondere. Non voglio saperlo.»

«Eravamo alla confraternita», dissi. «Solo ragazzi. Ma Josie, un piccolo consiglio...»

Cazzo! Cosa stavo dicendo?

Non mi importava che la piccola Molineux si facesse spezzare il cuore da uno dei ragazzi.

O sì?

I miei occhi si spostarono sulla ragazza ubriaca al mio fianco. Sarei stato un fottuto ipocrita se avessi fatto la predica a Josie e Brad riguardo alla loro relazione, quando mi immaginavo di essere dentro Cally ogni volta che la vedevo.

«Non mi sento molto bene», gracchiò Cally.

«Dai.» Feci scivolare le braccia sotto le sue gambe e la sollevai, appoggiandola al mio corpo.

Josie cercò di trattenere un sorriso complice, nonostante la tristezza nei suoi occhi. Sapeva che tra noi era diverso, sapeva che avevamo dei trascorsi. In fondo, pensai anche che sapesse che non ero come gli altri ragazzi della squadra.

«Stai bene?» le chiesi.

«Sì.» Josie annuì. «Stai attento con lei.»

Mentre percorrevamo la strada che ci separava dalla mia macchina, Cally rimase sveglia a malapena.

«Pensi di poter stare in piedi?» sussurrai tra i suoi capelli.

«Mmh-mmh.»

La misi giù, la appoggiai alla macchina ed estrassi le chiavi. Josie salì sul sedile posteriore e io aiutai Cally a mettersi su quello del lato passeggero. Non sapevo dire perché, ma sentivo il bisogno di averla vicina.

Feci il giro e mi misi al posto di guida, poi mi presi un secondo per guardare Cally. Aveva la testa premuta contro il finestrino e gli occhi chiusi. In realtà, tutto il suo viso sembrava contratto, come se stesse lottando contro un incubo... o contro l'impulso di vomitare.

«Scricciolo?»

«Ehm… sì?» Spalancò un occhio per guardarmi.

«Starai bene?»

«Non lo so.» Il suo sorriso triste quasi mi distrusse. «Fa male, Zach. Fa male tutto.»

Capii che non stava parlando dei suoi imminenti postumi di una sbornia.

Afferrai il volante e guardai dritto davanti a me, cercando di frenare lo tsunami di emozioni che provavo ogni volta che il mio sguardo si posava su di lei.

Era il mio tallone d'Achille. La mia Kryptonite. Nonostante tutto, dopo tutto quel tempo, Cally continuava a essere la mia debolezza.

Avevo smesso di negarlo.

Avevo solo bisogno di capire cosa cazzo volessi fare al riguardo. Perché Brad aveva ragione. Era off-limits. La squadra non avrebbe cambiato il suo stupido codice sulle sorelle per nessuno. Soprattutto non per me, il loro playmaker di punta. Volevano che fossi concentrato al centodieci per cento sul gioco. Ero la loro gallina dalle uova d'oro, l'arma segreta che li avrebbe portati fino alla Follia di Marzo per aiutarli a vincere.

Cally si mosse sul sedile e inclinò la testa dall'altra parte. Adesso era più vicina, e non volevo altro che allungare la mano e toccarla, toglierle i capelli dal viso e perdermi nei suoi grandi occhi color whisky.

«Zach», disse con voce rauca.

«Sì, Cally?»

«Va' veloce... sto cercando di non rovinare la tua bella macchina.»

Una risata sommessa uscì dalle mie labbra mentre accendevo il motore e mi immergevo nel traffico.

Quella ragazza.

Quella benedetta ragazza.

***

Dieci minuti dopo, mi fermai davanti all'Abrams e spensi il motore. Cally stava dormendo profondamente e il suo petto si alzava e abbassava in modo ipnotico.

«Ho bisogno del mio letto», gemette Josie. «Riesci a cavartela con *la bella addormentata* se io vado al mio dormitorio?»

«Dammi un secondo e saliamo tutti insieme.»

Incrociò il mio sguardo nello specchietto retrovisore. «Apprezzo la tua preoccupazione, Messiah, ma penso di farcela.»

«Dritta al tuo dormitorio, Josie. Credimi, non vuoi realmente andare lì e fare qualcosa di cui potresti pentirti.»

«Non stavo...» Si interruppe, il senso di colpa brillava nei suoi occhi. «Va bene.» Emise uno sbuffo indignato, scivolò sul sedile e si spinse verso la portiera. Stava per scendere dall'auto ma si fermò all'ultimo secondo. «Zach?»

«Sì?»

«Grazie per non avermi lasciata andare lì a fare qualcosa di stupido.»

Annuii, troppo sopraffatto per rispondere.

Guardai Josie mentre scompariva nell'edificio del dormitorio, poi uscii dalla macchina e mi diressi verso il lato passeggero. Avrei dovuto portare Cally in braccio, a meno che, per qualche piccolo miracolo, non si fosse svegliata e avesse ritrovato l'uso delle gambe.

«Z-Zach?» chiese in un gemito soffocato.

«Sì, scricciolo, sono io.» Riuscii a tirarla fuori dall'auto e la presi tra le braccia.

«Cosa sta succedendo?» chiese.

«Shh. Ci penso io.»

Le mie parole sembrarono calmarla, mentre a me fecero soltanto accelerare i battiti del cuore.

La accovacciai sul mio petto ed entrammo dentro il dormitorio. All'ingresso dell'Abrams c'erano un paio di ragazze che sussultarono quando mi videro.

«Sta bene?» chiese una di loro.

«Non è niente che una buona notte di sonno e tre litri d'acqua non possano risolvere.»

Sospirarono sognanti mentre mi avviavo verso l'ascensore. Ovviamente viveva al secondo piano.

Per fortuna, quando le porte si aprirono, il corridoio che portava alla stanza di Cally era vuoto. Ma, all'improvviso, realizzai il mio errore da principiante. La sua chiave magnetica. Come cazzo avrei fatto a trovarla?

«Cally?» mormorai, scuotendola dolcemente dopo essermi fermato fuori dalla porta della sua stanza. «Cally.»

«Mmh-mmh.» Mormorò, accoccolandosi più vicino al mio corpo.

Cazzo, dovevo metterla giù.

Continuando a tenere il suo peso con un braccio, abbassai delicatamente le sue gambe a terra, stringendola al mio corpo mentre armeggiavo nelle sue tasche per cercare la chiave magnetica. Alla fine, la sfiorai con le dita e la afferrai, poi allungai una mano per aprire la porta.

«Andiamo a letto», borbottai tra me e me poiché Cally era ancora fuori combattimento.

La sollevai di nuovo, la portai direttamente in camera e la adagiai sul letto. «Z- Zach?» I suoi occhi si spalancarono e io mi bloccai. «Che cosa stai...»

«Shh, scricciolo», le dissi, spostando i capelli scompigliati dal suo viso. «Dormi.»

«Resta...» sussurrò e le sue dita afferrarono la mia maglietta. «Per favore.»

«Cally, non credo che...»

«Per favore.» I suoi occhi lucidi mi supplicarono. «Tutto andava meglio quando eri accanto a me.»

Fanculo.

Cally provò a spogliarsi, i suoi movimenti goffi e scoordinati mi fecero sorridere.

«Un aiutino?» le chiesi.

«Ce la faccio», biascicò, mentre scuoteva la testa nel tentativo di sfilarsi la felpa.

«Cally, fermati.» Spinsi via le sue mani, presi il tessuto tra le dita e lo spostai delicatamente sopra la sua testa.

Si lasciò cadere sui cuscini con un leggero tonfo. «Così va meglio.» Non potei fare a meno di fissarla mentre si muoveva e si dimenava per mettersi comoda.

In effetti, non riuscivo a staccarle gli occhi di dosso.

Cally emise un lieve sospiro e chiuse gli occhi, il suo petto si alzava e abbassava a ogni respiro. Aspettai, mi accertai che si fosse riaddormentata e feci per andarmene, ma la sua mano scattò, e mi afferrò.

«Resta», la sua voce fu un sussurro implorante. «Per favore.»

«Sì.» Mandai giù il groppo in gola dovuto all'emozione. «Va bene.»

Mi tolsi le scarpe da ginnastica, mi sfilai la maglietta e mi misi nel letto accanto a lei. Era un singolo, lo spazio era a malapena sufficiente per entrambi. Ma Cally si rannicchiò vicino a me, i nostri corpi premuti insieme. «Mi è mancato», disse con calma, l'alcol tingeva ancora le sue parole. «Mi sei mancato, Zach.»

Sollevò la testa, le sue labbra mi sfiorarono la gola. Il mio corpo prese vita, aspettativa e brama vibrarono sotto la mia pelle. Sarebbe stato così facile far rotolare Cally sotto di me e prenderla. Mi voleva. Anche nel suo stato di ebbrezza, mi voleva ancora, era come se il suo corpo sentisse che ero vicino. Ma non avevo intenzione di scoparla quando era ubriaca. Perché volevo che ricordasse ogni singolo dettaglio della volta successiva in cui sarei stato dentro di lei.

Le sue mani iniziarono a esplorare la mia pelle, incendiandomi.

«Scricciolo», le dissi. «Cosa stai facendo?»

«Io… non lo so», ammise. «Ma non voglio smettere.»

Fanculo. Non mi stava rendendo le cose facili. Le presi il viso e lo inclinai verso di me. «Dormi.»

Cally sbatté le palpebre e lessi il dolore nei suoi occhi. «Non vuoi…»

«Non pensarci nemmeno», le dissi. «Sei ubriaca. Non voglio che tu faccia qualcosa di cui ti pentirai domattina.»

«*Zach lo Stronzo* lo farebbe.»

«Sì, beh, *Zach lo Stronzo* farebbe un sacco di cose, quindi forse è un bene che non sia qui adesso.» La abbracciai, lasciando che la sua schiena si appoggiasse al mio petto, e sperai che la smettesse. Non era ancora il momento per raccontarle tutto.

Mi sentii sollevato, ma poi lei premette un solo bacio sulla mia gola e tutto il mio corpo si bloccò, in attesa.

Passò un attimo.

Poi un altro.

La mia pelle bruciava per lei.

Ma, alla fine, il suo respiro si stabilizzò e capii che si era addormentata.

Calliope James si era addormentata tra le mie braccia e io mi sentivo in pace come non succedeva da molto tempo.

***

Qualcosa mi sfiorò il naso, destandomi da un sonno profondo. Spalancai gli occhi e notai che i capelli di Cally si erano sparpagliati sul mio viso. Durante la notte, era rotolata via da me, e in quel momento il suo culo sfiorava pericolosamente la mia erezione mattutina.

Gesù, che bella sensazione.

Ero avvinghiato a lei con un braccio, in modo possessivo, la abbracciavo da dietro e le nostre gambe erano intrecciate, come se lo avessimo sempre fatto. Ma, nonostante la nostra situazione precaria, sentivo ancora l'incontenibile bisogno di trascinarla più vicino, e cancellare ogni molecola di spazio tra di noi.

«Zach?» chiamò il mio nome in un sospiro assonnato.

«Sì?»

«Stavo solo controllando.» La sua risata sommessa fu come musica per le mie orecchie.

Le mie dita le solleticarono le costole. «Carina, Cally. Davvero carina.»

Sotto il mio tocco era stravolta e senza fiato, si dimenava e scuoteva per scappare, ma era completamente alla mia mercé. La sua pelle era morbida e calda mentre trascinavo le mie dita lungo la curva del suo girovita. Cally si fermò e mi permise di esplorare le valli e le pianure del suo corpo.

«Cosa stai facendo?» La sua voce tremò.

«Non ne ho idea», ammisi.

Tutto quello che sapevo, era che dovevo toccarla. Volevo farlo.

«Sono un disastro», sussurrò lei.

Le spostai i capelli e le baciai le spalle. Un brivido le attraversò tutto il corpo, mandando un flusso di sangue dritto al mio uccello. Non che avesse bisogno di incoraggiamento.

«Cos'è successo ieri?»

«Cosa intendi? N-non è successo niente, ero…»

«Ubriaca fradicia, in un bar per motociclisti, con il mascara che ti rigava le guance.»

«Mi serve un minuto.» Si alzò di scatto dal letto, lasciandomi al freddo, ed entrò in bagno senza nemmeno guardarmi.

Mi girai sulla schiena, mi massaggiai le tempie ed emisi un profondo sospiro.

Cinque minuti dopo, quando ancora non era tornata, mi alzai dal letto e andai alla porta. «Cally?» Bussai.

«Solo un minuto.» Riuscii a sentire il panico nella sua voce.

Premetti la fronte contro la porta, anche da lì potevo percepire il suo tormento. «Cally?»

Non rispose, ma fanculo. Afferrai la maniglia della porta e spinsi.

«Che cosa stai…»

«Cosa c'è che non va?»

Le lacrime le inondavano le guance, era appoggiata al lavandino e si fissava allo specchio. Vederla così, con il cuore spezzato, fu come un pugno allo stomaco.

«Scricciolo, parlami.» Mi avvicinai un po', e passai le mani sulle sue braccia. I nostri occhi si incontrarono nello specchio e sentii un leggero sussulto nel suo respiro.

«Perché è sempre così bello?» sussurrò. «Non dovrebbe…»

«Lo so, piccola, lo so.» La forza magnetica tra di noi mi fece abbassare la testa per assaggiare la sua pelle, proprio lì, sotto il suo orecchio. Cally rimase a bocca aperta, un brivido le attraversò tutto il corpo.

«Sono un disastro.»

Aveva detto la stessa cosa a letto. Ma a me non sembrava un disastro, era perfetta. Reale e vulnerabile, il viso pieno di emozioni. Si dice che gli occhi siano lo specchio dell'anima, e io riuscivo a vedere bene il dolore e l'angoscia che Cally ospitava nella sua.

«Mi dispiace tantissimo per tua madre», dissi ancora una volta.

«Mio padre ha chiamato, mi ha invitata all'amichevole. Anche adesso, anche dopo tutto… non capisce…» Sentii il suo respiro irregolare fino alla bocca dello stomaco. «So che sono la mia famiglia… so che le ho promesso che ci avrei provato, ma non credo di poterlo più fare. Non credo di poter continuare a permettergli di ferirmi in questo modo.» Copiose ed enormi lacrime scesero lungo le guance e non riuscii a sopportarlo neanche un secondo.

Feci girare Cally e la presi tra le braccia. Fortunatamente, lei mi permise di stringerla, perché ne avevo bisogno. Avevo bisogno di quello, o di andare a casa di Callum e finire quello che avevo iniziato quella sera.

«Cosa stai facendo, Zach?» Mi guardò e il lampo di vulnerabilità nei suoi occhi mi tolse il fiato.

«Non lo so», ammisi, con il cuore che batteva forte nel petto.

Era l'unica ragazza che mi avesse mai capito, l'unica a possedere un pezzo del mio cuore.

E lo aveva spezzato.

Ma, a un certo punto, l'odio si era trasformato in qualcosa di più. Qualcosa che non potevo contenere o controllare.

Feci scivolare le dita lungo il profilo della sua gola e le afferrai delicatamente il mento.

«Zach?» Gracchiò mentre abbassavo il mio viso sul suo. «Non credo che sia una buona…»

Stampai la mia bocca sulla sua, ingoiando le sue proteste.

Non volevo sentirle dire che era sbagliato o un errore o una cattiva idea… volevo solo provare qualcosa.

Perché, per quanto l'idea mi facesse innervosire, tutto si riassumeva in quello.

Cally mi faceva provare *qualcosa.*

Faceva accelerare i battiti del mio cuore e pompare il mio sangue più veloce. Accendeva un fuoco dentro di me, che si trasformava in un inferno furioso ogni volta che era nei paraggi.

Portai la mano tra i suoi capelli, baciandola più intensamente. All'inizio era riluttante, ricambiò a malapena, ma nel momento in cui la mia lingua scivolò oltre le sue labbra, si lasciò andare tra le mie braccia.

«Zach», gemette, premendo le mani sul mio petto. Il suo tocco alimentò le fiamme che ardevano dentro di me. La appoggiai al lavandino, sollevandola sul bordo e posizionandomi tra le sue gambe. Le sue dita tracciarono i miei addominali duri, provocando brividi su e giù per la mia schiena.

Misi le mani intorno al suo sedere e la trascinai più vicino, schiacciando il mio cazzo duro come una roccia contro il suo nucleo.

«Zach.» Si scostò, fissandomi con occhi ebbri di desiderio. «Sono un disastro. Dovrei fare una doccia…»

«A che serve, visto che ti sporcherò di nuovo?» Le morsi il collo e succhiai la pelle.

«Oh Dio…» Le sue dita, come artigli, si avvinghiarono alla mia pelle mentre continuavo a trascinare la mia lingua su e giù lungo la sua gola. Senza preavviso, la presi in braccio ed entrai nella doccia. Attivai il getto e le sue urla furono soffocate dal flusso d'acqua che ci investì. Ma, nel momento in cui la spinsi contro le piastrelle della parete e iniziai a baciarla, Cally si sciolse. Spinse i fianchi contro i miei, facendoci gemere entrambi.

«Ho bisogno di entrarti dentro.» La baciai appassionatamente, affondando la lingua nella profondità nella sua bocca. Era osceno e disordinato ma fottutamente giusto.

Un pensiero inaspettato mi colse all'improvviso. Sapevo che le cose tra di noi stavano cambiando. Sapevo che il mio odio si stava trasformando in qualcos'altro. Ma quel momento era significativo. Era il primo passo per lasciarci il passato alle spalle e guardare al futuro.

Cally mise una mano tra i nostri corpi, trovò l'elastico dei miei pantaloncini e li spinse lungo i miei fianchi, abbastanza da liberare il mio uccello. Le sue dita sottili circondarono la base e iniziarono a pompare.

«Cazzo, Cally», dissi. Amavo quella sensazione.

Era così intenso.

Sollevai il suo peso con un braccio, intrappolai il suo corpo tra me e il muro e riuscii a inserire una mano tra di noi per trovare il suo fulcro. «Questi possono sparire.» Strappai il tessuto bagnato dei suoi slip e infilai due dita dentro di lei.

«Dio, è...» Cally deglutì, lasciando cadere la testa sulle piastrelle. Ma avevo bisogno dei suoi occhi. Avevo bisogno di guardarla mentre perdeva il controllo.

Appoggiai la mia fronte sulla sua e la inchiodai lì. «Occhi», ordinai mentre spingevo le dita più a fondo. Cally soffocò un gemito, oscillando verso la mia mano, lasciandosi travolgere dalla sensazione.

Lasciò andare il mio cazzo e si tenne sulle mie spalle mentre la portavo all'apice. Il suo corpo iniziò a tremare e le sue palpebre iniziarono a chiudersi di nuovo.

«Occhi, scricciolo», ringhiai. «Voglio vederti quando impazzirai di piacere.»

Si accesero con indignazione, ma vi lessi anche un lampo di lussuria. A Cally piaceva quando prendevo il controllo.

Semplicemente, non voleva che le piacesse.

«Di che cosa hai bisogno?» Tenni le mie dita ferme, non concedendole quello che voleva.

«Io...»

«Usa le parole, Cally.» Socchiusi gli occhi e aspettai, sperando che venisse oltre il limite della follia insieme a me.

«Zach, ti prego...» Cercò di dimenarsi contro di me, ma io premetti contro di lei l'intera lunghezza del mio corpo finché non le lasciai alcuno spazio per muoversi.

«Ti prego, cosa, scricciolo? Dillo. Ho bisogno che tu lo dica.»

Lei serrò le labbra con aria di sfida, ma mi rese solo più duro.

Arpionai le dita dentro di lei, facendola gridare. «Di. Che. Cosa. Hai. Bisogno?»

Cally inspirò con affanno e poi sussurrò l'unica parola che volevo disperatamente sentire.

«Te.»

Capitolo 25
Calliope

Quando quella parola riempì lo spazio che ci circondava, un ringhio di approvazione rimbombò nel petto di Zach.

Era una pessima idea, qualcosa di cui probabilmente il giorno dopo mi sarei pentita. Ma ero stanca di fare sempre la cosa giusta.

Molto stanca.

Zach mi fissò mentre muoveva lentamente le sue dita dentro di me, strofinando il pollice sul mio clitoride in un modo che mandò il mio corpo in frantumi in pochissimo tempo.

«Bellissima», sospirò, continuando a guardarmi, poi afferrò il suo cazzo e lo fece scivolare lì dove ero bagnata, stuzzicandomi.

Sentii un gemito soffocato formarsi in gola. Era troppo bello, troppo.

Affondò dentro di me con un colpo secco e cominciò a scoparmi, io ero appoggiata alle piastrelle e l'acqua cadeva attorno a noi. C'era qualcosa di simbolico in quel momento, era come se fossimo stati purificati. L'acqua ci assolveva dai nostri peccati e segreti, e il suo flusso li mandava nell'oblio.

Mi aggrappai a lui, lasciando che mi facesse sua e mi portasse in un luogo lontano, dove non c'era dolore, tradimento né angoscia. Lì non esisteva niente tranne quello, noi... io e il ragazzo che una volta avevo amato con tutto il cuore.

«Cazzo, Cally… è…»

Ci muovemmo in sincrono e il piacere si irradiò nelle mie vene. Quando mi ero svegliata tra le braccia di Zach, ero andata nel panico. Non volevo che mi vedesse debole e turbata. Ma, nel momento in cui era entrato in bagno e i nostri occhi si erano incrociati nello specchio, avevo capito che non sarei stata in grado di dirgli di no.

Zachary Messiah mi conosceva; conosceva il mio cuore. Non volevo rischiare di darlo a nessun altro, visto che la gente aveva l'abitudine di abbandonarmi. I miei occhi iniziarono a chiudersi, ma Zach mi fermò con uno sguardo duro. Aveva bisogno di vedermi, di sapere che tutto quello era reale.

Si chinò e mi baciò, facendo scorrere la sua lingua sulla mia in modo intenso. «Vorrei odiarti, Cally, vorrei odiarti così tanto…»

«Ma non ci riesci.» Gli rivolsi un sorriso triste perché nemmeno io riuscivo a farlo.

Qualcosa balenò nei suoi occhi, ma lui non rispose. Invece, continuò a fare l'amore con il mio corpo, dicendomi silenziosamente tutto quello che avevo bisogno di sapere.

Zach non mi odiava.

Odiava amarmi.

E il sentimento era del tutto reciproco.

***

«Va meglio?» mi chiese Zach quando entrai nella stanza, tamponando i capelli con l'asciugamano. I suoi occhi corsero lungo il mio corpo, la maglietta oversize della Steinbeck U mi copriva a malapena le cosce. Ma, sorprendentemente, non mi sentii timida davanti al suo sguardo intenso.

Mi sentivo di nuovo pervadere dal calore.

Mi sentivo forte.

«Sì, grazie.» Le mie guance arrossirono quando mi resi conto del mio errore. «Merda, non volevo dire...»

«So cosa volevi dire, Cally.» Accarezzò il letto e io salii e presi posto accanto a lui. «Quindi tuo padre è ancora uno stronzo, eh?»

«Sì. Mi sono rassegnata al fatto che sarà per sempre così. Semplicemente, non mi capisce.» Feci spallucce.

Tanto per cominciare non ero un maschio, né un atleta. A parte lo stesso DNA, non avevamo niente in comune. Niente.

Il silenzio piombò su di noi, io scivolai sulle lenzuola e mi distesi accanto a Zach. Spalla a spalla, solo noi due come ai vecchi tempi nella casa sull'albero, a crogiolarci nelle conseguenze di quello che era appena accaduto.

«Posso chiederti una cosa?» dissi, rompendo il pesante silenzio.

«Vuoi sapere cosa è successo al terzo anno.»

«Sì...» Drizzai la schiena. «Ho pensato molto a quel momento. Più e più volte, ho rivissuto nella mia mente il giorno del ballo e quelli a seguire.» Mandai giù le lacrime che minacciavano di sgorgare. Non volevo piangere, non di nuovo. Ma era dannatamente frustrante.

Zach si irrigidì accanto a me, ma io non lo guardai. Se lo avessi fatto, le lacrime avrebbero iniziato a scendere e sapevo di dovermi preparare a qualunque cosa stesse per accadere.

Alla verità sul perché mi avesse tradita tanto brutalmente.

«Sembra tutto così insignificante adesso», disse piano.

Insignificante?

Come poteva tutto quello che era successo quell'anno, essere insignificante?

Gli avevo dato il mio cuore, il mio corpo… la mia verginità, e lui mi aveva messa da parte per il gioco che aveva rovinato la mia intera infanzia.

«All'inizio di quell'anno, mio padre ha detto che voleva che entrassi in squadra.»

«Che cosa? Non capisco.» Cercai di frenare l'emozione ma la mia voce si spezzò.

«Ha detto che avevo avuto abbastanza tempo per ribellarmi e che era ora di diventare la persona che ero destinato a diventare. Ovviamente, gli ho risposto di andare a farsi fottere.»

«Non mi hai mai detto niente.» Il dolore mi squarciò dentro. A quei tempi, Zach ed io non avevamo segreti, o almeno, così credevo.

Capii di essermi sempre sbagliata.

«Perché sapevo che avrebbe cambiato le cose.» Emise un sospiro profondo. «Odiavi il basket più di me, Cally. Non volevo che vivessi una cosa del genere, non avevo alcuna intenzione di giocare. Non volevo essere Declan 2.0. Volevo solo essere me stesso…» Zach si interruppe, perso nei ricordi.

«Ero così entusiasta all'idea del ballo, di stare finalmente insieme a te. Ma proprio prima di venire a prenderti, mio padre mi ha fermato e mi ha iniziato a dire tutte quelle cose sull'eredità di famiglia, sul fare la cosa giusta e che ero troppo giovane per essere innamorato. Continuava a insistere dicendo che gli amori di gioventù raramente vanno avanti. Sapevo che non sarebbe finita lì, ma volevo godermi il ballo con la mia ragazza, quindi seppellii quel pensiero dove non poteva seguirmi.»

Zach cercò la mia mano con la sua e intrecciò le nostre dita. Sembrava così naturale… così giusto. Ma c'era ancora una immensa distanza tra noi. «Quella è stata una delle più belle notti della mia vita, Cally. Ho capito che non valeva la pena farmi perseguitare da mio padre per colpa del basket. Era solo un gioco. Uno stupido gioco. Ho pensato che avrei potuto giocare, renderlo felice e continuare a guardare al nostro futuro insieme. Così ho deciso di dirtelo.»

Le sue dita si strinsero attorno alle mie e infine corsi il rischio di guardarlo. Aveva gli occhi chiusi, le sopracciglia quasi unite. Avrei voluto passargli le dita sul viso e rassicurarlo, dirgli che qualunque cosa stesse per raccontarmi non aveva importanza. Da allora erano successe troppe cose. Declan era in coma e difficilmente si sarebbe svegliato e mia madre non c'era più. Entrambi avevamo già perso troppo. Ma forse, insieme, potevamo attraversare quel fiume di dolore e perdita e provare a guarire.

«Stavo male, ricordi?» proseguì. «Avevo intenzione di parlare con te non appena mi fossi ripreso.»

Provai a ricordare e aggrottai le sopracciglia. «Lo ricordo. Sono venuta a vedere se stavi bene, ero preoccupata. Ma quando sono arrivata, tuo padre mi ha detto che pensava stessi dormendo. Mi ha invitata ad aspettare mentre controllava.»

Il signor Messiah non era mai stato il mio più grande fan. Pensava che fossi una distrazione di cui Zach non aveva bisogno e non aveva mai cercato di nascondere i suoi sentimenti nei miei confronti. Forse proprio per questa ragione Zach non mi invitava spesso a casa sua e ci ritrovavamo sempre alla casa sull'albero.

«È tornato e mi ha detto che dormivi, che probabilmente ci sarebbero voluti un altro paio di giorni.»

«Mi sono svegliato, Cally», disse Zach adombrato, sapevo che, se lo avessi guardato di nuovo, la sua mascella sarebbe stata serrata. Nella sua voce sentivo tensione, dolore. «Sono sceso di sotto, ma vi ho sentiti parlare. Avrei dovuto farmi vedere... non si ficca il naso in cerca di risposte che potrebbero non piacere, giusto?» Si lasciò sfuggire una risatina amara.

«Zach, non capisco.» Mi misi seduta, avevo bisogno di guardarlo. Si sollevò su un gomito e mi rivolse un sorriso triste.

«Ti ho sentita, Cally. Ti ho sentito dire a mio padre che non mi amavi.»

Indietreggiai, stentavo a credere alle mie orecchie. «Che cosa?»

«Ho sentito tutto. Ero lì, pronto a dedicare la mia vita a quello che odiavo più di ogni altra cosa al mondo, a sacrificarmi solo perché io e te potessimo avere una vita facile, così che lui non provasse a separarci, e tu eri lì a dirgli che per te non contavo niente.»

Mi sentivo estremamente confusa perché ricordavo quella conversazione con il signor Messiah e non era andata per niente come Zach aveva appena detto.

«Zach, non è quello…»

«Fermati, Cally. Fermati e basta.» Emise un sospiro frustrato. «Non ha più importanza. Per tutto questo tempo ho pensato di odiarti. Volevo farlo. Fanculo. Volevo così tanto odiarti. E poi ti ho vista ed è stato come essere colpito da un fulmine. Non ti odio, Cally, non potrei mai. Odiavo me stesso solo per essermi fidato di te. Mi odiavo per averti dato il potere di ferirmi. E, alla fine, ho odiato il fatto di non essere abbastanza per te.»

«Zach.» Provai ad avvicinarmi, ma lui sussultò. Il mio stomaco sprofondò. «Onestamente non so proprio di cosa tu stia parlando. Non ho detto a tuo padre che non ti amavo.» Al contrario, avevo passato quasi tutta quella assurda conversazione a difendere la nostra relazione.

«Ah, Cally, è bello rivederti.»

«Salve, signor Messiah. Mi chiedevo solo se Zach si sentisse meglio», dissi, cercando di non sembrare troppo ansiosa. Sapevo di non piacergli particolarmente. O meglio, non gli piaceva il fatto che piacessi tanto a suo figlio. Ma Zach si era a malapena fatto vivo tutto il giorno e volevo assicurarmi che stesse bene.

«Entra, vado a vedere come sta. Ma ti avverto già da ora, ha dormito tutto il giorno.»

«Oh, non voglio disturbare.»

«Sciocchezze, entra, fa' come se fossi a casa tua. Ci metto un attimo.» Scomparve nell›ingresso e io mi sedetti su uno degli sgabelli del tavolo da colazione.

Un paio di minuti dopo, lo vidi tornare. «È ancora fuori combattimento, mi dispiace.»

Sentii lo stomaco sprofondare. «Oh, va bene.» Mi alzai in piedi. «Beh, allora lo chiamerò più tardi.»

«Sai, Cally. È da un po' di tempo che vorrei parlarti di un paio di cose.» Si passò una mano sulla mascella.

«Ah sì?» Sentii la bocca seccarsi.

«Questa cosa tra voi due, deve preoccuparmi?»

«P-preoccuparla?» chiesi con voce strozzata. «Non credo di capire.»

«Zach è destinato a grandi cose, Cally. Ha solo bisogno di una piccola spinta nella giusta direzione. Questa cotta da ragazzini che vi lega l'uno per l'altra, non è sana. E, francamente, è una distrazione di cui non ha bisogno. I prossimi due anni saranno molto importanti per il futuro di Zach.»

«Cotta?» Sentii l'amaro in bocca. «Non è... io... tengo molto a Zach, signore.»

«Lo so.» Fece una smorfia. «E tu sei una brava ragazza, Cally. Lo sei davvero, ma il vostro è un amore da ragazzini. Non durerà. Zach andrà al college e tu sarai bloccata qui e poi, cosa succederà?»

Le sue parole furono un pugno allo stomaco. Non era così tra noi. Quello che Zach ed io condividevamo non era fugace, era reale. Io lo amavo. Lo amavo con tutto il cuore. Era l'unica persona che mi capiva, l'unico a capire cosa significasse crescere all'ombra del proprio fratello. Invisibile. Trascurato.

«Io amo Zach, signor Messiah.»

«Amore?» Mi schernì. «Cosa mai potreste sapere sull'amore? Siete bambini. Non lo ami, Cally. Un giorno ti renderai conto che quello che provate non è un amore da adulti, e sarà troppo tardi. Avrete entrambi perso così tanto tempo, e per cosa?»

«Ha ragione», dissi, avvertendo la frustrazione scorrere nelle vene. «Cosa possiamo sapere dell'amore? Siamo solo bambini... quello che c'è tra noi, non è reale. Zach andrà al college e mi lascerà qui e probabilmente mi tradirà, o sarò io a farlo. Perché è questo che le persone si fanno a vicenda, non è vero? Mentono, tradiscono e infrangono promesse. Ha ragione, perché diavolo dovrei sottopormi a tutto ciò?» Il petto si sollevò sotto il peso delle mie parole mentre la rabbia si irradiava dentro di me.

«Sono contento che tu sia in grado di vedere la verità», disse, un po' sorpreso dal mio crollo emotivo.

«Ha ragione. Davvero.» Cominciai a piangere e abbassai lo sguardo sul pavimento. Avevo bisogno di dire la mia, ma il pensiero dei miei genitori mi soffocava e non riuscivo a dare un senso all'emozione travolgente che sentivo crescere dentro di me. Mi serviva un minuto. Il padre di Zach continuò a parlare, senza rendersi conto che io non avevo finito.

«Ed è per questo che deve andarsene, perché lui merita meglio di questa piccola città.»

Finalmente trovai l'impeto per parlare. «Quello che c'è tra me e Zach non è ciò che dice lei. Non farei mai del male a suo figlio, e lui non lo farebbe mai a me. Saremo anche giovani, signore, ma non mi dica che quello che provo non è reale. Farei qualsiasi cosa per suo figlio, qualsiasi cosa...»

«Oh mio Dio», sussurrai con le lacrime agli occhi. «L'ho detto, ma non era quello che pensi. Non avrei mai... Zach, io ti amavo.» *Ti amo ancora.*

Mentre la verità di quello che era accaduto si faceva spazio dentro di me, il mio cuore iniziò a dolere. «Ti amavo così tanto, e tuo padre ha detto tutte quelle cose, definendo quello che c'era tra noi una semplice cotta da ragazzini. Non era...»

«Ma io ti ho sentita, ti ho sentita...»

Presi la sua mano nella mia e guardai il punto in cui le nostre dita si intrecciavano. Tutta quella rabbia, l'angoscia e tanto altro... solo perché aveva ascoltato mezza conversazione.

Oh, Zach.

«Gli ho detto che non ti amavo, sì... ma solo prima di aggiungere che dire di amarti non rendeva giustizia a quello che provavo per te. Non ho mai avuto dubbi su questo Zach.»

Sì, eravamo giovani, ancora troppo immaturi per le questioni di cuore, ma sapevo senza dubbio che Zachary Messiah era il mio amore, il mio futuro.

Non volevo nessun altro.

«N-no.» I lineamenti del suo viso si contrassero in un'espressione di dolore e improvvisa realizzazione. «Ti ho sentita.»

«Hai sentito mezza conversazione, Zach. Tutto qui.»

Non riuscivo a credere che per tutto quel tempo avesse pensato che io lo avessi tradito in quel modo.

Non sapeva quanto profondamente lo avevo amato? Quanto avrei voluto essere sua?

Ma una parte di me conosceva la radice della sua insicurezza. Quando cresci venendo messo costantemente a confronto con tuo fratello, trascurato perché non corrispondi alle aspettative familiari, la tua autostima si indebolisce fino a scomparire del tutto. Zach non era mai stato all'altezza delle aspettative di suo padre, così come io non lo ero mai stata per quelle del mio. Eravamo due anime perse che lottavano per avere attenzioni, ansiose di sentirsi degne e desiderate. E avevamo trovato risposta l'uno nell'altro. L'avevamo trovata e, gradualmente, avevamo lasciato che ci guarisse. Ma, nel momento in cui il nostro amore era stato messo in discussione, ci eravamo entrambi allontanati, perché questo è ciò che si fa quando si viene feriti da qualcuno di cui pensavi di poterti fidare.

Non insisti per sapere la verità, né chiedi risposte. Barrichi il tuo cuore e interiorizzi le emozioni finché l'amore non si trasforma in un cuore spezzato, e lentamente, nel tempo, quello diventa una ferita infetta.

«Io-io non capisco.» Era distrutto. Gli occhi colmi di disperazione.

«Mi ha chiesto dei miei piani per il futuro. Voleva sapere cosa sarebbe successo dopo che tu saresti partito per il college. Ha detto che ero una distrazione, che quello che avevamo non era altro che una cotta da ragazzini.» Il mio cuore era impregnato di tristezza. Zach aveva passato tutto quel tempo a odiarmi, a volermi fare del male, a causa di un semplice malinteso. Era arrivato a metà di una conversazione e non si era fermato ad ascoltare il resto.

«Gli ho detto che non immaginavo un futuro con te, né speravo che saremmo sopravvissuti a una relazione a distanza se fossi andato al college. Ho guardato tuo padre negli occhi e gli ho detto che non solo ti amavo, io ti capivo. Gli ho detto che mi fidavo di te più di chiunque altro al mondo. E se fossi rimasto ad ascoltare l'intera conversazione, mi avresti sentita mentre gli dicevo che un giorno ti avrei sposato, perché io credevo davvero in noi.»

Avevo dimenticato metà di quella conversazione con il signor Messiah e il silenzio imbarazzante che aveva seguito la mia confessione piuttosto sorprendente. Ma il modo in cui lui aveva sminuito più volte Zach, i suoi sentimenti, il suo rapporto con me, mi aveva fatta arrabbiare troppo. Eravamo giovani, sì, ma avevamo qualcosa che la maggior parte delle persone non aveva. Condividevamo un profondo senso di delusione e abbandono verso le persone che chiamavamo *famiglia*.

Quelle esperienze ci legavano. Ma c'era molto di più. Ci eravamo esposti e avevamo permesso ad altre persone di intromettersi, quindi, quando Zach mi aveva tagliata fuori dalla sua vita senza nemmeno una spiegazione, mi ero sentita annientata.

«Non posso credere che tu l'abbia fatto.» Mi fissò, i suoi occhi erano illuminati dallo stupore ma annebbiati dal rimorso.

«Ti amavo, Zach, e credevo in noi. Io credevo in te. Quando ti ho visto arrivare a quell'evento, e ho sentito il preside presentarti come il nuovo capitano dei Vipers, è stato uno dei momenti peggiori della mia vita.» Le lacrime scendevano lungo la mia guancia, mentre la diga che le aveva trattenute si spalancava dentro di me.

Lui si alzò di scatto e scese dal letto, si mise in piedi. Era teso.

«Zach?» La mia voce tremò a causa della rabbia che lui emanava.

«Per tutto questo tempo ho pensato… e lui non ha mai detto niente. Non ha mai detto una fottuta parola al riguardo.»

Non mi sorprese scoprire che suo padre aveva tralasciato la parte in cui avevo provato a combattere per suo figlio. Avrebbe potuto condividere il titolo di *peggior padre del mondo* con il mio.

Scesi cautamente dal letto, raggiunsi Zach e gli presi le mani tra le mie. «Va tutto bene», gli dissi. La verità era finalmente venuta fuori e mi sentivo già più leggera.

Avrei voluto che le cose fossero andate diversamente? Certo.

Avevamo sprecato tutto quel tempo a odiarci l'un l'altra, a odiare noi stessi. Ma una parte di me lo capiva. Se fossi piombata nel bel mezzo di una conversazione simile a quella e non avessi sentito il resto, anche io mi sarei sentita come lui.

Avrei solo voluto che, prima di saltare alle conclusioni, avesse provato a parlarmi.

«Niente di tutto questo va bene, Cally. Ho passato un anno intero a odiarti. Ho ceduto alle sue richieste perché pensavo non ti importasse… pensavo che tu…» Il suo spirito combattivo svanì dai suoi occhi, mentre si lasciava cadere sul bordo del letto. «Fanculo.» Si passò una mano tra i capelli, tirandosi le punte per la frustrazione. «È stata tutta colpa mia. Tutta.»

«Zach, non...»
«Ho sbagliato.» Mi stava fissando con una tale intensità, con così tanta disperazione, da togliermi il fiato.
Gli avvolsi le braccia intorno al collo e mi posizionai tra le sue gambe. «Abbiamo fatto un casino tutti e due. Avrei dovuto insistere di più.»
«E io avrei dovuto darti la possibilità di spiegare. Cazzo, Cally. Abbiamo sprecato tutto questo tempo.»
«Forse doveva andare così. Forse dovevamo affrontare tutto questo dolore, questa rabbia e questa sofferenza per renderci conto che era reale.»
Perché lo era.
Amavo Zach.
Una parte di me non aveva mai smesso.
Lui mi fece sedere sulle sue gambe e seppellì il viso nell'incavo del mio collo, inspirando. «Mi dispiace tantissimo.»
«Ehi, ehi...» Mi feci un po' indietro e accarezzai la sua guancia con il viso, bagnandola con le mie lacrime bagnate. «Va tutto bene.»
«No che non va bene, niente di tutto questo va bene. Ma non sbaglierò di nuovo, Cally. Sei mia, scricciolo, ogni singolo centimetro di te è mio.»
Alle sue parole audaci, il calore mi pervase. Lo volevo, lo volevo tantissimo. Era tutto quello che avevo sempre voluto.
«Ma... e la squadra?» Non avrei voluto fargli quella domanda, ma non potevamo ignorare il fatto che fosse uno Scorpion e che giocasse a basket con mio fratello.
«Onestamente, non me ne frega un cazzo di quello che dicono. Sono qui solo per togliermi mio padre dalle calcagna.»
Sussultai per il suo tono aspro, ma non ero del tutto convinta che stesse dicendo la verità. L'avevo visto giocare con Jasmine. Avevo visto quanto sembrava libero in quel momento.
«L'amichevole è questo fine settimana», gli ricordai, senza però insistere. «Forse dovremmo aspettare fino a dopo la partita per...» mi interruppi perché mi resi conto di quanto suonassi presuntuosa.
«Avanti, dillo.» Fece un sorriso appena accennato.
«Cosa?» Feci la finta tonta, e presi tra le dita i capelli della sua nuca.
«Qualunque cosa stavi per dire.» Le sue labbra erano vicinissime alle mie, e mi provocavano. Il mio corpo si risvegliò, alla disperata ricerca di altri suoi baci, delle sue carezze e delle sue attenzioni.
Mi stavo già perdendo di nuovo in Zachary Messiah, ma,

quella volta, sapevo che lui sarebbe stato lì a salvarmi.

«Sto aspettando, scricciolo...»

«Quanto metteresti in gioco?»

«Una trattativa?» Le sue sopracciglia scattarono verso l'alto in un'espressione divertita e io annuii sorridendo. «Dimmi le condizioni.»

«Speravo di poter avere i biglietti della partita per Jasmine e alcuni ragazzi del centro. Penso che gli farebbe bene.»

«Già fatto.»

«C-cosa?» Rimasi senza fiato.

Zach sorrise. «Ho avuto la stessa idea qualche giorno fa. È un vero talento... ha solo bisogno di essere indirizzata.»

«Grazie.» Lo baciai. «Grazie mille.»

«Però, c'è un problema.»

Mi bloccai e strinsi gli occhi. «Perché non mi piace il tuo tono?»

«Voglio che venga anche *tu*.»

«No, Zach, non posso...» Fui assalita dal terrore. «Non posso stare lì mentre mio padre e Callum...»

«Lo so, piccola.» Poggiò la fronte sulla mia. «Non te lo chiederei se non fosse davvero importante. Jasmine ha bisogno di te, Cally. Ha bisogno di sapere che può contare su di te.» Indugiò e nei suoi occhi vidi un raro luccichio di vulnerabilità.

«E io ho bisogno che tu sia lì, scricciolo. Ho davvero bisogno che tu ci sia.»

Capitolo 26
Zach

Mentre aspettavo la risposta di Cally, il cuore mi batteva violentemente in petto. La stavo prendendo in giro, stavo giocando sporco, usando Jasmine come scusa per farla venire alla partita. Ma avevo bisogno che lei fosse lì.

«Okay», sussurrò. «Verrò alla partita.»

Un senso di sollievo prese a scorrere nelle mie vene. Era più di quanto meritassi, ma me lo sarei preso comunque. Avrei preso tutto ciò che lei poteva darmi.

Cazzo.

Non riuscivo ancora a credere di aver sbagliato così tanto… anche se, in fondo, non ne ero sorpreso. Forse, una parte di me aveva sempre saputo che Cally non mi avrebbe mai tradito in quel modo. Ma ero fottutamente arrabbiato, pieno di risentimento e amarezza. Quando avevo sentito quelle parole uscire dalle sue labbra, il mio mondo e tutte le certezze che credevo di avere su Calliope James erano stati stravolti. Tutto l'amore e l'adorazione che avevo provato erano esplosi in una rabbia accecante. Considerando anche un padre determinato a farmi piegare alla sua volontà e un fratello che non avrebbe mai potuto fare un passo falso… le mie difese accuratamente costruite erano crollate.

Se Cally non mi voleva, io non avevo nessuno.

Nessuno.

Lei era tutto… e poi era diventata niente.

In quella frazione di secondo, avevo lasciato che il nostro amore diventasse qualcosa di oscuro e contorto, perché era stato più facile credere che fosse stata tutta una bugia invece di affrontare Cally e mettere di nuovo il mio cuore a rischio.

«Zach, parlami», disse, premendo il naso sulla mia guancia. «Dimmi cosa stai pensando.»

«Non so nemmeno da dove cominciare.» Avevo lo stomaco annodato e una barca carica di rimpianto veleggiava nelle mie vene. Stavo annegando, lottavo per restare a galla in un torrente di odio verso me stesso e di senso di colpa.

Lei mi spostò i capelli dagli occhi. «Eravamo dei ragazzini…»

«Questo non cambia il fatto che io abbia fatto una cazzata», esclamai. «Avrei dovuto parlarti. Avrei dovuto...» La mia voce si spezzò mentre provavo a mandar giù il groppo in gola.

«Anche se me lo avessi detto e non fosse andata così, non sarei stata in grado di vederti giocare. Riuscivo a malapena a stare in palestra senza volermi strappare la pelle. Avrebbe creato un divario tra noi.»

«Avrei dovuto oppormi a lui, dirgli di no.»

«Una parte di te voleva la sua approvazione...»

«Cally, non è così.» Non volevo l'approvazione di mio padre. Volevo che la smettesse di starmi con il fiato sul collo e rabbonirlo mi era sembrato il modo più semplice per farlo.

«Invece sì. E vuoi sapere come faccio a saperlo?» Fece scivolare le labbra sulle mie, baciandomi dolcemente. «Perché anche adesso, anche dopo tutto quello che è successo, mi ritrovo a desiderare la stessa cosa. I nostri genitori dovrebbero amarci, Zach. Dovrebbero stare al nostro fianco e sostenerci. È difficile accettare che questo non accadrà mai.»

«Odio tuo padre per averti trattata così. E anche Callum.» La strinsi con un braccio. «Meriti di più, Cally. Molto di più.»

«Devo fare pace con il fatto che non sarò mai la figlia che voleva. Ma tu puoi farlo. Ti ho visto giocare con Jasmine. Tu ce l'hai dentro, Zach.»

La sua mano si poggiò sul mio petto, proprio sul cuore.

«La domanda è: lo vuoi?»

Le sue parole si fecero spazio dentro di me. Nessuno si era mai fermato a chiedermi cosa volessi. Essere il fratello minore di una star dell'atletica, ti portava a essere trascurato, costretto a vivere nell'ombra. Quando mio padre mi aveva chiesto di giocare per i Bay View Vipers, avevo pensato che fosse una punizione. All'inizio, era stato sicuramente così. Ma, lentamente, con il tempo, avevo iniziato ad avere bisogno del basket come un tossicodipendente ha bisogno di sballarsi. Quello sport placava la mia anima. Aveva calmato parte della rabbia e del dolore che vivevano dentro di me. Forse Cally aveva ragione. Forse, per tutto quel tempo, avevo mentito a me stesso.

La fissai, cercando di elaborare tutto ciò che era successo. Non soltanto in quel momento, ma sin dal primo giorno in cui avevo posato gli occhi su di lei. Cally era stata una parte fondamentale della mia vita e, guardando indietro, era sciocco pensare che avrei mai potuto rinunciarvi.

Era l'unica persona che mi capiva. Sapeva cosa significava essere messi costantemente a paragone con gli standard di qualcun altro. Ma, nonostante tutti gli errori del mio vecchio, lui non mi aveva mai respinto davvero. Voleva solo che fossi qualcuno che non ero.

Adesso ero bloccato davanti a un bivio e non avevo idea di quale fottuta strada prendere. La squadra aveva bisogno di me. Il coach Baxter, il college, i tifosi, volevano tutti che li portassi alla finale. Perché ero un Messiah, e quella era la mia eredità.

Solo che non era davvero la mia. Era quella di Declan. Vestivo i suoi panni, avevo preso il suo posto. Se ce l'avessi fatta, se fossimo arrivati alla Follia di Marzo e avessimo vinto, non sarei stato ricordato per i miei successi, ma per essere stato il ragazzo che aveva resistito mentre suo fratello giaceva in una clinica a lottare per rimanere in vita.

«Sono fottutamente confuso», ammisi. «Niente ha più senso.» Sentivo un peso gravarmi sul petto.

Ero rimasto bloccato lì, a vivere la vita di Declan, come un sostituto di serie B. Se si fosse svegliato il giorno dopo e contro ogni probabilità fosse uscito dall'ospedale, sapevo che sarei stato messo da parte. Perché la lealtà delle persone nei miei confronti era reale solo finché lui era fuori combattimento. E io avevo permesso che tutto ciò accadesse. Avevo permesso a mio padre di negoziare il trasferimento perché Cally aveva ragione, una parte di me desiderava la sua approvazione.

Nel profondo della mia anima, c'era un bambino che voleva disperatamente brillare per i propri meriti. Andare alla SU, sentirmi necessario alla squadra e al coach Baxter, essere lodato da mio padre, aveva alimentato il mio bisogno di approvazione. Ma era tutta una bugia. Una farsa. Alla gente non importava davvero che fossi lì, si preoccupava soltanto che qualcuno vestisse i panni Declan.

Che fottuto casino.

«Ho bisogno di un po' d'aria», dissi, spingendo delicatamente Cally via dal mio grembo.

«Stai andando via?» Il dolore nella sua voce non era niente in confronto allo sconforto che brillava nei suoi occhi.

«Ho bisogno di spazio.» Mi alzai di scatto, e mi passai velocemente una mano sul viso. «Non lontano da te… mai lontano da te, ma mi serve tempo per capire alcune cose.» La morsa al petto divenne troppo stretta e mi sembrò di non riuscire a respirare.

«Lascia che ti aiuti.» Un sorriso le sollevò gli angoli della bocca, ma si spense rapidamente quando scossi la testa.

«Non puoi, scricciolo.» Suonò più teso di quanto volessi. «È una cosa che devo capire da solo.»

Ogni passo lontano da lei fu come una coltellata al cuore. Volevo restare lì. Volevo spogliare Cally e affondare dentro di lei finché non fosse esistito nient'altro, ma la mia testa era un fottuto casino.

Quando raggiunsi la maniglia della porta, la sua voce risuonò come un colpo di fucile nella mia testa. «Zach, aspetta.»

Mi voltai indietro, e vedere la sua espressione distrutta mi fece stringere il petto. Volevo che mi pregasse di restare ma, all'ultimo secondo, la sua espressione si irrigidì e sussurrò: «Spero che tu possa trovare quello che stai cercando».

Feci un cenno con il capo e me ne andai da lì.

***

«Non mi aspettavo che chiamassi», disse Maverick avvicinandosi a me. Portai la palla al petto e mi fermai per salutarlo.

«Neanche io», ammisi. «Mi dispiace di averti fatto venire fin qui, ma avevo bisogno di parlare con qualcuno che potesse capirmi.»

«Non scusarti. Sono contento che tu abbia chiamato. Fammi indovinare, tu e Cally avete finalmente avuto quella conversazione?»

«Qualcosa del genere.»

Fece un cenno alla panchina e ci sedemmo entrambi. Poggiai la palla ai miei piedi, presi una bottiglia d'acqua e me la scolai. «Avevi ragione.»

«Dovrai dirmi qualcosina in più...» Mi rivolse un sorriso divertito.

«Ho sbagliato. Quando eravamo al liceo... ho toppato alla grande.»

«Ehi, amico», disse, dandomi una pacca sulla spalla, «succede anche ai migliori.»

«Penso che, in fondo, io abbia sempre immaginato che lei mi avrebbe lasciato.» Tenni la testa bassa e girai i pollici. «Declan era quello popolare, quello che tutte le ragazze volevano. Era il ragazzo d'oro...»

«Avevi paura di perderla.»

«Sì, ero fottutamente spaventato. Cally era l'unica persona al mondo che mi capiva. Quindi, quando l'ho sentita dire a mio padre che non mi amava, non sono rimasto lì ad ascoltare il resto della conversazione.» Ero entrato in piena modalità difensiva, avevo barricato il mio cuore dietro una fortezza d'acciaio. Allora, mi ero detto che escluderla dalla mia vita fosse la cosa giusta da fare, una dimostrazione di forza. Non avevo bisogno di lei. Non avevo bisogno di nessuno.

«Mio padre ha incentivato il tutto», mormorai.

«Cosa intendi?»

Emisi un sospiro esasperato e il mio sguardo incrociò quello confuso di Maverick. «Dopo che le cose tra me e Cally sono andate a rotoli, mi ha detto che dovevo dimenticarla. Ha detto che Declan era al college ed era arrivato il mio momento di brillare e seguire le loro orme. E io ci sono cascato.»

Quando era accaduto, ero così arrabbiato e ferito che mi era sembrata la vendetta perfetta. Non solo avrei eliminato Cally dalla mia vita per sempre, ma sarei diventato uno dei giocatori dannatamente migliori che Bay View avesse mai visto. Sarei diventato quello che lei aveva sempre odiato.

Che fottuto idiota ero stato.

«Si è preso gioco di me.» Perché avevo il cuore troppo a pezzi per vedere la verità. «Non le ho nemmeno dato la possibilità di spiegare.» Sbattei il pugno sulla panchina.

«Sai, mio padre era uno stronzo. Un vero tipo che controlla tutto e interferisce.»

«Era?» chiesi.

«Lo è ancora.» Maverick si strinse nelle spalle. «Ma durante l'ultimo anno, l'ho tagliato fuori dalla mia vita per sempre.»

«Pensi che dovrei tagliarlo fuori…»

«Non sto dicendo questo. Hai solo una famiglia, Zach. Solo tu sai se le sue azioni provengano da buone intenzioni. Sapevo che quelle di mio padre non lo erano. Non gli importava di me. Gli importava solo di farmi seguire le sue orme, di mantenere le apparenze. Ma qualcosa mi dice che potrebbe non essere così con il tuo.»

Provai a riflettere sulle sue parole. Timothy Messiah non era un uomo cattivo, era solo molto tenace e determinato. La sua chance di diventare un giocatore professionista era andata in fumo, ma era determinato perché ciò non accadesse ai suoi figli.

Maverick aveva ragione, le sue intenzioni erano buone. Soltanto che, nel tempo, si erano un po' perse.

«Gli hai mai detto quello che tu vuoi?» chiese Maverick.

«Quasi sempre, non so neanche io quello che voglio.» Se avessi voluto perseguire il basket, sarei sempre stato all'ombra di Declan. Se non lo avessi fatto, avrei rinunciato a qualcosa che era diventato parte di me. Qualcosa di cui, per quanto difficile fosse ammetterlo, avevo bisogno.

Qualcosa in cui ero bravo.

No, in cui ero fottutamente bravo.

Avevo la possibilità di raggiungere il successo, ma non mi ero mai concesso di pensare a lungo termine… fino all'incidente di Declan.

«Hai bisogno di parlare con qualcuno», disse Maverick.
«Perché pensi che ti abbia chiamato?» Curvai l'angolo della bocca.
«Non mi riferisco a me. Intendo un professionista o il consulente scolastico del college. Qualcuno con una formazione reale.»
«Non andrò da uno strizzacervelli.»
«Potrebbe aiutarti. Hai un sacco di merda residua lì dentro.» Indicò la mia testa. «Aggiungi quello che è successo a Declan, il trasferimento qui, e ora questa storia con Cally… è destinata a darti problemi.»
«Accidenti, grazie per la tua fiducia», sbuffai. Ma in fondo, sapevo che aveva ragione.
Le possibilità che Declan si svegliasse diminuivano ogni giorno che passava. Anche se si fosse svegliato, non avrebbe mai più giocato a basket. Non avrebbe mai vinto la Follia di Marzo, né avrebbe ottenuto un contratto con l'NBA. I sogni di Declan erano morti… ma i miei erano ancora vivi.
E tutto ciò era fottutamente difficile da digerire.
Come sarei riuscito a rincorrere ciò che volevo, sapendo che lui non avrebbe mai avuto quell'opportunità?
Sentii l'emozione formarmi un nodo in gola.
«Devo andare a trovare mio fratello», dissi. Lo avevo rimandato per una ragione precisa. Ma non potevo più farlo.
Fino a quando non mi fossi riconciliato con tutto quello che era successo, non sarei potuto andare avanti. Non sarei riuscito nemmeno a capire ciò che realmente volevo.
Ma sapevo anche che non avrei potuto farlo da solo.
«Quindi, mi chiedevo…» Portai le dita tra i capelli. «Vorresti… ehm…»
«Consideralo fatto.» Maverick mi fece un cenno comprensivo. «Dimmi solo giorno e ora e ci sarò.»
«Grazie, amico. Lo apprezzo molto.»
«Avevo pensato di fare due tiri», disse, «ma che ne pensi invece di andare a fare colazione?»
«Potrei mangiare.»
«Bene, andiamo. Conosco un posto.»

***

Il posto si rivelò essere il *Flippers Diner*, in una tranquilla strada del centro. Era popolare tra gli studenti, ma le ultime persone che mi aspettavo di trovare sedute a un tavolo erano Victoria e Kira.
«Maverick, Zach.» Victoria ci fece cenno di avvicinarci.

«Lo avevi pianificato?» brontolai e Maverick ridacchiò.
«Stai scherzando, vero? Lei è… complicata.»
«Non dirlo a me.» Non le parlavo da quando, quel giorno, era fuggita dal mio appartamento e avevo sperato di continuare a evitarla almeno fino a dopo l'amichevole.
«Che piacere trovarti qui.» Sorrise come se tra noi andasse tutto bene. «Maverick, è bello vederti.»
«Ehi, Vic», rispose lui. «E Kira, giusto?»
Lei annuì. «Sei in città per l'amichevole?»
«Sì.» Prese un menu. «Cosa c'è di buono?»
«I pancake sono ottimi», rispose Kira. «Ma io ho scelto insalata di frutta e muesli.»
Mi trattenni dall'alzare gli occhi al cielo.
«Allora, Zach, come stai?» Victoria inarcò un sopracciglio e vidi un lampo di accusa nel suo sguardo.
Sì, era ancora incazzata.
Ma il sentimento era reciproco.
«Sto bene», dissi, e Maverick mi lanciò uno sguardo interrogativo.
«Pronto per la partita? Ho parlato con i tuoi genitori. Dopo il match vorrebbero cenare con la squadra. Niente di particolare, quindi ho parlato con Trev del *Pivot*. Ci metterà a disposizione la stanza sul retro e servirà del cibo. Spero di convincere gli ex allievi a mettere all'asta le loro maglie.» Lanciò un'occhiata a Maverick.
«Ehm, sì, certo. Nessun problema.»
«Eccellente. Il coach Baxter ha organizzato una conferenza stampa e terrà un discorso prima della partita.» Sapevo che i suoi occhi si sarebbero spostati sui miei, ma non reagii.
«Vic, dovremmo andare», disse Kira, «o faremo tardi dal parrucchiere.»
«C'è tempo.» Spostò i capelli dalle spalle. «Voglio parlare con i ragazzi di…»
«Un'altra volta», sbottai.
Vidi un'espressione sorpresa balenare sul suo viso, ma subito dopo la vidi trasformarsi in indignazione. A Victoria non piaceva essere congedata, ma non avevo energie sufficienti per affrontarla.
Kira capì l'antifona, afferrò la sua borsa e si alzò. «Godetevi la colazione», disse e tirò fuori qualche banconota.
«Ci penso io», intervenne Maverick.
«Come sei generoso.» Victoria gli sorrise, poi riservò a me uno sguardo torvo. Per un secondo, pensai che avrebbe piantato

le tende, rifiutandosi di andare via. Ma, con mio sollievo, la vidi prendere la borsa e seguire Kira fuori dal ristorante.

«Non oso chiedere.» Maverick emise un fischio sommesso.

«Vaffanculo, amico. Vaffanculo.»

«Ho sempre saputo che è una di quelle che portano guai. Devi guardarti le spalle da ragazze come Victoria.» Fece una smorfia.

«Pensa di sapere di Cally.»

«Ah sì?»

«Abbastanza da piantare grane, sì.» Mi strofinai la mascella, sentivo la rabbia scorrere nelle vene.

Sebbene Victoria non sapesse nulla, proprio niente, poteva comunque complicare la vita a Cally. Più di quanto non avesse già fatto.

In realtà, il peggio che poteva fare era rivelare a Callum il suo sospetto riguardo ai miei sentimenti per lei. Ma qualcosa mi diceva che lui lo avesse già capito e che mi avesse messo in guardia proprio per quel motivo.

«Sai che se vuoi stare con lei, prima o poi dovrete venire allo scoperto?»

«Lo so. Cally vuole aspettare fino a dopo la partita.»

«Ragazza intelligente», sorrise. «Quindi lei ci sarà?»

«Lo spero. Le ho chiesto di venire.»

«È stato prima o dopo essere fuggito dal suo dormitorio e aver chiamato me?»

«Non sono...» Oh, cazzo. Sì che lo avevo fatto. «Credo di dovere delle scuse a qualcuno.»

«Sì, lo penso anche io. La domanda è: hai intenzione di nascondere i tuoi sentimenti ancora per un po' o hai intenzione di farti crescere delle palle e dimostrarle che ne vali la pena?»

«Se parliamo di palle, penso che tu abbia bisogno di guardarti allo specchio», dissi in tono scherzoso.

Maverick mi guardò torvo. «Che cazzo vuoi dire?»

«Amico, stai per sposarti. Se Lo non possiede ancora le tue palle, beh, lo farà quando dirai *Lo voglio*.»

«Cazzo», sussurrò. «Hai ragione.»

Anche se stavo scherzando, non potevo negare di sentire una piccola morsa intorno al mio cuore. Maverick era un fortunato bastardo. Aveva una ragazza accanto che si faceva carico dei fardelli del suo ragazzo come se fossero i suoi.

Io l'avevo avuta una volta... ma l'avevo persa.

E anche se Cally era sembrata pronta a darmi un'altra possibilità, una parte di me continuava a chiedersi se la meritassi davvero.

Capitolo 27
Calliope

Quando uscii per andare a lezione, ero ancora un po' scossa per gli eventi della mattinata. Ma volevo lasciare a Zach un po' di spazio. Mi rendevo conto che non riusciva più a controllare la rabbia e sapevo che aveva molto da elaborare. Inoltre, mancavano ancora due giorni all'amichevole e non volevo che facessimo un passo troppo affrettato.

Zach doveva concentrarsi sulla partita e io sulle lezioni e sull'incontro con Jasmine, che si sarebbe tenuto quel pomeriggio al centro sociale. Se tutto fosse andato come speravo, forse sarebbe andata molto meglio di quel martedì.

«Eccoti», disse Josie raggiungendomi. «Come ti senti?» I suoi occhi brillavano allusivi.

«C'è qualcosa che vuoi chiedermi?» Riuscivo quasi a sentire l'odore della sua fame di dettagli.

«Chi, io?» Mi rivolse un sorrisetto lascivo e si avvicinò. «Stamattina, tu hai fatto sesso.»

«Cosa?» Sentii le guance avvampare. «No, non è così.»

«Ragazza, ce l'hai scritto in faccia. Ma questo vuol dire che lui è rimasto per la notte… il che significa…»

Le tappai la bocca con la mano. «Puoi smettere di parlare adesso.»

Lei alzò gli occhi al cielo, mormorando qualcosa di impercettibile.

«Dico sul serio, Josie. È complicato e ci sono ancora molte cose da capire. Promettimi che non ne farai un affare di stato.»

«Lo prometto.»

Il suono delle sue parole si attutì contro il mio palmo.

Lasciai la presa e la inchiodai con uno sguardo serio. «Dico sul serio.»

«Ma…»

«No, Josie.»

«Ma…»

«Sul serio?»

«Hai idea di quanto sia difficile? Ho delle domande… molte domande.»

«Lo so», corrugai la fronte, «ed è proprio per questo motivo che non ne parleremo.»

«È successo qualcosa? Non sembri molto rilassata, per essere una che si è appena fatta sco...»

«Se n'è andato», dissi in un sospiro profondo.

«Eh?» Josie si fermò e mi afferrò il polso. «Che vuol dire che se n'è andato?»

«Abbiamo fatto sesso. Abbiamo parlato... le cose si sono fatte pesanti, e poi se n'è andato.»

«Se n'è andato nel senso di *arrivederci, ci vediamo più tardi*, o se n'è andato prima che tu potessi dire *più forte, Zach, più forte*?»

«Oh mio Dio», sbuffai. «Cosa c'è che non va in te?»

«Saresti persa senza di me, adesso.» Josie sorrise.

«Sì, è vero. Ma non cambia il fatto che a volte sei un mostro.»

Mi zittì con un cenno.

«Tornando a Zach, in quale dei due sensi se n'è andato?»

«Tra l'uno e l'altro?» Serrai le labbra e stavolta fu lei a corrugare la fronte.

«Beh, dopo lo hai sentito?»

«No.» Il nodo allo stomaco si strinse. «Gli sto dando un po' di spazio.»

«No, piccola», gemette. «Questa è l'ultima cosa da fare. Potrebbe avere una crisi di coscienza. Devi dirgli cosa provi e fermare tutto questo casino.»

«A chi devi dire cosa provi?» Victoria e Kira erano apparse dal nulla.

«Ehm, conversazione privata.» Josie spostò il dito da lei a me.

«Beh, se è privata magari dovreste evitare di tenerla qui all'aperto.» Mi rivolse un sorriso sdolcinato e nauseante.

«La prossima volta ce ne ricorderemo», sogghignò Josie, «grazie per il consiglio.»

«Sabato verrai alla partita, vero?» chiese Victoria, del tutto impassibile davanti all'atteggiamento ostile di Josie. «Ci sarà un piccolo rinfresco dopo, al *Pivot*. Dovreste venire. Farò un'asta per raccogliere fondi extra per la clinica. Ci saranno tutti.»

«Ci saremo.»

Davvero?

Avevo accettato di andare alla partita, non ai festeggiamenti.

«Accidenti, è già ora.» Victoria controllò il suo orologio da polso tempestato di diamanti. «Sarà meglio andare. Ma, se vedi Zach, potresti dirgli che dobbiamo finire la conversazione che abbiamo iniziato questa mattina a colazione?» Camminò dritta passando in mezzo a noi, e i suoi capelli svolazzarono vicino alla mia faccia come un'onda rossa.

«Ha appena detto quello che penso abbia detto?» Josie chiese accennando un debole sorriso.

«Sì», risposi, cercando di nascondere il dolore che stavo provando.

«Mmh, sta mentendo. Sicuramente. Non è possibile che Zach sia andato via dalla tua camera per andare a fare colazione con lei. A meno che... no», scosse la testa, «non l'avrebbe fatto.»

«A meno che, cosa?» In realtà non volevo conoscere la risposta, ma dovevo sapere.

«Beh, sono amici… forse, quando se n'è andato, ha voluto incontrarla per chiederle un consiglio o qualcosa del genere.»

«Oh Dio.» Mi cinsi con le braccia. Tra tutte le persone da cui sarebbe potuto andare, non poteva aver scelto proprio lei… vero?

«È una stronza arrogante. Finché non saprai la verità da Zach, non lasciare che ti incasini la testa, piccola.»

«Sì», dissi, con un sorriso teso.

Più facile a dirsi che a farsi.

***

Non vidi né sentii Zach per tutto il giorno. Cioè, non mi aspettavo di avere sue notizie, ma ciò non mi fermò dal controllare il cellulare di continuo. Quando arrivò l'ora dell'incontro alla Next Steps, mi sentivo nauseata.

Per più di una ragione.

L'ultima volta, Jasmine aveva detto chiaramente di non voler avere niente a che fare con me. Sapevo di non doverla prendere sul personale. Ma era stato difficile. Soprattutto quando Zach era arrivato e aveva legato con lei senza alcuna difficoltà.

Non sapevo se lo avrei trovato di nuovo lì, al centro sociale. Non ne avevamo parlato. Non avevamo parlato di molte cose.

Emisi un profondo sospiro, afferrai la borsa e uscii dal dormitorio. Fuori, il clima era gradevole, quindi mi godetti la passeggiata verso la Next Steps, nonostante la morsa che sentivo allo stomaco.

Per tutto il giorno, le parole di Victoria mi erano risuonate nella testa. Non credevo che Zach fosse andato via per andare a confidarsi con lei, il che significava che doveva esserci qualcosa sotto... ma anche che lei stesse facendo di tutto per ferirmi.

«Ah, Cally.» Freya mi accolse sulla porta. «Sono contenta che tu sia arrivata prima. Volevo parlare con te di un paio di cose.» Mentre la seguivo nel suo ufficio, sentii il mio battito farsi più veloce. «Dai, siediti.»

Lo feci.

«Ho ricevuto una telefonata dal consulente scolastico di Jasmi-

ne. Ha avuto una brutta giornata a scuola. Alcune ragazze l'hanno messa all'angolo nello spogliatoio e sono arrivate alle mani.»
«Dio, sta bene?»
«Lei sta bene. L'altra ragazza... non molto.»
«Capisco.»
«Volevo solo avvisarti.»
«Okay.» Annuii.
«Sembri quasi... sollevata.»
«È solo che, dopo quello che è successo martedì, pensavo mi stessi per dire che l'avresti assegnata a qualcun altro.»
«Assolutamente no. Era la vostra prima seduta. I progressi non avvengono dall'oggi al domani.» Il suo sorriso rassicurante mi calmò i nervi. «C'è un'altra cosa. Il coach Baxter ha chiamato per parlarmi dell'amichevole di sabato. Penso sia un'idea magnifica. Dovrò prima parlarne con i genitori e i tutori dei bambini, ma sarà una grande opportunità per loro. Ottimo lavoro.»
«Come, scusa?»
«Per averlo suggerito al coach Baxter.»
«Oh, quello.» Trattenni il mio stupore. «Non è niente di che.»
«Spero che tu non ci rimanga male, ma abbiamo deciso di assegnare Callum a un'altra sessione. L'allenatore vuole che venga coinvolto nel progetto e ho convenuto che forse, per il momento, sia meglio tenervi separati.»
«Certo.» Sentii un peso allo stomaco. Le sue parole mi lasciarono l'amaro in bocca. «Fa' quello che pensi sia più giusto.»
«I ragazzi saranno qui da un momento all'altro. Oggi staremo dentro. Arte e artigianato, giochi da tavolo e l'angolo tecnologico.»
«Mi sembra perfetto.» Feci per andarmene.
«Ti darò notizie riguardo la partita, ma non penso sarà un problema. Puoi parlarne con Jasmine, ma non farle promesse.»
«Okay.»
Uscii dall'ufficio di Freya proprio nell'istante in cui Jasmine entrò nell'edificio. I suoi occhi si fissarono sui miei e si socchiusero ostili, fino a diventare due fessure. Ma non mi lasciai scoraggiare. «Ehi», dissi avvicinandomi a lei. «Come stai?»
«Zach verrà?» I suoi occhi verde-bluastro puntarono dietro di me e vagarono per la stanza.
«Io... ehm, non ne sono sicura.»
«Oh.» La delusione la travolse.
«Ho pensato che potremmo fare dei braccialetti dell'amicizia.»
«Ho quattordici anni», sbuffò, «non otto.»
«Okay, che ne dici della pittura su tessuto? Credo di aver visto...»
«Smettila.» Scosse la testa. «Smettila e basta.» Il senso di

sconfitta mi trafisse lo stomaco. «Non voglio dipingere, né realizzare gioielli scadenti. Non lo capisci? Non voglio stare qui.»

La sua espressione distaccata si incrinò e vidi un barlume di tristezza nei suoi occhi.

«Che c'è?» sbottò.

«Va bene non stare bene, Jasmine. Non sono qui per giudicare o dirti come...»

«Non importa.» Si precipitò verso un gruppo di ragazzi tutti rannicchiati attorno a un piccolo schermo piatto.

«Perseveranza», sussurrò Maureen mentre mi sorpassava, dandomi una lieve pacca sulla spalla.

«Già», dissi.

Come se fosse semplice.

Seduta a uno dei tavoli dedicati all'artigianato, iniziai a infilare delle perline in un braccialetto.

«Sembra complicato», disse una voce da sopra la mia spallla.

Alzai lo sguardo e trovai Zach davanti a me.

«Sei venuto.»

«Non volevo, ma poi mi sono ricordato che la mia ragazza preferita sarebbe stata qui, quindi ho pensato *perché no*. A proposito, come sta Jasmine?»

Sussultai, e dalle mie labbra uscì un lieve sospiro. Zach ridacchiò, chinandosi un po', fino a farmi sentire il calore del suo respiro. «Non dirglielo, ma lei è la mia seconda preferita.»

«Non puoi farlo, non qui.» Mi sentii abbastanza consapevole di dove ci trovassimo. «Non mentre lavoro.»

«Fare cosa?» Si sedette accanto a me, una delle sue lunghe gambe sfiorò la mia. «Cosa sto facendo, scricciolo?»

«Zach...»

«Calliope...» I suoi occhi luccicavano divertiti.

«Zach, sei venuto.» Jasmine corse verso di noi con un ragazzo al seguito. «Io e Joseph speravamo che potessi insegnarci qualche altro trucco.»

«Non penso che dovremmo giocare...»

«Va bene.» Freya ci raggiunse. «Farò un'eccezione. Però la prossima volta potresti anche avvisare.» Lanciò un'occhiata a Zach e lui annuì.

«Scusa, ho solo pensato di passare da qui.» Si grattò la nuca. «Avrei dovuto chiamare prima di venire.»

«La prossima volta, sì, ma ora sei qui, tanto vale mettersi al lavoro. Jasmine, Joseph, andate a prendere un paio di palloni e chiedete agli altri se vogliono partecipare. Poi, tornate velocemente da Zach e Cally.»

Corsero via in tutta fretta.

«Merda, mi dispiace, Freya. Non volevo...»

«I bambini hanno adorato averti qui martedì. So che abbiamo concordato per quattro sessioni, ma saresti una risorsa per la squadra, Zach. Se sei interessato, chiaramente.»

«Ci penserò sicuramente, grazie.»

«Quanto a questo», agitò il dito tra me e Zach, «devo preoccuparmi?»

«No», risposi. «Assolutamente no.»

«Che tu ci creda o no, un tempo anch'io sono stata giovane.» Le sue labbra formarono un sorriso complice. «Vi chiedo soltanto di mantenere la vostra relazione fuori di qui. Questo vale anche per i messaggi, le chiamate e le vostre moine.»

«Non stavamo...» Chiusi di scatto la bocca, soffocando il puro imbarazzo che mi fece avvampare.

«Rilassati», rise, «sto scherzando, almeno per le moine. Confido nel fatto che questo non intralci il lavoro di entrambi. Fareste meglio ad andare, sembra che abbiate un pubblico piuttosto interessato.» I suoi occhi scintillarono mentre ritornava al suo ufficio.

«Non posso credere che sia appena successo.»

«Tranquilla, scricc... Cally. L'hai sentita, anche lei è stata giovane. Sa come vanno queste cose.» Mentre mi guardava, i suoi occhi si fecero scuri e pieni di desiderio.

Volevo chiedergli cosa era successo quella mattina, lo avevo sulla punta della lingua, ma mi trattenni. Non era né il momento né il luogo adatto. Inoltre, c'era un'orda di ragazzi che aspettavano impazienti di avere la sua attenzione.

«Credo che tu debba andare.»

«Cally, io...»

«Vai. Possiamo parlare dopo.»

«Sì?»

«Sì.» Annuii.

«Va bene.» Zach uscì di corsa dalle porte sul retro e si ritrovò circondato dai ragazzini. Jasmine era in prima linea e gli sorrideva come se lui fosse un suo sogno diventato realtà.

Conoscevo quella sensazione.

Una volta ero stata come lei. Una ragazza di quattordici anni travolta dal fascino e dal sorriso irresistibile di Zach. Allora, però, erano stati il suo carattere da ragazzo smarrito e il suo cuore ribelle a catturare la mia attenzione.

Adesso era diverso.

Lui era diverso.

Quel ragazzo timido, insicuro e ignaro del suo posto nel mondo era scomparso, e al suo posto c'era un uomo. Tanto smarrito quanto sicuro di sé. Mi misi comoda su una delle panchine e lo vidi fare la sua magia.

Mi chiesi se lo guardassi ancora in quel modo.

Con le stelle negli occhi e il desiderio nel cuore.

***

«Dobbiamo parlare con il tuo responsabile sportivo per farti entrare nella squadra.»

«Non succederà mai.» Jasmine prese la bottiglia d'acqua che Zach le porse.

«C'è una squadra locale alla quale puoi unirti?»

Fece spallucce. «Faccio troppo spesso avanti e indietro tra casa di mia madre e casa di mio padre. Non ho molto tempo per le attività extrascolastiche.»

«Ma se io riuscissi a organizzare il tutto, tu ci andresti?»

«Io...» Le sue guance avvamparono, alzò le spalle e vi nascose la testa.

«Zach ha ragione», dissi, e lei alzò la testa di scatto. «Sei brava, Jasmine. Davvero brava.»

«Cosa ne sai tu di basket?»

Zach fece un fischio basso.

«Che c'è?» Jasmine aggrottò la fronte, guardandoci entrambi.

«Glielo dici tu o faccio io?»

«Zach...» Scossi la testa.

«No, dai.» Jasmine era ansiosa di capire. «Voglio saperlo.»

«Mio fratello gioca.»

«Cos'è? Tipo un giocatore famoso o qualcosa del genere?» Era la prima volta che parlava con me e ovviamente stava succedendo perché pensava che mio fratello fosse un giocatore di basket famoso.

«Non proprio. Ma gioca per gli Scorpions.»

«È bravo? Lo conosco? Come si chiama?»

«Wow, Elsa», Zach ridacchiò. «Prendi fiato. Il fratello di Cally è Callum James, il ragazzo con cui ero qui martedì.»

«Callum James è tuo fratello?» Mi guardò con sospetto.

«Sì.»

«È per questo che è andato via l'altro giorno? Perché eri qui?»

Merda. Perspicace la ragazzina.

«È complicato.»

«Ho sentito alcuni ragazzi spettegolare.» Il suo sguardo si spostò su Zach. «Hanno detto che sei il fratello di Declan Messiah. È vero?»

Zach contrasse il viso in una smorfia. «Sì.»

«Mi dispiace.»
«Grazie.»
«Hanno detto che non camminerà mai più... che potrebbe non svegliarsi.»
«È vero.» Zach alzò il viso verso il cielo e respirò con affanno.
«Ascolta, Jasmine. Perché non andiamo a dare una mano per riordinare?» le suggerii.
«Sì, okay.» Si mise al mio fianco senza discutere. «Non volevo sconvolgerlo.»
«Non l'hai fatto.» Le rivolsi un sorriso rassicurante.
«Ne sei sicura?»
«Ne sono sicura.»
«È vero quello che ho sentito? Possiamo davvero andare all'amichevole di sabato se i nostri genitori sono d'accordo?»
Zach se lo era lasciato sfuggire poco prima. Qualcosa mi diceva che era emozionato quasi quanto i ragazzi all'idea che avessero la possibilità di venire alla partita.
«Zach ha detto che è stata una tua idea.»
«Pensavo ti avrebbe fatto piacere.»
«Nessuno si è mai preso la briga di fare qualcosa del genere per me prima d'ora.» I suoi occhi trovarono i miei. «Grazie.»
«Prego.»
«Tuo fratello giocherà?»
«Sì.»
«Potrei conoscere anche lui?»
«Può darsi.» Forzai un sorriso. «È quasi ora di andare. Perché non prendi la giacca? Io vado a controllare Zach.»
«Ma ci vediamo sabato, vero, alla partita?»
«Se i tuoi genitori ti daranno il permesso, allora sì, ci vedremo sabato.» Accennai un sorriso.
«Forte. Ho sentito dire che è davvero un grande evento. Ci si scatenerà parecchio.»
«Neanche io sono mai stata a una partita tra squadre del college», ammisi.
«Davvero?»
«Davvero. Quindi sarà anche la mia prima volta.»
«Mi fa sentire meglio. Ci vediamo sabato.» Jasmine iniziò a camminare verso la porta, poi si fermò e si voltò. «E... Cally?»
«Sì?»
«Direi che sei una a posto.» Fece spallucce e se ne andò verso la reception.
Era il miglior complimento che potesse farmi.
«A posto?» sussurrò Zach sui miei capelli. «Chiaramente non

ti conosce come ti conosco io.» Il suo fiato caldo mi solleticò il collo e il mio corpo fu percosso dai brividi del desiderio.

«Zach!» Lo rimproverai.

«Tranquilla, i ragazzini se ne sono andati tutti.»

«Sì, ma i volontari no.» Maureen ci osservava divertita. «Inoltre», sibilai. «Dobbiamo parlare.»

«Perché non mi piace il tuo tono?»

«Prendo le mie cose e arrivo.»

«Non vado da nessuna parte», disse.

Ma lo aveva già fatto. Quella mattina era fuggito dalla mia stanza in preda a un tale panico che non mi aspettavo un'inversione di rotta immediata.

Dopo aver preso le mie cose e salutato Freya, trovai Zach a parlare con alcuni degli altri volontari. «Tutto fatto?» mi chiese, e io annuii.

«Buona serata a tutti.»

«Ciao.» Non appena fummo all'esterno, Zach mi trascinò in una zona d'ombra e mi spinse contro il muro. Mi fissò per un secondo, l'aria crepitava attorno a noi, poi la sua bocca si fiondò sulla mia e mi baciò senza alcuna inibizione.

«Zach», il suo nome uscì dalle mie labbra come un sospiro sussurrato. «Fermati.»

«Fermati?» Posò le sue labbra sulla mia spalla, emettendo un sospiro esasperato. «Ora vuole che mi fermi.»

«Dovremmo parlare.»

«Hai ragione.» Il suo sguardo si posò sul mio. «Speravo davvero che potessimo saltare la parte del discorso e andare direttamente a quella del bacio. Mi sei mancata oggi.»

«Davvero?»

«Certo.» Zach fece scivolare le dita tra i miei capelli. «Io non ti sono mancato?»

«Sì… ma ero anche un po' confusa.»

«Mi dispiace.» Esalò un lungo respiro. «Non l'ho gestita molto bene.»

«Hai fatto colazione con Victoria?»

«Che cosa?» Si ritrasse, aggrottando le sopracciglia. «Perché me lo chiedi?»

«Ha detto delle cose.»

«Quali cose?» Si irrigidì.

«Zach?» Di fronte alla sua reazione, il mio stomaco sprofondò. «Ha mentito, vero? Non vi siete visti dopo che noi…»

Il suo silenzio fu assordante e il sangue iniziò a martellare nelle mie orecchie mentre cercavo di capire.

«Sei andato da lei per chiederle consiglio riguardo a noi... riguardo a me?»

«Che cosa? No! Cazzo, no. Lo giuro, Cally, non è andata così. Quando sono andato via, ho chiamato Maverick. Voleva andare a fare colazione e lei era lì.»

«Quindi avete fatto colazione insieme voi tre?»

«Quattro», ammise. «C'era anche Kira.»

«Quindi è stato tipo doppio appuntamento per colazione?»

«Ma che cazzo dici? No! Maverick è fidanzato. Non farebbe mai una cosa del genere a Lo.»

«Ma tu la faresti a me?» Le mie parole erano pregne di scetticismo. «È così?»

«Cally, ma ti ascolti?» Prese il mio viso tra le mani e mi fissò intensamente. «Da dove vengono tutti questi sospetti?»

«Mi avevi appena lasciata sola, Zach. Ti ho fatto rientrare nella mia vita e te ne sei subito andato.»

«Avevo solo bisogno di tempo. È tutto. Ho chiamato Maverick e abbiamo fatto colazione. Poi ho passato la giornata a cercare di capire come dirti che mi dispiace.»

«Ti dispiace?»

Lui annuì. «Odio il fatto che abbiamo perso così tanto tempo.» Le sue labbra sfiorarono l'angolo della mia bocca, le sue parole furono come una dolce carezza sulla pelle. «Odio il fatto di non essere stato presente quando tua madre si è ammalata.» Mi baciò e poi si allontanò un po', mi mise una ciocca di capelli dietro le orecchie, incrociò il mio sguardo e vidi la sua espressione addolcirsi. «Ma soprattutto, odio il modo in cui ti ho trattata nelle ultime settimane. Ti amo, Calliope James. Non credo di aver mai smesso.»

«Mi ami?» Il mio cuore sembrò schiantarsi sulla cassa toracica. Le parole di Zach furono come un balsamo per il mio cuore spezzato e ferito.

«Ti amo così tanto da esserne terrorizzato. Sei tu, scricciolo. Sei sempre stata tu. Ero solo troppo stupido per vederlo.» Zach poggiò la fronte sulla mia. «Dopo la partita voglio dirlo a tutti. Non voglio sprecare un solo secondo in più del tempo che possiamo trascorrere insieme.»

«Va bene», sospirai, avrei portato volentieri il peso della sua confessione. «E, Zach?»

«Sì?»

Il mio sorriso si allargò.

«Ti amo anche io.»

Capitolo 28
Zach

Aspettare di dirlo a tutti era una tortura. Sapevo che Cally aveva ragione: dovevamo toglierci di mezzo l'amichevole prima di far scoppiare la bomba. Ma questo non voleva dire che aspettare dovesse piacermi.

«Cazzo, come sei teso», disse Brad mentre ci sedevamo sugli spalti in attesa del coach.

«Sto bene», tagliai corto. Ma i suoi occhi caddero sulla mia gamba, quella che rimbalzava su e giù.

«Non è niente.» Lo liquidai. Il cuore mi batteva forte nel petto, il sudore mi imperlava la schiena. Era stato un allenamento intenso, ma ne avevo bisogno. Ne avevamo tutti.

«Okay, signore», tuonò il coach, la sua voce riecheggiò tra le pareti. «Il gran giorno è finalmente arrivato.» I ragazzi iniziarono a gridare e fischiare facendo un gran casino. «Okay, okay. Datevi una calmata.» Si sfilò il cappello da baseball e si passò una mano tra i capelli brizzolati. «È la prima partita della stagione. Dunque, sarà anche solo un'amichevole, ma voglio che domani scendiate in campo e giochiate come se le vostre vite dipendessero dal risultato. Dico sempre che la prima partita fissa l'andazzo dell'intera stagione. E questa stagione è nostra, avete capito?»

I miei compagni di squadra ricominciarono a urlare. Vidi Callum sulla panchina, teneva la testa leggermente china, gli occhi al riparo dagli sguardi altrui. Non voleva stare lì. Un mese prima, avrei detto che quella era una cosa che avevamo in comune ma, nelle ultime settimane, qualcosa era cambiato.

Io ero cambiato.

«Zach, figliolo, sei pronto?»

«Sono pronto, coach.» La mia voce risuonò forte e chiara, sovrastando quella dei ragazzi.

«Non è così che volevamo farlo. Lo so. Manca il cuore della nostra squadra.» La sua espressione si indurì. «Declan era un bravo ragazzo, uno dei migliori. Quando domani scenderemo in campo e giocheremo, facciamolo per lui. Giochiamo in suo onore.»

«Non è morto.» Callum si alzò di scatto e il silenzio cadde sulla palestra.

«Lo so, figliolo», balbettò il coach impallidendo. «Non volevo mancare di rispetto.»

«È una stronzata, lo sapete, vero? Un'amichevole non guarirà Declan. Nessuna somma di denaro che raccoglieremo per la clinica gli restituirà le gambe.»

«Figliolo, dovresti...»

«Dovrei cosa?» ruggì Callum. «Fingere che sia tutto a posto? Non è tutto a posto, cazzo. Non era solo il nostro asso nella manica per vincere il campionato. Era nostro amico. È il mio migliore amico... e lui è...»

Uno dei giocatori dell'ultimo anno, un ragazzo chiamato AJ, balzò in piedi e mise un braccio attorno alle spalle di Callum. «Avanti, Cal, andiamo a fare una passeggiata.»

«Douglas, vai con loro.» L'allenatore diede l'ordine a uno degli assistenti, che corse dietro ai due ragazzi.

Il silenzio era assordante. Il mio cuore batteva sotto la pelle come un tamburo. Conoscevo Callum da molto tempo e non l'avevo mai visto così arrabbiato. Ma c'era molto di più. Stava soffrendo. Il dolore lo seguiva come una tempesta che aveva reso l'aria della palestra cupa e pesante.

«Okay, direi che possiamo concludere.» Il coach fece un lungo sospiro. «Oggi siete stati fantastici. Forti e uniti. So che non è stato facile, so che in questo momento ci sono molte incertezze, ma siamo una squadra. Restiamo uniti e portiamo a termine il lavoro, va bene?»

Intorno a me risuonò un coro di «Sì, signore.» Brad però mi lanciò uno sguardo preoccupato.

«Che c'è?»

«Che situazione pesante.»

Scrollai le spalle. «È un problema di James, non mio.»

«Amico, è il migliore amico di tuo fratello. Per non parlare del fatto che ti scopi sua...»

Gli diedi una forte gomitata alla pancia e lo guardai torvo per fargli chiudere quella cazzo di bocca.

«Okay», gracchiò, «colpa mia.»

«Okay, alle docce», disse il coach. «Zach, devo parlarti.»

«Oh, Messiah è nei guai.» Saul ridacchiò, e io gli mostrai il dito medio.

Aspettai che la palestra si svuotasse prima di avvicinarmi al campo. «Che succede, coach?»

«Voglio che parli con Callum per conto mio.»

Ma che cazzo!

«Non credo sia una buona idea, coach. Noi...»

«Non me ne frega niente di quello che succede tra voi in questo momento. È il tuo compagno di squadra, il migliore amico di tuo fratello. E questo è il suo ultimo anno. Ha bisogno di rimettersi in sesto se vuole provare a ottenere un ingaggio in primavera.»

Fanculo.

«Okay», dissi a denti stretti. «Ma non posso garantire che ascolterà.»

«Allora fai in modo che lo faccia. Callum ha troppo da perdere in questa stagione. So che sta soffrendo, ma Declan non vorrebbe che buttasse via tutto perché non riesce a gestire il suo dolore.»

«Vedrò cosa posso fare.»

Il coach mi afferrò il braccio. «Sapevo di poter contare su di te, figliolo. Quello che ti abbiamo chiesto quest'anno è molto, lo so. Ma voglio che tu sappia che ti ho portato qui perché credo veramente che tu abbia ciò che ci vuole per guidare questa squadra al posto di tuo fratello.»

Un tempo, le sue parole mi avrebbero irritato. Ma c'era qualcosa di sincero nel modo in cui le aveva pronunciate, come se sapesse che il fardello che gravava sulle mie spalle era troppo grande per essere portato da una sola persona.

«Qualunque cosa accada in questa stagione», aggiunse, «questa è la tua squadra ora, Zach. Non di Declan, la *tua*. Sta a te decidere cosa farne.»

***

«È qui?» chiesi ad AJ quando aprì la porta.

«Sì, è qui, ma non credo che il fatto che tu sia venuto sia una buona idea.»

«Non me ne andrò finché non gli avrò parlato.»

Scosse la testa e curvò le labbra in un'espressione divertita. «Sapevo che lo avresti detto.» Aprì di più la porta. «Entra, a tuo rischio e pericolo.»

«So come affrontare James», borbottai.

«Sì, ecco perché sono preoccupato. È nella tana», disse, come se sapessi dove si trovava. «L'ultima porta a sinistra.»

«Grazie.»

La casa che Callum condivideva con gli altri giocatori dell'ultimo anno era l'ultimo posto in cui avrei voluto trovarmi, ma, nello stesso istante in cui il coach mi aveva chiesto di andare lì, avevo capito che l'avrei fatto. Perché Callum non era solo il mio compagno di squadra, o il migliore amico di mio fratello, era il fratello della mia ragazza. E, nonostante la distanza che li separava, erano una famiglia. Il che, in qualche strano modo, rendeva anche lui parte della mia.

Mi asciugai le mani umide sui pantaloncini e bussai alla porta.
«Vaffanculo», gridò Callum.

«Anche per me è bello vederti.» Entrai nella stanza. Era la tipica tana di un ragazzo, l'aria era permeata dalla puzza persistente di calzini sudati, alcol e sesso.

«Che cazzo ci fai qui?» Mi guardò in cagnesco.

«Mi ha mandato il coach.»

«Sei venuto. Obbligo adempiuto.» Bevve un sorso dalla bottiglia di whisky che teneva tra le dita. «Non farti colpire dalla porta mentre esci.»

«Dobbiamo parlare.»

«No, non dobbiamo.» Gli occhi di Callum si chiusero mentre inspirava a fondo. Sembrava contento di vedermi quanto lo ero io di trovarmi lì. «È un fottuto vegetale e tutti si comportano come se fosse tutto normale. È una stronzata.»

Davanti alla sofferenza nella sua voce, il mio volto si contrasse. «È uno schifo», dissi. Perché lo era davvero.

Declan non lo meritava. Non meritava niente di tutto ciò. Ma il mondo andava avanti. La vita andava avanti. Doveva farlo.

«Il coach ha ragione, Cal. Non vorrebbe che tu buttassi via tutto quello per cui hai lavorato. È il tuo ultimo anno. Hai una reale possibilità di diventare un professionista, amico. Non puoi lasciartela sfuggire solo perché stai soffrendo.»

«Pensi che io voglia sentirmi così?» sputò fuori. «Non sta migliorando, Zach. Non si sveglierà, né starà bene per magia. È sdraiato lì, su quel letto, aggrappato alla vita, quando sappiamo entrambi...» Il suo fiato si mozzò, non riuscì a completare la frase.

Mi lasciai cadere sul divano e mi passai una mano sul viso. «Non sono pronti a lasciarlo andare.» I miei genitori e Victoria erano aggrappati alla speranza di un miracolo che non sarebbe mai avvenuto. Declan non ne sarebbe uscito.

Non c'era più.

La verità mi colpì come una palla da demolizione. Lo sapevo da tempo. In fondo, era quello il motivo per cui non ero stato in grado di andare a trovarlo di nuovo. Perché sapevo che sarebbe stato un addio.

Provai a mandar giù il gigantesco nodo che avevo in gola. «Vorrebbe che tu arrivassi al successo, Cal. Declan ti prenderebbe a calci in culo in questo momento se sapesse che sei seduto qui, ubriaco, incapace di darti un contegno.»

«Non lo perdonerò mai per aver preso quella moto d'acqua quel giorno.»

«È stato un assurdo incidente, niente di più.»
«Fanculo.» Lanciò la bottiglia attraverso la stanza e il vetro si schiantò contro il muro, frantumandosi in mille pezzi.
«Va meglio?» Inarcai un sopracciglio e lui scrollò le spalle.
«Un po'. Come fai?»
«A far cosa?»
«A essere sempre dannatamente calmo. Sei come una fortezza, amico. Niente ti tocca.»
«Non esserne così sicuro», mormorai, e la mia mente andò immediatamente a sua sorella. Ma non potevo dirgli la verità, non in quel momento. Non mentre stava per perdere il controllo.
«La squadra ha bisogno di te, amico», dissi. «Abbiamo bisogno di te.»
Il suo sguardo in tempesta incrociò il mio. Aveva gli stessi occhi color whisky di Cally, lo stesso naso e la stessa mascella. Ma i suoi lineamenti si erano induriti. Era sfinito dagli eventi degli ultimi mesi.
Emise un sospiro stanco. «Verrò. Certo che ci sarò… è solo difficile… fottutamente difficile.»
«Lo so.» Lo sapevo davvero. Il dolore e le nostre emozioni ci mettevano su piatti diversi di una stessa bilancia
«Ma non sono certo di poter venire alla cena dopo la partita», aggiunse Callum.
«I miei genitori ti vorrebbero lì.»
«Lo so… è solo che, cazzo…» Strinse e aprì il pugno, fissando la sua mano come se fosse l'unica cosa ad ancorarlo a terra. «Victoria mi irrita a morte.»
«Non sei l'unico a cui fa questo effetto», confessai.
«Ah sì?» Sollevò le sopracciglia. «Pensavo che foste migliori amici.»
«Vaffanculo.»
Ci scambiammo un timido sorriso.
«Pensa solo a sé stessa.»
Non aveva torto. Ma io ero stato troppo arrabbiato e amareggiato per preoccuparmene.
«Si sente minacciata da Cally», dissi, testando il terreno.
«Questo è esattamente quello che non volevo accadesse.» La rabbia divampò nei suoi occhi. «Non volevo che arrivasse qui e venisse trascinata in questo mondo. Stavo solo cercando di proteggerla.»
Già, lo capivo. Le ragazze erano brutali, anche al college. Si sarebbero calpestate a vicenda senza pensarci due volte se ciò fosse servito a guadagnare posizioni nella scala sociale o a

procurarsi un fidanzato atleta. E Victoria era orgogliosamente in cima a tutte loro.

«Dovresti dirglielo», suggerii. «Pensa che tu l'abbia fatto perché ti vergogni di lei.»

«Non l'ho...» Le sue labbra si assottigliarono. «Ho fatto un casino. È mia sorella e l'ho lasciata lì... non merito il suo perdono.»

«Non spetta a Cally decidere?»

«Sembri molto sicuro di sapere cosa pensa mia sorella, Messiah.»

«Siamo stati insieme... al centro sociale», aggiunsi, e odiai il sapore della bugia sulla mia lingua.

Ma non volevo aggiungere benzina sul fuoco che divampava tra Cally e Callum.

Lui strinse gli occhi, ma non mi pose la domanda che forse aveva in mente. Probabilmente, era meglio così, perché non volevo mentirgli spudoratamente. Soprattutto visto che ero lì per cercare di appianare alcune crepe.

«Neanche io voglio andare alla cena post-partita», ammisi, «ma che ne dici di fare un patto? Ci andrò se vieni anche tu.»

Fece schioccare la lingua. «Sappiamo entrambi che ci andrai, con o senza di me.»

«Sì, ma preferirei davvero che ci fossi anche tu.» Sorrisi e Callum scoppiò a ridere.

«È questa la battuta che usi per rimorchiare? Perché se lo è, devi affinare le tue tecniche.»

«Lo terrò a mente.» Il senso di colpa mi stava dilaniando. Una volta scoperta la verità su me e Cally, mi avrebbe preso a calci in culo. Ma, in quel momento, non si trattava di me e della ragazza che possedeva il mio cuore, ma di me e della squadra.

Di Callum e della squadra.

Una volta finita l'amichevole, mi sarei occupato di tutto il resto.

Solo una cosa era certa: se lui, o chiunque altro, avesse cercato di farmi scegliere tra Cally e la squadra... io avrei scelto Cally ogni giorno della mia vita.

Perché non l'avrei persa. Non di nuovo.

Mai più.

***

Aspettai fin dopo il tramonto per intrufolarmi all'Abrams, non che avessi davvero bisogno di nascondermi, dato che era un dormitorio misto e che io ero Zach Messiah. Ma volevo fare una sorpresa a Cally, e sapevo che non avrebbe apprezzato il fatto che mi presentassi e dessi spettacolo. Quindi optai per la *modalità invisibile*.

Le ragazze che vivevano al piano di Cally dovevano essere topi di biblioteca o forse erano solo fuori a far festa, perché trovai il corridoio vuoto, mentre tenevo la testa bassa e il mio berretto da baseball nero e rosso della SU mi copriva gli occhi.

Bussai delicatamente. Era tardi, erano da poco passate le dieci, quindi quando Cally aprì la porta con indosso gli shorts del pigiama e una canotta sottile, quasi le saltai addosso.

«Zach?» urlò in un sussurro, mentre io mi fiondavo dentro e richiudevo la porta dietro di me. «Cosa stai...»

La afferrai per la vita, la attirai a me e la baciai. Si sciolse contro il mio corpo e quando la mia lingua scivolò oltre le sue labbra e si arrotolò attorno alla sua, lei emise un lieve sospiro.

Era un suono che volevo imbottigliare e tenere per sempre con me.

«Cazzo, hai un buon sapore, scricciolo.»

«Si chiama dentifricio alla menta fresca.» Cally ridacchiò sulle mie labbra. «Ho appena finito di lavarmi i denti.» Mi sorrise. «Che ci fai qui?»

«Che c'è? Non posso venire a trovare la mia ragazza?»

«Lo sono? Sono la tua ragazza?» Vidi l'amore brillare nei suoi occhi, riflessi caldi e dorati che illuminavano due profonde pozze di whisky in cui sarei voluto annegare. Gesù, era bellissima. L'unica ragazza che avessi mai guardato e di cui volevo conoscere tutto. I suoi segreti, le sue speranze e i suoi sogni, le sue paure. I suoi occhi mi attiravano in un modo mai sperimentato prima, incatenandomi a lei.

E l'hai quasi persa.

Respinsi i pensieri spiacevoli. Cally era lì. Avevo una seconda occasione di fare le cose per bene. Durante gli allenamenti, riuscivo sempre a recuperare la palla persa e a creare occasioni per segnare. Avrei fatto la stessa cosa con Cally.

La afferrai per la nuca, e sfiorai le sue labbra con le mie, con fare possessivo.

«Dio, non credo che mi abituerò mai a questa sensazione», disse.

«Bene, perché non voglio che tu lo faccia.» La presi in braccio e andai verso il letto, dove la feci sdraiare. «Non posso credere di essere stato così stupido da lasciarti andare.»

«Zach...» Il mio nome le si fermò in gola.

Mi misi in ginocchio, e feci scorrere le mani sulle sue gambe, dalla caviglia al ginocchio, dal ginocchio alla coscia, accarezzando la sua pelle liscia e setosa fino a sfiorare il bordo dei suoi allettanti pantaloncini del pigiama.

«Ho visto tuo fratello oggi.» Si irrigidì e io ridacchiai.
«Tranquilla. Non riguardava te. Il coach mi ha chiesto di parlare con lui.»
Cally si sollevò sui gomiti. «Perché, cos'è successo?»
«Sta avendo delle difficoltà...»
«Per quello che è successo a Declan?»
«Sì, e per il fatto che io sia qui... e per te.»
Impallidì.
«Penso che dovresti parlare con lui.»
«C-cosa?»
«Ha molti sensi di colpa, Cally. Penso che perdere Declan gli abbia fatto capire alcune cose. Magari... provaci. Che ne pensi?»
L'incertezza balenò nei suoi occhi. «Mi stai chiedendo di provare a parlare con il fratello che mi ha abbandonata?»
«A me stai dando un'altra possibilità.»
«Non è giusto», serrò le labbra, «e tu lo sai.»
«Allora, guardala in un altro modo. Hai Josie e Freya, il centro e me.»
«E Xavier», aggiunse.
«Xavier?» Un ringhio cupo mi rimbombò nel petto, un profondo senso di possessività mi serpeggiò dentro. «Il tizio del bar?»
Annuì con un sorrisetto. «Xavier è una brava persona.»
«Stai cercando di farmi venire un infarto?»
«E tu stai davvero cercando di farmi seppellire l›ascia di guerra con mio fratello?»
«Lui è ancora qui, Cally. Non voglio fare lo stronzo, davvero, ma tuo fratello è qui e, in fondo, penso che voglia sistemare le cose. Semplicemente non sa come farlo.»
Cally si mise a sedere e mi avvolse le mani intorno al collo. «Giochi sempre sporco?»
«Quando riguarda te? Sì.» Le diedi un bacio veloce.
«Poco fa ho ricevuto delle buone notizie.»
«Sì?» chiesi, chiudendo un occhio sul fatto che stesse sviando la conversazione su Callum.
«Domani Jasmine e i ragazzi possono venire.»
«È meraviglioso. Chiederò al coach di cercare una squadra per lei, forse posso anche convincerlo a parlare con l'allenatore del liceo di Jasmine. È troppo brava per non giocare assiduamente.»
«È diversa quando è con te.»
«È l'effetto Messiah, piccola.»
Cally roteò gli occhi. «Sei proprio un idiota.»
«Un idiota molto sexy e molto dotato?» Le sorrisi.
«Oh mio Dio.» Una risata fuoriuscì dalle sue labbra e fu come

musica per le mie orecchie. «Chi ti credi di essere?» Mi scostò i capelli dagli occhi ed emise un sospiro soddisfatto.

«Dimmi a cosa pensi, scricciolo.»

«Abbiamo perso così tanto tempo, Zach. Mi sembra così ingiusto.»

«È come hai detto tu. In quel momento non eravamo pronti. Dovevamo vivere tutte quelle assurdità e tutto quel dolore e superarli per capire che tutto questo è reale.» La mia mano scivolò sul suo petto e si fermò all'altezza del cuore. «Mi sembra abbastanza reale», sussurrai, godendomi il battito regolare del suo cuore sotto le dita.

«Mi prometti che questa è la volta buona?» La voce di Cally si incrinò per la sua insicurezza. «Promettimi che non mi spezzerai più il cuore.» Si chinò, premendo le sue labbra contro le mie. «Perché non credo che sopravvivrei.»

«Te lo prometto, Cally. Te lo prometto.»

Capitolo 29
Calliope

«Lo stai facendo di nuovo», disse Jasmine, senza riuscire a nascondere la sua irritazione.

«Scusa, sono un po' agitata.»

«Un po'?» Puntualizzò. «La tua gamba non ha smesso di tremare da quando siamo arrivati.»

«È così... grande.»

Guardai la Nixon Arena.

«Cosa ti aspettavi?»

«Non lo so… qualcosa di più piccolo.»

«Questa è la Nixon Arena», Joseph si sporse verso di lei. «Costruita negli anni Sessanta, può contenere undicimila duecentodieci persone, e oggi è sold out.»

«Amico», Jasmine sembrò colpita, «come fai a sapere tutto queste caz… cose?»

Soffocai una risatina. Era bello vederla così rilassata. C'era stato un secondo, quando io e Maureen avevamo fatto entrare i ragazzi, in cui Jasmine si era zittita e si era chiusa in sé stessa. Ma non appena avevamo trovato i nostri posti, proprio sulla linea centrale, poche file dietro la prima, si era tranquillizzata.

«Cally, eccoti.» Josie fece un cenno con la mano, scavalcando le altre persone nella nostra fila. «Scusa, mi dispiace. Sono stata trattenuta.»

«Va tutto bene?» chiesi, consapevole della presenza di un piccolo ficcanaso.

«Bene.» Mi rivolse un sorriso accecante. «E questa deve essere la pupilla di Zach. Elsa, vero?»

Jasmine arrossì e abbassò gli occhi. «Solo Zach mi chiama così.»

«Sta solo scherzando, vero Jos?» Le lanciai uno sguardo serio.

«Ovviamente. Piacere di conoscerti, Jasmine. Chi sono i tuoi amici?»

«Sono Joseph, ma puoi chiamarmi J.» Le fece l'occhiolino.

«Ehilà, ragazzo, hai una bella faccia tosta.»

«Non montarti la testa, J», lo prese in giro Maureen. «Hai quindici anni. Devi ancora crescere.»

«Ehi, io sono grande.» All'improvviso sembrò molto infantile e si rimpicciolì sulla sedia.

«Aspetta un paio d'anni e avrai tutte le ragazze in pugno.»

Josie gli fece l'occhiolino e io le diedi un colpetto sulle costole. «Che c'è?» Corrugò la fronte.

«Non importa. Oh guarda, eccoli.» Indicai la squadra che stava correndo sul campo. Era impossibile non notare Zach, e il filo invisibile che ci legava mi diceva esattamente dove trovarlo.

«Hai un po' di bava», ridacchiò Jasmine.

«Non lo hai app…»

«Dammi il cinque, ragazza.» Josie si chinò dietro di me e le diede il cinque.

«Che diavolo succede?»

«È forte», disse Jasmine. «Lei mi piace.»

«Certo che ti piace», borbottai sottovoce.

«Gelosa?» Josie mimò con il labiale. D'improvviso tutti iniziarono a urlare, gli ex allievi stavano scendendo in campo. «Santa figaggine!» esclamò, sventolandosi.

Jasmine si guardò di nuovo intorno, ma io le coprii gli occhi. «Ignora Josie, è solo…»

«Assatana… assetata. Cavolo…»

«Josie!»

«Tranquilla, non ha capito cosa…»

«Sì, invece. E significa che…»

«Okay, perché tu e i ragazzi non cominciate con gli spuntini?» Le lanciai un pacchetto di caramelle gommose.

«Il tuo ragazzo è in forma», sussurrò Josie lontana da orecchie curiose.

Ma non fu Zach ad attirare la mia attenzione.

«Callum ti sembra in forma?» le chiesi.

«Callum?»

«Sì.»

La notte prima, Zach mi aveva messo una pulce nell'orecchio e, in quel momento, non riuscivo a staccare gli occhi da mio fratello. Era la prima volta in tanti anni che lo vedevo in campo. Era sempre sembrato così a suo agio là fuori, così libero. Ma non quel giorno. Sembrava così smarrito che avrei voluto andare laggiù e abbracciarlo.

Quel pensiero fu a dir poco disarmante.

«Cally?»

«Sto bene.» Rivolsi a Josie un sorriso rassicurante, nonostante la voragine allo stomaco. I giocatori si strinsero la mano e sia Zach che Maverick raggiunsero il centro per parlare con l'arbitro. Si scambiarono qualche battuta, si diedero il pugno e poi si spostarono ai rispettivi lati del campo. Le luci si abbassarono, e l'arena sprofondò nel buio.

«Ma che diavolo?» sussurrò Josie proprio mentre l'enorme schermo prendeva vita.

«Oh mio Dio», le afferrai il braccio, senza parole davanti all'enorme immagine del viso di Declan. Ma non era affatto un'immagine, era un filmato amatoriale.

«Perché ami così tanto il basket, Dec?» chiese la persona fuori campo.

«Non c'è niente di meglio della sensazione di afferrare la palla e decollare, sai?» Tagliò l'aria con un gesto della mano, con un sorriso impacciato stampato sul viso. «Quei pochi istanti prima di tirare… è il miglior tipo di sballo.»

«Qual è l'obiettivo, una volta arrivato alla SU?»

«L'obiettivo?» Sorrise alla telecamera. «Andare fino in fondo, piccola. Dritto alla fottuta NBA. Cazzo, posso dirlo? O dovrete modificarlo?»

Risa sommesse si propagarono nell'arena. Era troppo buio per vedere il viso di Zach, o quello di mio fratello.

«È un tributo», sussurrò Josie, stringendo la mia mano nella sua. Sentii un nodo alla gola, mentre il filmato passò ad alcune riprese di una partita degli Scorpions. Sullo schermo, Declan afferrò la palla da fuori area ed eseguì il tiro, la palla finì dritta dentro il canestro. La folla si scatenò, ma non soltanto nel video, lo facemmo anche noi.

Tutti intorno a me applaudivano e fischiavano, intonavano il nome di Declan come se il loro coro, portato dal vento, potesse raggiungerlo.

Quando il filmato terminò e le luci si riaccesero, in tutto l'edificio non c'erano occhi che non stessero piangendo. Inclusi i miei.

«È stato… intenso», disse Josie e io annuii. Ma ero troppo intenta a fissare l'uomo che si muoveva verso il centro del campo.

Timothy Messiah.

Il padre di Zach e Declan.

Il coach Baxter lo salutò, i due si strinsero la mano.

«Voglio ringraziare tutti voi per essere venuti qui questo pomeriggio», esordì il coach. «E grazie a Victoria Penderton per aver realizzato un tributo tanto commovente per uno dei migliori giocatori che questa squadra abbia mai conosciuto. Lasciate che vi dica qualcosa su Declan Messiah. Non è un buon giocatore. Non è nemmeno un grande giocatore. È il tipo di giocatore che ricordi per sempre. Non solo per la sua abilità, ma anche per la sua leadership dentro e fuori dal campo.» Fece un respiro profondo. «Nelle ultime due stagioni, questa squadra ha avuto un periodo di sfortuna, che è stato persino soprannominato *La Maledizione dello Scorpione*. Ma io non sono un uomo superstizioso, sono un uomo che crede nella creazione del proprio destino. Declan potrà anche non essere qui a guidare la nostra squadra durante la stagione di quest'anno, ma non dubito neanche per un secondo che sia qui nello spirito. Ora, prima di dare il via a questo spettacolo e raccogliere quella che spero sarà una grande quantità di denaro per il Cali Institute per le lesioni cerebrali e spinali, il padre di Declan, Timothy Messiah, vorrebbe dire qualcosa.»

Il coach gli porse il microfono e lo afferrò per la spalla.

«Grazie, coach. Quando Victoria ha suggerito di fare un'amichevole, sarò onesto, ero un po' preoccupato. Ma vedervi tutti qui, per sostenere il mio ragazzo», deglutì con fatica, «beh, significa tutto per me e Debra. Declan era un ragazzo brillante. Aveva sempre una palla in mano e un Twizzler che gli pendeva dalle labbra. A un certo punto, non sapevo cosa gli piacesse di più, se giocare a basket o mangiare quei maledetti bastoncini di zucchero. Ma non mi ci è voluto molto per realizzare che avrebbe continuato la tradizione dei Messiah...»

La sua voce divenne un rumore di sottofondo quando vidi Zach guardare suo padre. La sua espressione era come l'acciaio. Fredda e immobile.

Il mio cuore soffriva per lui. Era stato portato lì con la forza, e gli avevano consegnato la squadra di Declan perché i suoi genitori non riuscivano a lasciar andare il sogno del figlio maggiore. Il signor Messiah non poteva accettare che Declan non avrebbe continuato a portare avanti la sua eredità, così aveva affidato quella responsabilità a Zach.

Era un casino.

Come se avesse avvertito i miei occhi su di lui, Zach alzò lo sguardo e, per un brevissimo istante, i nostri occhi si incrociarono. Percepii il suo dolore. Mi colpì, inondandomi le vene. Quello non era il suo sogno, era il loro.

Non appena i nostri occhi si incontrarono, l'arena eruppe in applausi e il signor Messiah si disperse tra la folla per raggiungere la moglie.

I giocatori andarono in campo, mettendosi in posizione.

«Ehi, stai bene?»

Lanciai un'occhiata a Jasmine e mi sforzai di sorridere. «Sto bene.»

«Stai piangendo.»

Portai le dita al viso e lo trovai bagnato. «Sono solo lacrime di gioia», mentii.

«Va bene non stare bene», sussurrò, prendendomi sottobraccio. Ci sedemmo insieme, noi due, due ragazze incerte del loro percorso di vita, spaventate di fare un salto.

Ma quando guardai di nuovo Jasmine, compresi che non eravamo affatto uguali. I suoi occhi erano illuminati dall'emozione davanti alla partita. Ogni volta che Zach prendeva la palla, si sporgeva in avanti, incoraggiandolo, e quando lui segnò, lei quasi balzò fuori dal suo posto. Il basket era nel suo sangue, doveva solo inseguire il suo sogno. Afferrarlo con entrambe le mani e inseguirlo.

Avevo rinunciato al mio sogno. Sopraffatta dal dolore per la perdita di mia madre, avevo rinunciato all'unica cosa che mi aveva sempre portato gioia.

Ma mi mancava.

Mi mancava il peso della mia macchina fotografica intorno al collo, la sensazione del pulsante sotto il dito. Mi mancava passare il tempo a perfezionare lo scatto, a sentire il *clic* dell'otturatore.

Dio, mi mancava.

«È fantastico», sospirò Jasmine, lanciandomi un'occhiata.

«Già.» Non potevo negare di sentirmi travolta dall'atmosfera elettrica. Tutti erano lì per Declan, per sostenere una squadra che aveva perso il suo leader e fuoriclasse.

Tranne me.

Io ero lì per il suo sostituto.

Ero lì per il ragazzo che era nato per giocare, anche se non lo aveva mai desiderato.

***

Dopo la partita, io e Maureen avevamo accompagnato Jasmine e i ragazzi a casa. Josie voleva che andassi a cena con i suoi genitori, ma non intendevo passare due ore a cercare di evitare Joel, quindi usai i ragazzi come scusa.

Saltavano come grilli, adrenalinici per il fatto che gli Scorpions avessero battuto la squadra degli ex allievi di tre punti. Tutte le caramelle non avevano aiutato. Ma era stato bello vedere Jasmine entusiasta per qualcosa. Aveva quella scintilla negli occhi, la stessa che avevo visto tante volte in Callum quando eravamo più piccoli.

Quando raggiunsi il *Pivot*, il mio cuore batteva all'impazzata e sentivo le farfalle allo stomaco.

«Ehi», Josie corse verso di me. «Tutto okay?»

«Suppongo di sì.»

«Non dobbiamo entrare. Possiamo tornare al dormitorio e...»

«No», feci un respiro profondo, «devo farlo.»

Mi era successo qualcosa mentre guardavo la partita. Era

come se il mio passato avesse fatto il giro dell'arena, strisciando poi lentamente su di me. Mio padre era lì, da qualche parte tra la folla, così come i genitori di Zach, e tutti avevamo guardato Zach e mio fratello giocare a quello sport che mi aveva causato tanto dolore nel corso degli anni.

Ma era solo quello… un gioco.

Non dovevo più permettergli di avere quel potere su di me. Mi era già costato troppo.

Perdere mia madre mi aveva fatto capire quanto breve e preziosa fosse la vita. Mi era stata data un'altra possibilità con Zach, non avrei permesso al basket o alle nostre famiglie di intralciarci.

«Okay, allora andiamo.» Josie entrò per prima, tenne la porta aperta ed io la seguii. Il bar era pieno di giocatori, di studenti e delle loro famiglie.

«Wow, è pienissimo.»

«Tutti vogliono un assaggino di uno Scorpion.» Alzò gli occhi al cielo, mi afferrò la mano e mi spinse verso la parte posteriore del bar.

Zach fu il primo a notarmi, i suoi occhi accarezzarono il mio corpo. Mi ero vestita casual, pantaloncini di jeans e una t-shirt della SU, ma il modo in cui mi guardò mi fece sentire la ragazza più bella della stanza.

Visto il desiderio nel suo sguardo, quasi mi aspettavo di vederlo avvicinarsi a me e prendermi lì, davanti a tutti, ma non lo fece. E non potevo negare che faceva un po' male. Ma era quello che gli avevo chiesto. Avevamo bisogno di superare quella serata e poi saremmo potuti uscire allo scoperto.

Josie mi condusse all'angolo bar allestito in fondo alla stanza. «Due birre, per favore», disse al cameriere.

«Non mi aspettavo di vederti qui.» Alzai lo sguardo e trovai Joel davanti a me.

«Io… ehm, ciao.»

«In realtà dicevo a mia sorella.»

«Wow, okay.» La delusione mi colpì in pieno petto.

«Joel, non fare lo stronzo.»

«Non sto... è solo strano.» Si passò una mano sul viso ed emise un sospiro esasperato. «Mi dispiace, Cally. Sono stato brusco.»

«Niente che non mi meriti.»

«No, è stato fuori luogo. Capisco perché ti sei comportata in quel modo. Beh, cioè, non è vero, non proprio ma Josie mi ha assicurato che è complicato e mi fido ciecamente di lei, quindi…»

«Mi dispiace davvero», dissi. «Ho provato a dirtelo, ma ogni volta succedeva qualcosa… e non posso non pensare che non sarebbe cambiato nulla.»

«Hai ragione, non sarebbe cambiato nulla.» Scrollò le spalle. «Le regole esistono per un motivo.»

Josie lo schernì con uno sbuffo.

Joel strinse gli occhi e la guardò. «Che cazzo vuol dire?»

«Niente, fratellone, non vuol dire niente. Dovresti andare. Penso che la cheerleader *Barbie Britney* ti stia aspettando.»

Le guance di Joel si tinsero di rosa. «Sì, okay.» Sembrava sul punto di aggiungere qualcosa, ma ci ripensò e si disperse tra la folla.

«No», disse Josie.

«Non stavo...»

«Sì invece. Stavi per rimuginarci sopra. Ti do il permesso di non rimuginare. È finita, chiuso. Nessuno ha sofferto e Joel è andato oltre grazie a *Barbie Britney*.»

«È così terribile?» Josie mi aveva detto che Joel avrebbe portato qualcuno con sé alla cena con i loro genitori.

«Più che terribile.» Ridacchiò. «Ha passato l'intera cena con le labbra attaccate al collo di mio fratello. Sono riuscita a malapena a mangiare.»

«Sembra... adorabile. E Brad?»

«Brad cosa?» Il suo sguardo si indurì.

«Voi due?» Ma smisi di sorridere quando vidi Josie notare qualcosa e i suoi occhi riempirsi di lacrime fino alle ciglia.

Mi voltai lentamente, sussultando quando vidi quello che lei stava già guardando: Brad con le mani addosso a una ragazza.

«Non lo farebbe mai», sussurrai, stringendole la mano. «Lui tiene a te.»

«Non abbastanza, a quanto pare.» Josie si voltò e ordinò un altro drink. «Non posso credere di essere stata tanto stupida da pensare che avrebbe scelto me.»

«Josie, non sai ancora come stiano le cose», ribattei, anche se Brad sembrava non avere problemi a lasciare che la bionda dalle tette grosse gli stesse addosso. Ridevano e quando lei si sporse per sussurrargli qualcosa all'orecchio, il suo sguardo si accese, famelico.

Josie mandò giù il suo drink tutto d'un fiato.

«Pensi che sia una buona idea?» le chiesi.

«Non dovevamo venire», mormorò. «Mi aveva detto di non venire.»

«Davvero?»

Mi guardò, il suo labbro inferiore tremava. «Ha detto che sarebbe stato troppo difficile per entrambi. E sapeva che i miei genitori sarebbero stati qui. Penso che si sia tirato indietro.»

«Mi dispiace.»

«Lo sapevo... sapevo che non avrebbe preferito me alla sua stupida squadra, ma mi sono comunque innamorata di lui.» Si guardò attorno. «Te la prendi se ti dico che voglio andarmene? Non posso farlo, Cally, non posso stare qua e vederlo insieme a lei.»

«Certo che no, andiamo.» Le presi la mano e la condussi in mezzo alla folla. Ma, all'improvviso, una mano mi bloccò.

«Calliope.»

Alzai lo sguardo su mio padre. «Oh sei tu. Adesso non è un buon…»

«Per favore», disse Callum, unendosi a noi. «Ci farebbe davvero piacere prendere un drink tutti insieme. In onore dei vecchi tempi.»

«Vai», disse Josie. «Starò bene.»

«No, vengo con te.»

«No, dovresti restare.» Mi lanciò un'occhiata pungente.

«Lo pensi davvero?»

Josie annuì. «Devi farlo», sussurrò.

«Va bene, ci vediamo domani.» La abbracciai forte. «È un cretino, Jos. Perché tu ne vali la pena, piccola. Ne vali davvero la pena.»

Un sorriso appena accennato le curvò le labbra. «Ci vediamo domani.» E scomparve in quel mare di gente.

«Starà bene?» mi chiese Callum.

«Sì, è solo che… non importa. Complimenti, hai giocato bene.» Dio, quanto era imbarazzante.

«Posso offrirti da bere, Calliope?»

«Nessuno mi chiama più così, papà», dissi.

«Sì, beh…»

«Eccolo qui», disse una profonda voce baritonale. Timothy Messiah diede una pacca sulla spalla a mio padre. «Andrew, è bello rivederti. Anche te, Callum.» Tirò a sé mio fratello per un abbraccio.

Vidi Zach indugiare dietro di lui con espressione cupa.

«Siamo contenti che tu sia venuto, Callum.» Victoria apparve al fianco di Tim.

«Ah eccola.» Le fece scivolare un braccio attorno alle spalle. «La ragazza che ci tiene tutti uniti.»

«Victoria è così premurosa», disse mio fratello. L'indignazione balenò negli occhi di lei, ma subito dopo mutò la sua espressione in un sorriso caloroso. «Sei troppo gentile, Callum.»

«Figliolo, vieni qui.» Tim fece cenno a Zach di unirsi a noi. «Stiamo festeggiando.»

Callum digrignò i denti e si ritrasse visibilmente. Gli offrii un sorriso rassicurante.

«Non vogliamo intrometterci, Tim», disse mio padre. «Siamo qui solo per mostrarvi il nostro sostegno.»

«Sciocchezze, Drew. Bevi con me.» Sollevò il bicchiere in aria, facendo volare il contenuto ovunque. «È una celebrazione. Dovremmo bere.»

A quanto pareva, ne aveva già bevuto uno di troppo. «Papà, dai, penso che sia sufficiente.» Zach provò a portarlo via, ma Tim si liberò dalla presa.

«Sto bene, figliolo. Sono ancora lucido. Dov'è tua madre? Dovrebbe stare qui con noi. Dovrebbe...»

«La mamma è già andata via, papà», disse piano. Lessi la sofferenza nei suoi occhi.

«Sul serio?» Tim si accigliò. «Ma è una celebrazione. La squadra ha giocato bene, stasera. Sembrano forti. Non credi che sembrino forti, Drew?»

«Hanno giocato bene», concordò mio padre. «Penso che abbiano davvero la possibilità di vincere il campionato.»

«Puoi ben dirlo. Andranno fino in fondo.»

Avvolse il braccio attorno al collo di Zach e lo attirò a sé. «Con il mio ragazzo Declan al timone, andranno fino in fondo.»

Incredula, spalancai gli occhi e un sussulto fuoriuscì dalle mie labbra.

Zach chiuse gli occhi e la sua bocca si contorse in un'espressione angosciata. «Bello, papà, molto carino», mormorò.

«Z-Zach?» Tim sbatté le palpebre verso suo figlio, la confusione gli offuscò gli occhi.

«N-no, tu non sei...»

«Okay, Tim», disse Victoria, lasciando intravedere una crepa di preoccupazione attraverso quella sua parvenza solitamente perfetta. «Che ne dici se ti portiamo a casa?»

«Ma la festa...»

«Andiamo, papà. La festa è finita.»

Fecero per portare via Tim, ma non potevo semplicemente guardarli andare via.

Non potevo.

«Zach», gridai, facendo un passo avanti.

Lui si voltò, sembrava così sconfitto, così smarrito. Avrei voluto soltanto correre da lui, abbracciarlo forte e non lasciarlo mai andare.

Ma poi disse tre parole che mi spezzarono il cuore.

«Non ora, Cally.»

***

«Stai bene?» mi chiese Callum dopo esserci seduti a un tavolo più tranquillo. Quando Zach e Victoria erano andati via, la festa aveva iniziato a scemare. Non mi sembrava giusto festeggiare vista la sofferenza del signor Messiah. Anche mio padre era andato via poco prima, non era in grado di reggere ancora quel silenzio imbarazzante, ma Callum era rimasto.

«Onestamente, non lo so…» pizzicai con le dita l'etichetta sulla mia birra.

«Da quanto tempo?» Si avvicinò e sfiorò il mio ginocchio con il suo. Non riuscivo a ricordare l'ultima volta che ero stata così vicina a mio fratello. Era così assurdo, eppure, era anche stranamente rassicurante. Tutto quello che avevo sempre voluto era un fratello maggiore a cui importasse di me; un fratello maggiore che stesse sempre al mio fianco e mi proteggesse dai mostri del mondo.

Invece, avevo un fratello a cui importava solo di sé stesso.

«Come, scusa?» Aggrottai le sopracciglia.

«Questa cosa tra te e Messiah, da quanto va avanti?»

«Io non… io…» Le mie guance avvamparono.

«Cally, so che non siamo mai stati uniti, e so di essere stato uno stronzo per quasi tutta la tua vita, ma sei comunque mia sorella. Ti ho già visto innamorarti di lui tempo fa, riconosco i segnali.»

«Tu…» Le parole morirono sulle mie labbra.

Lui sapeva.

Callum lo sapeva.

«Ma come?» Lo guardai a bocca aperta.

«Ti si legge in faccia, ogni volta che lo guardi.»

«Oh.»

«Non sono arrabbiato, se è questo che ti preoccupa.»

«Non sono… cioè, ero un po' preoccupata, ma non perché avessi bisogno del tuo permesso, Callum. Non lo voglio. È solo che la squadra ha tutte queste regole e io…»

«Fanculo le regole.»

«C-cosa?» Quasi sputai la birra.

«Cally, il mio migliore amico è in un letto di ospedale e probabilmente non si sveglierà mai più. E poi la mamma è morta… lei… cazzo.» Chiuse gli occhi e osservai il pomo d'Adamo scendere lungo la sua gola mentre deglutiva. «Ho davvero fatto un casino. Ho incasinato tutto, e per cosa?»

«Tu ami il basket», dissi, incapace di trattenere la tristezza nel mio tono di voce.

«Sì, ma più dell'amicizia? Più della famiglia? Questo è ciò che importa. Questo», si guardò attorno e poi fermò lo sguardo sull'armamentario da basket sparso sulle pareti, «non significa niente senza la famiglia.»

Posai la mano sul suo braccio. «Mi dispiace tanto per Declan, Callum.»

«E a me dispiace per tutto. Mamma, il divorzio, essere andato via... mi dispiace per ogni cazzo di cosa. Sono stato un idiota. Un idiota egocentrico e non avrò mai la possibilità di sistemare le cose con lei. Ma tu sei qui, sei qui, Cally, e voglio fare di meglio. Devo fare meglio.»

«Okay», dissi mentre le lacrime mi rigavano le guance. «Okay.»

«Sì?»

Riuscii a fare un piccolo cenno del capo.

«Bene, va bene. Ma prima ho bisogno che tu faccia una cosa per me.»

Inarcai le sopracciglia e lui sorrise.

«Ho bisogno che tu vada a recuperare il tuo ragazzo.»

«Ma la squadra...» Le parole rimasero ferme in gola.

«Se vogliono che Zach sia in forma e pronto a guidarli in questa stagione, allora dovranno accettarti, sorellina. Perché Messiah ha bisogno di te... lui ha bisogno di te, Cally.»

***

Callum mi diede l'indirizzo dell'appartamento di Zach e mi diressi lì subito dopo. La sua confessione aveva stravolto il mio mondo. Non risolveva ogni cosa, non cambiava gli anni di dolore e delusione, ma era un inizio. Dovevo ancora affrontare la questione con mio padre... ma, come aveva suggerito Callum, potevamo fare piccoli passi.

Controllai il cellulare per assicurarmi di essere davanti all'edificio giusto. Mentre entravo, sentii il mio cuore battere all'impazzata. Non riuscivo a immaginare come si sentisse Zach dopo quello che era successo al bar. Il signor Messiah lo aveva chiamato Declan. Non aveva solo affondato il coltello nel suo cuore, lo aveva rigirato, lasciandolo spezzato per sempre.

Quando bussai alla sua porta, mi tremavano le mani. Avrei potuto chiamarlo prima, ma non volevo dargli possibilità di dirmi che non era un buon momento. Quando si ama qualcuno, lo si ama davanti a ogni cosa: il bene, il male e l'orribile. Volevo esserci per Zach, anche se lui pensava di non volerlo.

La porta si aprì e mi sentii sollevata, ma quella sensazione svanì rapidamente, lasciando il posto alla confusione, quando vidi Victoria con addosso solo una camicia.

«Oh, sei tu.»

«Io... Zach è qui?» Aggrottai le sopracciglia.

Non riuscivo a smettere di guardarla. Le sue lunghe gambe nude facevano capolino da sotto la camicia, una camicia da uomo.

La camicia di Zach.

No.

Il mio stomaco sprofondò, mentre la verità di quello che stavo vedendo mi crollava addosso.

No, lui non avrebbe mai fatto una cosa del genere.

Era la ragazza di suo fratello e io ero la sua...

«È un po' impegnato in questo momento.» La sua voce mi distolse dai pensieri, l'espressione compiaciuta e trionfante dipinta sul suo viso fu come uno schiaffo sul mio.

«Ma tu sei la ragazza di...»

«Lo so. È strano, vero? Ma Zach e io ci siamo aiutati a vicenda a risolvere alcune cose e beh, è successo e basta.»

«N-no, lui non lo farebbe mai.» Inspirai affannosamente, sentivo che stavo per sgretolarmi. «Noi siamo... io sono la sua...»

«Senti, so che voi due avete dei trascorsi. Mi ha raccontato tutto. Mi ha persino mostrato la fotografia…» Sorrise. «Devo dire che non sapevo fosse una tua dote.»

«Fo-fotografia?» Mi sentivo male.

«Sì. Quella di Halloween.»

Non riuscivo a elaborare quello che stava dicendo.

Zach aveva ancora la mia foto di Halloween… e gliela aveva mostrata?

Cazzo. Stavo per vomitare. Le avrei vomitato addosso, addosso a quel suo fisico da top model, coperto solo da quella camicia.

«Devo andare.» Mi precipitai nel corridoio, barcollai giù per le scale, e uscii fuori.

Riuscii a malapena a girare l'angolo dell'edificio e arrivare nel vicolo, poi riversai a terra tutto il contenuto del mio stomaco.

Mi ero ripromessa di non lasciare che Zachary Messiah mi ferisse per la terza volta…

Eppure, eccomi lì, con il cuore a pezzi e l'orgoglio di nuovo a brandelli.

E quella volta, potevo solo dare la colpa a me stessa.

Capitolo 30
Zach

«Cazzo», gemetti, allungando la mano e armeggiando per trovare la fonte di quel bip che mi trafiggeva il cranio. Le mie dita trovarono il cellulare e lo portai all'orecchio. «Che c'è?»

«Giuro su Dio, Messiah, se non vieni alla porta in questo preciso momento, la butto giù con un calcio.»

«Callum?» Con uno scatto mi misi seduto, poi mi massaggiai le tempie. Non avevo nemmeno controllato il nome, i miei occhi erano ancora annebbiati da una serata che avrei preferito dimenticare.

Il mio petto si strinse mentre mi sforzavo di scacciare i ricordi dalla mia mente.

«Dico sul serio, Zach. Vieni ad aprire questa cazzo di porta.»

«Sì, sì, stai calmo.» Scesi dal letto e indossai dei pantaloncini. La mia stanza era un casino, c'erano vestiti sparsi ovunque.

Mi passai una mano fra i capelli e vidi il mio riflesso nello specchio. Ero un disastro. Il collo e il petto erano ricoperti da succhiotti, afferrai una maglietta e la infilai mentre uscivo dalla stanza. Callum non doveva vederli.

Non appena aprii la porta, Callum si fiondò dentro e mi spinse all'indietro.

«Che cazzo fai?» urlai, rimettendomi in piedi.

«Dovrei staccarti la testa, pezzo di merda.»

«Ehi, amico.» Alzai le mani, la testa mi pulsava ed era difficile concentrarmi. «So di aver sbagliato, ma posso spiegare.»

«Spiegare? Amico, hai proprio una fottuta faccia tosta, a prendere per il culo mia sorella in quel modo e poi startene lì a comportarti come se non le avessi di nuovo spezzato il cuore.»

Merda.

Sapevo che Cally si sarebbe arrabbiata, ma non pensavo...

«Era questo che temevo», sibilò. «Sapevo che non appena vi sareste riavvicinati, sarebbe andato di nuovo tutto a puttane. Non avrei mai dovuto dirle di venire qui.»

Mi ritrassi di scatto come se mi avesse schiaffeggiato. «Che hai detto?»

«Ieri sera, dopo che te ne sei andato, abbiamo parlato… e le ho detto di venire qui perché avevi bisogno di lei. Che fottuto idiota sono.»

«Lei è stata qui?» Aggrottai le sopracciglia. «Ma non…»

«Sì, è stata qui. Io e Josie abbiamo passato tutta la notte a provare a calmarla. È distrutta, cazzo. Come hai potuto farle questo? Fare questo a Declan? Sei un vero stronzo, Zach…»

Non aveva alcun senso, ma il dolore martellante nella mia testa non accennava a fermarsi. Mi avvicinai al frigorifero, tirai fuori il cartone di succo e ne mandai giù un litro.

«Dici davvero? È tutto qui quello che hai da dire?» Callum continuò, seguendomi.

Finito di bere, mi asciugai la bocca con il dorso della mano. «Non riesco a pensare, tra le tue urla e i postumi della sbornia…»

«Postumi della sbornia?»

«Sì, diciamo che non mi è piaciuto molto vedere mio padre in quello stato. Siamo riusciti a riportarlo in albergo, ma era distrutto. Siamo tornati qui e beh, puoi vedere com'è andata la cosa.» Spostai lo sguardo sulle bottiglie vuote disseminate ovunque.

«È stato prima o dopo esserti scopato Victoria?» Tutto sembrò rallentare, prima di piombarmi addosso tanto velocemente da non lasciarmi il tempo di pensare.

Scoparmi Victoria?

Era fuori di testa?

«Che hai detto?»

«Mi hai sentito», rispose Callum. «Non azzardarti a negarlo. Cally l'ha vista, l'ha vista con i suoi occhi.»

«Cally ha visto… sul serio, amico, non so di cosa tu stia parlando.» Mi passai una mano sul viso, chiedendomi se mi fossi svegliato in una altra dimensione.

Che cazzo era successo la notte prima?

«Non capisco», disse Callum e la sua espressione si ammorbidì. «Cally ha detto di essere venuta qui e di aver visto Victoria con indosso i tuoi vestiti.»

«Le ho prestato una camicia dopo che mio padre le aveva vomitato addosso. Ha fatto una doccia qui e poi le ho detto di andarsene. Non stavo per niente bene.»

«Allora, non te la sei scopata?»

«Ma stai scherzando? Sono innamorato di tua sorella. Perché cazzo dovrei mettere a repentaglio… oh merda, Cally pensa…» Il cuore mi balzò in gola.

«Sì, ora puoi capire in che situazione mi ritrovo. Victoria ha reso abbastanza palese il fatto che ci fosse stato qualcosa tra voi due.»

«Cazzo.» Una sensazione di panico esplose dentro di me. «Dov'è lei?»

«Chi, Victoria?»

«No, non Vic, coglione! Cally», dissi con voce spezzata.
Dovevo trovarla. Dovevo trovarla e spiegarle tutto.
«Ha passato la notte con Josie. Non credo sia il momento giusto per andare da lei. Era piuttosto incazzata.»
«Non posso credere che lei pensi che io... fanculo...» Mi accasciai sul tavolo, la mia rabbia iniziale cedette il posto a un senso di sconfitta schiacciante.
«Mettiti nei suoi panni.» Callum contrasse il viso. «È venuta qui per stare con te e Victoria le ha aperto la porta seminuda, con indosso la tua camicia, comportandosi come se voi due...»
«Sì, okay», lo interruppi, non sarei riuscito a sentire altro. Avevo capito. Davvero. Ma non riuscivo a non sentirmi deluso dal fatto che Cally non avesse molta fiducia in me.
«Ci vorrà tempo», disse Callum come se potesse sentire i miei pensieri. «Voi due avete dei trascorsi. Ha menzionato Halloween», disse, in tono accusatorio.
«Io... ehm, sì, ci siamo visti lo scorso Halloween.»
Cazzo, che imbarazzo.
«Victoria ha detto delle cose e non penso sia stato tu a raccontargliele. Quindi, devi capire come fa a saperlo, perché se non ci pensi tu, lo farò io.» Nei suoi occhi vidi bruciare la voglia di proteggere sua sorella, ma provavo solo sollievo. Era ora che si facesse avanti e si comportasse come il fratello che Cally meritava.
«Ci hai messo un bel po' di tempo, eh? Era ora», dissi.
«Eh?»
«Era ora che ti giocassi la carta del fratello maggiore.» Le mie labbra si incurvarono in un sorrisetto e lui mi mostrò il dito medio.
«Già. Spezza di nuovo il suo cuore e giuro che ti spezzo le gambe. Poi vedremo come farai a girarmi intorno sul campo.»
«Amico, riuscirei a correrti intorno anche con gli occhi bendati e senza gambe.»
«Nei tuoi fottuti sogni, Messiah.» Una risata lieve rimbombò nel petto di Callum mentre parte del risentimento e della rabbia tra di noi svanivano.
«Devo dirtelo, amico, non è così che avevo immaginato questa conversazione.» Mi sfregai la nuca.
«Hai bisogno di lei. Se vuoi superare quello che sta per succedere, avrai bisogno di lei.»
Parlava di Declan, delle decisioni difficilissime che alla fine avremmo dovuto prendere.
«E allora? Mi stai dando la tua benedizione?»
«No, ti sto dicendo che se non trovi un modo per sistemare le cose e rendere felice mia sorella, ti renderò la vita molto difficile.»

«Mettiti in fila», borbottai.
«Che vuoi dire?»
«Non hai ancora incontrato Xavier.» Quel ragazzo era terribilmente spaventoso.
«Xavier? Chi diavolo è Xavier? «
«Ha un bar per motociclisti in periferia. Cally e Josie a volte ci vanno insieme.»
«Mia sorella va in un bar per motociclisti?»
«Sì. Da quello che ho capito, le è piaciuto molto il posto e...»
«Io... non so nemmeno cosa risponderti.»
«È un'ottima cosa.» Ridacchiai. «O almeno, penso che lo sia.» Cally aveva qualcuno su cui contare. Josie. Xavier. Freya. Aveva trovato un gruppo di persone su cui contare e non potevo essere più orgoglioso della ragazza che era diventata.
«Comunque, questa cosa non mi piace. Un bar per motociclisti...» imprecò sottovoce.
«Tu non ci sarai l'anno prossimo e io chissà dove andrò a finire. Cally ha bisogno di avere della gente intorno, Cal. Gente che tiene a lei.»
«Ahi.»
«Non è... sai che non intendevo quello.» Sospirai, stanco. «Ma tua madre è morta e Madison ha la sua vita. Cally è venuta qui da sola...»
La sua espressione si rabbuiò. «Ed entrambi l'abbiamo delusa.»
«Sì, lo abbiamo fatto.»
«Quindi sarà meglio capire come diavolo farci perdonare.»
«In realtà, ho un'idea.»
«Ah sì?»
Annuii.
Ma prima dovevo occuparmi di una cosa.

***

«Zach, che sorpresa.» Victoria sorrise ma vidi un guizzo di paura nei suoi occhi. «Vuoi...»
La sorpassai ed entrai nella sua stanza, nella casa della sorellanza. Ovviamente, lei aveva la camera più grande costruita nella parte più alta. La finestra della sua camera aveva una splendida vista sul campus, ma io non ero lì per ammirare il panorama.
«Che cazzo ti è venuto in mente?» urlai non appena lei ebbe chiuso la porta.
«Di cosa stai parlando?»
«Ieri sera, mentre facevo la doccia...»
«Oh, intendi quello.» Si spostò i capelli dalle spalle. «Non è

successo niente. Sapevo che non volevi che Cassie ficcasse il naso dopo quello che è successo con tuo padre, quindi mi sono sbarazzata di lei.» Fece spallucce. «Non è successo niente di che.»

«Niente di...» Respirai con affanno. «Sei davvero tanto vendicativa da averle fatto credere che abbiamo scopato?»

«Non ho mai detto una cosa del genere.» Mise il broncio, sbattendo le lunghe ciglia come se con me potesse funzionare.

«Hai aperto la porta con indosso la mia camicia e nient'altro. Ti conosco, Vic. So che ce l'hai con Cally da quando hai capito cosa significava per me.» Mi avvicinai a lei, i miei occhi socchiusi e ridotti in minacciose fessure. «Sei gelosa, ma quello che non riesco a capire è se lo sei perché ci tieni a me come amico o se sei davvero così malata e contorta da pensare di scoparti il fratello del tuo ragazzo.»

Crack. Il suono del suo palmo contro la mia guancia echeggiò nell'aria.

«Come ti permetti? Sto solo cercando di proteggerti. Non le importa di te, è solo...»

«È l'unica persona a cui importa di me. Cally non mi vuole per la maglia, Vic. Non le interessa se gioco a basket o se scelgo di non giocare mai più in vita mia.»

Lei vedeva *me.*

Non il mio cognome.

Non la maglia.

Non il talento.

Vedeva solo *me.*

«Zach, andiamo», la sua espressione algida si dissolse mentre provava ad avvicinarsi, «siamo amici, no? Noi abbiamo bisogno l'uno dell'altra.»

«No, Victoria.» Mi allontanai. «Noi non siamo amici. Non siamo niente. Stai lontana da me e lontanissima da Cally. Perché, se non lo farai, mi assicurerò che tutti sappiano che sei una stronza infida ed egoista.»

Il suo sussulto riecheggiò nella stanza, ma non rimasi lì ad ascoltare le sue suppliche.

Avevo chiuso con lei.

E per il suo bene, era meglio che anche lei avesse chiuso con me.

***

«Grazie, amico.» Sbattei la mia birra contro quella di Callum. «Non avrei potuto farlo senza di te.» Eravamo sulla terrazza panoramica del mio palazzo. Non era un granché, qualche fioriera e delle vecchie sedie da giardino, ma la vista era piuttosto gradevole.

«Sono solo sorpreso che il mio vecchio avesse ancora tutta quella roba in giro.»

«Pensi che risolveranno mai?» Cally e suo padre erano due mondi a parte e lui non meritava davvero una seconda possibilità, ma, del resto, non la meritavo nemmeno io.

«Cose strane accadono...»

«Come questa? Noi seduti qui, a bere una birra e cazzeggiare?» dissi ridacchiando.

«Sì, proprio così.»

Un confortevole silenzio calò su di noi, finché Callum non mi chiese: «Cosa pensi di fare? Intendo riguardo alla squadra, al college».

«Non andrò via adesso.» Cally era lì e l'avevo appena ritrovata.

«Pensavo avessi detto che...»

«Da piccolo, non l'ho mai desiderato. Guardavo Declan ed ero sbalordito da lui, dalla sua passione per il gioco... ma non ho mai pensato di volerlo fare. Perché in fondo, sapevo che, finché ci sarebbe stato lui, io non avrei mai brillato.»

«Lo capisco.»

«Ma al terzo anno, quando sono entrato in squadra, mi ha sorpreso vedere quanto mi venisse facile. O forse non mi ha sorpreso, non più di tanto. Era strano, sai, essere tanto bravo nell'unica cosa che avevo rifiutato per tutta la vita. Onestamente, in questo momento non so dirti cosa deciderò.»

«C'è tempo. Ma sai cosa penso?»

«Dai, ti ascolto, voglio accontentarti.»

«Penso che tu lo voglia», asserì Callum. «Solo che hai troppa paura di cosa potrebbe significare.»

«Parli come lei, lo sai? Sembri proprio Cally.»

«Le ho insegnato tutto quello che sa.» Strizzò gli occhi in un sorriso, ma rapidamente la sua espressione si rabbuiò. «Sono stato un vero stronzo con lei. Non la biasimerei se decidesse di non parlarmi più.»

«Ma è venuta qui alla SU, no? In fondo, deve significare qualcosa.»

«Sì, forse.» Si strofinò la mascella, fissando la città sotto di noi.

«Continuo a pensare che fosse destino», dissi a bassa voce. «Non sarei finito qui se non fosse stato per l'incidente di Declan.»

«E Cally forse non sarebbe finita qui se nostra madre non fosse morta.»

«Già.» Sentii una stretta al petto. «Ma quello che non riesco a capire è se sia davvero fottutamente tragico o una sorta di giustizia poetica.»

«Ha importanza? La vita vi ha mandati entrambi fuori strada e poi vi ha dato l'unica cosa di cui avevate bisogno per superare tutto. Fortunati», mormorò. «Penso che vi renda entrambi fortunati da morire.»

«Non l'ho ancora riconquistata.» Posai i miei occhi sui suoi e serrai le labbra.

«Puoi farcela. Lei ti ama, Zach. Non ha mai smesso.»

«Come…»

«Me lo ha detto. Mi ha guardato negli occhi e me lo ha detto. E sai una cosa? Non mi sono sentito infastidito né incazzato, ma sollevato. Perché significa che lei è più forte di quanto io abbia mai pensato. Significa che non l'abbiamo rovinata.»

Le sue parole mi fecero sussultare. Ma aveva ragione. Cally era forte, bella, e umile. Era dannatamente perfetta, e, se necessario, avrei passato tutta la vita a cercare di rimediare ai miei errori.

«Okay.» Callum si scolò il resto della birra e si alzò. «È il momento. Sei pronto?»

Afferrai la sua mano tesa, mi alzai e annuii.

«Facciamolo.»

Capitolo 31
Calliope

«Ehm, Callum, dove stiamo andando?»

«Vedrai», disse criptico mentre si avvicinava sospettosamente troppo al condominio di Zach.

«Sul serio?» sibilai quando capii che stava uscendo dalla strada per entrare nel parcheggio. «Hai detto che saremmo andati al bar con Josie.»

Voleva conoscere Xavier. Era stato strano vedergli vestire i panni del fratello maggiore, ma non potevo negare che mi facesse piacere. Davvero molto piacere.

«Zach non è andato a letto con Victoria, Cally.»

«Lo so.» Premetti la testa contro il finestrino dell'auto. Lo avevo capito nel momento stesso in cui le parole le erano uscite dalla bocca, taglienti e crudeli. Victoria voleva farmi credere di aver fatto sesso con Zach. Ma quando Callum era venuto a prendermi, mi ero calmata abbastanza da rendermi conto della verità. Zach aveva molti difetti, ma non era un traditore. Il che significava che Victoria era una bugiarda. Tuttavia, ero turbata e confusa. Lei era lì, nel suo appartamento, a intromettersi nella nostra storia.

Avevo passato la notte con Josie a guardare commedie romantiche sdolcinate sullo schermo del suo piccolo laptop. Volevo parlare con Zach, ma dovevo anche schiarirmi le idee. Perché stare con lui, stare con il re della SU, aveva il suo peso. C'erano la squadra, ragazze come Victoria, la sua famiglia…

Avevo bisogno di capire che ruolo avrei avuto in mezzo a tutto quello.

Inoltre, non avevo sentito Zach per tutto il giorno. E questo non mi rendeva molto speranzosa.

«Allora, se lo sai, perché hai passato la giornata a nasconderti…»

«Non mi sono nascosta», protestai, «mi stavo schiarendo le idee.»

«Continua a ripetertelo.» Callum ridacchiò, e alla fine lo guardai.

«È bello.»

Le parole rimasero sospese tra di noi.

«Sì, lo è.»

«Per quanto possa valere, Cally, mi dispiace. Per il divorzio, mamma… tutto. Quando si è ammalata, è stato come se il senso di colpa avesse preso il sopravvento. Poi, Declan ha avuto l'incidente e io ero distrutto. Non sapevo come elaborare tutto... non sapevo come mandare giù tutto e fare la cosa giusta.»

«Sai, solo perché se n'è andata, non significa che tu non possa fare pace con lei.»

«Sì, ci ho pensato molto. Ma non credo di poter andare da solo. Mi chiedevo se...» Fissò dritto davanti a sé, il viso pallido e segnato dalla vergogna.

«Verrò con te.»

«Davvero?»

«Sì.» Ci scambiammo un sorriso sincero.

«Un consiglio», disse Callum e io annuii. «Vacci piano con lui. Victoria ha preso in giro anche lui, sorellina.»

«Non posso prometterti niente.» Gli rivolsi un sorriso ironico ma non mi mossi.

«Questo è il momento in cui dovresti uscire dall'auto.»

«Lo so... mi serve solo un minuto.» Fissai l'edificio. Zach era lì, mi aspettava. Sembrava che tutto quello che avevamo passato, i nostri cuori spezzati e tutto il dolore, fossero destinati a portarci a quel momento.

«Okay», dissi, e afferrai la maniglia della porta. «Augurami buona fortuna.»

«Non hai bisogno di fortuna, Cally. Zach ti ama da quando eri una goffa studentessa delle medie, e qualcosa mi dice che ti amerà ancora per molto tempo.»

Dio, lo speravo tanto.

Perché il mio cuore non sarebbe sopravvissuto di nuovo a Zachary Messiah.

***

Non ebbi neanche il tempo di bussare alla sua porta, perché si aprì e Zach era lì, con gli occhi pieni di tanto amore e sollievo.

Sentii l'emozione crescermi dentro.

«Sei venuta.»

«Tecnicamente, mio fratello mi ha rapita e portata qui. Ma tu non ne sai niente, vero?» Non riuscii a trattenere un sorriso.

«Giuro che non è successo niente con Victoria, niente di niente. È una stronza manipolatrice e io...»

«Lo so.»

«Lo sai?» Aggrottò le sopracciglia e io annuii.

«Penso di averlo capito nello stesso istante in cui sono scappata via da casa tua. Ero solo ferita, confusa e stavo male... davvero male.»

«Cazzo, mi dispiace tanto, Cally. Era qui solo perché mi ha aiutato con mio padre, che ci ha vomitato addosso più di una volta», borbottò. «Il minimo che potevo fare era lasciarle fare la doccia.»

«Io o lei, Zach», dissi senza esitazione. «Non possiamo stare entrambe nella tua vita. Non intendo stare ai suoi giochetti. Proprio no.»

«Pensi che debba scegliere?» Si avvicinò a me e mi fece scorrere le nocche lungo la guancia. «Sei tu, scricciolo. Sei sempre stata tu. Sarai sempre tu. Non voglio Victoria, non l'ho mai voluta. E ho chiuso con lei, anche se è la ragazza di mio fratello. Gliel'ho detto oggi.»

«Davvero?» Il nodo allo stomaco cominciò lentamente a sciogliersi.

«Davvero, piccola. Lei sa che se si avvicina anche solo di un millimetro a te, è spacciata.»

Il suo tono convinto mi procurò un brivido lungo la schiena. «Odio che abbia provato di nuovo a mettersi tra noi. Ma soprattutto, odio averle dato il potere di farlo.»

«Quindi, che facciamo adesso?» chiesi. Mi sentivo già più leggera di quando ero arrivata al suo appartamento.

«Suppongo che dipenda da te.» Le sue dita mi sfiorarono il mento, poi lo afferrò delicatamente e alzò il mio viso verso il suo. «Ti amo, Calliope James. Maledettamente tanto.»

Le mie dita afferrarono la sua maglietta e lo attirai più vicino. «Dimostramelo», sussurrai.

Dapprima, Zach mi baciò dolcemente, come se fossi un cristallo fragile che aveva paura di rompere. Le sue labbra lasciavano baci leggeri sulla mia bocca, la sua lingua guizzava e mi assaggiava, facendomi impazzire. Un gemito mi risalì per la gola, mentre la lussuria mi scorreva nelle vene.

«Zach...»

«Non posso credere a quello che sto per fare.» Posò le sue labbra sulla mia spalla, baciandone la pelle nuda. «Ma c'è una cosa che voglio mostrarti.» Mi prese la mano e mi trascinò verso quella che pensavo fosse la sua camera da letto. «Chiudi gli occhi.»

Si spostò dietro di me, mi avvolse tra le braccia e mi guidò verso la sua stanza.

«Che stai...»

«Pazienza, scricciolo.» Mi baciò proprio sotto l'orecchio, mandando scosse di desiderio al mio corpo. «Va bene, aprili.»

Spalancai gli occhi e la bocca e sussultai quando vidi lo spettacolo davanti a me.

Il muro era ricoperto da fotografie... fotografie che io avevo scattato.

«Io… io non capisco.»

«Callum e tuo padre mi hanno aiutato. Hanno conservato un sacco di tue vecchie foto.»

«Davvero? Non ne avevo idea. Ho sempre pensato che non gliene importasse nulla.»

«Gli importa, Cally. È solo che non sono molto bravi a dimostrarlo.» Zach mi condusse verso la parete, ma non sciolse l'abbraccio.

Osservai ogni singola foto. Quelle della spiaggia, in cui le onde si infrangevano sulla riva dorata. Scatti del nostro cortile, la casa sull'albero dei Messiah. C'erano anche alcune delle rare foto di famiglia che ritraevano mia madre e mio padre con Callum. C'erano anche Zach e Madison in alcuni scatti. Ma soltanto una foto ritraeva me.

Una singola foto appesa proprio al centro. Quella di Halloween.

«L'hai tenuta», dissi, e le mie guance avvamparono al ricordo di quella notte. La foto catturava il mio desiderio lussurioso mentre Zach mi baciava. La mia pelle era arrossata, i miei occhi socchiusi. Era provocante e sensuale, ma era anche chiaro che ritraesse una ragazza innamorata di un ragazzo.

«Come se avessi potuto fare altrimenti.» Mise il mento nell'incavo della mia spalla.

«Come ha fatto Victoria a trovarla?»

«Deve aver ficcanasato. La tengo nel cassetto.» Indicò la cassettiera con la testa. «Un giorno l'ho beccata a rovistare, ma ha detto che stava dando una sistemata e non ci ho mai pensato.»

«Dio, la odio davvero.»

«Non può più farci nulla, te lo prometto.»

Volevo credergli, ma lui faceva parte della squadra, quindi le loro strade si sarebbero incrociate ancora.

«Lascio», sussurrò così piano che quasi non lo sentii.

«Cosa?» Girai la testa, sfiorando le sue labbra con le mie.

«Mi hai sentito, scricciolo. Ho detto che lascio la squadra. Niente conterà per me più di quanto conti tu.»

«Non puoi lasciare la squadra, Zach.»

«Chi lo dice?»

I suoi occhi si riempirono di confusione.

«Io. Hanno bisogno di te e qualcosa mi dice che anche tu potresti aver bisogno di loro.»

«Tutto ciò di cui ho bisogno è proprio qui.» Mi fece voltare tra le sue braccia, fissandomi con un'intensità che mi fece arricciare le dita dei piedi. «Voglio che tu sappia che ho scelto te, Cally. Sarai sempre tu la mia scelta.»

«Lo so. Ma va bene volerlo, Zach. Ti ho visto giocare. Sei

bravo, sei dannatamente bravo. Voglio che tu segua i tuoi sogni.»

«E cosa mi dici dei tuoi sogni, eh?»

«Io…» Chiusi gli occhi. Sapevo dove voleva andare a parare, ma non ero pronta.

«Aspetta qui.» Zach mi diede un bacio sulla testa, poi attraversò la sua stanza a grandi passi. Frugò dentro l'armadio, tirò fuori una semplice scatola nera e tornò da me. «Non mi interessa inseguire i miei sogni da solo.» Mi porse la scatola.

La fissai, sentendone il peso tra le mani.

No… non poteva…

«Avanti, aprila.» Aprii il coperchio con mani tremanti. Le lacrime mi bruciarono dietro le palpebre, quando intravidi una Nikon D780 nuova di zecca. «Il ragazzo del negozio ha detto che è il top di gamma. Onestamente, non ne capisco nulla, ma mi ha promesso…»

«È perfetta.» Ma l'etichetta del prezzo riportava una cifra elevata. «È troppo», dissi, completamente sopraffatta.

«Dopo tutto quello che ti ho fatto passare, mi sembrano solo spiccioli.» Zach mi prese il viso tra le mani e mi asciugò le lacrime. «So che non prendi in mano la macchina fotografica da quando tua madre è morta, ma lei vorrebbe che tu seguissi i tuoi sogni, Cally. Lei vorrebbe che tu vivessi.»

«Okay.» Sorrisi tra le lacrime. «Inseguiremo i nostri sogni… insieme.»

«Insieme», ripeté.

Zach prese la scatola e andò a metterla sul comò. Quando tornò, mise la mano dietro il mio collo e si piegò verso di me, facendo aleggiare le sue labbra sulle mie. «Ora sarebbe il momento giusto per tirarsi indietro, scricciolo.»

«Mai», dissi in un sospiro. «Sono tutta tua, Zach, anima e corpo.»

«Speravo che lo dicessi.» D'improvviso mi sollevò e mi portò sul suo letto. Dopo avermi fatta stendere, iniziò a spogliarmi e baciare ogni lembo di pelle. Le mie dita scivolarono tra i suoi capelli, mentre mi godevo la sensazione del suo viso ispido che venerava il mio corpo.

«Sei dannatamente bella, Cally.» Sollevò la mia maglia su per il corpo, tirandomi a sé per togliermela da sopra la testa. La sua mano si aprì sulle mie costole, mentre si chinava e mi baciava. Da dolce e meticoloso, diventò intenso e implacabile. Zach mi divorò come un uomo che moriva di fame, alla disperata ricerca del suo prossimo respiro. La sua lingua si intrecciava con la mia, lunghe leccate languide mi fecero formicolare la pelle e stringere le gambe.

Lo aiutai a togliersi la maglietta, facendo scorrere le mie mani sul suo petto. La sua pelle era calda sotto le mie dita e si contraeva mentre ne esploravo ogni sporgenza e ogni solco. Ma non era abbastanza. Volevo assaporarlo, far scorrere la mia lingua lungo le linee dei suoi muscoli.

Abbassai la testa e feci scorrere la lingua sul suo capezzolo. «Cazzo, Cally», esclamò con voce rauca, sull'orlo del dolore.

In un attimo di audacia, leccai e mordicchiai il suo petto, riservando le stesse attenzioni all'altro suo pettorale.

«Continua così, e non resisterò molto a lungo.» Un basso gemito gli rimbombò in gola quando passai le unghie sui suoi obliqui. Ma non era niente in confronto al suono che emise quando infilai la mano nei suoi pantaloncini e misi le dita attorno al suo membro.

«Gesù...» Il suo respiro si spezzò.

«Voglio assaggiarti», lo fissai, facendo scivolare lentamente i pantaloncini dai suoi fianchi. Il suo cazzo balzò libero, lungo e duro, la punta luccicante per l'eccitazione.

«Prendi quello che vuoi.»

«Io non ho più... da allora non...»

«Cazzo», disse con voce rauca e graffiante, «davvero?»

Abbassai lo sguardo, le guance arrossate dall'imbarazzo. «Non nasconderti mai da me, Cally.» Mi prese il mento. «Sono tuo, usami.»

Il calore si accumulò nel profondo del mio stomaco mentre immaginavo tutte le cose che volevo fargli. Cose che volevo che mi facesse. Cose che avremmo potuto fare insieme.

Feci scorrere la lingua sulla punta, poi lo presi in profondità nella mia bocca.

«Cazzo, Cally, è... porca troia.» Zach passò una mano tra i miei capelli, ma non cercò di prendere il controllo. Lo leccai e succhiai, facendo scivolare la mano su e giù a ritmo con la bocca.

«Sì», grugnì, «così.»

Quando lo sentii crescere, fui travolta da un senso di potere. Si spinse delicatamente nella mia bocca, senza mai prendere più di quanto fossi disposta a dargli. E quando provò a tirarsi indietro e le sue gambe si bloccarono, mentre una serie di parolacce usciva dalle sue labbra, tenni la mano saldamente avvolta intorno alla sua base, ingoiando ogni goccia.

Spingendomi sul letto, Zach coprì il mio corpo con il suo. «Hai un'idea di quanto tu sia meravigliosa? Voglio vivere tutto con te, Cally. Voglio insegnarti tutto.» I suoi occhi brillavano di un amore incrollabile.

«Ti voglio», dissi, dimenandomi contro di lui. Era già di nuovo duro. Un tremore mi attraversò.

«Ehi, stai bene?» mi chiese e io annuii.

«Sono solo un po' nervosa.»

Non era la nostra prima volta.

Non era nemmeno la nostra seconda o terza volta. Ma sembrava quella più importante.

Era la volta in cui ci saremmo lasciati il passato alle spalle per fare un passo nel futuro.

Zach fece scivolare la mano tra i nostri corpi e trovò il mio fulcro, infilando due dita dentro di me. Il mio respiro si mozzò. Non mi staccò gli occhi di dosso mentre mi toccava lentamente. Ogni volta che trascinava il suo pollice sul mio clitoride, ogni volta che infilava le sue dita più in profondità, più veloce, lui mi osservava. Anche quando i miei occhi si fecero pesanti e il mio respiro accelerò, lui continuò a guardarmi.

«Occhi», mormorò sulle mie labbra mentre mi avvicinavo all'apice. «Ho bisogno dei tuoi occhi.»

Li fissai nei suoi mentre intense ondate di piacere mi travolgevano.

Zach non aspettò, entrò dentro di me con un colpo secco.

«Dio», ansimai, «è…»

«Lo so.» Mi baciò, spingendosi dentro di me con misurato autocontrollo. Fece scivolare una mano sotto la mia coscia, ed andò più in profondità, i nostri corpi incredibilmente vicini. Abbastanza da non capire dove finivo io e iniziava lui.

Non esisteva nient'altro, solo pelle su pelle e cuori che battevano. Zach venerò il mio corpo finché non restai senza fiato, spossata e debole. Aveva fatto l'amore con me, finché non fu impresso nella mia anima, ed ebbe inciso il suo nome nel mio cuore, sostituendo il marchio persistente del ragazzo che era stato con quello dell'uomo che era diventato.

Avevo quattordici anni la prima volta che mi ero innamorata di Zachary Messiah. Una ragazza ingenua con nient'altro che stelle negli occhi e amore nel cuore.

Non ero più quella ragazza.

Ero più grande. Più saggia. Consumata dalle tragedie della vita e resa più forte dal dolore. Il mio cuore era offuscato, ricucito con orli frastagliati e cicatrici sbiadite. Ma una cosa era rimasta la stessa.

La mia anima sapeva ancora di appartenere a Zach.

Era sempre stato così...

Lo sarebbe sempre stato.

Epilogo

Cinque mesi dopo

Calliope

«Fallo», gridò Zach dietro di me. Lo afferrai per un braccio, provando a farlo sedere al suo posto.

«Amore, stai dando spettacolo.»

«Spettacolo?» Aggrottò le sopracciglia e sposto gli occhi sui miei. «È chiaro che la palla sia di Elsa e hanno…»

«Lascia stare.» Trattenni una risatina e lanciai un sorriso ipocrita e melenso agli altri genitori.

Zach si faceva sempre riconoscere alle partite di Jasmine. Era un po' troppo focoso, ma, in realtà, voleva solo supportarla visto che i suoi genitori non trovavano mai il tempo per starle dietro.

Facevamo in modo di essere presenti a più partite possibili e quando non potevamo, un volontario andava al posto nostro. Tutti volevano supportare Jasmine; essere la prima giocatrice donna della squadra del suo liceo era una cosa importante. Dopo aver scoperto che il liceo di Steinbeck non aveva abbastanza giocatrici per formare una squadra, Zach aveva fatto personalmente richiesta alla direzione scolastica di far fare un provino a Jasmine per la squadra maschile.

Ero molto orgogliosa di lui, di entrambi. Jasmine era fiorita sotto la sua guida, aveva abbandonato il suo atteggiamento remissivo ed era diventata una giovane donna sicura di sé. Aveva ancora molta strada da fare per imparare a instaurare rapporti di amicizia con i suoi coetanei, ma ci stava riuscendo. Un passo alla volta.

«Oh andiamo.» Zach scattò di nuovo in piedi, borbottando sottovoce per la decisione arbitrale sbagliata.

«Zach», lo rimproverai, cercando di trascinarlo di nuovo sul sedile. «Me lo hai promesso.»

Si sedette con un sospiro sconfitto. «La stanno prendendo di mira.»

«Nessuno lo sta facendo.» Gli strofinai il naso sul collo, baciandogli la mascella. «La stanno solo coprendo perché è molto brava.»

«Sì, lo è, non è vero?» Riuscii a sentire il sorriso nelle sue parole.

Tutti a Steinbeck e nelle città circostanti sapevano di Zach Messiah e della sua protetta, Jasmine Moran. Ne avevano persino scritto sul giornale locale. Zach aveva passato ore con Jasmine a lavorare sulle sue capacità e sulla sua preparazione atletica. Lei aveva persino iniziato ad aiutarlo ad aprire una nuova sessione alla Next Steps. Vedere sbocciare la loro amicizia, mi riempiva il cuore.

«Ecco.» Barcollò in avanti. «Schiva… ecco, El… finta...» Il suo pugno si strinse. «Fai canestro… Sì!» Zach era di nuovo in piedi a urlare il nome di Jasmine mentre lei festeggiava con la squadra.

Dopo quel punto, rinunciai. Zach diventò ancora più animato ed emozionato quando gli Steinbeck High Sabres presero il comando.

E quando ci fu il fischio finale, che li dichiarò vincitori, Zach fu il primo a fiondarsi in campo e a congratularsi con loro.

***

«Sei nervoso?» chiese Jasmine a Zach, immergendo il cucchiaino nel suo gelato al cioccolato. Era il nostro rituale dopo la partita. Che si vincesse o si perdesse, dopo una partita, c'era sempre il gelato al *Flippers*.

«Nervoso? Scherzi?» Zach sbuffò. «Abbiamo giocato una delle migliori stagioni mai viste.»

«Sì, ma sono le ultime quattro. Duke, Auburn e Purdue sembrano tutte...»

«Non dirlo.» Puntò il cucchiaio verso di lei.

«Comunque, amico», ridacchiò. «Sto solo dicendo che sembri molto sicuro di te stesso.»

Zach leccò l'ultima goccia di gelato dal cucchiaio e lo gettò nel bicchiere, poi poggiò il braccio sullo schienale della mia sedia. «La vittoria è nostra, deve esserlo. Per Dec.»

Jasmine si intristì. «Sì, hai ragione. Hai assolutamente ragione. È per Declan, non esiste che non vinciate.»

Poggiai la mano sul ginocchio di Zach e lo strinsi delicatamente. Erano passati quasi tre mesi da quando i genitori di Zach avevano preso la decisione straziante di interrompere il supporto vitale di Declan. Avevano voluto un ultimo Natale con il loro figlio maggiore e lo avevano ottenuto.

Tim l'aveva presa peggio di tutti, ma dopo l'ultimo ciclo di risonanze magnetiche di Declan, i medici avevano confermato quello a cui nessuno voleva credere: il danno al suo cervello era troppo esteso.

Zach era stato sorprendentemente forte durante tutto il calvario. Non molto tempo dopo aver ufficializzato la nostra relazione, entrambi eravamo andati a trovare suo fratello. Zach ci aveva messo un po' per parlargli di noi, della squadra e di Jasmine, e poi, con me accoccolato al suo fianco, gli aveva detto addio.

Aveva accettato la morte di suo fratello, anche se ai suoi genitori era servito molto più tempo per lasciarlo andare.

Chinandosi, Zach sfiorò le mie labbra con le sue, ignorando completamente i finti conati di Jasmine.

«Ti amo», sussurrò, e quelle parole ebbero su di me lo stesso effetto che avevano sempre avuto.

«Ti amo anche io.» Posai il palmo sulla sua guancia, facendo scorrere il pollice sull'angolo della sua bocca. «Ma devi comportarti bene quando siamo di turno con Elsa.»

«Ti ho sentito», borbottò lei.

«Suppongo sia ora di riportare Elsa al suo castello, allora.» Zach le fece l'occhiolino.

«Un giorno non sarò più una bambina e potrò dirti esattamente quello che penso.»

«Hai quindici anni. Hai ancora molto tempo per essere una bambina.»

«Cantaloupe, un aiutino? »

Ormai era un gioco costante. Zach chiamava Jasmine *Elsa* e lei mi chiamava *Cantaloupe*.

«Devi cavartela da sola, Jas, scusa.»

«Uff.» Alzò gli occhi al cielo. «Un giorno, Zach... ti ho avvertito.»

«Me la sto facendo sotto.»

«Sei proprio un idiota.»

«Ora siamo d'accordo.» Alzai la mano e lei mi diede il cinque sopra il tavolo.

«Oh merda, è già ora?» Jasmine controllò il cellulare. «Devo tornare a casa. Macauley Denver viene a prendermi alle otto.»

«Macauley Denver? Chi caz... chi diavolo è Macauley Denver?»

«Solo un amico.» Fece spallucce come se non fosse importante.

«Non mi sembra sia solo un amico, El.» Zach praticamente ringhiò. «Mi sembra un ragazzo, ecco cosa sembra.»

«Sì, e quindi? Siamo amici.»

«E quanti anni ha questo Macauley?»

«Ha sedici anni, è al secondo anno.»

«Oh cavolo no. Tua madre e tuo padre lo sanno?»

«Lo sanno, non che siano affari loro...»

«Ti hanno parlato delle api e dei...»

«Okay, ora basta.» Tappai la bocca di Zach con una mano. «Ricordi cosa ci siamo detti?» Lo guardai torvo.

«Lo ricordo.» Le parole uscirono attutite dal mio palmo.

«Non possiamo intrometterci.» Lui annuì e io feci scivolare via la mano. «Dobbiamo attenerci alle regole, Zach. Freya ha detto molto chiaramente che noi, che *tu*, non possiamo continuare a intrometterci.»

«Ho capito, ho capito.» Mise il broncio.

Le spalle di Jasmine tremarono mentre rideva sommessamente. «Dovresti vedere la tua faccia.»

«Dovresti vedere la faccia di Macauley dopo che avrò finito con lui, se mai dovesse metter...»

«Zach!»

«Che c'è? Ha quindici anni. So come sono i ragazzini di quell'età. Ricordi come eravamo noi?»

«È diverso», dissi arrossendo.

«No, non lo è.»

«Okay, è stato divertente e tutto il resto», disse Jasmine, «ma ho un appuntamento.»

«Vedi», mormorò Zach. «È un appuntamento. L'ha chiamato appuntamento.»

«Jasmine, andiamo.» Mi alzai. «Lasceremo qui il pazzo.»

«Penso che sia la migliore idea che tu abbia mai avuto.» Mi seguì.

«Quanto siete simpatiche. È così sbagliato che mi importi?» Zach ci guardò entrambe e sentii la mia determinazione scemare. In realtà, amavo il fatto che ci tenesse così tanto. Ma Jasmine non era nostra figlia. Non ero nemmeno più la sua mentore, non ufficialmente. Ma passavamo ancora del tempo insieme. I suoi genitori erano più instabili che mai, una situazione che Zach ed io avevamo sperimentato abbondantemente.

«No, è molto cavalleresco da parte tua.»

«Mi piace.» Jasmine alzò le spalle. «Ma uscirò comunque con Macauley.»

«A che ora hai detto che verrà a prenderti? Forse dovrei restare qui per incontrarlo...»

Jasmine gli si avvicinò, gli posò una mano sulla spalla e disse: «Andrà tutto bene, Messiah». Si avviò verso la porta mentre Zach la guardava a bocca aperta.

«Ho appena ricevuto una lezione di vita da un'alunna del primo anno?»

«Sì, amore.» Soffocai una risata. «Penso di sì.»

Zach

«Dove pensi di andare?» Afferrai Cally per la vita e appoggiai la sua schiena al mio petto. Spostai i suoi capelli dalla spalla, e la riempii di baci proprio lì, facendo scorrere la lingua lungo la pendenza del suo collo e mordicchiandole la mascella.

«Volevo disfare le valigie», rispose lei.

«*Disfare le valigie*? Tesoro, ho passato ore rinchiuso su un autobus con un'orda di ragazzi e tu pensi davvero che questo sia il momento di disfare le valigie?»

Il viaggio da Steinbeck a Phoenix era durato quasi sette ore. Ci eravamo alzati all'alba per andare all'ultimo fine settimana della Follia di Marzo, che si sarebbe tenuto allo State Farm Stadium. Cally ci aveva seguito con suo padre, Josie e i suoi genitori.

«Sul serio, vuoi parlare di viaggi infernali?» borbottò. «Ho dovuto ascoltare mio padre e il signor Molineux parlare del torneo per sette fottute ore.» Si voltò tra le mie braccia e mi fissò con quei suoi grandi occhi color whisky. «Ti amo, Zach, e amo la squadra, ma a nessuno, e intendo proprio a nessuno, piace stare ad ascoltare così a lungo discorsi sul basket.»

Una risata rimbombò nel mio petto mentre premevo un dolce bacio sulle sue labbra. «Hai fatto bene a farlo venire con te e i Molineux.»

«Sì, beh, non potevo certo lasciare che venisse da solo.»

Cally e suo padre... ci stavano lavorando. Nei cinque mesi precedenti, avevano provato a riparare il loro rapporto danneggiato, ma alcune ferite erano semplicemente troppo profonde per guarire. Avevano un rapporto civile e a volte andavamo a trovarlo insieme a Callum e la sua nuova ragazza, ma Cally si era rassegnata all'idea che non avrebbe mai avuto il padre che desiderava.

«Dio, ti amo.» Feci scorrere le nocche lungo le sue guance. La nostra relazione si era solo rafforzata. Cally era la mia più grande sostenitrice. Aveva affrontato i membri della squadra e le loro cazzate solo con grazia e sorrisi, e loro l'avevano adorata da subito. A volte un po' troppo per i miei gusti.

Le sue dita afferrarono la mia maglia della divisa, attirandomi più vicino a lei. «È una buona cosa, Messiah, perché io sono completamente persa.»

«Mi ami, scricciolo?»

«Non ti amo, Zach.» Sorrise. Nelle ultime settimane, ripetere quelle parole che la prima volta ci avevano separati, era diventato il nostro giochino. «Perché ti amo non rende giustizia a quello che provo per te.»

«Sei incredibile, Calliope James. E sei mia, solo mia.»

Le sue labbra si incurvarono, ma non le diedi il tempo di rispondere, stampai la bocca sulla sua e mi presi quello di cui avevo bisogno.

Quello di cui avevo sempre bisogno.

Amavo quella ragazza da quando avevo quindici anni. E avrei continuato a farlo in eterno se me lo avesse concesso. Barcollammo verso la camera da letto, entrambi riluttanti a rompere il bacio. Le nostre lingue si aggrovigliarono con familiarità, ma l'ardore non si placava mai. Nel momento in cui Cally mi toccava, accendeva un incendio dentro di me.

Sempre e solo lei.

«Abbiamo la cena», mormorò sulle mie labbra. «Non possiamo arrivare in ritardo.»

«Saremo veloci, ma ho bisogno di te, scricciolo.» Le mie mani le stavano già togliendo i vestiti. Avevo bisogno di vederla nuda, mentre si contorceva sotto di me. O forse sopra di me, a cavalcarmi mentre stavo sdraiato e…

«Zach.» Mi diede un colpetto sulla guancia. «Dove eri finito?»

«Parliamo di meno e spogliamoci di più.» Fui velocissimo a toglierle gli abiti, prima di passare ai miei. Nell'istante in cui i miei jeans toccarono il pavimento, mi tuffai su di lei, portando Cally al letto in un fruscio di risate e gambe. Osservai la ragazza che amavo più di ogni altra cosa al mondo.

«Che c'è?» sussurrò, i suoi occhi adoranti brillavano.

«Tu, Cally.» Entrai in lei senza preavviso e gridammo entrambi. Mi afferrò per le spalle mentre tremava sotto di me. Le sue dita delicate mi afferrarono la mascella, portando il mio viso all'altezza del suo.

«Vincerai, Zach. Per Declan. Per la squadra. Per te.»

Poggiai la mia fronte sulla sua, inspirando, scivolai dolcemente dentro e fuori il suo calore.

Lo volevo, lo volevo così tanto, cazzo.

Volevo portare la squadra alla vittoria. Per onorare mio fratello nell'unico modo in cui avrei saputo farlo. Ma, qualunque cosa fosse successa quel fine settimana, io avevo già vinto.

Avevo la mia ragazza al mio fianco e avevamo tutta la vita davanti a noi.

Qualsiasi altra cosa sarebbe stata solo la ciliegina sulla torta.

Calliope

«Eccoti», Josie si precipitò verso di noi non appena entrammo nel ristorante che il coach e la sua squadra avevano prenotato.

«Ehi.» Ricambiai il suo abbraccio. «Noi, ehm… abbiamo perso la cognizione del tempo.»

«Immagino…» Mi rivolse un sorrisetto complice. «Sono già tutti qui.»

«Okay, fai strada.» La mia migliore amica ci condusse verso il retro del ristorante, in una sala da pranzo privata, piena di giocatori e delle loro famiglie. Grandi tavoli rotondi erano stati allestiti in modo molto simile a un matrimonio, ricoperti di palloncini rossi, bianchi e neri.

«È fantastico», sussurrai a Zach, che mi teneva stretta per la vita.

Callum attirò la mia attenzione e ci fece cenno di avvicinarci a lui, mentre Josie si sedette con Joel e i loro genitori. Notai che aveva scelto un posto che le permetteva di dare le spalle a Brad. Dopo l'amichevole, le cose tra loro erano andate male. Cinque mesi dopo, non riuscivano ancora a stare nella stessa stanza senza che le cose si facessero spinose. Ciò aveva reso le nostre vite movimentate, dato che lei era la mia migliore amica e Brad uno dei più cari amici di Zach. Mio padre e Callum si alzarono, e lo stesso fece il padre di Zach.

«Tesoro, sei bellissima.»

«Grazie papà.» Gli diedi un bacio sulla guancia. Era ancora strano accettare i suoi complimenti, in realtà, non credevo che mi sarei mai abituata. Ma ci stavo provando.

«Sorellina, vieni qui.» Callum mi prese tra le sue braccia e io ricambiai la stretta. Le cose andavano meglio tra noi, meglio di quanto non fossero mai andate. E lui e Zach erano diventati subito amici. La perdita di Declan li aveva legati, ma entrambi ne erano usciti più forti. E mio fratello aveva trovato l'amore. Jessa non era solo una bella persona, era un'anima bellissima. «Sembri… merda, Cally. Sei venuta su bene.»

«Anche tu non sei male.» Gli sorrisi. «Pronto per questo fine settimana? »

«Credo di sì.» Si passò una mano tra i capelli. «Ma qualunque cosa accada, sono contento che tu sia qui. Sembra giusto così.»

«Capisco benissimo cosa intendi.»

Ci sedemmo tutti e aspettammo che il coach Baxter si mettesse al centro della scena. Di solito, le squadre festeggiano dopo il torneo, ma l'allenatore aveva voluto fare qualcosa di speciale per commemorare Declan.

Si alzò e la stanza fu avvolta dal silenzio.

Zach mi prese la mano e alzai gli occhi sui suoi. «Tutto okay?» mormorai.

Lui annuì, l'emozione brillava nel suo sguardo.

Sapevo cosa significasse quel fine settimana per lui, lo sapevamo tutti. Ma qualunque cosa fosse accaduta, era orgoglioso di sé. Aveva reso orgogliosa la squadra.

E che lo volesse o no, aveva reso orgogliosa la sua famiglia. «Lo scorso anno, onestamente non sapevo se saremmo tornati qui. La squadra ha subito un duro colpo», l'allenatore Baxter inspirò con affanno. «Eravamo ancora sconvolti dall'incidente di Maverick quando abbiamo ricevuto la notizia che Declan aveva... wow.» Emise un lungo respiro. «Non diventa più facile con il tempo. Declan Messiah era il cuore di questa squadra. Si è fatto avanti quando abbiamo perso Maverick e ha rifiutato l'idea di dare meno del massimo.» Bevve un bel sorso del suo drink. «Penso che tutti sperassimo in un miracolo. In fondo, speravamo tutti di vedere Declan qui per questo evento. Se lo meritava. Dio sa se si meritava molto di più. Ma non era destino. Declan potrà anche averci lasciato, ma non sarà mai dimenticato. Il suo spirito vivrà attraverso i giovani che si muovono nei ranghi di questa squadra. E quando domani scenderemo in campo, giocheremo per lui. Quindi vorrei cogliere l'occasione per alzare il mio bicchiere per Declan.»

«Per Declan.» Il suo nome si sollevò intorno a noi, mentre mi mettevo al fianco di Zach. Lui mi baciò i capelli, prima di farmi un debole sorriso.

Nonostante tutto quello che era successo, aveva scelto la SU. Aveva scelto di perseguire il basket perché era parte di lui tanto quanto era stato parte di Declan. Le cose non erano perfette. Lui e suo padre si scontravano ancora. Il loro rapporto era ancora teso. Ma i Messiah stavano guarendo. Lentamente, stavano trovando la loro strada. Un nuovo percorso. Cenavamo con loro ogni due settimane e adoravo ascoltare sua madre e suo padre raccontare storie su Declan e Zach da piccoli. E poi, dopo essere andati via, amavo Zach con il mio corpo e le mie parole, ricordandogli che era degno e che per me lui sarebbe sempre stata la persona più importante del mondo.

Lui era il mio sole e io volevo sempre stare sotto la sua luce. E quando le cose si sarebbero fatte troppo difficili, quando il dolore, l'angoscia o l'insicurezza sarebbero diventate troppo da sopportare, io sarei stata la stella che illumina il cammino.

«Ti amo, Zachary Messiah», gli sussurrai all'orecchio. «Ti ho amato allora, ti amo adesso e ti amerò fino alla fine.»

«La fine?» Fece scivolare il dito sotto la mia mascella e sollevò il mio viso verso il suo, fissandomi negli occhi. «Suona quasi come un'eternità.»

Strinsi le labbra, trattenendo un sorriso.

«Dillo, scricciolo.» Fece aleggiare le sue labbra sulle mie, senza preoccuparsi che fossimo circondati dai nostri amici e dalle nostre famiglie. Avevamo smesso di lasciare che altre persone interferissero con la nostra relazione.

Amavo Zach.

E lui amava me.

«Usa le tue parole, Cally. Dillo.»

Era un gioco solo nostro. Un gioco a chi si arrendeva per primo. Ma questa volta non ci furono esitazioni quando gli cinsi la spalla con braccio e lo baciai.

«Per sempre, Zach. Voglio il per sempre.»

Zach

Avevo passato molto tempo ad essere arrabbiato con il mondo. Arrabbiato con mio padre, mio fratello... con le persone intorno a me che vedevano sempre e solo lui. I suoi successi, il suo potenziale. Avevo trascorso tutta l'infanzia all'ombra di Declan. Ma mentre ero lì, sotto il bagliore violento delle luci allo State Farm Stadium, non mi sentivo arrabbiato. Mi sentivo determinato. Quella partita non era solo per me, o per i ragazzi, o per l'allenatore e i fan, era per Declan.

E avevo fatto pace con tutto quello.

Alla fine del secondo tempo eravamo in parità, con venti secondi rimasti sul cronometro. Erano stati quaranta minuti estenuanti. La Purdue aveva fatto punto per prima e noi lo avevamo fatto subito dopo. Avanti e indietro. Avanti e indietro. Le gambe e le braccia mi facevano male e i polmoni bruciavano. Ma avevamo tempo per un'ultima azione.

Mi tirai su la maglia e asciugai il sudore dalla faccia. «Ce la faremo», mimai ai miei compagni di squadra.

Brad era sulla linea di fondo, pronto per condurre il gioco. Il mio corpo vibrò mentre provavo a far tornare regolare il mio respiro, in attesa del fischio finale. Nell'istante in cui l'arbitro fischiò, mi misi a correre. Brad lanciò la palla a Devin che tagliò la difesa con precisione e forza, cercando il giocatore in ricezione. Accadde tutto così in fretta. Un secondo prima, stavo guardando il gioco svolgersi, quello dopo stavo tenendo la palla in mano. Mi librai nell'aria, poi il mio polso si piegò, e la palla volò... arrivando dritta dentro il canestro.

Il cicalino suonò e la folla si scatenò.

Prima che potessi rendermi conto di ciò che stava succedendo, i miei compagni di squadra mi furono addosso, gridando il mio nome.

Non Messiah.

Zach.

Zach. Zach. Zach.

Mi risuonava forte nelle orecchie mentre l'adrenalina scorreva dentro di me.

Ce l'avevamo fatta.

Avevamo vinto il torneo e io avevo segnato il punto vincente.

Chiusi gli occhi, alzando la testa verso il cielo.

Ce l'abbiamo fatta, Dec. Ce l'abbiamo fatta.

L'emozione si bloccò in gola mentre i miei compagni di squadra mi spingevano, ubriachi di felicità per la vittoria. Ma quando aprii gli occhi, vidi solo una persona.

Cally corse in campo con indosso la mia maglia, il mio numero, le lacrime intrappolate tra le sue lunghe ciglia. I ragazzi si separarono come le acque, dandole la possibilità di saltare tra le mie braccia. «Ce l'hai fatta», sussurrò, seppellendo il viso nell'incavo della mia spalla. «Ce l'hai fatta.»

Portai la mano dietro il suo collo, stringendola mentre cercavo di frenare le emozioni. Lei lo sapeva. Cally sapeva cosa significasse per me, cosa significasse per la mia famiglia. Era stata lì in ogni fase del percorso. Dopo tutti gli alti e i bassi, nei momenti più terribili, lei era stata lì.

«Ti amo, scricciolo.»

Sollevò la testa e inspirò a fondo. «Ti amo tanto anch'io. E sono così orgogliosa di te, Zach. Tanto orgogliosa.»

«Ehi, Zach, metti giù la tua ragazza», gridò Brad sovrastando il trambusto. «Abbiamo un sacco di festeggiamenti da fare prima che tu te ne vada.»

Gli mostrai il dito medio da sopra la spalla, dirigendomi a grandi passi verso il tunnel che portava agli spogliatoi. «Ehm, Zach, cosa stai facendo?» Cally inarcò le sopracciglia. «Non puoi abbandonare così la squadra.»

«Sta' a vedere.»

«Seriamente, non puoi…»

«Ascoltami, Cally, e ascolta bene.» Appoggiai la testa alla

sua, conducendola tra la folla che aveva invaso il campo. «Niente, e dico niente, per me varrà mai più di te. La squadra ha ottenuto quello che voleva, abbiamo vinto. Abbiamo vinto, cazzo. Ma ora... ora otterrò quello che voglio *io*.»

«Sì?» Amore e desiderio brillavano nei suoi occhi. «E cosa vuoi, Zachary Messiah?»

Le mie labbra si stamparono sulle sue mentre barcollavamo verso il muro e la nostra risata echeggiava tra di noi. «Te, Calliope James», asserii con totale convinzione. «Voglio te.»

Cally era la mia àncora. Lo era sempre stata. Quando l'avevo persa, il mare era diventato tempestoso per un po'. Come una nave senza vela, avevo deviato dalla rotta e colpito una costa frastagliata. Ma lei era tornata, ed era mia.

E non l'avrei mai più lasciata andare.

Per nessun motivo al mondo.